Le palanquin des larmes

Du même auteur
aux Éditions J'ai lu

DANS LA MAIN DE BOUDDHA

N° 6646

CHOW CHING LIE

Le palanquin des larmes

ROMAN

Récit recueilli par Georges Walter

Préface de Joseph Kessel
de l'Académie française

J'ai lu

Préface

Parmi les livres, si nombreux, qui nous parlent aujourd'hui de la Chine, celui-ci me paraît unique.

D'abord parce que Le Palanquin des Larmes, *histoire de la vie de Chow Ching Lie et de la tragédie d'une enfant, nous introduit dans l'intimité d'une famille chinoise où cohabitent trois générations. Et, qu'il s'agisse des mœurs ou des croyances, des relations essentielles et immuables entre les parents et les enfants, voire même des habitudes alimentaires ou des surprenants remèdes de la grand-mère, il n'est pas un détail de l'existence quotidienne qui ne nous intéresse, nous charme ou nous étonne.*

Si, d'autre part, le grand-père Tsou Hon, le petit colporteur, est un contemporain de l'impératrice Tseu-hi, sa petite-fille, l'héroïne de cette histoire, connaît son drame le plus intime alors que le pouvoir de Mao Tsé-toung s'instaure à Shanghaï comme dans le reste de la Chine. De sorte qu'avec cette famille dont l'aïeul porte les sandales du Moyen Âge, nous avons l'impression de vivre en cinquante ans plusieurs siècles traversés par la violence et la sérénité, la sagesse et la barbarie. Comment oublier l'histoire de la nourrice A Tching, cette paysanne contrainte à l'infanticide et qui vient à

Shanghaï pour y vendre sa seule fortune, le lait de ses seins ? Comment oublier le tableau de la libération des prostituées et de leurs révélations publiques sous l'œil des commissaires politiques ? Et l'incroyable banquet au pavillon de la Fleur d'Abricotier dans une ville où patrouillent les soldats de l'Armée rouge ? Sans le vouloir et sans le savoir, Julie – puisque c'est ainsi que s'appelle également Chow Ching Lie – nous donne la plus extraordinaire des chroniques avec la seule innocence de son regard.

Mais c'est elle, Julie, qui demeure la figure centrale. Le drame est d'abord le sien : celui de la femme chinoise et de son asservissement séculaire. La guerre sino-japonaise – qui naît avec elle – la guerre civile, la Libération, les Cent Fleurs, le Grand Bond en Avant, tantôt la concernent et tantôt ne la concernent pas : cette histoire est d'abord la sienne, même si, personnage d'un roman involontaire et passionné, elle aime et souffre au rythme des convulsions de la Chine. Et c'est cela qui nous importe : cette voix – mariage étonnant de délicatesse et de franchise – dont nous ne pouvons plus nous détacher. Car cette femme dont nous connaissons la vie dans ses moindres replis, il est impossible de ne pas l'aimer.

C'est Georges Walter qui a recueilli ses propos, suscité la confession totale, provoqué les souvenirs qui, autrement, ne seraient peut-être pas sortis de leur sommeil. Il a déployé, en l'occurrence, celle des qualités de l'écrivain qui, à tort me semble-t-il, est le moins souvent mise en avant : la faculté d'écouter l'autre et de lui donner la parole. N'est-ce pas aussi important que de parler soi-même ? Georges Walter est de la race des voyageurs. Il sait que les grands voyages ne se font pas seulement sous les Tropiques mais dans la profondeur des êtres qu'il nous est donné de rencontrer. Qu'il ait exploré cette vie avec respect et fidélité explique sans doute la saveur, la force et la vérité de ce récit.

Joseph KESSEL
de l'Académie française.

1

Vie misérable de mon grand-père au temps de l'impératrice Tseu-hi / Les tribulations d'une troupe d'opéra / Fiançailles de deux petits enfants / Mariage de mes parents / Dureté de la belle-mère chinoise / La malédiction des tombeaux / Guérison miraculeuse de Tsong Haï / Mon père construit une école secondaire / La soupe de tigre blanc.

Je suis née dans la Chine de la misère et des larmes. Petite fille, j'ai souffert et pleuré de bonne heure. J'étais jolie : ce n'est pas un mérite, ce fut une malédiction. Laide et difforme, je n'aurais sans doute pas été mariée de force à l'âge de treize ans. Mais mon malheur ne vint pas de ma seule beauté : il était à l'image d'un vaste pays, où il ne faisait pas bon vivre, où il n'était surtout pas bon de naître si l'on avait l'infortune d'être une fille. J'aurais pu venir au monde dans une famille pauvre où l'on m'aurait à ma naissance enveloppée dans des chiffons et jetée avec les ordures. Qu'est-ce qui est plus cruel, étouffer un enfant à sa naissance ou plus tard, ne pouvant la nourrir, la vendre pour qu'elle devînt pensionnaire à Shanghaï d'une des maisons closes de la Quatrième Rue ? Ce dont je parle ici ne date pas du Moyen Âge, c'était le sort de la Chinoise au milieu du XXe siècle et très exactement jusqu'à Mao Tsé-toung qui, en 1950, édicta la première loi interdisant, entre autres, le meurtre des nouveau-nés, ainsi que les mariages forcés et l'abus de pouvoir de la belle-mère, tous ces fléaux qui furent aussi douloureux que les inondations et les famines.

La famille où je suis née en 1936 ne m'aurait certes pas vendue, j'ai été pendant toute mon enfance à Shanghaï entourée d'affection et même couvée par un père plein d'amour, mais dans une aisance où le souvenir de la misère ne parvint jamais à s'estomper. C'est pourquoi, à cause de la cupidité d'une partie de ma famille, j'ai été vendue, moi aussi, sous des apparences certes plus honorables, celles du mariage, et même avec un déploiement de faste comme on en vit peu dans mon pays. Comédie de grande alliance familiale qui augmenta, par sa dérision, ma tragédie personnelle : j'étais une écolière connaissant la légende de Liang et Tso qui meurent pour leur amour comme Roméo et Juliette et je me voyais condamnée à vivre sans amour. D'autres, par millions, ont connu la faim du corps alors que je n'ai manqué de rien, mais les malheurs de la Chine sont les enfants d'une même famille. Aucun d'eux n'y échappe au sort commun.

En entreprenant le récit de ma vie je ne crois nullement qu'elle soit exemplaire : que pèsent mes malheurs dans la tourmente qui a déchiré un continent pendant les cinquante ans qui ont précédé ma naissance et les treize ans qui l'ont suivie, puisque c'est l'année de mes treize ans que la Chine a été libérée dans tous les sens du terme ? Dans le cocon de la petite bourgeoisie de Shanghaï où vivaient soixante mille étrangers, on pouvait entendre les rumeurs des marins en goguette de toutes les flottes du monde. Mais on était sourd à la bataille gigantesque que les armées rouges vêtues de chiffons livraient depuis tant d'années aux armées bien équipées du maître de la Chine, le généralissime Tchang Kaï-chek. Personne, dans ma famille – à l'exception de mon frère aîné – n'était conscient que l'Histoire allait basculer d'un seul coup.

Je suis née dans une Chine féodale livrée, à l'intérieur, au pillage des « seigneurs de la guerre » et à celui des étrangers qui pénétraient dans le pays par Canton et surtout Shanghaï. Je suis cantonaise par ma famille maternelle, shanghaïenne par mon père. Shanghaï était une ville chinoise mais cosmopolite comme New York. J'ai été élevée par un père qui m'a inculqué les principes de la morale chinoise traditionnelle tout en étant marqué lui-même par son éducation à l'occidentale. Ma mère était une vraie paysanne chinoise, bouddhiste fervente, mais j'ai fréquenté une école américaine où, petite fille, j'ai prié à la fois le Bouddha et Jésus-Christ. Je suis née à la veille de la guerre sino-japonaise, mais plus la Chine prenait conscience d'elle-même et de son unité et plus Tchang Kaï-chek et les « nationalistes » s'engageaient sous la protection des Américains. Écolière, si je lisais avec passion les aventures du comte de Monte-Cristo, c'étaient les chansons américaines qui inondaient de leur flot la radio et c'est Esther Williams et Frank Sinatra qui étaient les idoles de la jeunesse dorée. Shanghaï représente alors toute la confusion de la Chine. Capitale de la corruption et de la prostitution, c'est le Chicago de l'Orient avec mode européenne, manières occidentales, grosses et petites affaires, dans un tourbillon de plaisirs et d'insouciance. Au-delà de ses buildings orgueilleux commençaient les plaines et les montagnes de la Chine, les massacres et la faim, les grands fleuves généreux et meurtriers. Aussi loin que je remonte dans l'histoire de ma famille, j'y vois la silhouette frêle de mon grand-père Chow Tsou Hon, un pauvre portefaix de Canton, un des personnages les plus importants de ma vie et qui garde les portes de mon destin. C'est à cause de lui, de son existence de paria, que je me suis mariée à l'âge de treize ans.

Tsou Hon est né à la fin du siècle dernier à Tchao-tcheou, bourgade de la partie méridionale du Kouang-tong à une centaine de kilomètres de Canton. Tchao-tcheou représente sans doute ce qu'il y avait de plus misérable et de plus arriéré en Chine, d'où le caractère et la réputation de ses habitants pour qui dépenser un sou était aussi douloureux qu'ailleurs en dépenser dix. Économes jusqu'à l'avarice, avares jusqu'à l'absence de tout sentiment humain, ils s'étaient fait une spécialité de la vente de leurs enfants. On venait de loin pour acheter ici des fillettes, car il y en avait toujours de disponibles. Les acquéreurs les formaient parfois aux techniques de l'opéra chinois où l'on commence à travailler très jeune, mais dans la plupart des cas on en faisait des domestiques soumises et peu coûteuses, des « fillettes-fiancées » qui devenaient très tôt des concubines, ou bien on les revendait aux maisons de prostitution qui se chargeaient de leur formation.

Sur le Céleste Empire régnait en ce temps la dynastie mandchoue des Tsing. Une femme occupait le trône, l'impératrice douairière Tseu-hi, redoutable par sa ruse et par sa cruauté. Couverte de bijoux, aussi lointaine qu'une étoile, elle vivait, comme ses prédécesseurs, à Pékin, derrière les murs de la Cité interdite. Il n'y a guère que ses courtisans, ses eunuques et quelques dignitaires étrangers qui ont jamais pu l'approcher ou seulement l'apercevoir.

Il y avait alors à Canton de nombreuses troupes ambulantes qui donnaient des représentations d'opéra. L'opéra chinois se produisait comme les cirques, sous une tente dressée au milieu de la place d'une ville ou d'un village. À cette époque, pas question de transport automobile : rien que des chariots et des charrettes à bras. La troupe avec laquelle travaillait mon grand-père ne possédait même pas un cheval, même pas un âne. Avec des courroies et des harnais, les artistes s'attelaient au chariot – ils étaient une vingtaine – et on partait sur les routes. Tsou Hon, mon grand-père, avait la charge des costumes de la troupe. Ils étaient serrés dans deux énormes couffins d'osier accrochés aux extrémités d'un balancier de bambou. Cela pesait trente, peut-être quarante kilos qui écrasaient l'épaule de mon pauvre grand-père. Les pieds chaussés de misérables sandales de paille, voilà comment Tsou Hon encore adolescent a parcouru pendant des années, chargé comme une bête de somme, des kilomètres et des kilomètres de mauvais chemins et de sentiers ardus, car Canton est entouré de montagnes. Tant de peine lui valait un bol de soupe de riz avec quelques navets salés, c'est-à-dire de quoi ne pas tout à fait mourir de faim.

Bien qu'il fût très pauvre, Tsou Hon avait à peine dix-huit ans quand il se maria. Peu après son mariage, il habitait Tchao-tcheou. Une nuit, ma grand-mère, qui attendait son retour, fut incapable de s'endormir tant elle était angoissée. La troupe d'opéra jouait dans les environs. Son mari aurait dû être rentré depuis longtemps et les chemins étaient malfamés. Au petit jour elle entendit un grand bruit de voix et vit des voisins qui approchaient portant un corps couvert de sang. C'était Tsou Hon son mari. Il n'était pas mort, mais il s'en était fallu de peu. Des bandits l'avaient assommé à coups de bâton avant de s'enfuir avec les couffins contenant tous les costumes de la troupe. Le banditisme était un des fléaux de la Chine à cette époque. Il y avait des bandes bien organisées et qui tuaient facilement. Mais la plupart des bandits étaient eux aussi de pauvres diables devenus des loups à cause de la faim.

Ma grand-mère me raconta plus d'une fois, quand j'étais petite fille, que, ce matin-là, la natte[1] de Tsou Hon était collée par le sang et qu'elle eut beaucoup de peine à démêler ses cheveux. Quand mon grand-père revint à lui, il comprit qu'on l'avait dépouillé de son chargement. Il faudrait payer les costumes. Mais comment ? Avec quel argent ? Et comme ça n'était pas la première fois qu'il était attaqué sur les chemins, ma grand-mère se mit à pleurer et à se lamenter : « Nous ne pouvons plus vivre ainsi ! Nous ne pouvons plus ! » C'est alors que mon grand-père décida de quitter la troupe d'opéra. Mais quel travail trouver, sans instruction, sans métier véritable ? Il se souvint qu'il avait un cousin à Shanghaï. « Pourquoi, dit-il, n'irions-nous pas tenter notre chance à Shanghaï ? » Ma grand-mère accepta. Il faut dire que de tout temps les habitants de Tchao-tcheou avaient coutume d'émigrer et cela dans deux directions principales. Ou bien on les trouvait – et on les trouve encore – installés dans tout le Sud-Est asiatique, de l'Indochine à l'Indonésie et de Singapour à Bangkok. Ou bien ils choisissaient Shanghaï.

Shanghaï, qui se trouve à mille deux cents kilomètres de Canton, était déjà une grande ville de

1. Avec l'interdiction de bander les pieds des petites filles, la suppression du port de la natte fut une des premières mesures décrétées sous la République instaurée en 1911 par Sun Yat-sen. *(Les notes sont de Georges Walter.)*

trois millions d'habitants. L'opium d'abord, puis le thé et la soie avaient fait la richesse de celle qu'on avait appelée la Cité du Banc de Vase. À présent, la rivière Wangpoo qui se jette, au nord de la ville, dans l'estuaire du Yang-Tseu, était encombrée de navires de tous les pays et de jonques chinoises aussi nombreuses que les mouches.

Mais surtout, la ville où débarquait Tsou Hon le colporteur avait cette particularité qu'on y voyait des Blancs et que c'était là qu'ils étaient en plus grand nombre, dans leurs quartiers qu'on appelait les concessions : la concession internationale et la concession française où les étrangers détenaient leur autorité propre, avec leur police. Si bien qu'il y avait deux villes dans Shanghaï. Celle où les étrangers avaient commencé à construire, grâce à leurs profits énormes, des édifices impressionnants de dix et quinze étages semblables à ceux d'Amérique et d'Europe, et la ville chinoise. La première, bâtie sur les vices et la respectabilité, la seconde, tout autour de cet îlot de luxe, présentait des maisons serrées les unes contre les autres, des baraquements, et même des huttes de terre battue. C'est là que Tsou Hon, à qui son cousin avait donné l'hospitalité, vécut avec sa jeune femme.

C'est dans les années vingt que Shanghaï devint la grande ville cosmopolite de l'Extrême-Orient. Mon grand-père se souvint plus tard de ce jour où il s'était aventuré sur le Bund, l'avenue orgueilleuse qui bordait le Wangpoo. Sur les nouveaux immeubles où travaillaient les fonctionnaires étrangers, et avec eux les « managers » chinois, les « taïpans » au col blanc, il y avait des plaques de cuivre bien astiquées. Au bord de la rivière on déchargeait des sampans. Un groupe de coolies et de conducteurs de pousse-pousse qui attendaient la clientèle regardaient avec curiosité des étrangers en conversation devant un immeuble, et Tsou Hon s'était mêlé aux curieux. Les étrangers – des Anglais, des Français ou des Allemands, comment savoir ? – fumaient des cigarettes. Or, les Chinois, à cette époque, ne connaissaient que la pipe ou le narghilé. Un des étrangers avança vers le groupe et distribua aux coolies le contenu d'un paquet de cigarettes. Voilà la scène dont mon grand-père se souvint toujours en disant que c'est à cette époque que les Chinois s'étaient mis à fumer le tabac roulé dans du papier.

Tsou Hon et sa femme avaient déjà eu un premier enfant à Canton. Toute la famille, mes grands-parents, le bébé, et le jeune frère de Tsou Hon vivaient ensemble. Dans la cuisine de la maison, il y avait le fourneau en terre sur lequel on faisait la cuisine. Dans un trou de ce fourneau, on posait la grande marmite de fonte noire où mijotait la soupe de riz. Délayé dans beaucoup d'eau, le riz, ainsi préparé, permettait de nourrir davantage de monde. On buvait la soupe en croquant des légumes salés, surtout des navets. C'était le menu des pauvres. Seule variante, parfois : un gruau de sorgho mêlé d'un peu de riz ou de quelques haricots. Chez les Chinois du Sud, même les riches aimaient la soupe de riz. Il est vrai qu'ils mangeaient aussi de la viande ou du poisson, choses inconnues pour ma famille à cette époque. Un soir où la marmite était en train de bouillir comme d'habitude, le frère de Tsou Hon tenait dans ses bras le bébé tout en surveillant la cuisson. L'enfant gigotait. Tout à coup, échappant des bras de son oncle, il tomba dans la marmite pleine de soupe de riz, et périt ébouillanté. Voilà les choses qui arrivaient chez les pauvres.

Tsou Hon eut successivement trois autres fils et donc cinq bouches à nourrir. On aurait dit que le besoin le harcelait comme ces policiers qui distribuaient les coups de bâton sur le dos des coolies de Shanghaï pour les faire courir. Et voilà comment, courbant la nuque sous les coups de bâton du sort, travaillant sans répit comme colporteur, comme coursier, à force de courage et d'ingéniosité, mon grand-père finit par mettre assez d'argent de côté pour s'acheter une petite épicerie. Heureusement, il avait une femme travailleuse et peu dépensière. Car il fallait continuer surtout à vivre le plus chichement possible et à se priver de tout : à cette condition seulement ses enfants auraient une chance de ne jamais goûter à la misère qu'il avait connue. Son but fut en partie atteint puisque son deuxième fils, celui qui sera mon père, Chow Wei Hi, un garçon intelligent et doué, fera des études. Lui, le fils du colporteur, du petit épicier, il s'assoira sur les bancs de l'université américaine Hon Kiang, la plus importante de Shanghaï.

Chow Wei Hi, mon père, se maria à l'âge de dix-huit ans, alors qu'il était encore étudiant, avec une orpheline de seize ans, Sow Tsong Haï (dont le nom signifie Respect et Amour).

Si je me suis mariée à l'âge de treize ans, mes parents, eux, étaient fiancés depuis qu'ils avaient respectivement six ans et quatre ans. Les « fiançailles » avaient eu lieu à Canton.

En effet, son épicerie ayant prospéré en quelques années, Tsou Hon s'empressa de retourner à Canton pour y construire sa maison. C'est là le premier souci de tout Chinois qui est allé chercher fortune dans une ville étrangère : avoir un toit chez lui pour les jours de sa vieillesse. C'est à cela que fait allusion le proverbe qui dit : « Aussi élevé que soit l'arbre, ses feuilles tombent toujours vers la racine. » Voilà pourquoi Tsou Hon se rendit à

Canton avec mon futur père âgé de six ans et le second fils qui avait cinq ans.

Les deux enfants nageaient dans la rivière lorsqu'ils furent remarqués par une vieille marieuse. C'était alors une profession courue pratiquée par des gens des deux sexes qui étaient à la fois recherchés et méprisés. Donc, notre marieuse, avisant les deux petits garçons, court chez une veuve du voisinage qui a une fillette de quatre ans et l'entraîne au bord de la rivière. « Regardez, dit-elle, ces deux garçons. Sans doute sont-ils de bonne famille et même riches puisque leur père vient d'arriver de Shanghaï pour bâtir sa maison ici. Choisissez des deux garçons celui que vous préférez pour votre fille, et pour le reste, laissez-moi faire. » Alors, cette pauvre veuve regarda jouer les deux enfants et désigna du doigt l'aîné, celui qui allait devenir mon père. Elle le choisit de préférence à l'autre parce qu'il avait la peau plus blanche. (Pour les Chinois de cette époque, aussi curieux que cela paraisse, la peau blanche, blanche comme celle des étrangers, était un idéal de beauté enviable. Ainsi, on disait qu'il y avait trois beautés chez la femme : celle des yeux, celle du nez, celle de la bouche – et que la peau blanche valait à elle seule ces trois beautés.) Quant à moi je bénis son choix, car l'autre garçon, mon futur oncle, était de naissance un faible d'esprit et ne devait pas beaucoup changer par la suite.

Aussitôt, la marieuse se rendit chez mon grand-père pour lui tenir son discours :

— Cher Tsou Hon, il y a dans le voisinage une petite fille bien mignonne. Sa mère est veuve, mais très sérieuse. C'est une bonne chose pour votre famille, car, n'étant pas riche, elle n'est pas frivole. Et comme elle est travailleuse, la fille le sera aussi. Je crois que vous avez tout avantage à fiancer votre fils.

Il ne restait plus à mon grand-père qu'à aller voir cette petite fille : il la trouva gentille et l'affaire fut conclue sur-le-champ. Voilà comment mon père et ma mère furent fiancés à l'âge de six ans et de quatre ans.

La marieuse était payée par les familles au moment des fiançailles ; quant aux petits fiancés qui, la plupart du temps, ne savaient rien de leur situation, ils ne se rencontraient guère qu'à la veille du mariage. Car il n'arrivait jamais, en ce temps-là, qu'un engagement fût rompu. Ne pas tenir sa parole était une honte, un scandale.

Désormais fiancée, Tsong Haï, ma future mère, resta donc à Canton. Tsou Hon envoyait de l'argent à la mère de la petite, afin que celle-ci pût fréquenter l'école primaire. On l'y fit étudier pendant six ans seulement : une fille ne devait pas étudier trop. Ne disait-on pas chez nous : « Femme qui a peu de savoir a beaucoup de vertu » ? Et comme cette vertu c'était avant tout l'obéissance, on pensait que, moins instruite, une femme se consacrait davantage à son intérieur, à ses enfants et surtout à son seigneur et maître : le mari. Ainsi, Tsong Haï, après les années d'école, restera à la maison. Elle y apprendra avec sa mère le tissage à la main et à la machine. Et cela jusqu'à l'âge de seize ans où elle se mariera.

Pendant que sa fiancée grandissait à Canton, mon futur père menait une vie très différente à Shanghaï. Shanghaï c'était un peu Paris et l'université américaine de Shanghaï le Yale ou le Harvard chinois. Wei Hi était devenu un jeune bourgeois entièrement pénétré par les idées occidentales, un garçon au tempérament sentimental et rêveur. Guère plus éduquée qu'une petite paysanne, Tsong Haï, sa fiancée, était surtout attentive aux choses matérielles. Différence qui va s'aggraver au cours des années, et qui sera lourde de conséquences pour ce couple et pour ses enfants. Mais qui s'aviserait d'y penser quand le fils de Tsou Hon, Chow Wei Hi, encore étudiant, épouse, à dix-huit ans, la petite orpheline de Canton, Sow Tsong Haï, âgée de seize ans ?

Mon père et ma mère se sont mariés en 1923. Douze ans plus tôt, des troubles politiques avaient renversé à jamais le trône des Tsing. La République, proclamée aussitôt, avait soulevé le premier espoir d'une résurrection sur les cendres de la féodalité. Espoir grandissant quand on vit accéder à la présidence le fameux Sun Yat-sen, un révolutionnaire et un libérateur, un des premiers Chinois décidés à lutter contre la misère et l'humiliation du pays. Par malheur, la tâche était immense et la Chine pas assez mûre. Du Nord au Sud, la jeune République sombrait dans le chaos, menacée par les ambitions japonaises et dépecée par les Tou Kiun, les « seigneurs de la guerre » : chacun d'eux avait son armée, souvent son protecteur étranger et toujours sa province que ses soldats écrasaient d'impôts payables à l'avance[1]. Là-dessus les mauvaises récoltes, les inondations, les intrigues des étrangers, rien n'était épargné à mon pauvre peuple.

Seuls quelques intellectuels comprenaient ici la signification de la Révolution accomplie en 1917 par nos voisins russes. Quand Sun Yat-sen mourut en 1925, il laissa pour héritage le Parti du Peuple, en chinois : le Kouo-min-tang. Mais le militaire qui prit alors en main les destinées de ce mouvement et bientôt de toute la Chine, Tchang Kaï-chek, ne devait pas tarder à renier les

1. En 1920, les paysans de la province du Sseu-tchouan avaient déjà payé la taxe de l'an 2000.

principes de Sun Yat-sen qui avait voulu faire du Kouo-min-tang le parti des opprimés. C'est pourquoi si avec le Kouo-min-tang collaboraient plusieurs communistes – et l'un d'eux s'appelait Mao Tsé-toung[1] – la rupture avec ces derniers allait être prochainement inévitable.

En 1923, mon père et ma mère, jeunes mariés, s'installent à Shanghaï au foyer de Tsou Hon, dans le quartier chinois. Au rez-de-chaussée se trouve la petite épicerie de mon grand-père. Mes grands-parents occupent le premier étage et mes parents le second. Mon père poursuit ses études à l'université américaine Hon Kiang. Là, il fréquente une jeunesse aisée où se mêlent aux étudiants chinois professeurs venus d'Amérique, fils de diplomates ou d'hommes d'affaires anglo-saxons. Sur le Bund, au bord du Wangpoo, Shanghaï, la Cité du Banc de Vase, ressemble à la City de Londres et les belles plaques de cuivre se multiplient. On fait semblant d'oublier que c'est l'opium des Indes imposé à la Chine par les Anglais qui a fait la prospérité de toutes ces maisons de commerce respectables gardées par des policiers indiens, de grands sikhs au turban rouge que chez nous on appelle « les têtes rouges » et à qui plus tard ma mère menacera de me donner quand je ne serai pas sage.

L'été, les « taïpans » avec leurs épouses allaient écouter à Jessfield Park un concert classique où l'orchestre municipal jouait du Mozart. Pour les célibataires, les plaisirs étaient plus variés, variés comme les femmes, coréennes ou russes, japonaises ou chinoises qui dansaient à l'Ambassador, au Parliament, au Café Vénus. De ces établissements chics ils pouvaient passer à des boîtes de

1. Il dirigeait, en 1925, la section de propagande.

nuit plus louches, avec des « girls » à tickets, connaître des frissons exotiques plus sordides et infiniment variés avec fillettes et drogues. Dans les années trente et longtemps après, les vrais maîtres de Shanghaï étaient ceux de la pègre et leur roi s'appelait Tu Yueh Sen, le puissant chef du Gang vert, société secrète comparable à la Mafia. Tu Yueh Sen, dont on disait qu'il avait deux cent millions de clients parce qu'il détenait le monopole du trafic de l'opium, avait tissé sur la ville tout un filet de « rackets » auxquels on ne pouvait pas échapper : il y avait les rackets sur les courses de lévriers, sur les salaires des ouvriers et même sur les enterrements, car les Chinois de l'étranger étaient toujours désireux d'être enterrés dans leur ville ou leur village natal, ce qui donnait lieu à un fructueux commerce. Shanghaï où le kidnapping était une institution, où tout millionnaire vivait avec ses gardes du corps, n'avait rien à envier à Chicago, et son Al Capone, Tu Yueh Sen, possédait une armée de tueurs qu'on estimait tantôt de mille hommes tantôt de plusieurs dizaines de milliers. Il avait de hautes fréquentations puisqu'il était surtout le « frère de sang » du généralissime Tchang Kaï-chek à qui il rendra de grands services.

Shanghaï, la ville de l'or en barres, est alors capitale mondiale de la prostitution et peut-être aussi de la mendicité. Les mendiants y constituaient une multitude horrible et ingénieuse qui pour mieux apitoyer ramassaient les bébés morts et se fabriquaient de fausses plaies purulentes avec du sang de porc et de la boue. Mais nombreux étaient aussi les vrais mutilés à qui un potentat local ou un « seigneur de la guerre » avait coupé une main ou un pied en guise de punition. Le gangster Tu Yueh utilisa souvent cette armée rampante dans ses opérations diverses, ils étaient de bons indicateurs et de bons guetteurs.

Donc, l'année de son mariage, l'étudiant Chow Wei Hi part tous les matins pour l'université dans un tramway qui traverse une partie de la concession française et passe au milieu de la concession internationale. Le bas de la ville, le quartier des affaires, a de grandes rues qui se coupent à angle droit, Nanking Road, Peking Road, perpendiculaires à Chiang Si Road et Sseu Tchouan Road aux noms à la fois chinois et anglais. Les pousse-pousse et les limousines noires se croisent en s'ignorant et sur les ponts en dos d'âne, des enfants guettent les coolies épuisés en haut de la côte pour leur donner un coup de main et pousser leurs chariots dans l'espoir d'une piécette. Wei Hi connaît par cœur sa ville : le fleuve encombré de bateaux, les jardins au bord du Wangpoo qui sont « interdits aux Chinois et aux chiens » et Jessfield Park, à l'ouest, où se rencontrent les étudiants à la belle saison.

La jeune femme de Wei Hi, pendant ce temps, mène une vie beaucoup plus casanière. Comme toute bonne épouse chinoise, Tsong Haï est devenue la servante de ses beaux-parents. Sa journée commence à 5 heures : c'est à cette heure matinale, en effet, qu'il faut sortir dans la rue le petit tonneau familial équivalent du seau hygiénique, pour le vider dans le chariot qui passe tous les matins. Celui qui le pousse réveille toute la rue avec sa mélopée, criant tout simplement : « Sortez vos excréments ! Sortez vos excréments ! » C'est le premier cri du matin dans les villes de Chine. Un peu comme le chant du coq. Alors, de chaque maison, une femme sort avec les tonneaux de la famille. Le ramasseur n'est qu'un pauvre employé, mais son patron un homme riche : le commerce des excréments est détenu par un gang aussi fermé que le club le plus sélect. Le grand patron est un homme tout-puissant qui fréquente la meilleure société : celui de Shanghaï a organisé pour le mariage de sa fille avec le fils d'un industriel une fête inoubliable. Dans le trousseau de sa fille il va de soi que la vaisselle est en or, mais, comble de raffinement, le tonneau hygiénique lui-même est en or massif.

Chaque matin, non seulement ma mère sortait le tonneau, mais après l'avoir vidé, elle y jetait, comme ses voisines, une poignée de coquilles vides de praires. On introduisait alors un long balai de bambou dans le tonneau et les coquilles entraînaient la saleté. Toutes les femmes à la même heure étaient occupées à la même besogne et la rue entière était parcourue par le bruit de crécelle des coquilles dans les tonneaux.

Puis Tsong Haï rentrait à la maison et faisait le ménage de haut en bas. Pendant ce temps, la soupe de riz mijotait dans son chaudron. Avant de servir le petit déjeuner il fallait remplir d'eau bouillante les deux cuvettes pour la toilette des beaux-parents, cuvettes en porcelaine ou en émail chez les riches, en bois chez les pauvres ou chez ceux qui, comme mon grand-père, parce qu'ils avaient connu la misère, continuaient, s'ils en étaient sortis, à se priver de tout pour amasser des économies. Un bol d'eau tiède accompagnait la brosse à dents. Parmi ces objets de toilette figurait aussi le racloir pour la langue : une sorte de lame métallique souple, qui épouse la forme du palais, et débarrasse la langue des impuretés dont elle est chargée au réveil.

Après avoir servi le petit déjeuner, Tsong Haï s'occupait de l'épicerie, faisait les lits, les courses, la cuisine, la couture. C'étaient des journées harassantes qui se suivaient sans répit, l'idée même de repos n'existait pas. On comprend que pour former de telles domestiques il était préférable de ne pas faire étudier les filles : instruites, elles se seraient mises à penser et peut-être même à se révolter. On ne leur demandait que d'être parfaitement soumises.

C'est à cette époque de la vie de mes parents que se situe l'épisode tragique des tombeaux. Le père de Tsong Haï avait décidé de donner de meilleures sépultures à sa famille. En Chine, les parents sont sacrés, on leur doit le respect absolu. Il convient d'être bon avec eux, non seulement pendant leur vie mais après leur mort et même longtemps après. Si l'on est pauvre quand on enterre ses parents, on les enterre pauvrement. Malgré tout, sur une pierre figure, à côté du nom des enfants, leur nom écrit « avec des larmes de sang » comme on dit chez nous. Mais supposons que dix ans ou même vingt ans plus tard on devienne riche : alors, la tradition bouddhiste veut qu'on enlève les tombes pour les changer de place. On les installe dans un meilleur quartier du cimetière, où le terrain est plus cher. Tout enfant respectueux agit ainsi, faute de quoi il mérite la critique et le blâme. Le nouvel emplacement du tombeau n'est pas choisi au hasard. Chez nous, rien n'est choisi au hasard. Que ce soit pour le jour du mariage, l'emplacement de la maison, ou celui de la tombe, tout est fixé selon les signes, et il faut s'adresser à un spécialiste des horoscopes, seul compétent en cette matière. C'est souvent la même personne qui est qualifiée pour la maison, le jour du mariage, la tombe : un voyant professionnel, le *Fong-Tseui*, celui « qui prend l'eau et le vent », les deux choses les plus importantes dans ce cas.

Or, il se trouve que la famille de mon grand-père maternel – et cela bien avant la naissance de ma mère – était protestante, convertie par des missionnaires à la suite de je ne sais quelles circonstances. Elle ne respectait donc pas la tradition bouddhiste selon laquelle, quand on déplace une tombe sans « prendre l'eau et le vent », il arrive de grands malheurs.

Quand le père de Tsong Haï, ayant amassé un peu d'argent, décida de changer de place les sépultures de ses parents, de ses grands-parents et de plusieurs tantes, avec l'aide de frères et de cousins il commença à déterrer un premier cercueil sans avoir demandé, bien entendu, les horoscopes du *Fong-Tseui*. À peine eut-il donné le premier coup de pioche qu'un de ses frères tomba malade et mourut en quelques jours. Il continua sa tâche de fossoyeur. Il était loin d'en avoir fini quand trois autres hommes de sa famille moururent successivement. Alors il s'arrêta, se fit bouddhiste et demanda le *Fong-Tseui* avant d'enterrer ses parents à la bonne place. Lui-même mourut à peu de temps de là. Tous mariés, les cinq hommes qui avaient disparu laissèrent cinq veuves qui possédaient des magasins de tissus. Elles furent obligées de les vendre, et devinrent de plus en plus pauvres. Telle fut l'histoire de mes cinq grand-tantes que ma mère me raconta plus tard.

Quand Tsong Haï, ma mère, fut enceinte pour la première fois, il ne fut pas question qu'elle cessât de travailler un seul jour : sa belle-mère y veillait. Par bonheur Tsong Haï eut un fils ; elle connut donc ce moment de prestige que conférait à un couple la naissance d'un enfant mâle, surtout quand c'était le premier-né. Un tel événement attendrissait jusqu'à la plus intraitable des belles-mères chinoises. Signe traditionnel de chance, un fils, parce qu'il aidait ses parents de bonne heure, représentait aussi de l'argent. La bénédiction, en l'occurrence, était surtout de n'avoir pas eu de fille. Avoir une fille signifiait, dès le premier instant, travailler à fonds perdu, se donner de la peine pour les autres : seule en profiterait la future belle-famille qu'elle était destinée à servir un jour ou l'autre. On appela mon frère aîné Chow Ching Son, le premier nom étant celui de la famille, le second celui de la génération (que je partagerai avec lui) et le troisième le prénom. Il fut traité comme un prince dès le jour de sa naissance.

Tsong Haï continua à servir ponctuellement ses beaux-parents avec la seule différence qu'elle travaillait à présent un bébé attaché à son dos. Elle le portait encore quand elle fut enceinte une seconde fois. L'enfant, une fille, née prématurément, mourut au bout de trois jours. Mais ce n'était qu'une fille : elle ne laissa pas beaucoup de regrets.

Quand Tsong Haï fut enceinte pour la troisième fois, alors que mon frère aîné avait quatre ans, sa belle-mère la traita plus durement qu'on ne traitait les mauvais domestiques. En Chine, on accouchait à la maison, et l'on faisait venir la sage-femme. La belle-mère ayant décidé que l'accouchement de la bru ne devait déranger ni le fils ni le petit-fils, ma mère fut reléguée au grenier en plein été, quand la chaleur humide de Shanghaï rend la respiration pénible et fait fondre l'asphalte des rues. C'est dans la moiteur de ce grenier recouvert d'une toiture de zinc, que naquit une seconde fille qui ne vécut pas longtemps. Le poisson séché avarié dont elle se nourrissait avait empoisonné le lait de ma mère, qui, ainsi, empoisonna son enfant. La chaleur fit le reste. Le bébé mourut au bout d'une semaine de souffrances, le corps couvert de furoncles. Tsong Haï elle-même tomba gravement malade, et comme elle souffrait d'une éruption de boutons purulents, sa belle-mère ne voulut pas la laisser sortir du grenier de peur de voir contaminés son mari et son fils. Quand elle sentit que la vie l'abandonnait, Tsong Haï fit venir de Canton sa mère.

Pour ma grand-mère maternelle, quand elle fut arrivée à Shanghaï, il n'y avait pas de doute : sa fille unique se mourait. Fervente bouddhiste, il ne lui restait d'espoir que dans la prière. Elle pria jour et nuit. Une nuit elle fit un rêve : un dieu lui était apparu, vêtu d'un costume somptueux comme les personnages de l'opéra chinois et portant une grande barbe rouge, signe de joie. Il se pencha, écarta la moustiquaire où dormait Tsong Haï, lui sourit et se retourna avec le même sourire vers la mère. Elle vint raconter ce rêve à sa fille. Dès qu'elle eut entendu le récit de sa mère, Tsong Haï confia qu'elle-même avait eu cette nuit-là une vision : un homme vêtu de noir avec un chapeau pointu noir, portant une lanterne de papier, lui était apparu. Il y avait devant lui un chemin jaune (celui de la mort) et un autre chemin menant à un jardin plein de légumes. L'homme, avec sa lanterne, avait désigné le chemin du jardin. Ma mère s'était alors réveillée.

Pour ma grand-mère, si croyante, la vision était claire : Dieu voulait que sa fille devînt bouddhiste et se conformât aux prescriptions alimentaires du bouddhisme, c'est-à-dire, qu'elle devînt végétarienne. C'est ce que Tsong Haï fit aussitôt et elle guérit peu de temps après.

Wei Hi, son mari, avait terminé ses études : Tsou Hon, le père, le voyait déjà, gravissant tous les échelons du succès, parvenir aux sommets de la prospérité. Wei Hi avait la vocation profonde de la pédagogie : il rêvait de créer une école, de la faire construire lui-même. Mon grand-père, qui ne voyait dans tous ces projets qu'une source de profits, consentit donc à mettre à la disposition de son fils tout l'argent qu'il avait péniblement accumulé à force de travail acharné et d'économies draconiennes. Il y en avait plus qu'on ne l'aurait imaginé.

L'école secondaire fut construite dans la banlieue de Shanghaï : elle comprenait outre les salles de classe et un terrain de sport, des appartements pour les professeurs et pour mon père, et un grand jardin en partie potager. On y fit pousser notamment des pastèques. Pourquoi ? Parce que les pastèques sont « yin » et que la chaleur est « yang »[1] ; or, c'était la chaleur qui avait tué ma petite sœur. Ma mère, dont le corps était plus « yang » que « yin », se mit à consommer beaucoup de pastèques : elle en buvait le jus, recrachant la pulpe. Ce jus est appelé, en chinois : soupe de tigre blanc, car le jus de pastèque est capable d'apaiser ce qu'il y a de plus « yang » au monde : un tigre blanc. La pastèque jouera d'ailleurs un grand rôle dans mon enfance et toute ma vie durant, puisque grâce à elle, j'ai été le seul enfant de ma famille qui n'ait jamais eu de bouton, et dont la peau fut toujours douce comme la soie.

L'état de santé de Tsong Haï et la mort cruelle de ses deux filles, qui avait précédé ma naissance,

---

1. Yin et yang : les deux principes de l'univers dans la pensée taoïste (qui fut avec le confucianisme un des deux grands courants de la philosophie chinoise). Le yin symbolise notamment la femelle, la terre, le froid, l'ombre, le nord ; le yang : le mâle, le ciel, la chaleur, l'ensoleillement, le sud. Yin et yang constituent l'union des contraires, c'est-à-dire l'harmonie de l'univers, la totalité, le Tao (mot qui signifie la « voie », le « chemin »).Yin et yang sont deux mots très anciens de la langue populaire désignant, le premier, un temps froid et couvert, un ciel pluvieux, le second, l'ensoleillement et la chaleur. Dans une montagne ou une vallée, yin c'est l'ubac (le côté ombreux) et yang le versant ensoleillé (l'adret).

finirent par adoucir quelque peu le comportement de sa belle-mère. Quand ma mère fut enceinte pour la quatrième fois on lui permit de travailler moins, de ne plus s'occuper de l'épicerie et de boire de la soupe de tigre blanc. Il lui fut également permis alors de vivre avec son mari dans l'appartement de l'école. Au reste, Wei Hi, mon père, dont j'ai encore peu parlé et qui jouera un tel rôle dans ma vie, n'était guère une puissante protection pour Tsong Haï. Non seulement il vivait dans un autre univers que la petite paysanne à qui on l'avait fiancé à six ans, mais il n'était pas question à cette époque, pour un fils, de sourciller seulement devant la tyrannie de sa mère à l'égard de sa femme.

En ce qui me concerne (puisque c'est de moi que ma mère était enceinte cette fois-ci) le sort m'avait quelque peu favorisée plusieurs mois avant ma naissance en plaçant la grossesse de ma mère dans une période plus clémente de sa belle-mère. Je n'ai pas seulement bénéficié des vertus de la soupe de tigre blanc. Tsong Haï étant devenue bouddhiste fervente, les deux derniers mois de sa grossesse furent consacrés aux dévotions et à une prière constante. Chaque jour, elle priait le ciel de lui donner une fille. Ne venait-elle pas d'en perdre deux successivement ? Et puis, s'il lui naissait un garçon, celui-ci ne deviendrait-il pas le serviteur de son père et de son frère aîné ? Tandis qu'une fille lui appartiendrait davantage, on ne la lui disputerait pas. Et son enfant serait un sujet de joie et de consolation dans une vie lamentable, entièrement soumise à une belle-mère dont il fallait tout supporter : les algarades quotidiennes, les coups de poing sur la table pour un plat trop salé, sans le moindre soutien d'un mari qui n'osait pas montrer son amour, ni même sa tendresse pour sa femme, cette bru qu'on jalousait, qui vous avait pris votre fils et qui n'était même pas digne d'être votre domestique. Aussi, Tsong Haï n'avait que la prière pour refuge. Au bouddha Kouan Yin elle demanda ardemment une fille belle et intelligente, et possédant assez de qualités pour ne pas dépendre, plus tard, de son mari, puisque dans son esprit elle ne pouvait pas se représenter un mari capable d'amour. S'il est une supplication qui fut entendue, c'est bien celle de Tsong Haï. Non seulement parce qu'elle eut une fille, mais parce que bien des années plus tard le destin de cette fille répondit en tous points aux pressentiments et aux prières de Tsong Haï.

2

Fureur de ma grand-mère à ma naissance / Guerre sino-japonaise et trêve entre Mao Tsé-toung et Tchang Kaï-chek / Shanghaï occupé / Le fantôme de la femme suicidée / Nous emménageons dans la concession française / Les Japonais détruisent l'école de mon père / Embarquement pour Canton / Retour à Shanghaï dévoré par la spéculation / Wei Hi se rend à Tchong King / La voyante aux cheveux blancs / J'aimerai toujours la pluie.

En ce mois d'août 1936, quelques semaines avant ma naissance, ma grand-mère n'était pas seulement devenue tolérante à l'égard de sa bru, elle avait même des attentions pour elle, allant jusqu'à quitter plusieurs fois par jour son épicerie pour se rendre dans l'appartement de l'école où était installée ma mère. Il est vrai que tant de soins concernaient beaucoup moins la future mère, que l'enfant attendu. Car, dans l'esprit de ma grand-mère, il n'y avait pas l'ombre d'un doute : ce serait un garçon. Au reste, elle ne se déplaçait plus sans emporter avec elle deux petits palets de bois grands comme la main. Il s'agissait d'un jeu divinatoire très répandu : chaque palet ayant deux faces, l'une lisse, l'autre décorée ou gravée, par exemple de motifs à fleurs, on lançait en l'air les deux morceaux de bois : s'ils tombaient en présentant la même face tous les deux, c'était une réussite : ce qu'on attendait s'accomplissait. Ainsi, le matin du 26 août 1936, les deux palets étant retombés tous les deux en présentant les faces fleuries, elle en conclut que l'accouchement était imminent et se précipita à l'école, où, en effet, les premières douleurs avaient saisi ma mère.

L'enfant naquit à 11 heures du matin. C'était une fille ! Sa vue provoqua chez ma grand-mère une colère si violente que, suffoquée, incapable de dire un mot, elle sortit aussitôt de la pièce en claquant la porte.

La petite fille, c'était moi. J'étais un très joli bébé à la peau claire et lisse grâce aux grandes quantités de soupe de tigre blanc absorbées par ma mère. Et nous entrions dans l'année de la souris. Parce que j'étais jolie, on m'appela Mi qui est du cantonais et correspond en langue mandarine à Mé. Et comme j'étais affectueuse et constamment collée à mes parents à la manière d'un petit chat, on me surnomma Mi-Mi. Voilà pour mon nom dans l'intimité. Officiellement, mon nom de famille était Chow. Mon père s'appelait Chow Wei Hi, Wei étant le nom de la génération que portaient également ses frères, Chow Wei Hing et Chow Wei Lin. Tous mes frères et sœurs auront pour nom de famille Chow, et Ching sera le nom de ma génération. Mon nom officiel, celui qui fut déclaré plus tard, à l'école, est Chow Ching Lie, Lie, mon prénom, signifiant entièrement belle.

Contrairement à sa mère, mon père éprouva à ma vue un immense bonheur. Et le grand amour qui naquit à cet instant ne cessa plus de m'entourer ni dans les beaux jours ni dans les jours sombres que j'allais connaître dès mon âge le plus tendre.

Peu après ma naissance – c'est ma mère qui me raconta plus tard cette histoire – une nuit, mon ventre se mit à enfler et je n'arrêtai pas de pleurer.

Quoi que fît ma mère, ma douleur et mes larmes n'avaient de répit ni le jour ni la nuit. Ma grand-mère, qui ne me pardonnait pas mon existence, estimait que c'étaient là des caprices. Toujours obéissante, ma pauvre mère n'avait pas le droit d'appeler un médecin. Au bout de deux semaines, une voisine alarmée et compatissante intervint et proposa sa médication. Pour commencer, il fallait ramasser des cafards. Rien de plus facile dans la Chine de l'époque : il suffisait de se baisser. Voilà donc notre voisine pourvue de deux superbes cafards qu'elle embroche dans un fil de fer et qu'elle grille sur le feu de la cuisine. Cela fait, à l'aide d'une bouteille employée à la manière d'un rouleau de pâtisserie, elle écrase les insectes grillés, verse dans l'eau d'une casserole la poudre ainsi obtenue, laisse cuire quelques minutes et me fait boire cette décoction. Je guéris en quelques jours.

Un an après ma naissance survint un événement plus grave que l'enflure de mon ventre : la guerre entre la Chine et le Japon.

Ce n'était pas la première fois que les Japonais sévissaient en Chine. En 1905, ils s'étaient battus contre les Russes sur notre sol pour la possession de la Mandchourie et ils avaient pris Port-Arthur. La leçon n'avait pas été tout à fait perdue pour les Chinois qui assistaient à la guerre en témoins passifs et qui, ayant une fois de plus payé les pots cassés, s'étaient dit : « Les Blancs ne sont pas invincibles. Si nous étions aussi disciplinés que les Japonais, ne pourrions-nous pas, nous aussi, nous libérer un jour ? » À côté de tous les étrangers occidentaux qui ont sucé le sang de la Chine, les Japonais ont tenu un rôle coûteux en richesses et en vies humaines, en ruines et en malheurs qui ont aussi contribué à éveiller la conscience nationale des Chinois. Implantés partout de la Corée à la Mandchourie, présents par leurs communautés et leurs banques, notamment à Shanghaï où, après de violents incidents, les Chinois avaient tenu leurs troupes en échec quelques années auparavant, ils lançaient à présent sur la Chine des armées qui nous menaçaient depuis trente ans. En juillet 1937 ils avaient attaqué Pékin, et leurs armées venues de Mandchourie détruisaient tout sur leur passage. Pendant de longues années et jusqu'à la guerre mondiale, les soldats nippons saigneront la Chine, ils feront des millions de morts, occuperont le tiers du pays et détruiront d'immenses territoires[1].

Ce fut d'abord une guerre éclair avec des bombardements aériens et des centaines de milliers de civils fuyant sur les routes et dans les trains. Devant le danger, les Chinois voulaient s'unir. Pour lutter ensemble contre l'envahisseur, les nationalistes de Tchang Kaï-chek et les communistes de Mao Tsé-toung, ennemis irréductibles, devaient bientôt conclure une trêve. Ces derniers avaient déjà une longue histoire. Ce qu'on appelait l'Armée Rouge des Paysans et des Ouvriers avait quitté en 1934 sa base du Kiang-si. Au terme de sa Longue Marche de plus de dix mille kilomètres à travers les fleuves, les montagnes et les déserts de dix provinces, elle était parvenue un an après, en octobre 1935, au Chen-si du Nord qui devint sa base de résistance contre les envahisseurs japonais. Ce sont là des choses que je ne devais apprendre que beaucoup plus tard, par la bouche de mon frère Ching Son devenu un révolutionnaire.

Pendant la guerre nationale, l'Armée rouge prendra le nom de 8e Armée de Route pour se battre contre l'envahisseur japonais que Mao Tsé-

1. La présence japonaise jusqu'à la Seconde Guerre mondiale aurait coûté aux Chinois cinq millions de morts.

toung, dans un de ses poèmes, appelle le Dragon vert. En attendant, le Dragon vert prit Pékin et ne perdit pas son temps. Au mois d'août, les Japonais débarquaient à Shanghaï. Ils voulaient montrer aux Occidentaux installés sur le Bund que la Chine était aussi leur affaire.

Ma famille savait peu de choses des horreurs de la guerre. Au début, surtout dans les concessions étrangères, chacun vaquait à ses affaires. C'est à l'extérieur qu'on se battait. Un boulet de canon perdu tombait quelquefois dans les concessions. On n'y prêtait pas grande attention. Il y eut des combats jusqu'à la fin de l'année.

Entre-temps, ma mère, chez qui les grossesses se suivaient de très près, avait mis au monde un nouvel enfant : encore une fille, ma petite sœur Ching Lin (Lin signifie : adroite, habile). L'épicerie où nous habitions se trouvait dans un quartier chinois constamment arrosé par les obus. Il y avait des morts tous les jours. Un jour du mois de décembre, Wei Hi, mon père, traversait la concession française quand des policiers lui interdirent de passer. Une partie de la ville était isolée, les autobus et les tramways arrêtés. Dans Nanking Road, une des principales artères de Shanghaï, les vainqueurs défilaient.

Désormais les soldats japonais occupaient la ville : en passant devant eux, il fallait baisser la tête dans une attitude de soumission, sinon ils vous frappaient[1]. Il circulait sur leur compte

---

1. Lors de la prise de Shanghaï en 1937, les Japonais obligeaient les Blancs à s'incliner sur leur passage et, désormais, les jardins au bord du Wangpoo ne furent plus « interdits aux Chinois et aux chiens ». Si la narratrice omet ce détail, c'est sans doute parce que les Chinois eurent trop à souffrir de leurs frères de race jaune pour qu'elle se souvienne des quelques inconvénients subis par les étrangers occidentaux.

d'horribles histoires d'exécutions sommaires, de prisonniers sur lesquels ils s'exerçaient avec leurs baïonnettes. On connaissait déjà, dans Shanghaï, des lieux de tortures et aussi des Chinois qui collaboraient avec eux et dénonçaient les propos imprudents de leurs compatriotes.

Bientôt, comme notre quartier fut à feu et à sang, il nous fallut déménager à la hâte. Seules les concessions étrangères étaient relativement épargnées et des milliers de Chinois tentaient de s'y réfugier. Mes grands-parents trouvèrent dans un quartier britannique de la concession internationale, et pour un prix dérisoire, une maison spacieuse, sombre et sinistre.

Quand le déménagement eut lieu, je n'étais qu'un bébé qu'on portait dans les bras, et pourtant, dès l'instant où l'on me fit entrer dans cette maison, je ne cessai plus de pleurer et je perdis le sommeil. En cette saison, les fenêtres étant ouvertes, mes cris empêchaient aussi les voisins de fermer l'œil. Furieuse, ma grand-mère essayait de me calmer. En vain. Un jour une voisine vint nous rendre visite et demanda à ma mère si son enfant, pour pleurer ainsi, ne souffrait pas d'une maladie. Comme ma mère lui dit que non, la voisine hocha la tête. Pour elle, la raison de mes cris ne faisait aucun doute : la maison que nous habitions en était la cause.

— Savez-vous pourquoi vous payez un loyer si peu élevé ? C'est parce qu'une femme s'est suicidée ici. Cette malheureuse a mis fin à ses jours à cause d'un chagrin d'amour. Elle revient régulièrement hanter les lieux : la maison est maudite. Et si votre fillette ne cesse de pleurer, c'est parce que les bébés qui ne parlent pas encore voient les fantômes.

Et elle nous conseilla de déménager au plus vite. Sitôt la voisine partie, ma grand-mère, qui avait écouté sans rien dire, entra dans une violente colère. Mensonges, dit-elle, fariboles que tout cela : c'était moi, le bébé, qui étais coupable de tout.

— Cette enfant porte malheur. Comme si la guerre avec les Japonais ne suffisait pas, elle n'arrête pas de hurler ! Et que personne ne prenne au sérieux les bêtises de notre voisine !

Dans toute cette affaire, ma grand-mère ne voyait qu'une chose : le loyer bon marché. Il n'était pas question de partir d'ici.

Deux semaines après cette nuit-là, Tsou Hon rentra fort tard au milieu de la nuit et frappa à la porte. Le plus jeune de mes oncles – il vivait chez nous avec sa femme – vint ouvrir. C'était l'hiver, il prit froid et, rentré dans sa chambre, il ressentit de violentes douleurs au ventre. Sa femme, affolée, alla frapper chez Wei Hi, mon père. Celui-ci, voyant son frère tout pâle et se tordant de douleur sur son lit le fit immédiatement transporter à l'hôpital. Le jeune homme était terrassé par une affection dont je n'ai jamais entendu parler hors de Chine : il s'agit d'une maladie qui survient si l'on a pris froid aussitôt après des rapports sexuels. Mon oncle mourut dans les trois jours.

Ma crise permanente de larmes prit fin aussitôt. L'explication en parut tout à fait claire et les voisins étaient unanimes : contrairement à mes parents, mon oncle et sa femme formaient un couple très aimant. Ce qui avait rendu jaloux le fantôme de la femme suicidée : c'est elle qui avait fait mourir mon oncle.

Et, chose curieuse, c'est le jour où je cessai de pleurer et de geindre que ma grand-mère décida de déménager. Cette fois, nous allions dans un quartier chic : la concession française, où nous trouvâmes une agréable maison à trois étages, de construction moderne et, surtout, très ensoleillée.

La mort de son jeune frère avait beaucoup affecté mon père qui resta d'abord trois mois sans sortir de chez lui. Puis le temps passa, laissant oublier nos malheurs, quand il en survint un nouveau.

Dans les jardins de l'école de Wei Hi il y avait de grandes pelouses où poussait une herbe abondante. Elle servait de pâture à des chevaux. D'un de ces petits avions japonais qui survolaient constamment la ville pour l'observer, le pilote aperçut l'école, pensa probablement que là où il y avait des chevaux il y avait des soldats. Sans chercher à en savoir plus, il fit un tour, et revint lâcher son chargement de bombes. Tout le bâtiment fut rasé en quelques minutes.

Pour Wei Hi, ce fut comme si le ciel lui était tombé sur la tête. Il n'avait plus de métier, plus de gagne-pain. Quant à Tsou Hon, voyant perdu tout l'argent qu'il avait donné à son fils pour construire l'école, il fut pris d'une rage rancunière. Obligé de rester à la maison, le pauvre Wei Hi subissait chaque jour ses lamentations et ses sarcasmes et perdait le courage de vivre. Rendue plus malheureuse encore par l'état de son mari que par la catastrophe, ma mère prenait sa défense.

— Le Chinois, disait-elle au vieil homme, a quatre grands vices : trop manger, jouer aux cartes, dépenser pour son habillement, dépenser avec les filles. Wei Hi, ton fils, n'a aucun de ces défauts. Est-ce sa faute si la guerre l'a privé de son école ?

— Tout est ta faute à toi ! répliquait grand-père. Tu as eu quatre filles successivement : tu nous as apporté le mauvais sort et le malheur !

Ma mère, après de telles paroles, ne pouvait que pleurer.

La malheureuse fut à nouveau enceinte et mit au monde un enfant en 1939. Heureusement, ce fut un garçon. Mais notre situation empirait de jour en jour. Wei Hi était sans travail, pas question pour Tsou Hon de l'aider une deuxième fois. Mon père s'obstinait dans une pensée unique : reconstruire l'école et pour cela mettre chaque jour de l'argent de côté. Mais où le prendre et comment nourrir les siens quand le prix de la vie n'arrêtait pas d'augmenter, quand la misère, autant que les Japonais, envahissait Shanghaï ?

— Prenons nos quatre enfants, dit-il à ma mère, et amenons-les à Canton. Peut-être la vie est-elle moins chère là-bas. Peut-être pourrons-nous plus facilement y subsister.

Ma mère ne dit pas non. Encore fallait-il avoir les moyens de voyager. À sa grande surprise, Tsou Hon accepta de payer nos passages en bateau. Il décida de rentrer avec nous à Canton, mais de n'y rester que provisoirement. Nous ayant avertis qu'il ne dépenserait pas un centime de plus que le prix des billets, il prit donc pour nous – ma mère, mes deux frères, ma sœur et moi – des billets de quatrième classe, celle des plus pauvres et ne donnant droit qu'à un voyage sur le pont supérieur du bateau où rien ne protégeait du soleil ou de la pluie et où l'on dormait à la belle étoile. Pour lui-même et sa femme, Tsou Hon prit des billets de troisième classe, alors qu'il avait les moyens de voyager en première. Que n'aurait-il pas fait pour économiser ?

Nous voilà donc embarqués, Tsong Haï et ses quatre enfants au mois de décembre, le plus froid de l'année, tassés sur le pont, au milieu d'une foule bruyante de gens misérables et démoralisés qui fuient la guerre et ne savent ce qu'ils vont trouver au prochain port. Après quelques heures de navigation, la nuit tombe, la mer devient mauvaise, le bateau commence à tanguer, des paquets de mer frappent les passagers, le froid du vent nous pénètre les os. À côté de nous on vomit et on crache. Il se répand une épouvantable odeur d'urine et d'excréments. La bousculade de la foule nous a rejetés contre la rambarde et plus rien ne nous abrite. Ma mère serre dans ses bras son fils qui n'a que deux mois. Les trois autres enfants se tiennent contre elle. Alors que des vagues de plus en plus hautes soulèvent et giflent le bateau, Tsong Haï, soudain, pousse un cri : ma plus jeune sœur, tout au bord du pont, a glissé et failli tomber à la mer. Ma mère lâche le bébé pour attraper sa fille, puis rattrape de justesse le bébé. Alors, on nous éloigne du bord et, prostrés au milieu de la foule, nous nous mettons tous, les quatre enfants et notre mère, à sangloter à qui mieux mieux, redoutant le sombre avenir et regrettant un passé de misères qui fut pourtant traversé par de beaux jours. Il y a là des passagers qui nous connaissent. Plusieurs vont chercher mon grand-père dans l'entrepont de troisième classe et lui font la leçon : comment peut-il être assez dur pour laisser ses petits-enfants et leur mère exposés au froid le plus cruel ? Devant ces étrangers, grand-père a honte. Il nous fait venir dans l'entrepont et réclame des couchettes où nous passerons la nuit. On apporte deux lits où nous pourrons dormir à cinq.

La traversée dura plus d'une semaine. Malgré les deux lits, nous étions tous bien mal en point. L'air vicié était si étouffant que mon petit frère de deux mois, qui était un bébé fragile, mourut en arrivant à Canton.

À Shanghaï, notre père ne resta pas inactif. Poursuivant son idée fixe, il avait loué dans la concession internationale un immeuble beaucoup plus petit que l'école détruite par les Japonais mais convenable et qu'il baptisa du même nom : « Sing Ming », c'est-à-dire : « Peuple Nouveau ». Armé d'un courage neuf, il travailla si bien qu'au bout de six mois il put faire le voyage de Canton pour ramener à Shanghaï sa femme et les trois enfants qui lui restaient. Son père et sa mère revinrent également. Mais, obsédé par la crainte d'avoir à donner de l'argent à mon père s'il lui arrivait un nouveau malheur, Tsou Hon préféra aller vivre avec son plus jeune fils, Wei Hing, celui qui était simple d'esprit et ne travaillait pas, mais du moins ne dépensait pas d'argent.

J'avais quatre ans, l'âge de la « maternelle ». La maison que nous habitions, dans la concession française, était minuscule mais avait l'avantage de se trouver en face de l'école Mac Intyre, établissement pour jeunes filles de bonne famille fondé par les Américains et que les Chinois appelaient l'école Tson-Chi, c'est-à-dire « sino-occidentale ». C'était le meilleur établissement pour filles de toute la ville : on y enseignait le chinois, les langues étrangères, la musique et les manières occidentales.

Pendant ce temps, au cours d'une guerre toujours plus sanglante, l'armée de Tchang Kaï-chek avait quitté Shanghaï et les Japonais se répandaient au Nord et au Sud malgré une résistance étonnante de la part des soldats chinois. À l'automne de 1938, Canton fut occupé, en 1940 les Japonais tenaient les deux tiers de la Chine et des gouvernements de traîtres chinois collaboraient avec l'ennemi, à Pékin et à Nankin, théâtre d'atrocités célèbres et fief du fameux Wang Tsing Wei, un Chinois entièrement dévoué à l'envahisseur.

Pour Shanghaï, la période la plus terrible avait commencé. Non seulement des Shanghaïens étaient brimés, torturés et tués chaque jour mais ceux de la classe possédante stockaient le riz, le savon, toutes les matières de première nécessité, vendues à des prix exorbitants. Bien souvent, le salaire d'un mois de travail acharné ne payait pas le prix d'une semaine de nourriture. L'humidité avait fait des ravages énormes dans les réserves de riz. Elles étaient truffées de vermine et de larves : ce qui n'empêchait pas les spéculateurs d'écouler la marchandise. Ceux des commerçants qui stockaient le riz pour attendre sa hausse étaient surnommés « vermine de riz ».

Dans la spéculation qui se généralisait, le gouvernement donnait l'exemple. On spéculait avec la nourriture, avec l'or et les actions, avec l'opium. Les plus riches ne détenaient pas le monopole du trafic : beaucoup étaient devenus spéculateurs par la force des choses, poussés par la ruine soudaine et faute d'autre gagne-pain : quand les salariés voyaient l'argent se dévaluer chaque semaine et presque chaque jour, on savait bien que seuls les trafiquants pouvaient surnager. L'armée des occupants souffrit bientôt elle aussi des restrictions alimentaires. Je ne sais plus si ce fut cette année-là ou la suivante que les Japonais firent main basse sur quelques centaines des meilleurs lévriers de course du cynodrome de Shanghaï et que ces beaux champions finirent dans les marmites des régiments nippons.

Mon grand-père, qui continuait à reprocher à son fils le moindre sou dépensé, voulut l'inciter à se lancer dans le trafic si répandu de l'opium. Il n'y parvint jamais. Wei Hi aurait préféré cent fois la misère à une aisance obtenue par un commerce qu'il considérait comme ignoble. Tsou Hon ne réussit pas avec Wei Hi ce que les Anglais avaient réussi avec les Chinois[1].

Si nous avons survécu à un tel cauchemar, il faut dire que c'est en grande partie grâce aux qualités de maîtresse de maison d'une mère qui ne perdit jamais courage et, avec le peu que nous possédions, fit des miracles. En 1940, Tsong Haï eut un nouvel enfant : pour moi, un nouveau petit frère. Malgré la situation, ma sœur et moi n'avons jamais cessé jusqu'en 1941 de fréquenter, en face de la maison, l'école Mac Intyre, c'est-à-dire la plus coûteuse des écoles bourgeoises.

Bien sûr, le moment devait arriver où Wei Hi, qui se refusait à trafiquer, s'aperçut que, la vie devenant de plus en plus chère, le désastre qui approchait allait nous broyer comme tant d'autres. C'est alors qu'il pensa à Hiao, son ami d'enfance qui habitait Tchong-king dans la province du Sseu-tchouan.

Hiao avait quitté Shanghaï quelques années plus tôt. Le sachant dans le besoin, mon père, à cette époque, avait payé son voyage et celui de toute sa famille. Installé à Tchong-king, Hiao y avait rapidement prospéré : il était devenu le propriétaire d'une grande librairie et d'une maison d'édition. Wei Hi savait tout cela. Aussi pensa-t-il que son ami pourrait l'aider à son tour. Comme il n'était plus question de compter sur une aide du grand-père, Hiao apparaissait comme le dernier recours. Après avoir longuement réfléchi, mon père décida de se rendre à Tchong-king.

C'est une chose étrange, en vérité, de penser après toutes ces années, à quel point on était alors peu préoccupé, dans ma famille, par des évé-

---

1. Allusion à la guerre de l'opium au cours de laquelle, à partir de 1839, ce sont les canonnières britanniques qui ont ouvert de force le « marché » chinois à l'opium des Indes.

nements qui mettaient à feu et à sang le pays et aussi, depuis peu, une grande partie du monde. Dans toute la Chine, Mao Tsé-toung et ses compagnons occupaient déjà des bastions importants, ralliant en masse des paysans qui, pour la première fois dans l'histoire, voyaient des soldats qui ne leur prenaient rien. Sous le couvert de l'union face à l'ennemi japonais, la lutte avec les nationalistes de Tchang Kaï-chek ne connaissait qu'un répit. Les uns et les autres savaient qu'elle irait jusqu'à l'explication finale.

En 1927, quand Tchang Kaï-chek avait marché sur Shanghaï, on croyait que les nationalistes du Kouo-min-tang, dont il était le chef, allaient mettre fin au scandale des concessions, aux « traités inégaux » et rétablir la dignité du gouvernement chinois. C'étaient les mots d'ordre du Kouo-min-tang. En réalité, il se jeta sur les communistes qui sous la direction de Chou En-laï et Liu Chao-chi avaient provoqué le soulèvement des Chinois. Alors, le généralissime fit appel à son « frère de sang », le gangster Tu Yueh dont les tueurs lui permirent de mater en vingt-quatre heures la révolte à Chapei et à Nantoa[1]. Tchang Kaï-chek acheva la tâche par de féroces massacres d'ouvriers : ce fut le commencement de la grande chasse aux « bandits communistes ». Depuis, l'Armée rouge n'avait cessé de le combattre, et voilà qu'après avoir traversé la Chine entière et lutté pendant dix ans, elle affrontait les Japonais…

Tchang Kaï-chek, le généralissime qui savait fort bien n'en avoir pas fini avec ces « bandits », recevait à présent une aide copieuse des Amé-

---

1. Cette dette ne sera jamais oubliée par le généralissime. En 1949 Tu Yueh Sen s'enfuira à Formose avec Tchang Kaï-tchek et mourra un an après.

ricains. Ces derniers n'avaient pas une haute opinion des nationalistes, connaissant bien leurs intrigues et leur corruption. En 1941, j'avais cinq ans lorsque l'Amérique entra en guerre contre le Japon après l'attaque de Pearl Harbour. Quand mon père décida de partir pour Tchong-king, la ville était occupée par l'armée de Tchang Kaï-chek dont on disait qu'il changeait de capitale comme de chemise.

Pour se rendre dans la province du Sseu-tchouan dont Tchong-king était la capitale, il fallait quitter la zone occupée par les Nippons et donc franchir une sorte de frontière. Là, si on était pris par les Japonais, on était immédiatement abattu. Le train s'arrêtait assez loin de cette frontière, à plusieurs jours de marche. C'est aussitôt après avoir quitté le train que les fugitifs risquaient leur vie. Ils devaient se cacher pendant le jour, marcher de nuit, ramper dans les champs de blé, manger des œufs crus et le plus souvent jeûner. Il ne fallait surtout pas se faire prendre. Les Japonais tuaient les Chinois comme on tue les cafards – et souvent au couteau.

Wei Hi, qui connaissait les risques d'un tel voyage, ne voulut pas partir avant de prendre des précautions pour la sécurité de sa famille. Il possédait quelques actions en bourse qu'il remit à un ami, le chargeant de verser les intérêts à Tsong Haï tout le temps de son absence.

Ma mère était enceinte. Quand Wei Hi lui fit part de sa décision d'aller à Tchong-king, elle en fut si affectée qu'elle fit une fausse couche. Quant à moi, le jour du départ de mon père devait marquer toute ma vie d'une trace ineffaçable. Il était tout pour moi et j'étais tout pour lui et d'abord sa seule fille, puisqu'il venait d'en perdre deux. L'attachement qu'il eut pour moi dès ma naissance ne se démentit jamais. Lui seul me protégeait contre une grand-mère qui ne me pardonnait pas d'exister. Je ne marchais pas encore que je connaissais déjà mon pouvoir : celui d'en faire ce que je voulais. Aussi, je me collais à mon père, j'abusais de sa bonté, et ma propre mère devait finir par devenir jalouse de moi.

J'avais cinq ans et je n'oublierai jamais la minute du départ, la clarté de ce jour de printemps et ce soleil, ce soleil que depuis ce jour-là je n'aime pas. Au souvenir de l'entrée du train en gare, au souvenir du train qui s'éloigne, aujourd'hui, je tremble encore.

Mon père parti, je ne vivais plus. On aurait dit que je sentais tous les dangers qu'il allait courir. Je pleurais tout le jour, et la nuit, sous ma couverture, je sanglotais en criant : « Papa, où es-tu ? » La séparation était intolérable. Chaque jour, je guettais le facteur, mais le facteur n'avait rien pour nous. Affaiblie par sa fausse couche, ma mère tomba malade une fois de plus. Mon grand-père, dont le cœur était endurci, ne vint même pas la voir alors que ma grand-mère nous rendait visite en cachette et nous apportait un peu à manger. Autant elle avait toujours été dure avec sa bru, autant le départ de son fils, qui l'avait troublée comme nous, la poussa vers sa famille. Elle, ma mère et moi, nous pleurions le même homme : cela changeait tout.

J'ai dit que Wei Hi, mon père, avait confié des actions, avant son départ, à un homme qu'il considérait comme un ami. En vérité, c'était une canaille qui, voyant que mon père tardait à revenir et pensant peut-être qu'il était mort, commença à espacer ses visites puis à ne plus se montrer du tout. Plus de dix fois nous étions allés chez lui sans le trouver. Fort heureusement, un autre ami de mon père, un Coréen, vint nous rendre visite et comprit que nous étions en péril. Il réussit à trouver celui qui détenait les actions et, par la menace, lui fit remettre un peu de l'argent qui nous était dû.

Le proverbe chinois dit : « Il y a deux sortes d'amis : celui qui donne du charbon quand il neige, et celui qui ajoute une fleur à un massif de fleurs. » Tels furent chacun des deux amis de mon père.

Ma mère étant malade, je commençai à cette époque à m'occuper d'elle et de mon jeune frère, m'efforçant de tout cœur à tenir la maison comme une petite femme. Chaque jour, nous faisions tous, avec Tsong Haï, des prières ardentes pour le retour de Wei Hi.

De l'autre côté de l'allée où nous habitions, dans une maison qui faisait face à la nôtre, vivait une voyante, bouddhiste fervente, dont j'avais beaucoup entendu parler. Deux terreurs me hantaient à ce moment-là : voir mourir ma mère et apprendre que les Japonais avaient tué mon père. Mais à qui me confier ? Ni mes grands-parents, que je ne voyais d'ailleurs pas, ni mon oncle le simple d'esprit ne pouvaient me comprendre. Sans amis et ne supportant plus de vivre dans cette peur perpétuelle, je décidai de rencontrer la voyante afin de lui poser les deux questions qui me harcelaient : « Mon père rentrera-t-il ? Ma mère sera-t-elle guérie ? » Il me fallait de l'argent pour la payer et nous n'en avions pas. Il me fallait aussi un confident. Je n'osai rien dire de mon projet à ma mère : elle m'aurait peut-être rabrouée. C'est donc dans le plus grand secret que je me mis à amasser de la petite monnaie jusqu'au jour ou j'eus entre les mains quelques sous infiniment précieux.

C'est directement en sortant de l'école, et sans passer à la maison, que je me rendis chez la voyante le jour de ma décision. La porte de sa maison était ouverte. J'entrai sur la pointe des pieds, morte de peur à l'idée que peut-être mon pécule n'était pas suffisant pour payer une femme si célèbre. Il y avait, devant moi, un couloir et, sur ce couloir, à droite, s'ouvrait une petite chambre entrouverte elle aussi. La moitié du corps passé à l'intérieur de la pièce, l'autre moitié dans le couloir, je restai là longtemps, pétrifiée et n'osant déranger la dame aux cheveux blancs qui était là en prières et entourée de statues de Bouddha. Mais comme je me retenais au chambranle et que je commençais à avoir, dans cette position, les membres ankylosés, soudain ma main glissa, je lâchai mon appui et perdis l'équilibre. La voyante, entendant du bruit, se retourna. Le sourire que je vis sur sa figure dissipa aussitôt mon angoisse et mon envie de fuir.

— Que fais-tu là, petite ? Entre donc. N'aie pas peur.

J'approchai : elle me souriait toujours, et se mit à caresser doucement mes cheveux. Devant tant de bonté, je sentis la chaleur de la vie revenir en moi pour la première fois depuis que mon père nous avait quittés. Alors, je fondis en larmes et sanglotai désespérément.

— Que veux-tu, mon enfant ? demanda la bonne dame continuant à me caresser.

Et moi, à travers mes larmes, je lui répondis aussitôt :

— Quand reverrai-je mon père ? Ma mère va-t-elle mourir ?

Et je lui contai toute mon histoire. Elle me demanda ma date de naissance. Puis elle me pria de m'agenouiller devant Bouddha Kouan Yin, et là, je posai à nouveau mes deux questions :

— Quand reverrai-je mon père ? Ma mère va-t-elle mourir ?

Après quelque dix minutes de silence, j'entendis la voix de la voyante.

— Ma fille, dit-elle, rentre tranquillement chez toi. Ta maman guérira bientôt. Il faut que tu regardes toute la nuit la lune : en ce moment, elle est pleine. Quand la lune sera réduite de moitié, tu reverras ton papa.

Puis elle se mit à me parler de moi. J'avais cinq ans. Le malheur m'avait-il rendue plus sensible qu'un autre enfant ? Je me souviens de chacun des traits de son visage, de chacune de ses paroles et de leur intonation. Elle me dit que j'étais très intelligente, que le Ciel m'avait accordé beaucoup de dons et que je devais adorer toujours le bouddha Kouan Yin.

— Un jour, me dit-elle, tu seras une personne très connue. Cela est écrit dans les astres du ciel. Il faut que tu apprennes un art où l'on se sert de quelque chose qui contient beaucoup de métal.

Tout heureuse, autant de ce que me disait la dame que de la bonté qu'elle manifestait à mon égard, je mis la main à la poche de mon pantalon pour y prendre mes sous. Elle m'arrêta.

— Garde ton argent, dit-elle. Quand tu seras grande et que tu travailleras, tu donneras de l'argent aux pauvres.

Telles furent les dernières paroles de la voyante. Une force irrésistible m'avait poussée vers sa maison. Son image devait rester gravée à jamais dans ma mémoire et dans mon cœur. Plus tard, devenue une jeune femme, je voulus la revoir. En vain. Avait-elle déménagé ? Était-elle morte ? Impossible de le savoir et je ne la revis jamais.

De retour à la maison, j'étais si pleine de joie qu'il ne me fut pas possible de garder pour moi mon secret. Je racontai tout à ma mère, ma visite, les promesses de la voyante. Visiblement, Tsong Haï ne me croyait qu'à moitié. J'étais si petite :

sans doute avais-je inventé une fable ou peut-être rencontré quelqu'un qui voulait me consoler ? Peu m'importait ce que pouvait penser ma mère. Désormais, chaque nuit, mes yeux étaient fixés sur la lune. Toute ronde, elle commença peu à peu à décroître. Bientôt apparut le croissant bien-aimé que j'attendais.

Un matin, de bonne heure, mon frère et moi nous nous préparions à nous rendre à l'école. Le ciel était sombre. Une pluie mêlée de brouillard tombait sur la ville. Le téléphone se mit à sonner. Mon frère décrocha l'appareil : à l'autre bout du fil mon père, mon cher père, lui disait qu'il venait d'arriver à la gare de Shanghaï. J'arrachai le téléphone de la main de mon frère, et, pleurant de joie, je me mis à crier dans l'appareil : « Papa ! Papa ! Papa !... » Rien d'autre.

Dix minutes plus tard, mon père poussa la porte. Il était tout ruisselant. Mon cœur était rempli par la pluie qui tombait dehors. Que j'aime la pluie, depuis ce jour et à jamais...

3

Wei Hi devient agent de change / La gestapo japonaise à Shanghaï / Mon frère Ching Son fait mon éducation et m'enseigne la boxe de singe / Wei Hi me présente une belle inconnue / Souffrances d'une femme trompée / Explication tragique de l'épouse et de la maîtresse en présence d'une enfant.

Le séjour de Wei Hi dans la province du Sseu-tchouan fut de quatre mois. En fait, il avait passé presque tout son temps à voyager et à marcher. À Tchong-king, son ami Hiao l'avait reçu à bras ouverts, comme un frère. Apprenant la situation de mon père, Hiao lui avait donné de l'or sous forme de petites plaquettes, Wei Hi en avait caché un peu partout, dans sa ceinture, la doublure de ses vêtements, ses semelles et le fond de la valise. Quand il arriva à la maison et que ma mère défit ses chaussures et les doublures de ses vêtements, il tomba de l'or de tous les côtés. Nous étions sauvés : à Shanghaï, à cette époque, l'or seul avait de la valeur.

Bien qu'il lui en coûtât beaucoup, Wei Hi résolut d'abandonner l'enseignement, au moins temporairement. Les temps étaient trop durs. Il fallait tenter de se lancer dans le négoce. Mon père fit donc l'achat d'un fonds de commerce d'agent de change. Par ce moyen il put, effectivement, gagner plus d'argent qu'avec son salaire d'enseignant. Grâce à des prodiges de travail et aux commissions quotidiennes que rapportaient les opérations ordinaires, Wei Hi réussissait à courir tant bien que mal derrière la hausse des prix et même à les rattraper. À la maison, on vivait mieux.

Mais, comme toute médaille a son revers, mon père rentrait souvent tard le soir, à l'heure où les enfants étaient déjà couchés. En changeant de métier, il avait changé de milieu. Dans sa situation nouvelle, on devait acquérir des relations, avoir une vie sociale. Pour moi, je sentais que mon père commençait à m'échapper, que je le perdais un peu plus chaque jour. Heureusement, il m'appartenait encore le dimanche. Ce jour-là, Wei Hi ne me quittait guère, moi sa préférée, et il m'emmenait faire de longues promenades dans un jardin de la ville, le plus souvent à Jessfield Park où il y avait de beaux massifs de fleurs et un petit zoo avec des singes à qui nous tendions des cacahuètes. C'étaient des jours délicieux. Mais bientôt recommençait la semaine interminable. Chaque soir, devant la porte de la maison, je regardais se coucher le soleil. Oh ! non pas parce que j'aimais le soleil : j'avais toujours les mêmes raisons de le détester, puisque Wei Hi s'en allait dès que le soleil se levait et ne rentrait que la nuit. Seul le coucher du soleil me rapprochait de l'instant où j'avais une chance d'apercevoir mon père.

Mais quand les hommes rentraient tard chez eux, il y avait encore, à cette époque, d'autres motifs d'angoisse pour leur entourage. Dans la ville occupée par les Japonais, les Chinois « collaborateurs » se répandaient partout pour épier les conversations : quelques paroles imprudentes suffisaient à vous perdre. Aussitôt surgissait, on ne savait comment, le policier japonais, l'homme de la « Gestapo » japonaise qui vous emmenait. Au n° 76 de l'avenue Jessfield, dans le secteur britannique, les Nippons avaient discrètement installé une sorte de quartier général de leur « Gestapo » où la torture était permanente. Dans Shanghaï on parlait tout bas et en tremblant du fameux n° 76.

Je n'aurais pas dû, en vérité, me plaindre à ce point de l'absence de mon père. Il y avait là quelque chose d'injuste. Car le ciel m'avait donné un frère, Ching Son, mon aîné de six ans – qui était donc à mes yeux presque un homme – et qui manifesta toujours à mon égard affection et vigilance. Il surveillait mon travail pour l'école, m'aidait à faire mes devoirs, et nous n'avions jamais la moindre dispute entre nous.

Je dois beaucoup à Ching Son. Il fut le grand conteur de mon enfance. Par lui, j'ai connu la merveilleuse histoire des héros et des héroïnes de la Chine. Je savais que chaque jour m'apporterait un nouveau récit, et j'attendais ce moment avec impatience. Dans les récits de Ching Son, il n'était question que de sacrifices suprêmes et consentis. Le bon serviteur du pays était toujours prêt à mourir pour l'Empereur et pour son pays, et le bon fils à se sacrifier pour son père. Chacun possédait, comme une grâce, sa possibilité de sacrifice selon une hiérarchie bien établie. Le fils pour son père, la jeune fille pour son père et pour sa mère, et, bien entendu, la femme mariée devait se sacrifier pour ses beaux-parents d'abord, pour ses enfants ensuite. Dans la tradition chinoise, la femme était tenue à trois obéissances principales : envers son père, envers son mari, envers son fils quand celui-ci avait l'âge d'homme – et quatre morales : ne pas faire de dépenses inconsidérées, être travailleuse, ne pas chercher à séduire, être toujours prête à se sacrifier pour les autres.

Parmi ma galerie de héros, plusieurs sont restés gravés dans ma mémoire comme si je les avais connus personnellement, comme si je les avais rencontrés, car le héros, c'est le compagnon naturel de l'enfant comme ses petits camarades. Il y eut ainsi Ngo Fei, héros de l'époque Song, qui accumula les exploits célèbres dans toutes les guerres qui se présentaient. En ce temps-là, le premier devoir des jeunes gens était évidemment de se battre. Je ne sais plus quels furent les exploits de Ngo Fei, mais ce que je n'ai pas oublié c'est comment il partit pour la guerre. Il s'agenouilla devant sa mère au moment des adieux : alors, elle prit une aiguille et, en le piquant avec cette aiguille, elle écrivit en pointillé sur son dos quatre mots chinois signifiant : « Il faut se sacrifier jusqu'au bout pour le pays. » Le sang coula sur le dos de Ngo Fei, et la douleur était là pour lui rappeler sans cesse son devoir inscrit dans sa chair.

Quant à mes héroïnes, l'une d'elles s'appelait Mo Len, mot qui signifie : orchidée de bois. Elle était fille unique. Survint la guerre. Son père devait donc aller se battre, mais il était âgé de cinquante ans, à cette époque, un âge canonique. Cet homme était donc beaucoup trop vieux. Mo Len aimait son père. Et puis, en vraie Chinoise, elle était pleine d'esprit de sacrifice. Elle revêtit donc des vêtements d'homme, et ainsi habillée, partit pour la guerre. Pendant les combats, nul ne s'aperçut qu'elle était une fille. De retour au pays, elle reprit ses vêtements féminins et personne ne se douta jamais qu'elle avait fait la guerre.

Ces histoires quotidiennes, que Ching Son me racontait souvent en feuilletant un livre d'images, m'ont beaucoup marquée. Mon frère, qui avait une nature généreuse et aussi pleine de gentillesse, traversa pourtant une crise de tyrannie, m'obligeant à apprendre par cœur les quatre classiques – dont Confucius et Mencius –, me disant que si je n'y comprenais rien cela n'avait pas d'importance, que je comprendrais plus tard et que tout cela était pour mon bien. Et il ne se contenta pas de m'obliger à les apprendre par cœur, il me les fit recopier intégralement. Le pinceau à la main et le coude levé pendant des heures, j'étais littéralement épuisée. Que de fois, je m'endormis à la tâche. Un jour j'éclatai en sanglots, si découragée que je m'assis par terre sans plus vouloir me relever. Ma mère me demanda si je n'étais pas devenue folle. Mon père intervint ; la crise de mon frère prit fin avec cet incident et il cessa, de ce jour, de me torturer avec les auteurs classiques.

Les récits et les lectures de cette époque ne devaient plus jamais quitter ma mémoire malgré les livres occidentaux qui viendront un jour s'y superposer. Car, si mon père, plus tard, nous fit réciter les maximes de quelques sages mandarins, je me suis abreuvée de bonne heure des œuvres d'Alexandre Dumas. J'ai pris du plaisir aux *Trois Mousquetaires*, mais *Le Comte de Monte-Cristo* m'a transportée. De tous les livres de mon enfance c'est celui qui m'a le plus impressionnée. Je le connais par cœur, non pas comme les maximes qu'on me faisait réciter, mais comme une aventure qui vous est entrée dans le cœur. En chinois, le livre est intitulé : « Vengeance et reconnaissance du comte de Monte-Cristo. » J'aimais l'homme de caractère qui ne méritait pas ses malheurs. J'ai souffert de son infortune plus que je n'ai joui de ses vengeances. Mais comme lui, je pensais que je ne pourrais oublier de ma vie ceux qui m'avaient fait du bien. Après le comte de Monte-Cristo, Jane Eyre fut mon personnage préféré. D'autres livres que j'ai beaucoup aimés m'ont fait le plus grand mal : *Roméo et Juliette*, que je lus et relus dans une période de maladie, et les romans d'amour chinois comme l'histoire de Liang et Tso[1]. Ils ont contribué à former dans le cœur d'une enfant une image idéale de l'amour, à dessiner dans ses yeux la figure du prince charmant comme pour donner plus de cruauté encore à la réalité du destin qui m'attendait...

Ching Son m'emmenait toujours avec lui quand il allait rejoindre ses camarades sur le terre-plein qui séparait en deux l'allée où nous habitions. Nos activités étaient nombreuses et variées : bicyclette, patins à roulettes, fronde. Cette fronde à élastique servait généralement à envoyer dans la figure de l'autre une boulette de papier et n'était pas très meurtrière. Les billes jouaient un grand rôle, et surtout un jeu qui consistait, avec la technique de la pichenette, à faire entrer ses billes dans un dispositif à trois trous. Au football, comme j'étais la plus petite et que je ne pouvais pas me mesurer sur le terrain avec les garçons, on me désignait généralement comme gardien de but. Les Japonais avaient installé partout dans la ville des barrières de fil de fer barbelé qui séparaient les quartiers les uns des autres. Un de nos jeux favoris consistait à les franchir. Bien entendu, nous passions partout, avec, pour conséquence, de nombreux pantalons déchirés, ce qui faisait hurler les parents, le soir, à la maison. À cette époque, j'étais toujours en pantalon comme les garçons, alors que, pour se conformer aux règles d'élégance de la concession française, beaucoup de fillettes portaient des jupes. Quand je rentrais le soir avec mon pantalon

1. Voir plus loin, p. 175.

déchiré, ma mère me disait : « Tu ne te marieras jamais ! Tu vas devenir un voyou ! »

Et encore, la pauvre femme ne savait pas tout. Ching Son m'avait enseigné à l'époque cette boxe chinoise destinée aux enfants et qu'on appelle « la boxe de singe ». Le matin à six heures, quand l'air était encore pur, mon frère me prenait par la main et m'emmenait faire une promenade. Quelquefois nous allions jusqu'à Jessfield Park. Là, commençait la séance de boxe de singe qu'il aurait été difficile de pratiquer à la maison sans réveiller tout le monde, car c'est un exercice où l'on fait des sauts de cabri. En m'apprenant les secrets de cette gymnastique, mon frère pensait d'abord à ma santé – qui n'était pas très bonne –, mais il voulait aussi que j'apprenne à me défendre.

Il advint qu'un dimanche, contrairement à ses habitudes, Wei Hi, mon père, refusa de m'emmener à la promenade et s'apprêta à sortir seul.

— Ma petite fille, me dit-il d'un air embarrassé, j'ai un rendez-vous important. Je ne peux pas te prendre avec moi.

Je ressentis, à ces mots, un choc étrange. Non seulement j'avais toujours été jusqu'ici la favorite dans le cœur de mon père, mais il ne se contentait pas de me promener au jardin. En ville, quand il sortait dîner, alors qu'il aurait dû être accompagné par sa femme, c'est moi qu'il emmenait. J'avais compris, en voyant d'autres femmes, qu'à ses yeux ma mère n'était pas présentable. Certes, j'aimais Tsong Haï, mais il était visible que paysanne elle était et que paysanne elle resterait toute sa vie, et qu'elle ne ressemblerait jamais à ces femmes de son âge qui s'habillaient avec chic comme à Paris. Car dans la Chine où des millions de paysans mouraient comme des mouches par les inondations, la famine et les guerres, les dames de la bourgeoisie de Shanghaï avaient les préoccupations d'élégance vestimentaire les plus sérieuses. Et voilà pourquoi, au lieu de sortir avec sa femme, Wei Hi emmenait toujours avec lui une fillette qui à l'âge de sept ou huit ans, coiffée comme une princesse, lui attirait tous les compliments de la compagnie. Comme sa mère doit être belle, disait-on en me regardant. Belle, il est vrai que je l'étais, avec un nez et des yeux plus grands que ne les ont habituellement les Chinoises, et cette peau blanche d'Européenne qui représentait alors un idéal envié. Mon père m'exhibait comme un joyau dans un écrin, alors que ma petite sœur, qui avait un an de moins que moi, était complètement ignorée. C'est pourquoi aussi, nous aurons deux caractères très différents. Son esprit indépendant lui donnera de la force dans la solitude, tandis que moi, gâtée et pourrie pendant mon enfance, j'aurai plus de mal à affronter les moments difficiles de ma vie...

Mais revenons à Wei Hi qui est tout embarrassé de ne pas m'emmener avec lui. Je me mets aussitôt à pleurer, moitié par dépit, moitié par conscience du pouvoir de mes larmes. Cela ne rate pas : il cède, me prend par la main et m'emmène avec lui.

Nous arrivons, après une assez longue marche, devant une maison luxueuse de la concession française. Une jeune femme ouvre la porte. Elle est ravissante et d'une élégance extrême. Elle m'accueille avec des sourires pleins de charme et de gentillesse. Peu après, nous voilà sortis tous les trois et nous promenant dans Jessfield Park. Je sens aussitôt, entre mon père et l'inconnue, des relations étranges. Ils se parlent peu, mais ne cessent de se dévisager intensément, comme fascinés l'un par l'autre. Je n'ai jamais vu mon père échanger de tels regards avec ma mère. Et soudain, mon cœur se met à battre très fort et je comprends sans pouvoir l'exprimer le sens de ces regards. Des sentiments contradictoires m'envahissent. Jusqu'à ce jour, l'amour de mon père m'avait appartenu en quelque sorte exclusivement. Cette étrangère me prenait quelque chose qui était mon bien. Comme si elle avait senti ma suspicion, la belle inconnue cessa de dévorer des yeux mon père pour ne plus s'occuper que de moi, pour se dépenser en paroles flatteuses et en caresses qui finirent par endormir ma méfiance et dissiper ma jalousie.

Le soleil se couchait quand nous reconduisîmes la dame chez elle. Elle me dit qu'elle allait me faire une surprise. D'un meuble précieux, elle sortit une boîte et l'ouvrit. La boîte était pleine de bijoux. Moi qui n'en avais jamais vu de près et qui ne jouais habituellement qu'avec des garçons, il se peut qu'à cet instant ma nature féminine reprît le dessus, car je fus éblouie. Ce que voyant, mon hôtesse essaya sur mes doigts des bagues toutes trop grandes. À la fin, elle prit une broche en or sur laquelle était fixé un papillon de jade et me dit :

— Prends, ma chère enfant. Ce bijou est à toi. Je te le donne.

Cette broche avait beau me faire la plus grande envie, je ne pouvais me résoudre à la prendre. Et comme la jeune femme recommençait à me couvrir de caresses et de baisers, je lui dis :

— Pardonnez-moi de ne pas prendre ce bijou. Je ne veux pas faire de peine à ma maman.

Elle sourit, et sans dire un mot, referma la boîte.

— Rentrons, dit mon père, il se fait tard.

Sur le chemin du retour, ce ne fut que peu avant d'arriver chez nous qu'il ouvrit la bouche :

— Tu seras très sage, ma chérie. Tu ne diras pas à ta maman que nous avons rencontré une dame. Plus tard, papa t'expliquera tout.

Comme j'étais, en effet, une enfant sage et obéissante, je ne dis rien ni à ma mère ni à mon frère qui était pourtant mon confident. Mon silence ne m'empêchait pas d'avoir compris pourquoi mon père sortait si fréquemment le soir. En même temps j'avais perdu un autre sujet d'inquiétude : désormais, quand mon père rentrait tard, je ne craignais plus que ce fût parce que les Japonais l'avaient arrêté et emmené au n° 76 de l'avenue Jessfield...

Shanghaï était toujours aux mains du Dragon Vert japonais, mais s'ils continuaient à s'emparer de toutes les ressources de la Chine et à faire travailler nos usines, c'était surtout parce que les Nippons avaient sur les bras une guerre difficile contre les Américains et les Anglais. Après avoir occupé une énorme partie de l'Asie, ils commençaient à mordre la poussière. Des gens comme nous connaissaient peu les nouvelles. Ils savaient encore moins ce qui se passait en Europe où les Alliés débarquaient sur les côtes de France. La situation de l'Europe, pour un Chinois, était quelque chose d'encore plus lointain que la situation de la Chine pour un Européen.

À la maison, j'avais eu beau garder le silence au sujet des rencontres de mon père avec la dame mystérieuse, Tsong Haï avait très bien senti qu'il se passait quelque chose. J'entendais ma mère pleurer en secret, j'entendais aussi entre elle et mon père des disputes inhabituelles. Si Wei Hi, dans un geste de bonne volonté, rentrait plus tôt le soir suivant, on téléphonait : une femme, à l'autre bout du fil, l'appelait avec insistance. Il ne pouvait pas résister. Il se rendait chez l'inconnue aux bijoux et rentrait tard dans la nuit. À présent ma mère savait tout, peut-être que mon père lui-même ne lui avait plus rien caché. Tsong Haï devenait chaque jour plus amère et maigrissait à vue d'œil. Les disputes étaient plus fréquentes.

Très élégante, très européenne, cette jeune femme – qu'il faut bien que j'appelle la maîtresse de mon père – était une veuve à qui son mari, mort peu après son mariage, avait laissé une belle fortune. Wei Hi avait fait sa connaissance dans son agence où elle était venue en cliente pour effectuer des opérations. Ils s'étaient épris l'un de l'autre dès le premier regard. Pour mon père, il découvrait le véritable amour. Il était très sentimental et ma mère ne l'était pas.

Quand Tsong Haï, ne supportant plus la liaison de son mari, vint s'en plaindre à sa belle-mère, celle-ci, estimant la chose naturelle et sans importance, n'y trouva qu'une nouvelle occasion de défendre son cher fils.

— Il n'y a pas là de quoi faire une histoire... Un homme riche ne peut-il avoir trois femmes et quatre maîtresses ? Cette veuve est riche. Pourquoi la refuserait-il ?

Mais rien ne pouvait calmer la douleur de ma mère, et ses sanglots que j'entendais chaque jour me faisaient mal. La passion de Wei Hi était la plus forte. Il continuait à rencontrer sa maîtresse et à rentrer tard dans la nuit.

Par un après-midi ensoleillé, je sortais de l'école et, rentrant à la maison, je trouvai, une fois de plus, ma mère en larmes. Mais dès qu'elle m'aperçoit, Tsong Haï cesse de pleurer. Elle prend deux valises et les remplit de vêtements : uniquement les siens et les miens. Puis, elle sort avec ses deux valises et moi, appelle un taxi et se fait conduire au bureau de Wei Hi. Elle a observé les mouvements de son mari et elle sait que la jeune veuve est en ce moment avec lui.

Nous entrons dans l'agence de mon père : elle est là, en effet. En m'apercevant, elle comprend aussitôt qui est la femme qui me tient par la main et qui vient de déposer deux valises devant elle. Les deux groupes se regardent un long moment sans parler. Le choc est violent pour tous. Je vois la peine sur le visage de la jeune veuve, la douleur sur le visage de mon père et sur celui de ma mère. Je les aime l'un et l'autre. Je me sens perdue : s'ils sont devenus des ennemis, de quel côté aller, comment défendre l'un plutôt que l'autre ?

C'est ma mère qui parle la première et qui attaque son ennemie :

— Les hommes ne manquent pas ! Il y en a partout ! Pourquoi m'avez-vous pris le mien ? Pourquoi voulez-vous détruire une famille ?

Sa rivale rassemble tout son courage pour lui répondre avec douceur et fermeté :

— J'aime Wei Hi. Je n'ai pas l'intention de le quitter. Même si je dois rester une maîtresse.

Être une « maîtresse » est une honte pour une Chinoise, c'est une situation méprisable.

— Je ne veux pas partager ! s'écrie Tsong Haï. (Et de raconter ses malheurs, la dureté de ses beaux-parents et tout ce qu'elle a souffert à cause d'eux.) Aujourd'hui, notre vie est devenue meilleure. Nous avons surmonté nos ennuis. Est-ce qu'elle mérite d'être traitée ainsi ?

Le moment est venu pour Wei Hi de prendre une décision. Il faut choisir. Tsong Haï est venue lui poser son ultimatum.

— Ou tu quittes cette femme ou tu perds ta fille. Je l'emmène immédiatement avec moi à Canton...

C'est là un affreux chantage. Tsong Haï a choisi le point sensible de son mari. Elle sait que pour Wei Hi je suis plus que sa vie. Le visage de mon père est soudain labouré par la souffrance. Il tremble. Il me prend dans ses bras et me soulève de terre :

— Ma chérie, est-ce vrai que tu veux aller à Canton avec maman ?

C'en est trop pour moi. Je ne peux pas voir mon père souffrir ainsi, pas plus qu'il ne m'est supportable de voir ma mère lutter aussi désespérément. Il m'est impossible de répondre à mon père, impossible de parler. Je ne peux que laisser couler mes larmes. Moi, une petite fille, j'éprouve pour ces trois grandes personnes une pitié profonde ; même pour l'étrangère, car je sens bien qu'elle aime mon père et que mon père a le droit d'aimer. Quant à ma mère, si elle n'a jamais éprouvé d'amour pour son mari, n'a-t-elle pas été toujours une maîtresse de maison attentive et ne souffre-t-elle pas, aujourd'hui, d'être trompée ? Je ne veux pas quitter mon père, je ne veux pas laisser partir ma mère, je ne veux pas non plus laisser souffrir cette jeune veuve. Est-il étonnant qu'un moment pareil m'ait poursuivie toute ma vie et que l'idée de prendre à une femme son mari m'ait à jamais inspiré une horreur insurmontable ?

Ce jour-là mon père me donna la plus grande preuve d'amour de sa vie. Sa décision fut prise : il quittait la jeune femme qu'il aimait.

4

Je découvre l'enchantement de la musique / Mon père m'achète mon premier piano / Je rencontre pour la première fois l'image de la mort / Wei Hing, mon oncle simple d'esprit / Quelques remèdes de grand-mère / Le Japon capitule, une autre guerre continue / Tsong Haï a sa première domestique / Je défends sauvagement l'honneur de mon père / Mort de ma grand-mère maternelle à Tchao-tcheou.

L'école sino-occidentale Mac Intyre que je fréquentais comprenait trois sections : la maternelle, la primaire et la secondaire. À six ans, j'étais passée de l'école maternelle à l'école primaire. Alors que l'école maternelle était un petit monde complètement isolé, il existait, entre les classes primaires et les classes secondaires, des liens permanents. Ainsi, les fêtes et les concerts étaient communs aux deux sections, petit détail aux grandes conséquences pour la suite de ma vie. Car avec une mère paysanne et des grands-parents épiciers, c'est-à-dire appartenant à la catégorie considérée en Chine comme la plus basse de l'échelle sociale, mon horizon était bien limité : je ne pouvais pas avoir la moindre idée d'une vie au-dessus de la nôtre, je ne pouvais me figurer ce qu'était, par exemple, un piano…

Un jour, la maîtresse annonce qu'un concert aura lieu dans l'école. Il est offert par les filles de la section secondaire. Au jour dit, les enfants de l'école primaire, deux par deux et maîtresse en tête, traversent le grand jardin où sur la belle pelouse verte s'épanouissent des arbres magnifiques. Ce jardin merveilleux c'est un peu la frontière entre les petites et les grandes. Personne, parmi nous, n'a le droit de le traverser sans permission et sans être accompagné par une maîtresse.

On nous fait entrer dans une salle, ou plutôt dans un théâtre féerique garni de chaises tendues de velours rouge et disposées en gradin, tandis que la scène est cachée par un mystérieux rideau de velours. Les élèves s'assoient. Bientôt, le rideau se lève. En robe chinoise blanche avec un œillet épinglé au corsage, une centaine de grandes jeunes filles, debout, entonnent un chant choral. Il me semble que je n'ai jamais rien vu de plus beau que ces jeunes filles, jamais rien entendu d'aussi harmonieux que ces chants célestes. Quand le rideau tombe, à des bruits divers on devine un changement de décor ; quand il se lève pour la deuxième fois, à mon émerveillement s'ajoute la sensation du fantastique. Sur la scène, une sorte de meuble dont la nature, le nom et l'usage me sont totalement inconnus. J'en éprouve presque de l'angoisse.

Cet objet noir et brillant, c'était tout simplement un piano à queue. Je me souviens comme je tordis le cou pour mieux voir et comme j'ouvris les yeux. Une gracieuse jeune fille parut sur la scène, salua le public en s'inclinant, vint s'asseoir devant l'étrange instrument, et commença à jouer. Ses mains volaient sur le clavier comme des oiseaux enchantés. C'était la mélodie d'un autre monde, meilleur et plus beau que celui-ci, tantôt un ruissellement de perles, tantôt des chevaux galopants ;

c'était comme les vagues de la mer ou comme la pluie du ciel. Mon cœur battait à tout rompre, mon front se couvrit de sueur, réactions qui peuvent sembler excessives : ce furent les miennes pourtant. Mon être s'éveilla, je me sentis plongée dans la vérité de la vie, et je compris, ce jour-là, que la musique nous mettait en contact avec notre âme.

Le concert fini, je courus vers la maison comme une folle. Longtemps avant d'être arrivée devant notre porte, je me mis à crier, au risque de perdre le souffle : « Maman !... Maman !... » comme si ma mère pouvait m'entendre d'aussi loin. Tsong Haï était occupée avec mon plus jeune frère. Ma figure en nage et mes cheveux en désordre lui firent peur. Laissant là son fils, elle me demanda aussitôt ce qui venait de m'arriver. Mais d'abord l'émotion, plus encore que mon essoufflement, m'empêcha de parler. Je ne pus que dire :

— Je veux... Je veux...

— Mais enfin que veux-tu ? demanda ma mère.

Un peu calmée, je lui expliquai très maladroitement ce que je venais d'éprouver. Il m'était difficile d'exprimer l'inexprimable. Mais enfin il fut question de piano. Tsong Haï ne connaissait rien à ces choses et mes explications achevaient de la dérouter. Elle me dit que je devais parler de tout cela à mon père.

Il va sans dire que dès le retour de Wei Hi je ne perdis pas une minute pour lui expliquer que je voulais apprendre à jouer de cet instrument qui venait de m'être révélé à l'école. Ne songeant qu'à satisfaire le moindre de mes caprices, mon père en fut d'accord aussitôt.

— Mais pour apprendre à jouer, il faut avoir un instrument...

Qu'à cela ne tienne, il m'en achèterait un dans quelques jours. Je sautai de joie et me mis à attendre avec une impatience fiévreuse.

Puis un jour arriva une caisse dont la petite dimension me surprit d'abord. Quand on l'eut ouverte, je ne reconnus pas mon instrument royal, et pour cause : c'était un harmonium. Ma déception faisait peine à voir. Mes parents n'y étaient pour rien. Dans le désir de me satisfaire au plus vite, Wei Hi avait mal compris mes explications, à vrai dire confuses, puisque je n'avais vu de piano qu'une fois dans ma vie. Mon père me demanda de patienter encore. Il allait s'occuper de mon affaire.

J'étais alors inscrite, à l'école, au cours d'anglais. Mon professeur était un sujet britannique du nom de Miss Winfield qui parlait un peu le chinois, ce qui, à cette époque, était encore assez rare chez les étrangers. C'est Miss Winfield qui m'a donné mon nom européen : apprenant que je m'appelais Chow Ching Lie, elle transforma Ching Lie en Julie, plus facile à prononcer pour elle, et ce nom devait me suivre toute ma vie. Miss Winfield me fit comprendre à quel point mon pauvre harmonium à soufflets différait d'un piano et que si je devais travailler chaque jour, il valait mieux le changer au plus vite.

Je me hâtai de rapporter à mon père les propos de mon professeur d'anglais. Or, ce jour-là, ma grand-mère se trouvait chez nous.

J'ai déjà dit que mes grands-parents ne vivaient plus avec nous mais chez leur autre fils, le simple d'esprit. Wei Hi téléphona à un marchand d'instruments de musique pour savoir si celui-ci pouvait lui vendre un piano. On lui répondit que oui, mais que le prix était dix fois plus élevé que celui d'un harmonium. En entendant mon père répéter le chiffre du marchand, ma grand-mère poussa de tels hurlements que mon père dut raccrocher.

— Mais qu'est-ce que c'est que cette fille ? criait-elle. Qu'avez-vous l'intention d'en faire ?

Une impératrice ? Je vous le prédis : elle ruinera l'homme qui la prendra pour femme ! C'est un scandale ! Est-ce que déjà vous ne suez pas sang et eau pour l'envoyer dans cette école de luxe ? Et à présent des leçons de piano ?

Mon père n'ouvrit pas la bouche : en Chine, quand la mère est en colère, le fils doit se taire. Pour moi, je pensai que tout était perdu, que jamais je ne jouerais comme cette belle jeune fille en robe blanche devant un rideau de velours, que jamais je n'entendrais les applaudissements de l'assistance. Et je pleurai amèrement. Ce que voyant, mon père trouva finalement une solution à laquelle personne n'avait pensé : tout simplement il louerait un instrument.

Mon piano arriva. Bien que mon père ne l'eût pas acheté, ma grand-mère, chaque fois qu'elle venait à la maison, ne pouvait s'empêcher d'exhaler sa rage. Pour moi c'était un calvaire, mais en même temps un encouragement. Car, dès cette époque, je me fis à moi-même une promesse secrète et solennelle : je prouverais un jour à la vieille femme que je ne perdais pas mon temps. Et du même coup je justifierais mon père. Et puis, dès ma rencontre avec le merveilleux piano, je n'avais pas manqué de penser à la voyante aux cheveux blancs qui m'avait prédit la célébrité : cela ne pouvait advenir que par le moyen de cet instrument qui contenait comme elle l'avait dit « beaucoup de métal ».

En attendant, j'étais très loin de ressembler, par ma manière de jouer, à la belle jeune fille sur la scène, et je sentis souvent venir le découragement. Mais je retrouvais, après chaque moment de faiblesse, le courage de persévérer.

Un an plus tard, quand ma petite sœur Ching Lin eut l'âge de six ans, mon père, par souci de justice, lui fit également donner des leçons de piano. De sorte que désormais, à la maison, deux filles faisaient des gammes. Ma pauvre sœur, qui, contrairement à moi, n'éprouvait aucun enthousiasme pour la musique, aurait préféré jouer dehors avec ses petits camarades. Il n'en était pas question : elle devait subir son martyre. On payait la location du piano. Utilisé par quatre mains, il donnait l'impression de coûter moins cher. Quant à moi, ayant travaillé chaque jour au moins une heure, j'avais fait, au bout de la première année, des progrès surprenants. Ce fut l'année décisive qui scella mon destin de musicienne.

À l'époque de ma découverte de la musique, de ses affres et de ses émerveillements, je rencontrai aussi pour la première fois l'image de la mort.

Je rentrais un jour de l'école lorsque ma mère me demanda de ne pas m'éloigner : nous devions repartir aussitôt avec mon frère et ma sœur.

— Ta tante vient de mourir, me dit-elle.

Il s'agissait de la femme de mon oncle, Wei Hing, le simple d'esprit. Tsong Haï nous emmena à la morgue. C'était la première fois que je voyais le vaste entrepôt et son entassement, sur des étagères, de centaines et de centaines de cercueils de bois très épais recouverts de laque noire. À l'intérieur des cercueils, les corps sont arrosés de chaux qui absorbe l'humidité : c'est la raison pour laquelle, en Chine, les cercueils peuvent être conservés sans dommage pendant des années avant d'être mis en terre. Car c'est là le cas des gens pauvres. Pour ce qui est des riches, on les enterre aussitôt et leurs dispositions, à cet effet, sont prises longtemps à l'avance. Mon grand-père Tsou Hon aurait pu faire le nécessaire pour que sa bru – ma tante – fût enterrée aussitôt, mais il n'avait pas l'intention de faire des dépenses pour l'enterrement de la femme d'un imbécile qui n'avait jamais travaillé de sa vie.

Aussitôt après la mort, on expose d'abord le défunt dans un cercueil ouvert au fond d'une salle tendue de blanc, couleur de deuil chez nous. Devant le cercueil, sur une table recouverte d'une longue nappe blanche, figure le portrait du défunt, lui aussi entouré de blanc. Devant ce portrait sont placées de petites assiettes garnies de fruits, de légumes et de viande, et de chaque côté, des cierges. Sur le sol et devant la table un tapis épais destiné à l'agenouillement de ceux qui viennent rendre un dernier hommage au défunt. Avant de refermer le cercueil – et cela à l'issue d'une cérémonie où toute la parenté est réunie – on verse le contenu d'un sac de chaux autour du corps. Puis on enfonce dans le couvercle des clous qui sont d'autant plus longs que le bois du cercueil est plus épais.

À notre arrivée à l'intérieur de la morgue, il va sans dire que je fus très impressionnée par ce déploiement que mes yeux d'enfant ne comprenaient pas bien. Ma mère fit aussitôt revêtir aux enfants la tenue de deuil : une robe blanche de coton rêche louée sur place. (On trouvait toutes les tailles.) À cela s'ajoutait une coiffe qui n'était qu'un simple cône blanc de tissu, attaché avec une épingle. Nos souliers furent également recouverts d'un tissu blanc orné, au milieu, d'une pièce de tissu rouge.

Sur un autre tapis placé perpendiculairement à celui qui était devant la table, mon frère, ma sœur et moi nous restâmes prosternés pendant tout le temps que vinrent successivement s'agenouiller les parents et les amis. À l'entrée de chaque personne, trois musiciens soufflaient dans des flûtes, produisant une musique d'une grande tristesse. Une fois toute la famille rassemblée, il fallut suivre le cortège qui passa derrière la table pour aller s'incliner devant le cercueil. Ma sœur et moi, nous n'osions pas regarder de ce côté-là. Cependant, le cercueil fut déposé sur un tabouret, mais cette fois devant la table. On arrosa de chaux le corps et, à grands coups de marteau, on cloua le couvercle. Pour prouver au défunt à quel point on l'aime, c'est l'usage, à ce moment précis, de se mettre à pleurer violemment. On sanglote avec bruit, on pousse des exclamations, on s'adresse au mort. On lui dit : « Comment as-tu pu nous quitter ? Comme nous avons de la douleur ! », etc. Tout cela est à la fois parlé et chanté comme dans un opéra. Affolée par ce vacarme, je n'arrivais pas à concevoir comment on pouvait enfermer quelqu'un dans cette sorte de caisse et cette idée me remplit de terreur. À la fin, devant le petit groupe rassemblé, on alla déposer le cercueil de ma tante sur une des nombreuses étagères. La cérémonie terminée, mon oncle Wei Hing rentra chez lui. Il était veuf.

Je n'appris que beaucoup plus tard un certain nombre de détails sur les raisons de la mort de ma tante et sur la personnalité étrange de son mari. Frère cadet de mon père, mon oncle Wei Hing – qu'on appelait l'imbécile de la famille – était à la fois faible d'esprit et efféminé, et tous ses gestes avaient quelque chose de bizarre. Petit garçon, il ressemblait déjà à une fille, et ses parents avaient espéré qu'il deviendrait un jour plus viril, à l'image du nom qu'on lui avait donné – Hing signifie, en effet, héros. Mais il n'en fut rien. Wei Hing ne pouvait porter un mouchoir à son front sans se déhancher ni prononcer une phrase sans remuer tout le corps d'une manière fort désagréable. Sa femme avait beaucoup souffert de cette particularité. Après lui avoir fait plusieurs enfants, son mari cessa de l'approcher. Elle sombra peu à peu dans la neurasthénie. Ce fut là l'origine de la tuberculose qui ne tarda pas à l'emporter. Personne, à commencer par son mari, ne s'était jamais soucié d'elle. Ainsi mourut obscurément une pauvre femme dont la vie fut insignifiante et brève.

La tuberculose qui avait emporté ma tante était un mal très répandu dans la Chine d'alors. Une grande frayeur saisit ma mère quelques mois plus tard quand, un moment, elle m'en crut atteinte. À force de travail, ma santé s'était affaiblie. Or, un jour pendant la classe de gymnastique, je sentis ma bouche se remplir d'un liquide que je crachai : c'était du sang. Effrayée, je rentrai aussitôt à la maison où cela continua. Prise de panique, ma mère téléphona pour appeler mon père : elle avait aussitôt pensé à ma tante défunte et me croyait tuberculeuse. Mon père l'apaisa : ce n'était pas la tuberculose mais une simple veine éclatée, ce que le médecin devait confirmer. Il n'empêche que mes poumons étaient faibles, que mon père devint encore plus vigilant à mon égard, et ma grand-mère encore plus furieuse. Comme une voisine venait d'accoucher, elle se fit remettre le placenta avec lequel elle confectionna une sorte de soupe de viande qu'on me fit avaler illico. C'était là un fortifiant réputé souverain. Au reste, ma grand-mère possédait toute une gamme de médecines et pour toutes les circonstances. Si jamais j'avais contracté vraiment la tuberculose, elle m'aurait prescrit un remède de sa façon, particulièrement efficace : prendre cinq petits rats nouveau-nés qui n'ont pas encore ouvert les yeux et n'ont pas de poil sur la peau, les tremper vivants dans un bocal d'alcool de riz, laisser macérer quelques mois et boire le liquide. La tuberculose est immédiatement chassée. On n'eut pas à me faire avaler cette mixture.

Au mois d'août 1945 on fêta la naissance de ma nouvelle petite sœur, dans un climat de réjouissances tout à fait particulier. On l'appela Ching Ching, qui signifie « Fêter la paix ». La paix, les Japonais venaient, en effet, de la demander peu après l'explosion d'une certaine bombe sur une ville appelée Hiroshima. À Shanghaï, c'était la joie qui explosait. On aurait dit que toute la ville fêtait la naissance de ma petite sœur. Les Japonais disparurent. Le généralissime Tchang Kaï-chek revint à Shanghaï. Revinrent aussi à nouveau, dans les cinémas de la ville, les films américains.

Si le Japon était écrasé, la guerre n'était pas finie pour autant en Chine. La plus grande des guerres civiles allait bientôt reprendre dans un pays où les Japonais ne laissaient que ruine et misère. Mao Tsé-toung et Tchang Kaï-chek avaient fait semblant de se réconcilier devant l'invasion japonaise. Mais il n'y avait pas de réconciliation possible entre le chef des Rouges et le généralissime qui naguère, à Canton, avait fait jeter les communistes dans les chaudières des locomotives comme combustible.

Les campagnes sont en larmes. Des familles restent assises des jours entiers sur les décombres de leurs maisons. La colère gronde dans les villes, à Canton, à Shanghaï, à Tientsin, à Han-keou, où les ouvriers commencent à discuter dans les rues « à la chinoise », tandis que les riches continuent à s'enrichir. Il y a jusqu'à des trafics sur les médicaments que les États-Unis envoient en Chine. Les autorités ferment les yeux ou donnent leur bénédiction. Et quand des émeutes éclateront dans les villes, le gouvernement organisera des distributions gratuites de riz. Cela calmera la faim des pauvres pour une journée, mais n'apaisera pas leur colère.

Pendant qu'un monde se transforme dans le Nord-Ouest où Mao Tsé-toung a déjà implanté la réforme agraire – à Shanghaï la famille Chow, comme beaucoup d'autres, continue sa petite lutte quotidienne pour l'existence, en ignorant quelles forces sont en train de se déchaîner dans la vaste Chine. L'agence de bourse de Wei Hi continue de prospérer. Mon père gagne de plus en plus d'argent. Ma mère, qui a cinq enfants, va pouvoir se permettre enfin d'avoir une domestique. C'est sous l'influence de ma grand-mère et de sa mentalité mesquine de Tchao-tcheou qu'on avait constamment remis à plus tard la dépense d'une servante. Il nous fallut attendre 1945 pour avoir une domestique. Et si je répète que nous en avions les moyens et que mon père gagnait de l'argent, mais d'une manière irréprochable, c'est qu'un incident eut lieu aussitôt après qui, dans mon petit monde, fut l'équivalent d'une tempête.

Un soir, devant la porte, notre servante, ma petite sœur dans les bras, bavardait avec la servante des voisins. Il y avait là également la fille de ces derniers, une gamine corpulente, qui avait un an ou deux de plus que moi et avec qui il m'arrivait de jouer. J'étais à quelques mètres de là et on n'avait pas remarqué ma présence quand j'entendis soudain des propos qui me firent dresser l'oreille.

— Je me demande quelquefois, dit la servante des voisins à la nôtre, comment il se fait qu'on mange si abondamment dans ta maison... Ton maître doit gagner beaucoup d'argent... Comment s'y prend-il ? Mon maître à moi n'est qu'un fonctionnaire. Et le tien, que fait-il ?

À notre service depuis peu de temps, notre servante ne savait rien des occupations de mon père. Comme elle se taisait, c'est la fille des voisins qui répondit pour elle :

— On sait bien, dit-elle, comment il gagne son argent : c'est avec le trafic de l'opium...

En entendant ces mots, mon sang ne fit qu'un tour. J'avançai vers le groupe devant la porte et m'écriai à l'intention de la grosse fille :

— C'est un mensonge ! Mon père n'est pas trafiquant d'opium ! Et jamais il ne le sera !...

Je savais par toutes les conversations entendues à la maison comment, dans les moments difficiles, mon grand-père avait poussé son fils à faire ce sale trafic, et comment mon père avait toujours obstinément refusé. Mais la fille ne voulait pas en démordre et, me toisant avec insolence, elle répéta que mon père était bel et bien un trafiquant d'opium. La colère m'envahit comme une fièvre. Tous les nobles principes enseignés par Ching Son mon frère et tous les héros dont il m'avait raconté la vie se dressaient en moi comme une armée : entendre insulter Wei Hi était une honte insupportable.

— Je te préviens, dis-je à la fille, que si tu continues à salir le nom de mon père, je vais te casser la tête !

Et en disant cela, je tremblais de ma propre audace, car la fille était plus âgée que moi et beaucoup plus forte. Elle en avait conscience :

— Essaie un peu de me toucher, dit-elle, et je t'écrase comme un morceau de viande hachée !...

Et elle continua de nous salir, mon père et moi. Plus je tremblais de colère, plus ma peur grandissait, et plus il me semblait que j'étais prête à mourir pour laver l'honneur de mon père. Soudain, je me jette sur la fille et attrape le col de son vêtement :

— Demande pardon ! Dis que mon père est un homme honorable ! Dis-le tout de suite !

Elle ne répond pas mais saisit une de mes nattes et tire dessus avec une telle violence que, dans ma douleur, je lui mords la main, de sorte qu'elle me lâche aussitôt. Et soudain, je me souviens de la boxe de singe que mon frère m'a enseignée, je devrais dire plutôt que c'est la boxe qui se souvient de moi, car elle s'installe dans mon corps et dans mes poings comme malgré moi. Je ne sais ce qui se passe : me voilà sautant à droite, sautant à gauche et, tout à coup, la fille tombe. Quand je la vois à terre je me jette sur elle et je me mets à frapper des deux poings sa bouche, cette bouche qui a sali mon père. Les deux servantes affolées, avec chacune un bébé sur les bras, poussent des hurlements, et se précipitent à l'intérieur des deux maisons pour aller chercher nos mères. Quand la mienne arrive et voit saigner la fille des voisins, elle m'agrippe par ma robe :

— Qu'est-ce que tu as fait, malheureuse ?... Demande pardon à la voisine !... Demande-lui pardon !...

Encore haletante, je secoue la tête : il n'en est pas question. La grosse fille s'est relevée, tout ensanglantée. Sa mère survient. Sa servante lui a raconté toute l'histoire. Elle prend ma défense et, ordonnant sévèrement à sa fille de rentrer chez elle :

— C'est bien fait pour elle... Elle est la plus grande... Je regrette qu'elle ait si mal parlé...

Et chacun de rentrer chez soi, les mères, les servantes et les enfants. À partir de ce jour, non seulement ma grosse voisine ne m'adressa plus la parole, mais elle évita soigneusement de se trouver sur mon chemin.

Quand Ching Son, mon frère, rentra à la maison et qu'on lui eut raconté les insultes de la voisine et la raclée que je lui avais donnée, il vint me trouver aussitôt.

— Petite sœur, dit-il, je suis fier de toi. Tu as défendu notre honneur. C'est bien.

Et le lendemain, il m'apporta une boîte de friandises qu'il avait achetées avec ses économies. Ching Son avait seize ans, c'était pour ainsi dire un homme. Quant à moi, j'avais plus de dix ans. À dix ans, en Chine, on est déjà considérée presque comme une jeune fille.

C'est en raison de mon âge qu'après l'incident avec la voisine, Tsong Haï, ma mère, loin de me féliciter, se montra plus sévère que de coutume : elle était surtout emplie d'une inquiétude dont j'entendis maintes fois les refrains :

— Qu'allons-nous devenir avec une fille qui passe son temps à jouer dans la rue, avec une fille qui se bat ! Tu cours comme un garçon ! Tu ris comme un garçon ! Jamais tu ne te marieras !...

C'étaient là des reproches graves. Car la Chinoise, dès sa plus tendre enfance, doit observer la plus grande réserve dans la manifestation de ses sentiments. Ne jamais montrer la joie ni la tristesse est un devoir pour celle qui devra toujours tenir une place modeste. Par exemple, il ne convenait pas de rire à gorge déployée comme je le faisais. Il fallait ébaucher un sourire, sans grimacer, et le sourire devait faire le moins de plis possible sur le visage. De même, il convenait de marcher doucement, à petits pas mesurés : tout le contraire de ma démarche.

Mais là encore, mon père prenait ma défense, ce qui rendait Tsong Haï furieuse :

— Ching Lie parle comme une mitrailleuse, elle marche comme un soldat ! Et tu prends sa défense ! Tu as toujours été trop indulgent avec elle. Cela est très mauvais...

Il est vrai qu'en Chine le père doit être sévère et la mère indulgente et que, chez nous, c'était tout à fait l'inverse : mon père ne cessait de me gâter tandis que ma mère commençait à me surveiller très sérieusement.

C'est peu de temps après l'incident avec les voisins que la pauvre femme connut une des grandes peines de sa vie. Rentrant de l'école un après-midi, je trouvai Tsong Haï en larmes, assise sur son lit. Je lui demandai aussitôt la cause de son chagrin : elle venait d'apprendre la mort de sa mère.

Cette grand-mère maternelle, je la connaissais à peine. Je me souvenais vaguement l'avoir vue à Canton, plus exactement à Tchao-tcheou, lorsque nous avions fait ce triste voyage par mer de Shanghaï à Canton où nous étions restés quelques mois. Rien d'étonnant que je l'aie si peu connue : en Chine, une fois un homme et une femme mariés, ce sont les parents du mari qui font la loi et s'installent généralement avec le nouveau couple, tandis que les parents de la mariée sont tenus à l'écart. La situation inférieure des parents maternels, dont on tolère qu'ils viennent rendre visite aux petits-enfants, est indiquée par la langue chinoise elle-même puisqu'on les appelle « les grands-parents du dehors ». Ma grand-mère maternelle devait subir cette loi impitoyable, elle qui connaissait la solitude depuis longtemps puisqu'elle fut veuve avant même la naissance de ma mère. C'est elle qu'une marieuse professionnelle était allée chercher un jour à Tchao-tcheou en lui annonçant qu'elle avait trouvé pour sa fillette de quatre ans un fiancé : c'était ce petit garçon qui se baignait avec son frère dans la rivière et qui devint plus tard mon père. Dès ce jour-là, c'est-à-dire trente ans plus tôt, cette femme avait déjà perdu le courage de vivre. Elle n'avait qu'une fille qui un jour la quitterait et qui dès lors serait perdue. Seule la femme qui a un fils peut être assurée d'être soutenue dans sa vieillesse : même si le fils se marie, elle sera entourée et aidée. Tandis qu'une fille ne laisse aucun espoir. Voilà qui explique également pourquoi cette femme, veuve avant la naissance de son enfant, plus tard aigrie de vivre sans un homme près d'elle, fut si dure pour sa fille, ma future mère. Elle la frappait en lui disant : « Pourquoi n'es-tu pas un garçon ? Pourquoi faut-il que j'aie une fille qui m'oblige à travailler pour les autres, pour celui qu'elle rejoindra un jour ? Une fille qui me laissera seule ? » Et quand ce jour arriva en effet où Tsong Haï se maria avec Wei Hi conformément aux fiançailles des enfants, ma grand-mère avait pris sa fille à part pour lui demander pardon :

— Je t'ai beaucoup battue, lui dit-elle, quand tu étais une petite fille. Mais j'étais seule et je souffrais à l'avance de te perdre. Tu dois me comprendre et me pardonner. Il faut que tu me promettes que, pour ta part, quand tu auras des enfants, tu ne les battras jamais...

Pourquoi une telle vie, une telle solitude jusqu'au bout, alors que veuve encore jeune, cette femme aurait pu se remarier ? Simplement parce que la coutume chinoise était implacable : une veuve avait le devoir moral de rester veuve, se remarier étant une action honteuse, salissante pour elle et pour toute sa famille. Les gens ne la regardaient plus en face mais seulement de biais. On ne lui donnait pas de travail, on n'achetait pas ce qu'elle vendait. Son voisin l'empêchait de passer sur son terrain parce qu'on disait que là où passe une veuve remariée, l'herbe risque de ne plus pousser. Aussi, les veuves remariées étaient rares : celle qui cherchait un second mari ne pouvait prétendre épouser qu'un rebut, un miséreux ou un infirme. Tandis que la veuve demeurée fidèle devenait un exemple de pureté, car rester seule avec sa misère et ses chagrins la mettait au rang des saintes. Son nom était inscrit dans les petits temples des ancêtres, les panthéons en miniature qui sont élevés dans les villes chinoises et où l'on exposait, à côté des images des notables et des bienfaiteurs locaux, celles des veuves restées fidèles : au cours de fêtes votives on leur rendait les mêmes honneurs. L'existence de ma grand-mère fut donc un long chagrin. Elle finit sa vie en végétarienne devant son métier à tisser qui lui assurait sa pitance et mourut abandonnée dans une masure de Tchao-tcheou. Mon père, revenu de Tchong-king, lui avait envoyé de l'argent, non par devoir, puisqu'il n'y était pas tenu, mais par bonté. Il était trop tard pour qu'elle pût en profiter. Il lui restait, après sa mort, à être citée en exemple pour sa vie irréprochable, et à figurer au nombre des saints dans le temple des ancêtres de Tchao-tcheou.

5

Arrivée de la famille Hiao à Shanghaï / La maison du chien méchant / Les deux femmes de Hiao / Vie commune des deux familles / Le commencement du faste / Comment nous sommes obligés d'acheter deux fillettes à Tchao-tcheou / Manières chinoises et manières occidentales / Les maximes du sage mandarin Chu / Le déplorable second mariage de l'oncle Wei Hing.

Au cours de l'hiver qui suivit le départ des Japonais, notre vie familiale connut une péripétie notable. En effet, Hiao, l'ami intime que Wei Hi, dans les temps difficiles, était allé voir à Tchong-king et qui l'avait tiré d'affaire, décida de quitter la province du Sseu-tchouan pour s'installer à Shanghaï. Mon père et lui se considéraient comme des frères : ils décidèrent de vivre ensemble avec femmes et enfants.

Hiao était un gros homme de trente-huit ans, l'âge de mon père. Il avait deux épouses – ce qui à l'époque était permis en Chine – et c'étaient deux sœurs. Ayant d'abord épousé l'aînée, fort laide, il avait fait la connaissance de la cadette qui, par la suite, vint fréquemment chez lui. Si fréquemment qu'un beau jour elle se trouva enceinte de ses œuvres. C'est alors qu'il la prit comme seconde femme. La deuxième épouse d'un polygame était appelée en Chine la « petite femme », terme peu honorable. De sa première femme, Hiao avait deux garçons et deux filles quand il arriva à Shanghaï, et de sa deuxième femme deux filles. Comme notre famille comptait cinq enfants, en y ajoutant les six de Hiao, cela donnait un total de onze enfants, cinq adultes, encore une servante et la femme du fils aîné de Hiao. Pour abriter ce monde sous un même toit, il nous fallait de l'espace.

Après des recherches longues et difficiles, on finit par trouver une maison convenable, entièrement meublée, appartenant à une Anglaise, une veuve, qui désirait la vendre pour s'en retourner dans son pays. L'habitation comprenait un rez-de-chaussée et deux étages. En bas, de vastes portes-fenêtres ouvraient sur un grand jardin au gazon plantureux, fermé par une grille et un portail. Sur le côté, une allée en ciment conduisait vers le garage. Il y avait là de la place pour tout le monde et un certain confort. L'achat fut décidé à l'unanimité des deux familles.

Comme son ami Hiao était gros et poussif, Wei Hi lui attribua généreusement le premier étage pour lui éviter de s'essouffler. En outre, cet étage comprenait une pièce pour chacune des deux épouses et leur disposition permettait à Hiao de passer commodément d'une chambre à l'autre selon son humeur. Quant à ma famille, il fut convenu qu'elle occuperait donc le deuxième étage. Nous disposions là, comme nos amis, de quatre chambres, une pour mes parents, une pour mes grands-parents dans le cas où ils viendraient passer quelques jours avec nous, une pour ma sœur cadette et moi, une pour mon frère aîné et le reste des enfants.

La veuve anglaise avait retenu sa place sur un bateau pour l'Angleterre. Nous étions convenus d'emménager en deux temps : dans un premier temps, seule ma famille devait s'installer, l'Anglaise occupant son étage pendant une semaine encore. Ce n'est qu'après son départ que, dans un deuxième temps, Hiao arriverait avec sa famille.

Tout se serait fort bien passé si l'Anglaise n'avait pas eu pour compagnon un énorme chien. Les Chinois n'ont pas l'habitude de voir des chiens dans une maison, et celui-ci nous fit aussitôt le plus mauvais effet. La maîtresse eut beau nous expliquer que son molosse était la bête la plus douce de la terre et qu'il n'y avait absolument pas lieu d'en être effrayé, nous n'en étions pas rassurés pour autant. Voilà pourquoi peut-être, il arriva ce qui devait arriver. Quand, à la vue du chien, mon frère aîné s'enfuit, la bête lui mordit cruellement la main. Ching Son dut subir un traitement contre la rage avec dix-sept piqûres et souffrit le martyre. Deux jours après voilà mon frère cadet, Ching Tsen, mordu à son tour par le même chien. Encore dix-sept piqûres. Ma mère eut une explication avec l'Anglaise :

— Madame, lui dit-elle, j'ai cinq enfants. Je ne vais pas laisser votre chien les mordre l'un après l'autre. Ayez l'obligeance de faire quelque chose pour que cet animal cesse de nuire…

La dame était navrée. Et d'autant plus que, ne pouvant emporter son chien avec elle, elle avait escompté de nous le laisser comme pensionnaire. Elle comprit qu'il n'en était pas question et dut placer l'animal ailleurs. Quant à moi, je regrette de dire que j'ai conçu à cette époque, pour tous les chiens, une aversion qui ne m'a plus quittée.

Sitôt notre Anglaise partie pour l'Angleterre, Hiao s'installa avec sa famille au premier étage de la maison désormais commune. Je devrais plutôt dire qu'avec sa famille, il installa et nous imposa son atmosphère familiale. Atmosphère, hélas ! tout à fait déplorable. Pour commencer, la seconde femme de Hiao se montra furieuse d'avoir une chambre moins bien meublée que celle de sa sœur aînée. Cette aînée, femme à la fois très laide et très simple, portait déjà sur le sommet du crâne un chignon comme une grand-mère. Il n'empêche que la coutume veut que la première femme soit honorée, et c'est la raison pour laquelle Hiao lui avait donné la meilleure des deux chambres. Mais la « petite femme » était opiniâtre et remuante : elle ne voulut rien savoir. Si bien que, dès la première nuit, nous entendîmes, à l'étage du dessous, un concert de disputes, de cris et de portes claquées. L'obstination de sa deuxième femme avait fini par rendre Hiao fou de colère et il est probable, d'après les cris qu'on entendait, qu'il la battait comme plâtre. Telle fut notre première nuit commune dans la nouvelle maison.

La suite des jours ne fit qu'illustrer le caractère violent et coléreux de Hiao, sa conduite exécrable avec ses enfants aussi bien qu'avec ses femmes. Ne l'avons-nous pas vu un jour, pour une parole qui lui avait déplu, gifler son fils de vingt ans, et cela en présence de la jeune femme de ce malheureux ? Chez nous, tous les enfants fuyaient le despote comme les souris fuient un chat. Tsong Haï, notre mère, qui s'en rendait compte, nous rappelait sans cesse que Hiao avait sauvé notre père et que sans lui nous aurions été réduits à la mendicité. C'était notre devoir que de manifester notre gentillesse à l'égard de celui qu'elle appelait « oncle Hiao ». Pour ma part, je faisais un effort, mais c'était laborieux.

En vérité, Hiao n'était pas un homme particulièrement méchant : il avait simplement le comportement typique du père chinois dans la tradition la plus ancienne. Se conduire comme un tyran lui était tout naturel. Je n'en appréciais que davantage l'affection qui régnait au sein de ma famille et la douceur de mon père. Wei Hi ne se mettait jamais en colère. Est-ce parce qu'il avait des principes plus modernes ou que tel était son caractère ? Quoi qu'il en soit, la comparaison avec son ami Hiao ne pouvait que me le rendre encore plus cher.

En décidant de vivre ensemble, Wei Hi et Hiao s'étaient également associés pour les affaires. Ils avaient créé une firme d'import-export. On importait des produits européens, des tissus, notamment du velours et du papier peint venu de France. Des échantillons de velours avaient servi à l'embellissement de notre logement où il y eut aussi une pièce dont les murs étaient habillés de papier peint français. La compagnie possédait un entrepôt dans Shanghaï et trois voitures privées – deux Ford et une Buick – rangées dans le garage de la maison. À vrai dire, c'était le commencement non seulement de la prospérité mais d'un certain luxe. Cela résultait d'un deuxième aspect du caractère d'oncle Hiao, qui n'était pas seulement coléreux mais aussi fastueux, aimant toutes les dépenses de vanité. Tel était, disait-on, le caractère des natifs de Hang-tcheou, car Hiao était né dans cette ville célèbre peu éloignée de Shanghaï. En quoi les gens de Hang-tcheou étaient tout le contraire de ceux de Tchao-tcheou, le pays de mes grands-parents paternels que la perte d'un sou rendait malades.

Nous entendions, fréquemment, les voitures sortir du garage. Les deux associés menaient leurs affaires tambour battant. Et non seulement ils travaillaient avec acharnement mais leur commerce les obligeait à entretenir tout un réseau de relations, à fréquenter les bons restaurants de

Shanghaï, à inviter du monde. La maison était souvent agitée par les préparatifs et le bruit des réceptions. Hiao avait engagé un cuisinier, deux bonnes et un jardinier.

Tsong Haï, qui n'avait toujours qu'une seule bonne et que ses cinq enfants surchargeaient de travail, voulut en engager une deuxième. Le niveau de vie n'était-il pas en train de monter spectaculairement dans la maison ? Bien entendu, ma grand-mère fut hostile à tant de luxe, mais comme ma mère insistait, elle eut une idée : pourquoi, au lieu de louer une bonne, ne pas acheter directement deux fillettes à Tchao-tcheou ?

C'était une de ces pratiques arriérées qui avaient cours dans ce faubourg du Kouang-tong où les misérables vendaient volontiers leurs enfants. On allait là-bas acheter une paire de fillettes comme on achetait un couple de chevreaux. Les enfants avaient de préférence huit ou neuf ans quand on les arrachait à leur famille. On ne leur disait jamais la vérité, mais seulement qu'elles allaient faire un voyage avec des gens très gentils ou des choses de ce genre. Mais le dressage des fillettes, arrivées à destination, commençait aussitôt, le plus urgent étant d'extirper leur nature d'enfants, et de leur faire passer l'envie de jouer : elles devaient rapidement devenir des adultes. Certes, leur sort, malgré la cruauté de leur destin, était variable parce que tous les hommes ne se ressemblent pas. Achetées par de braves gens, elles étaient bien traitées. Parfois même, la petite esclave, une fois en âge de se marier, voyait ses maîtres lui préparer son trousseau et la couvrir de cadeaux. Il arrivait aussi aux fillettes de Tchao-tcheou de connaître un sort épouvantable et sans recours. C'est parce que nous n'étions pas sans le savoir que la proposition de grand-mère suscita de l'hostilité de notre part. Pour nous, cet achat d'enfants était d'abord une action inhumaine. Ensuite, nous connaissions beaucoup d'histoires déplorables. C'est ainsi qu'un cousin de mon père, qui avait acheté une fillette de neuf ans, ne se gêna pas pour la séduire quelques années plus tard. La jeune servante se trouva enceinte. La femme de ce cousin, qui avait quatre enfants, en conçut une jalousie féroce. Par peur de son mari, elle n'osait pas frapper sa « rivale » qu'elle avait pourtant l'intention de tuer. Elle parvint à dresser ses enfants contre la malheureuse. Quand une occasion se présentait, ils cernaient la servante dans une pièce de la maison : la mère leur avait recommandé de lui donner des coups de pied dans le ventre. Ils s'exécutèrent si bien que, très peu de temps après, la servante fit une fausse couche. Elle dut s'aliter et saignait abondamment. Alors, l'épouse du séducteur la laissa mourir.

Une autre histoire de servante est celle d'un ami de mon grand-père Tsou Hon, un vieillard vicieux qui possédait plusieurs petites esclaves et jeta son dévolu sur la plus jolie d'entre elles quand elle eut quinze ans. Pensant parvenir aisément à ses fins, il se heurta à une violente résistance. Alors, se méfiant de tout esclandre qui aurait pu attirer l'attention de sa femme, il résolut de venger l'affront subi par son amour-propre. Un jour d'hiver où régnait un froid pénétrant, il se jeta sur la petite servante, lui arracha ses vêtements et, l'ayant poussée, nue, sur le balcon, il referma la fenêtre derrière elle. Le balcon se trouvait au quatrième étage. Ne pouvant supporter ni le froid ni la honte de la situation, la servante se jeta en bas et mourut.

Malgré de tels exemples et en dépit de nos réticences, il nous fallut obtempérer aux décisions de ma grand-mère. « Désobéir à ses parents abolit mille bonnes actions », dit le proverbe chinois.

C'est donc pour ne pas « abolir mille bonnes actions » que mon père accepta d'en entreprendre une très mauvaise : l'achat de deux fillettes. Un ami de ma grand-mère, qui devait se rendre à Tchao-tcheou, fut chargé de l'opération. Il était entendu que nous prendrions une des deux fillettes et que ma grand-mère prendrait l'autre. J'ai déjà dit que mes grands-parents paternels ne vivaient plus avec nous depuis longtemps et qu'ils habitaient avec leur fils Wei Hing, le simple d'esprit.

Donc, un beau jour, on nous amena de Tchao-tcheou deux petites filles de huit à neuf ans. Celle que nous prîmes chez nous s'appelait So Phi, elle était très douce et fut reçue comme une enfant de la maison. Il en alla tout autrement avec la deuxième, Wo Li, celle qui échut à ma grand-mère. On lui avait dit pour endormir sa méfiance qu'elle ferait un joli voyage, qu'elle visiterait Shanghaï, etc. Quand elle s'aperçut qu'elle restait seule avec une vieille dame acariâtre qui la fit immédiatement travailler, Wo Li entra dans une grande fureur, si bien que ma grand-mère, qui n'était ni compréhensive ni patiente, se mit à la battre copieusement. Vous pouvez imaginer le désespoir de l'enfant. Tsong Haï, ma mère, en l'apprenant, en fut si bouleversée qu'elle proposa aussitôt à sa belle-mère de faire un échange : elle prenait chez nous la petite servante « insupportable » et donnait l'autre, So Phi, qui était très douce à ma grand-mère.

Nous voilà donc pourvues d'une enfant-esclave révoltée qui s'habitua tant bien que mal à nous accepter grâce à la douceur avec laquelle ma mère s'efforçait de la traiter afin de lui faire oublier sa triste situation. La nôtre devint assez difficile : Wo Li, qui était une petite paysanne, s'obstinait à marcher pieds nus dans l'appartement. La maison n'ayant pas le chauffage central, il y faisait assez froid, son nez coulait constamment, mais elle ne voulait jamais se servir du mouchoir qu'on lui avait donné, elle s'essuyait seulement avec sa manche. De même pour sa bouche pendant les repas. Si bien que les manches de sa vareuse de coton qui lui servaient à la fois de torchon et de mouchoir étaient dégoûtantes et on ne pouvait pas lui laver sa robe à chaque instant. Tous ces détails n'auraient pas eu la moindre importance chez ma grand-mère qui s'en serait fort bien accommodée. Mais nous, nous étions devenus des gens riches, des gens « comme il faut ».

Notre petite servante n'était vraiment pas présentable. Impossible de le lui faire comprendre. Pour ma mère, il n'était pas question de la rudoyer et encore moins de la battre. J'essayai à mon tour de lui demander de se moucher avec son mouchoir. Rien à faire. La seule perspective de mettre des chaussures, ou de ne plus cracher ses arêtes quand elle mangeait du poisson était déjà une torture qui lui arrachait des larmes même quand on la suppliait avec la plus grande douceur. Wo Li répétait qu'elle voulait rentrer chez elle, car elle croyait toujours qu'elle avait fait le voyage de Shanghaï pour « s'amuser ». Or, nous ne l'avions jamais détrompée et personne ne lui dit jamais qu'elle avait été vendue. Au bout de dix jours, elle disparut. Ma mère la fit chercher dans tout le quartier, dans les rues et les jardins. Sans résultat. Qu'est-elle devenue ? Où est-elle allée, pieds nus dans le froid de l'hiver ? Nul ne l'a jamais su.

So Phi, sa petite compagne, bien que condamnée à vivre chez mes grands-parents, eut plus de chance. Il est vrai que Tsong Haï ne cessa de veiller sur elle. De l'argent fut donné à ma grand-mère pour son éducation. Domestique le jour, elle fréquentait l'école le soir. So Phi acquit une bonne éducation, et quelques années plus tard, quitta ma grand-mère pour se marier selon ses vœux. Elle s'installa à Hong Kong, eut trois enfants et une petite fabrique de sacs perlés qui continue de prospérer.

Ayant perdu sa petite servante de Tchaotcheou, Tsong Haï, qui ne voulait plus entendre parler de fillettes, engagea aussitôt une Shanghaïenne adulte. Ma mère avait, désormais, deux domestiques pour l'aider, et son travail en fut considérablement allégé.

L'affaire d'import-export devenait de plus en plus florissante. Cependant, à l'intérieur de la maison commune, rien de plus différent que la conduite et la morale de ces deux familles, celle de Hiao et celle de Wei Hi. Le premier aimant le faste et dominé par son argent. Le second heureux de pourvoir à tous les besoins des siens, mais en même temps réservé, estimant qu'il fallait vivre d'autant plus modestement que l'on avait davantage d'argent.

Mon père n'admettait pas l'oisiveté chez ses enfants. Malgré la présence de deux bonnes toute la semaine, nous devions, chaque dimanche, participer tous au nettoyage de la maison et cirer les parquets. Wei Hi travaillait alors avec nous. Ainsi se montrait-il attaché aux vertus familiales chinoises dans un temps où Shanghaï était de toutes les villes de la Chine celle qui subissait le plus fortement les influences étrangères. Les cadres du Kouo-min-tang, c'est-à-dire la classe dirigeante, accueillaient alors volontiers les « returned students », les jeunes gens revenus des universités occidentales, Londres, San Francisco ou Paris, qui, dans leurs costumes européens de bonne coupe, se rencontraient dans les milieux chrétiens du Y.M.C.A.[1] et jouaient au tennis ou au cricket. Quant aux guerres et aux bouleversements qui les accompagnaient, ils avaient créé toute une classe de nouveaux riches. Leurs enfants se distinguaient par leur oisiveté, leurs filles par un excès de rouge à lèvres. Tout ce petit monde sortait beaucoup le soir, dansait et s'enivrait. Au moment où les Chinois subissaient donc la plus forte contagion des mœurs occidentales mais surtout des plus faciles et des plus basses, certains, tel Wei Hi, réagissaient en imposant chez eux une vie plus sévère et plus conforme à l'ancienne morale chinoise.

Une des meilleures expressions de cette morale se trouve dans les écrits du sage mandarin Chu qui vivait sous la dynastie des Song et dont les maximes représentaient pour moi le modèle de conduite le plus élevé. J'en connaissais par cœur un grand nombre, car notre père nous les faisait souvent réciter. En voici quelques-unes que j'ai tenu à recopier parce que, en donnant un échantillon de nos règles de conduite dans la vie quotidienne et dans les relations familiales séculaires, elles sont également susceptibles d'intéresser le lecteur d'Occident. Ces maximes figurent dans un texte qui est une lettre d'un père à son fils :

« Il convient, mon fils, que chaque jour tu te lèves de bonne heure en même temps que le soleil. Prends soin de nettoyer ta maison à l'extérieur et à l'intérieur. Avant de te coucher, vérifie toi-même que les portes sont bien fermées.

« Ne te laisse pas aller au gaspillage, car gagner sa vie donne de la peine. Ne laisse pas un seul

1. *Young Men's Christian Association.* Organisation américaine d'accueil dont les foyers sont répandus dans le monde entier.

grain de riz dans ton bol, ne perds pas un seul fil de soie de ton vêtement.

« En toute chose, sois prévoyant. Pense à couvrir ton toit avant que tombe la pluie et à creuser ton puits avant que tu aies soif.

« Mieux valent des couverts propres en terre cuite ou en porcelaine que des couverts sales en or ou en argent. Des aliments simples et bien cuits sont préférables à un repas luxueux de nids d'hirondelles et d'ailerons de requin.

« Ne fréquente pas les entremetteuses[1], sources de tous les vices. Il ne convient pas d'avoir des servantes d'une grande beauté[2]. Pas davantage des domestiques mâles qui soient séduisants[3].

« Que les femmes ne se maquillent pas trop et observent une attitude modeste.

« Il ne faut pas oublier l'offrande aux parents ni aux ancêtres, même pour ceux qui sont morts depuis des générations.

« Il faut faire étudier de force même l'enfant le plus stupide.

« Ne bois pas de boisson alcoolisée. Ne profite jamais des autres. Assiste les pauvres. La richesse acquise par des moyens inavouables ne dure pas longtemps.

« Autant tu dois être généreux pour les pauvres et pour tes amis, autant tu dois être chiche et mesquin avec toi-même.

« N'écoute jamais la femme qui dit du mal de tes parents, de ton frère ou de ta sœur, car ceux-ci font partie de toi comme tes bras et tes jambes.

1. Grandes pourvoyeuses de l'adultère dans les villes, elles jouaient aussi leur rôle dans l'assassinat du mari gênant.

2. Elles deviendraient rapidement des maîtresses.

3. C'est la maîtresse de maison qui, dans ce cas, risque d'être séduite.

« Choisis l'épouse de ton fils selon ses qualités et non pas selon son trousseau ou ses richesses.

« C'est une honte de lécher les bottes au riche et de marcher sur le pauvre.

« Ne te sers jamais de ta position pour insulter une veuve ou une orpheline[1].

« Ne tue pas trop d'animaux par gourmandise[2].

« Dans une dispute, pèse trois fois tes paroles avant de les laisser franchir ta bouche.

« Si tu fais du bien, ce n'est pas pour que tu ailles t'en vanter. Mais le bien que t'ont fait les autres, ne l'oublie jamais.

« Il ne convient pas de se vanter d'une bonne action qu'on a faite, car alors, ce n'est plus une bonne action, mais un acte de vanité. Quant aux actions que l'on cache soigneusement, ce sont les vices.

« À la vue d'une belle femme, ne sois pas rempli de convoitise : ta femme et ta fille seront, elles aussi, convoitées.

« Quand tu étudies, que ce ne soit pas l'ambition de gagner de l'argent qui te pousse, mais celle de devenir un savant et un saint. Le mandarin doit servir l'État. »

Le contraste entre Wei Hi, mon père, et son ami Hiao tenait, essentiellement, à une différence d'éducation. Si bien que, de la coutume chinoise, Hiao conservait le moins bon et mon père le meilleur. Il y avait en Chine, à cette époque, deux sortes d'écoles qui formaient les enfants selon deux éducations différentes. L'école secondaire où mon père avait étudié d'abord était imper-

---

1. N'ayant pas d'hommes pour les protéger, la veuve et l'orpheline méritaient le respect et les égards.

2. Contrairement aux Chow qui, selon l'usage bouddhiste, évitaient de tuer eux-mêmes les animaux ou de les faire tuer chez eux, les Hiao tuaient des poulets tous les jours.

méable à toute influence occidentale. Mais il avait fréquenté plus tard l'autre type d'écoles : l'université américaine protestante de Shanghaï, un des nombreux établissements créés par les missionnaires. C'est là qu'il fut en contact avec les langues, les livres, les manières de penser de l'Occident.

En ce qui concerne le vêtement, mon père ne s'habillait jamais qu'à l'européenne. Shanghaï offrait un mélange de costumes européens et asiatiques, de même que dans les rues les grosses voitures américaines croisaient les pousse-pousse classiques tirés par un homme, ou les plus modernes vélo-pousse. Les Chinois s'habillaient à l'européenne dans les grands dîners, les restaurants célèbres comme celui du Park Hôtel qui, avec ses vingt-quatre étages, face au champ de courses, était le plus haut immeuble de Shanghaï. Tandis que, dans les écoles chinoises, les enfants portaient le vêtement national, pantalon et robe longue fendue, pour ma part, j'étais habillée comme une petite fille européenne, sauf qu'à la maison je portais un pantalon et une chemise plus commodes pour aller jouer dehors.

Notre ami Hiao, lui, était toujours vêtu à la chinoise, c'est-à-dire de ce costume classique qui est le même pour les femmes et les hommes. Je ne veux pas dire que Hiao était plus chinois que mon père, mais seulement que, faute d'éducation – il avait dû interrompre ses études secondaires – il était moins ouvert au changement. De l'éducation chinoise il n'avait gardé que le plus élémentaire et le plus rude. Pour attaché qu'il fût aux vieux principes, mon père n'en vivait pas moins avec ses enfants dans une liberté affectueuse qui avait quelque chose d'américain. Il jouait et sortait avec nous, ne nous grondait jamais et savait créer une grande chaleur familiale. Hiao, qui, au contraire, battait ses enfants, passait de longues heures avec ses amis à jouer au mah-jong. Son fils aîné, qui le craignait beaucoup, en profitait pour sortir et aller boire dans les dancings, non pas avec sa femme, mais avec des entraîneuses. Jamais mon père n'aurait joué au mah-jong devant ses enfants, de peur qu'ils prennent le goût du jeu. Doux et indulgent avec nous, il était l'obéissance même avec son père.

La triste histoire du second mariage de mon oncle Wei Hing montre bien que si les vieux principes étaient d'une grande élévation, les vieux usages avaient souvent des conséquences déplorables. Pour une veuve, nous l'avons vu, c'était un crime, en Chine, que de se remarier. Alors que c'était quasiment une obligation pour un homme. Wei Hing, le simple d'esprit, était déjà veuf depuis deux ans quand son père, Tsou Hon, décida qu'il était temps de remarier ce fils qui, en vérité, n'éprouvait aucun enthousiasme pour les femmes. Quant à ma grand-mère, elle avait eu vent de toutes les rumeurs familiales consécutives à la mort de ma tante et qui l'accusaient d'avoir largement contribué, par sa dureté, à abréger les jours de sa bru. Pour cette raison, elle souhaitait ne pas s'installer avec le second ménage comme elle avait fait avec le premier, mais, cette fois, aller vivre de son côté avec son mari Tsou Hon. Il fallait, auparavant, trouver une situation et un logement pour Wei Hing.

C'est pourquoi Tsou Hon, avant de chercher une femme pour son fils, se mit à réfléchir au métier que pourrait bien exercer cet homme sans instruction et qui n'avait jamais rien fait. L'épicerie ? Trop difficile pour lui. Le trafic de l'opium ? Il demandait plus de ruse que Wei Hing n'en eut jamais. Mon grand-père finit par penser tout naturellement à un métier très répandu à Tchao-tcheou, celui de prêteur sur gages. Il suffirait d'avoir un petit local (pour lequel Tsou Hon avancerait les fonds) et d'adjoindre à Wei Hing un employé intelligent. Si la future femme, par-dessus le marché, était tant soit peu douée, tout irait pour le mieux.

C'est bien ce métier qui fut finalement choisi. Tout le favorisait dans la situation de la Chine : l'insécurité permanente, l'appauvrissement brutal du plus grand nombre. Mon grand-père chercha un local. Il en trouva un fort modeste, mais comprenant un rez-de-chaussée pour recevoir les clients et un étage pour le domicile du couple futur. Tout fut meublé et installé. Il ne manquait plus que la femme. Mon grand-père étant aussi incapable d'en trouver une que mon oncle, on eut recours à une marieuse professionnelle, bien connue à Tchao-tcheou : tante Ma, originaire de Canton, qui vivait à présent à Shanghaï. C'était une affreuse vieille à qui une variole contractée dans son enfance avait laissé un visage grêlé (d'où son nom de Ma) et l'avait rendue si laide qu'il ne fut plus jamais question pour elle de se marier. Elle s'en était consolée en faisant profession de marier les autres.

Pour Wei Hing, tante Ma n'avait pas un grand choix à proposer. Pourtant, la première et la seule fille dont elle prononça le nom fut immédiatement agréée par Tsou Hon avec enthousiasme. Il faut dire que c'était une aubaine : une fille de dix-huit ans qui vivait alors dans une des plus riches familles de Shanghaï, les Tcheng. Pourquoi tante Ma avait-elle aussitôt proposé cette jeune fille comme « fiancée » possible de Wei Hing ? À cause de sa situation familiale bien particulière de cadette. Sa sœur aînée, ayant épousé un des quatre fils Tcheng, l'avait recueillie parce que les parents étaient morts et lui avait fait donner une excellente éducation, dans les meilleures écoles. Il n'en était pas moins pénible pour elle de se trouver à la charge des autres. Elle considérait son état comme une humiliation dont seul le mariage pouvait la délivrer. Voilà où était l'aubaine. De plus, ajouta tante Ma, elle était jolie fille.

La marieuse procédait toujours de la même manière : elle proposait d'abord son idée au demandeur, en l'occurrence mon grand-père. Puis elle faisait part de la possibilité de mariage à l'autre partie, l'intéressée ou sa famille. Donc, tante Ma se rendit dans la famille Tcheng où elle demanda une entrevue à la sœur aînée de la jeune fille à laquelle elle avait pensé. Circonstance hautement favorable, et sans doute décisive, l'époux de cette sœur aînée – l'un des quatre fils Tcheng – connaissait mon père pour avoir fréquenté la même université que lui. La marieuse avait montré à la sœur aînée, comme c'est l'usage, une photographie du candidat : l'oncle Wei Hing. Sur cette photo figurait aussi Wei Hi, mon père, qui fut alors reconnu par le fils Tcheng. Comme toute marieuse qui se respecte, tante Ma ne manqua pas de mentir autant qu'il le fallait et de cacher tout ce qu'il était bon de ne pas dire. Bien entendu, elle ne précisa pas que Wei Hing était sans éducation, un peu idiot et passablement efféminé. Comme on savait que son frère Wei Hi avait fait de brillantes études à l'université américaine, on pensa qu'il en était de même du cadet, ce que tante Ma se garda bien de démentir. Voilà comment travaillaient les marieuses professionnelles.

La sœur aînée donna son accord pour marier sa petite sœur à Wei Hing. Son mari fut mis au courant et, heureux de l'occasion de revoir son camarade d'université et de mieux connaître sa famille, invita à dîner mon père et ma mère. Wei Hi emmena également mon frère Ching Son et moi. Nous nous retrouvâmes tous autour d'une table dans une maison raffinée, entourée d'un jardin chatoyant. L'intérieur, mi-chinois, mi-européen était ce que nous avions vu de plus beau jusque-là. Auprès de notre hôtesse se tenait sa jeune sœur, notre future tante. Sous l'influence de son beau-frère, cette jeune fille, en élégante robe occidentale, avait ces manières européennes qui étaient le signe d'une éducation de riche. Nous étions encore à table que, sans même nous être concertés entre membres de ma famille, nous avions déjà tous la même pensée : comment une jeune fille d'une telle classe pourrait-elle supporter de vivre avec un rustre comme l'oncle Wei Hing, dans la minuscule échoppe de prêteur sur gages et le galetas du premier étage qui tenait lieu d'appartement ? Le mariage était impensable.

Le lendemain, Wei Hi et Tsong Haï se rendirent auprès de Tsou Hon afin de lui expliquer pourquoi. Mon grand-père, trop borné pour comprendre, leva les bras au ciel :

— Ne lui ai-je pas acheté un fonds de commerce ? Ne l'ai-je pas installé ? Certes, Wei Hing n'est pas très intelligent, mais il est honnête. Ce sera un mari fidèle et un bon parti pour cette jeune fille. Elle aura tout ce qu'il lui faut... Elle ne manquera de rien...

Tsou Hon ne voyait, évidemment, pas plus loin que le bout de son nez et il était parfaitement inutile de discuter avec lui. La pauvre petite belle-sœur de Tcheng était donc condamnée à épouser l'imbécile. Conformément à la coutume, il ne restait plus qu'à choisir un jour favorable pour le mariage selon les dates de naissance et la configuration des astres : un spécialiste fut consulté. Le mariage eut lieu dans le magasin de prêts sur gages en présence des seules familles. On inscrivit la date sur un registre comme cela se pratiquait alors en Chine, sans l'intervention d'aucun fonctionnaire. Ma jeune tante ne souriait guère et regardait avec effarement la sombre échoppe où son destin était scellé, et qui ressemblait si peu à la maison qu'elle venait de quitter. Mais comme toute jeune Chinoise de ce temps, elle était entièrement soumise à son sort.

La coutume veut que, le troisième jour après les noces, les mariés soient invités à dîner par la famille de l'épouse. L'oncle Wei Hing avait entendu parler si abondamment du luxe de la maison des Tcheng, qu'il n'osa pas s'y rendre seul avec sa nouvelle épouse. Il se fit donc accompagner par un cousin plus jeune que lui et célibataire. Le dîner commença dans un grand silence, Wei Hing étant incapable d'ouvrir la bouche. Il n'était pas terminé que mon oncle se sentit soudain si maladivement intimidé qu'il prétexta un malaise et s'enfuit purement et simplement, laissant là sa malheureuse jeune femme accablée de honte ainsi que le cousin.

Accompagnée par son cousin, ma jeune tante vint dès le lendemain se plaindre amèrement chez nous. Ma mère écouta longuement ses doléances. Comme il fallait s'y attendre, cette union présentait tous les signes d'un désastre. Wei Hing, depuis son mariage, couchait en bas, derrière le comptoir des gages. Il n'était pas monté une seule fois au premier étage où dormait sa femme : la trouvait-il trop jeune et trop belle pour lui, et n'osait-il, pour cette raison, l'approcher ? Tout allait-il recommencer comme pour sa première femme ? Ma mère avait pourtant donné elle-même quelques conseils pratiques à l'oncle Wei Hing, car le malheureux, bien que marié une fois déjà, ne savait même pas embrasser une femme. Mais cela n'avait servi à rien. À la nouvelle épousée, Tsong Haï ne pouvait donc que prodiguer des consolations.

La jeune femme ne tarda pas à tomber malade. Elle se rendit chez le médecin, à plusieurs reprises, mais toujours seule. Elle n'avait plus qu'un ami, un seul homme qui s'intéressât à elle : le jeune cousin qui la suivait partout. Ils finirent par tomber amoureux l'un de l'autre, et leur entourage s'en aperçut. Alors commença un scandale aggravé par les ragots. Il en résulta de violentes disputes familiales et, notamment, entre mon grand-père et ma grand-mère, celle-ci accablant Tsou Hon de reproches :

— Je savais bien que c'était un mauvais mariage ! Il fallait donner à Wei Hing une femme de la campagne, une paysanne ! Avec ces filles bien éduquées on a toujours des histoires ! Tandis qu'une bonne paysanne ne va pas chercher midi à quatorze heures…

Pour ma jeune tante, l'atmosphère devenait irrespirable. Wei Hing, peut-être moins sot qu'on le croyait, s'était aperçu du manège entre sa femme et le jeune cousin et répétait à qui voulait l'entendre :

— Je ne veux pas porter un chapeau vert !

Ce qui est l'équivalent chinois de « Je ne veux pas être cocu ». Si bien que ma tante demanda au cousin de s'éloigner, l'adultère étant considéré alors comme un grave délit qui aurait pu coûter cher à l'un et à l'autre. Tout cela ne fit qu'aggraver encore son état de santé.

Elle revit une dernière fois son cousin. Ce jour-là, ils étaient venus séparément chez nous pour ne pas attirer l'attention, et m'avaient emmenée faire une promenade. J'étais en quelque sorte leur couverture. Étrange promenade d'amoureux qui était la dernière. Je marchais entre eux dans le parc, ils me tenaient par la main et ne se parlaient pas. Elle versait des larmes abondantes. À son tour, il se mit à pleurer. Ne sachant que faire, je m'éloignai un instant, faisant semblant de jouer pour les laisser seuls. Une heure après nous rentrâmes tous les trois à la maison. Le jeune cousin partit pour Tchao-tcheou. On ne le revit jamais. Ma tante tomba gravement malade, mais, cette fois, refusa de se faire soigner. Elle mit deux mois à mourir.

J'avais onze ans et je ne pouvais pas savoir que dans moins de deux ans je connaîtrais à mon tour, dans toute son atrocité, les règles de cette aberration : la condition de la femme chinoise au milieu du XXe siècle : aucun droit, seulement des devoirs, impossibilité de la moindre révolte, du moindre geste de liberté. Mes grands-parents étaient, sans aucun doute, responsables du destin de ma deuxième tante, et pourtant, ce n'était pas des gens foncièrement méchants. Ma grand-mère était capable, malgré son avarice fondamentale, d'avoir un geste généreux, une attention. Mais dans cet univers, le cœur n'avait pas de place, et l'idée que les sentiments puissent entrer en ligne de compte dans un acte comme le mariage ne venait même pas à l'esprit. Quand ma jeune tante mourut, ma mère fut emplie de tristesse et elle dit à sa belle-mère :

— N'est-ce pas un grand malheur qu'une fille si belle soit morte dans la fleur de sa jeunesse ?

— Dis plutôt qu'elle a eu beaucoup de chance de mourir de maladie à Shanghaï, dit ma grand-mère. À Tchao-tcheou elle serait morte par le feu.

Ce n'étaient pas des mots. Effectivement, à Tchao-tcheou, si une épouse était convaincue d'adultère, on l'enfermait dans une cabane à laquelle on mettait le feu et où elle mourait brûlée vive. Cela peut sembler incroyable et pourtant cela se pratiquait encore et personne ne songeait à voir quoi que ce soit de déplacé dans une punition qui, au contraire, paraissait toute naturelle.

6

Je prépare le conservatoire / Graves reproches de mon père devant l'étrange conduite de Ching Son / Une camarade d'école m'apprend l'arrestation de son frère / Qu'est-ce qu'un révolutionnaire clandestin ? / Ching Son me confie son secret / Le nom de Mao Tsé-toung prononcé pour la première fois devant moi.

À l'école secondaire, où j'étais entrée à l'âge de dix ans, deux matières, l'anglais et la musique, avaient pris dans mes études une place privilégiée, et la musique d'abord. C'est au piano que je fis les progrès les plus rapides. Et quelle bouffée de fièvre quand je me vis au nombre des élues désignées pour se produire au concert annuel de l'école ! Peut-on oublier le premier morceau joué en public ? « L'Alouette » de Glinka[1] fut cette œuvre que je devais exécuter seule sur une scène comme la belle jeune fille, la première pianiste que j'avais vue jouer sous les mêmes lumières à mon grand émerveillement. Dire que j'étais émue, c'est peu dire. Mais enfin je jouai mon morceau jusqu'au bout, applaudie abondamment et louée par la rumeur à l'intérieur de l'école Mac Intyre.

1. Compositeur russe du XIXe siècle.

Peu de jours après le concert, mes parents furent convoqués par la directrice. En présence de mon professeur de piano, elle leur dit :

— Vous avez là une enfant vraiment douée pour la musique. Il faut, dès maintenant, la pousser dans cette voie.

À cette époque, s'il fallait avoir accompli six ans d'études secondaires avant de s'inscrire à l'université, il suffisait de trois ans pour entrer au conservatoire. Car la directrice estimait que le conservatoire était ma place, mais que, dès maintenant, je devais changer de professeur de piano. Non que mon école n'en eût pas d'excellents, mais ils n'enseignaient la musique que comme un agrément d'amateurs, alors que pour moi, c'est une carrière professionnelle qu'il fallait envisager, et donc dès à présent un professeur du conservatoire.

Munie d'une recommandation de la directrice et accompagnée par ma petite sœur Ching Lin, je pris dès le lendemain l'autobus pour le Conservatoire, qui se trouvait dans la banlieue de Shanghaï. J'y fus reçue par Mlle Ling. Beaucoup plus exigeante, en effet, que mon professeur de l'école secondaire, elle me fit acquérir bientôt la vigueur des doigts et une technique pianistique. Le tarif des leçons était aussi beaucoup plus élevé que celui de l'école secondaire : selon ma mère un véritable gaspillage. Elle laissa passer un mois, mais regimba au deuxième, et, n'osant pas tout arrêter, décida que du moins ma petite sœur ne prendrait plus de leçons : il me suffirait de lui transmettre ce que j'apprenais avec Mlle Ling et l'on bénéficierait ainsi de deux leçons pour le prix d'une. C'est ce qui fut fait, au grand dommage de ma sœur à qui je ne pouvais évidemment pas enseigner le piano aussi bien qu'on me l'enseignait. Apprenant cela, Mlle Ling en eut de la peine pour Ching Lin. Elle décida que celle-ci continuerait et que pour les deux leçons elle n'en ferait payer qu'une. Mlle Ling monta beaucoup dans l'estime de ma mère.

Tandis que j'approchais de mes onze ans, mon frère Ching Son en avait près de dix-sept. C'était à présent un beau garçon, grand et sportif, bon joueur de football, qui venait d'entrer à la faculté de droit. Il n'en restait pas moins attentionné à mon égard, et s'il était mon préféré depuis toujours parmi mes frères et mes sœurs, je le considérais aussi comme mon second père et mon protecteur. Voilà pourquoi le secret dont il me fit part en cette année 1947 fut un événement bouleversant pour moi.

Tout commença un soir après dîner. Wei Hi, mon père, demanda à Tsong Haï ainsi qu'aux deux enfants de quitter le salon. Il voulait rester seul avec son fils aîné à qui il avait à parler. Tout le monde sortit de la pièce et descendit avec ma mère. Je fus la seule à ne pas m'éloigner. Un sentiment d'inquiétude et aussi la vilaine curiosité féminine m'incitèrent à coller l'œil au trou de la serrure. C'était pour lui faire des reproches que Wei Hi avait demandé à son fils de rester avec lui. Mais son respect des enfants exigeait que l'explication eût lieu sans témoins. Ching Son se tenait debout et son père assis sur le divan. Et comme le divan était proche de la porte, j'entendais tout.

— Je viens d'examiner tes notes trimestrielles de l'université, dit mon père d'une voix grave. Elles sont très mauvaises. De plus, ta conduite, ces derniers temps, est bizarre. J'ai donc à te poser deux questions. Pourquoi ton travail est-il insuffisant ? Pourquoi rentres-tu tard le soir ? Je sais que tu vas jouer au football. Mais pas la nuit, je suppose ?

Mon frère, embarrassé, ne répond pas. Wei Hi répète ses deux questions. En vain. Ce que voyant, il se fâche et le ton monte :

— As-tu décidé de ne pas me répondre ?

Moi qui, depuis ma naissance, n'ai jamais vu mon père frapper un de ses enfants, ni même élever la voix devant lui, je découvre le visage de sa colère et je vois Ching Son blêmir. Incapable de supporter que mon frère soit malheureux, voilà que, derrière ma porte, je commence à pleurer silencieusement tout en gardant l'œil sur le trou de la serrure. Et comme Wei Hi continue et que son fils persiste à ne pas répondre, mes pleurs deviennent des sanglots. Mon père tend l'oreille, ouvre la porte et me voit :

— Que fais-tu là, Mi Mi ?

Je me dresse à côté de mon frère comme pour le prendre sous ma protection et j'ose répliquer à mon père :

— Tu es méchant avec mon frère ?

— Je ne suis pas méchant avec ton frère. Et en tout cas, cela ne te regarde pas.

— Cela me regarde ! J'aime Ching Son.

Je sens que mon père est désarmé. Grâce à moi l'interrogatoire de Ching Son est interrompu et j'en suis très contente. Wei Hi se tourne pourtant une dernière fois vers son fils et, en guise de conclusion, d'une voix calme mais sévère :

— J'exige, dit-il, que tu rentres à la maison à des heures normales. J'espère aussi que tu vas commencer à mieux travailler.

Hélas ! il n'en fut rien. Ching Son travailla plus mal encore pendant le deuxième trimestre que pendant le premier. Si mal que la faculté de droit prit une sanction : on lui interdit de fréquenter les cours pendant un trimestre entier.

Mon père était atterré, Ching Son gêné, mais très calme. Quant à moi, la haute idée que j'avais de l'intelligence de mon frère rendait une telle sanction inconcevable. Chaque fois que mon père lui faisait des reproches, je ne pouvais m'empêcher de pleurer. Mais ce qui me peinait le plus, c'était la raison de ces reproches et voir expulsé de l'université ce frère qui était pour moi un héros. Se pouvait-il qu'il eût changé à ce point ? Quelque chose m'échappait dans sa conduite. Ching Son s'en rendait compte. Un jour, il fit un effort pour me parler.

— Ne pleure pas, petite sœur. Ton frère ne sera jamais un voyou. Au contraire, je suis en train de suivre le chemin de l'esprit chinois et de travailler pour le bien du peuple et de l'État. Je ne salirai jamais la réputation de notre famille. Tu peux avoir confiance en moi...

Ils avaient beau rendre un son honnête, je ne pouvais pas comprendre ses propos. Tout ce que je savais, vaguement, c'est qu'à cette époque (sous le gouvernement de Tchang Kaï-chek), la société était corrompue de haut en bas, que la jeunesse se livrait à tous les vices à la mode en Occident et qu'entretenaient « les diables étrangers » et qu'il y avait à Shanghaï des beuveries, des rixes et des meurtres. Voilà ce qui inquiétait mon père et qui m'inquiétait. C'est pourquoi les paroles de Ching Son ne me tranquillisaient pas.

— Si tu travailles au bien de l'État, lui dis-je, pourquoi es-tu puni par la faculté ?

— Tu es trop jeune pour comprendre. Quand tu seras plus grande, je te dirai tout.

Trois mois plus tard, Ching Son retourna à l'université. Apparemment, il ne changea rien à sa conduite. Je le trouvais toujours bizarre et renfermé. Comme j'avais, malgré tout, confiance en lui, je cessai de l'interroger pendant un ou deux mois. Puis, un jour, à l'école Mac Intyre où je m'étais rendue comme de coutume, je rencontrai une petite camarade dont le visage portait les marques d'un si profond chagrin que je ne voulus pas la lâcher avant qu'elle m'apprît la cause de son tourment :

— Mon frère, dit-elle, a été arrêté par la police de Tchang Kaï-chek. Depuis une semaine on ignore où il est. On va sûrement le torturer…

Et mon amie me répéta ce qu'elle avait entendu dire : qu'on arrêtait les gens dans la rue ou chez eux, qu'on les attachait sur des chaises, qu'on leur arrachait les ongles avec des tenailles.

— Mais pourquoi l'a-t-on arrêté ? lui demandai-je. Pourquoi va-t-on le torturer ?

— Parce que c'est un révolutionnaire clandestin.

Dès qu'elle a prononcé ce mot dont je ne comprends pas tout à fait le sens, je reçois comme un choc et me mets à trembler. Et je pense aussitôt : « Est-ce que mon frère ne serait pas, lui aussi, un *révolutionnaire clandestin* ? » Je me souviens de ses paroles mystérieuses : « Ce que je fais est pour le bien du peuple et de l'État… » Je transpire, j'ai peur. J'ai entendu beaucoup de conversations autour de moi qui évoquent des violences de toute sorte. Si mon frère y est mêlé il sera lui aussi arrêté et torturé. Mais qu'en est-il au juste ? Il faut que j'en aie le cœur net.

Je me mis à compter les heures qui me séparaient de la fin de cette journée. Rentrée à la maison, l'attente commença. Le soir vint sans que mon frère fût de retour. Je m'assis sur les marches devant la porte, guettant le portail au-delà du jardin, remplie de pressentiments funestes.

Je sentais que je vivais la deuxième grande souffrance de ma vie, après celle qui suivit le départ de mon père pour Tchong-king. Aimer quelqu'un, c'était décidément être voué à la souffrance. Quand le crépuscule devint rougeoyant, une grande envie de pleurer me saisit à nouveau : ce soleil rouge de mon chagrin je le reconnaissais tel que je le regardais se coucher quand l'absence de mon père m'avait ôté la vie. La nuit vint, je priai Dieu de protéger mon frère. Il faisait frais mais je voulais attendre encore, ne pas quitter des yeux le portail.

Enfin il arriva, avec ses livres sous le bras et son pull-over bleu marine sur lequel retombait le col de sa chemise. Il était beau et fort. Je courus vers lui, versant des larmes de joie tant j'avais été hantée par l'image de son arrestation.

Quelle ne fut pas la surprise de mon frère de me voir dans un tel état :

— Qu'est-ce qui t'arrive, petite sœur ? Pourquoi pleures-tu ?

Et sa main était posée sur ma nuque comme il faisait toujours, depuis ma plus tendre enfance, d'aussi loin que je me souvienne. Je me mis à serrer sa main de toutes mes forces, comme si j'avais voulu empêcher qu'on m'arrache mon frère. J'avais passé une journée dans l'angoisse et je ne pouvais plus arrêter mes sanglots. J'entraînai Ching Son dans ma chambre et fermai soigneusement la porte, et une fois calmée, tout bas, de peur d'être entendue par les enfants ou par les domestiques, je posai à mon frère la question qui me torturait depuis des heures :

— Es-tu un *révolutionnaire clandestin* ?

Ching Son me regarda effaré :

— Qu'est-ce que tu racontes là ? D'où sors-tu de pareilles questions ?

J'étais tenace et je n'en démordis pas. Je le suppliai de me dire la vérité :

— Si tu m'aimes, tu dois tout me dire… Je ne peux plus supporter de ne pas savoir ce que tu fais ! Je suis trop angoissée !…

Ching Son devint grave et prit la parole :

— Petite sœur, je vais te faire une confidence. Mais tu dois me promettre que ceci restera un secret entre nous, car je ne veux pas inquiéter nos parents. Peux-tu me jurer de garder ce secret ?

— Je te le jure !

— Alors, arrête-toi de pleurer d'abord.

Ce que je fis aussitôt. Ching Son me dit toute la vérité : oui, il était, lui aussi, un révolutionnaire clandestin et il ajouta :

— Si tu parles, je serai arrêté.

— Je ne parlerai pas.

Mais je ne pus m'empêcher de recommencer à trembler. Mon frère pouvait désormais à chaque instant être arrêté, torturé et même tué.

— Tu es fou ! Tu es fou ! m'écriai-je. Pourquoi fais-tu une chose pareille ?

Il faut comprendre que si j'étais profondément malheureuse après l'aveu de Ching Son, c'est aussi parce que les rumeurs qui couraient sur les communistes n'étaient pas précisément honorables. Quoi, mon frère se sacrifierait pour des gens dont on disait que c'étaient des bandits sanguinaires, des gangsters qui pillaient les maisons et violaient les femmes[1] ! Ces calomnies n'étaient pas pour étonner mon frère :

---

1. La narratrice parle ici des années 1947. Or, depuis déjà la République soviétique du Kiang-si en 1930, premier bastion communiste en Chine, une des rumeurs les plus soigneusement entretenues par la propagande du Kouo-min-tang, sous l'inspiration de Tchang Kaï-chek, concernait la collectivisation des femmes par les « bandits rouges ». Les journaux insistaient sur la pratique communiste de la mise en commun des femmes et pendant la « Longue Marche » on fit même courir le bruit que Mao Tsé-toung se faisait livrer une vierge dans chaque village.On verra plus loin (p. 280) ce qu'il en fut réellement de la libération de la femme selon les lois immédiatement promulguées par Mao dès sa prise de pouvoir et déjà appliquées au Kiang-si vingt ans plus tôt.

— Ce sont là des propos pour enfants d'école de luxe. Des propos de capitalistes. Tu habites une belle maison, petite sœur, et tu manges tous les jours, c'est bien. Mais penses-tu jamais qu'il y a des millions de misérables qui ne mangent pas, qui n'ont pas de maison et dorment dans un trou en se couvrant de paille ? Tu vas à l'école : des milliers d'enfants ne mangent pas à leur faim et ne sont jamais allés dans une école. La Chine dépend beaucoup de l'étranger, elle ne se développe pas par elle-même. Les étrangers nous exploitent et nous insultent. Il y avait un jardin dans la concession française avec un écriteau disant : « Interdit aux Chinois et aux chiens ». Mon pays s'abaisse et pourrit, je ne peux plus supporter cela. Grâce à Mao Tsé-toung et à la Révolution, nous avons l'occasion de corriger le pays, de le redresser. Ce serait pour moi une honte de ne pas participer à la Révolution. Si tu es brave, tu dois m'encourager et tu assisteras toi aussi au grand événement qui doit sauver la Chine.

Mon frère prononça à plusieurs reprises ce nom de Mao Tsé-toung que j'entendais pour la première fois. Il en parlait comme du sauveur de la Chine. Il dit encore qu'il n'y aurait bientôt ni riches ni pauvres, que l'argent ne serait plus obtenu que par le travail. Tous les enfants iront à l'école et les femmes seront les égales des hommes.

— L'ancienne société n'a-t-elle pas tué beaucoup de femmes ? s'exclama Ching Son. Regarde comment sont mortes tes deux tantes, les femmes de Wei Hing ! Et ces fillettes qui n'ont même pas ton âge et qu'on achète pour les faire travailler comme des bêtes… Oui, notre société nouvelle sera pure, puissante, indépendante des étrangers…

Ching Son s'accroupit tout près de moi et, m'entourant de ses bras, avec un sourire, il poursuivit :

— Petite sœur... Si tout le monde avait peur d'être torturé par Tchang Kaï-chek, qui ferait la Révolution ? Quand la Chine deviendra-t-elle plus forte et plus grande ? Si un jeune, à l'époque que nous vivons, a peur, c'est un lâche et sa vie est une honte... Alors, toi, au lieu de pleurer, tu dois être heureuse et fière d'avoir un frère révolutionnaire.

Ching Son me donne un mouchoir pour me sécher les yeux. Il faut que je m'arrête de pleurer et de trembler. Depuis ma plus tendre enfance, je pense que mon frère a toujours raison et que ce qu'il dit et ce qu'il fait est bien. À présent, je le respecte mille fois davantage. Je n'ose plus le critiquer ni le dissuader. Tout ce qu'il vient de me dire a un tel accent d'héroïsme et de sincérité... Cela ne m'empêchera pas, à partir de maintenant, de m'inquiéter pour lui et de souffrir. Mon seul appui sera Dieu. Depuis que j'ai rencontré la voyante qui a pressenti le retour de mon père et m'a recommandé la prière, je suis croyante. Et désormais je prie chaque jour.

Je me suis imposé dans ce récit une sincérité absolue, une véracité totale. Ici tout est vrai, même le plus invraisemblable. Les paroles de mon frère au sujet de la Révolution sont pour ainsi dire textuelles : si je ferme les yeux je les entends, comme si elles étaient enregistrées dans la cire du souvenir une fois pour toutes, je vois le regard de mon frère, tantôt consolateur et tantôt empli par une résolution héroïque. Et je ne veux nullement dire que je me sentis exaltée à mon tour par sa conviction : je n'avais pas onze ans... Il me suffisait de savoir que mon frère était resté lui-même. Pour le reste, je n'avais plus qu'à vivre chaque jour dans mon angoisse d'enfant ou plutôt de femme tourmentée pour celui qu'elle aime. Des forces qui avançaient vers nous comme un raz de marée, on n'avait, dans notre milieu petit-bourgeois, qu'une idée tout à fait primaire. La Chine est vaste. Une vie d'agitation, de plaisir et de vices continuait à faire tourner Shanghaï comme un manège. De plus en plus de Buick et de Citroën pétaradaient sur le Bund et sur Nanking Road. Et si, au pied de ce Wall Street planté dans la vieille Chine, des miséreux par millions vivaient dans les jonques et dormaient dehors, cela faisait partie des choses les plus naturelles.

Tandis que mon frère me faisait des confidences, l'Armée rouge, après vingt ans de lutte, attaquait résolument les armées de Tchang Kaï-chek. Ce fut une année difficile puisque les nationalistes remporteront encore des succès et qu'ils vont s'emparer, au nord, de Yenan, la capitale des communistes. Mais 1948 marquera le tournant avant la victoire définitive de Mao Tsé-toung l'année suivante. Cette année-là, j'aurai douze ans.

Au printemps de 1948, à Pâques exactement, mon école organisa pour les élèves deux voyages dont les filles parlaient depuis des semaines comme de l'événement le plus excitant du monde. Il s'agissait de visiter successivement Sou-tcheou et Hang-tcheou qui sont, il est vrai, deux cités anciennes et fameuses et qui recèlent encore les plus somptueux trésors de la Chine. Un vieux proverbe disait : « Au ciel il y a le paradis et sur terre Sou-tcheou et Hang-tcheou. »

Le premier voyage fut le plus court. Sou-tcheou ne se trouve qu'à une heure et demie de train au nord-ouest de Shanghaï. On pouvait partir le matin et rentrer le soir même. Encore fallait-il, en ce qui me concernait, obtenir l'autorisation de mon père. Il l'accorda, mais à une seule condition : que mon frère aîné Ching Son me suivît comme chaperon et protecteur. Pas un instant il ne devait me quitter des yeux, il était entièrement responsable de ma précieuse petite personne. Pauvre Ching Son ! Non seulement il partait, seul garçon avec un groupe d'une quinzaine de filles, mais encore, comme il lui était interdit de se mêler à nous, il dut voyager dans la gêne et l'ennui en me surveillant de loin.

C'est ainsi que, sous la conduite d'une maîtresse, nous visitâmes Sou-tcheou, la colline du Tigre et les sept pagodes. Dans cette ville raffinée, qui fut jadis le lieu de rendez-vous des riches oisifs, des lettrés voluptueux et des femmes à la plus jolie taille et aux plus petits pieds, il reste quantité de jardins célèbres et merveilleusement composés – comme le jardin de la forêt du Lion avec ses kiosques et ses cascades – et qui sont comme remplis par la méditation de générations de moines et de mandarins. J'étais encore trop jeune pour apprécier comme elles le méritaient toutes ces merveilles. Je ne fus même pas intéressée par la grande distribution de bonbons qui eut lieu dans une confiserie : je n'aimais pas les sucreries. Et nous rentrâmes fort tard le soir sans que mon premier voyage m'eût laissé des souvenirs impérissables.

Mon deuxième voyage eut lieu à l'automne. Pour cette excursion à Hang-tcheou qui devait durer trois jours, obtenir la permission de mon père parut d'abord tout à fait improbable. Pensez donc, voir sa petite Mi Mi s'absenter trois jours ! Mais quand j'avais envie de quelque chose il était rare que mon père sût résister. Il ne résista pas, mais devint aussi nerveux que si j'étais partie pour l'autre bout du monde. Il fit coudre de l'argent dans chaque pièce de vêtement que je portais, car si je perdais un billet il m'en resterait un autre. Et ainsi il me serait toujours possible de rentrer à la maison si je me perdais. Dans cette éventualité, des petits papiers dans mes poches indiquaient mon adresse. Risquer de me perdre était au reste bien improbable puisque mon frère devait m'accompagner une fois de plus.

Le malheureux Ching Son vécut encore trois jours dans la solitude, dormant à l'hôtel, tandis que les filles dormirent dans une école, et me surveillant toujours à distance. Malgré cela il ne se plaignit jamais, et sa « mission » semblait le satisfaire entièrement. Quant à moi, si je n'avais pas su apprécier la beauté de Sou-tcheou, celle de Hang-tcheou m'impressionna beaucoup[1]. Nous visitâmes le lac de l'Ouest, la Mosquée, le temple du Grand Bouddha, la source du Dragon jaune, la Grotte des Nuages pourpres où les habitants viennent prendre le frais l'été, la Pagode des Six Harmonies et je ne sais combien de monuments et de tombeaux qui ont fait les délices de milliers de touristes. Et puis je me souviens aussi que la nourriture était exquise, composée de mets salés, de beaucoup de coquillages et de langoustes, sans parler du thé de Hang-tcheou qui est le meilleur de toute la Chine. Oncle Hiao, qui était du pays, n'avait pas manqué de le rappeler avant mon départ.

Le troisième jour, celui du retour, notre petit groupe prit le train de Shanghaï. Par suite de son retard, nous y arrivâmes à une heure du matin. Il n'y avait plus d'autobus pour rentrer chez soi. La maîtresse qui nous avait conduites estima que nous étions trop nombreuses pour prendre des taxis et que cela ne serait pas pratique. Elle eut une idée : l'une des élèves habitait près de la gare, pourquoi ne pas aller toutes chez elle pour

1. Comme elle avait impressionné Marco Polo qui visita la ville à la fin du XIIIe siècle.

attendre le lever du jour ? Nous nous y rendîmes donc, suivies à distance par mon frère, et la nuit passa moins à se reposer qu'à écouter des disques et à papoter. Dès le lever du jour, mon frère me prit par la main et me conduisit à la maison.

Nous y trouvâmes ma mère seule dans la pièce commune. À notre vue elle poussa un cri.

— Pourquoi rentrez-vous seulement ce matin ?

Elle nous avait attendus toute la nuit, elle était pâle et terrassée par l'inquiétude. Nous lui expliquâmes, mon frère et moi, ce qui s'était passé. Elle nous reprocha vivement de n'avoir pas téléphoné. Nous n'y avions pas pensé. Et soudain, elle me dit :

— Ton père est à la gare depuis 11 heures hier soir à t'attendre !... Le train devait arriver à minuit !... Il est toujours là-bas !...

Nous étions passés par une autre sortie que la sortie principale, voilà pourquoi nous nous étions stupidement ratés. Furieuse et bourrelée de remords, je pars aussitôt avec mon frère pour la gare de Shanghaï. Là, de loin, je vois Wei Hi faire les cent pas sur le quai. Je me précipite, me jette dans ses bras et le couvre de baisers. Pour une enfant de mon âge, embrasser ses parents n'était pas convenable. Mais je me moquais bien des convenances ce matin-là ! Au lieu de nous gronder comme l'aurait sans doute fait un autre, notre père sourit et rentra avec nous à la maison.

Désormais, mon frère m'accompagnera lors de chacun de mes voyages. Les deux premiers n'ont pas tiré à conséquence, le troisième bouleversa le destin de Ching Son. Il aura lieu bientôt. J'en parlerai en son temps.

La situation de Wei Hi devenait toujours plus prospère. Quant à Tsong Haï, ayant désormais deux domestiques à son service, elle pouvait se consacrer davantage à elle-même. Le premier soin de ma mère fut alors d'installer dans la maison un autel avec une statuette de Bouddha Kouan Yin devant lequel matin et soir, elle s'agenouillait pour prier après avoir préparé les trois baguettes d'encens, la tasse de thé et allumé la mèche dans la coupelle remplie d'huile. Végétarienne, elle s'abstenait de viande et de poisson le premier et le quinzième jour du mois comme tout bouddhiste le fait ordinairement ; elle y ajoutait encore dix autres jours d'abstinence répartis dans le mois. Le croyant scrupuleux ne mange alors ni viande ni poisson ni même des œufs, mais seulement des fruits et des légumes.

La foi religieuse de Tsong Haï était née, on s'en souvient, à l'époque où elle me portait. Les souffrances de sa jeunesse, la pauvreté, les enfants qu'elle avait perdus, la dureté de sa belle-mère, c'est tout cela qui l'incitait, maintenant que sa vie avait changé, à remercier le Bouddha. Mon grand-père Tsou Hon devant tant de sincérité était lui-même touché : il venait plus souvent à la maison et commençait à prier, sans toutefois aller jusqu'au régime végétarien, car il aimait trop manger. Lors des fêtes anniversaires du Bouddha, ma mère se rendait dans un petit temple peu éloigné de la maison où officiaient des bonzesses. La prêtresse principale, femme très sage et très fervente, contrairement à beaucoup de ses semblables qui se contentaient de ramasser de l'argent, savait aussi lire leur destin sur le visage des croyants. Tsong Haï allait souvent la voir, la considérant comme sa propre mère, espérant aussi pour ses enfants un destin meilleur. Elle nous apportait ses paroles empreintes de sagesse.

Au reste, ma mère nous donna une bonne éducation bouddhiste. Nous savions tous que l'homme vit plusieurs fois et vient sur terre pour souffrir, réincarné à cause de ses péchés et que tout ce que nous avons fait de bon et de mauvais détermine notre vie suivante. À moins qu'ayant mérité de parvenir au Paradis, à l'ouest du Ciel où sont tous les bouddhas, nous ne soyons délivrés pour toujours et désormais dispensés de revenir sur cette terre. Car nous n'échappons pas ici-bas au mécanisme des causes et des effets. Ceux qui dans une vie passée ont tué beaucoup d'animaux vivront la suivante dans la souffrance des maladies. Ceux qui ont ôté les animaux à leur mère connaîtront les séparations dans leur famille. Pourquoi certains sont-ils sourds et muets ? Parce que dans une autre vie ils ont répandu la médisance et la calomnie. Ceux qui volent l'argent des pauvres seront pauvres à leur tour. Le mariage dans une vie est le prix de la haine et de l'amour d'une autre vie, et ce n'est pas sans raison que l'on devient fille, mère, fils, père. Nous venons au monde avec quatre grandes souffrances à connaître : la naissance, la maladie, la vieillesse et la mort. Il faut prier non seulement pour vivre mieux, mais surtout pour ne pas revivre.

Tel fut le catéchisme de ma mère, tel est, sommairement, l'enseignement du bouddhisme. Et tout cela aurait pu être très simple si dans le même temps on ne nous avait dispensé à l'école une éducation religieuse protestante où il n'était question que de Jésus.

Tout commença un jour dans la salle de concert où l'on avait réuni les filles de l'école. Sur l'estrade, un homme soigneusement vêtu à l'européenne, un Chinois d'une cinquantaine d'années, nous attendait : c'était un pasteur protestant. Au cours d'un long récit – car pour nous c'était comme s'il nous racontait une belle histoire – il évoqua la vie de Jésus-Christ, nous disant sa naissance, son enfance, ses miracles et comment il mourut sur une croix, se sacrifiant pour sauver le monde. À la fin de son récit, il y avait comme des sanglots dans sa voix. Pour moi, mon émotion fut indescriptible. Je ne sais quelle fut la réaction des autres, mais il me semble qu'elles étaient plutôt touchées. Le silence n'avait pas duré une minute que la voix de l'émouvant pasteur s'éleva à nouveau, cette fois sur un ton tout à fait différent, le calme après la tempête :

— Mes chères enfants... Quelles sont celles, parmi vous, qui désirent devenir protestantes ? Levez le doigt.

Sans réfléchir une seconde, je levai le doigt. Entraînée par mon exemple, ma sœur Ching Lin en fit autant. On rassembla les candidates et on leur expliqua que pour devenir chrétienne il fallait participer à une cérémonie appelée baptême, que cela se pratiquait avec de l'eau, et qu'en ce qui nous concernait nous serions baptisées par immersion dans un temple proche de l'école, le 1er décembre.

Je me rendis bien compte, une fois sortie de l'école, que ma nouvelle vocation n'irait pas sans créer quelques conflits d'ordre familial. Mais obéissante comme je l'étais, l'idée ne me vint pas un instant de dissimuler ma décision à ma mère. Quand Tsong Haï apprit que ma petite sœur et moi avions l'intention de devenir chrétiennes elle fronça d'abord les sourcils. Puis elle essaya de nous convaincre par raisonnement. Voici quels furent ses deux grands arguments contre notre conversion :

1) Un Chinois doit suivre la religion bouddhiste. Autrement il ne peut que lui arriver malheur. La preuve : l'affaire des tombes de la grand-mère et la mort successive et foudroyante de nos cinq oncles.

2) La coutume chinoise veut que tous les ans, au jour anniversaire de la mort des parents, les enfants organisent une fête et fassent des prières

devant les photos des défunts ainsi qu'un banquet, sinon les parents mourront une deuxième fois, mais alors de faim.

Le premier argument visait notre bien, le second était plus égoïste. Au reste, notre mère ajouta en gémissant :

— Voulez-vous toutes les deux qu'après ma mort je devienne un fantôme affamé ?

Ma conviction nouvelle me dicta une réponse parfaitement logique.

— Mais maman, tu n'auras pas faim une fois morte puisque, si tu deviens protestante, tu seras au Paradis. Tous ceux qui sont chrétiens vont au Paradis.

L'argument n'eut aucun succès. Tsong Haï nous répéta qu'elle nous interdisait de nous faire baptiser et que si jamais nous le faisions elle nous chasserait de la maison :

— Vous ne serez plus mes filles !...

Les jours suivants je continuai d'espérer qu'elle se laisserait convaincre. Il n'en fut rien et chaque fois que j'abordais le sujet, Tsong Haï se fâchait violemment. Nous ne lui avions tu qu'un seul détail : la date présumée du baptême. Or, le 1er décembre approchait. Que faire ? Annuler notre cérémonie ? Ce n'était pas sérieux : j'avais fait une promesse et je tenais toujours ma parole. C'était un principe inculqué par mon père et par mon frère. Le plus ennuyeux, dans cette affaire, c'était qu'à en croire le pasteur, renoncer au Paradis signifiait aller tout droit en enfer, non seulement pour ma sœur et moi, mais pour mon père et ma mère et toute la famille, car on ne badinait pas avec ces choses-là chez les protestants. Alors que si je devenais protestante, je sauvais toute la famille du même coup. Mais si ma mère devait me chasser que deviendrais-je ? Imaginez mon tourment.

Voici la veille du fatidique 1er décembre. Ma sœur Ching Lin, contrairement à moi, est libre de toute angoisse et me semble parfaitement maîtresse d'elle-même. D'un an ma cadette, elle manifeste pour la première fois une force de caractère que je ne possède pas et qui fera bientôt, dans des circonstances plus graves, mon étonnement et mon admiration. Elle a préparé secrètement dans un petit sac toutes les affaires nécessaires au baptême : deux grandes serviettes et des vêtements pour se changer après l'immersion au cours de laquelle nous serons, il va sans dire, habillées. Le lendemain matin, de bonne heure, Ching Lin me demande si je suis prête.

— Ce n'est pas possible, je t'assure... Nous serons chassées de la maison...

Elle me regarde avec pitié.

— Imbécile que tu es ! Crois-tu que nous ayons besoin de dire à maman que nous allons nous faire baptiser ! Et si jamais elle l'apprenait, tu t'imagines qu'elle va nous chasser vraiment ? Maman, nous jeter à la rue, toi et moi ?

Tant de résolution balayait mes craintes. Au reste, Ching Lin ne me laissa pas le temps de réfléchir. Avant même de savoir ce qui m'arrivait, j'étais avec ma sœur dans un petit temple protestant, puis nous étions immergées toutes les deux et dûment baptisées.

De retour à la maison, Ching Lin remit subrepticement le paquet de nos vêtements trempés à la plus jeune des deux bonnes, celle dont elle savait qu'elle ne nous dénoncerait pas. C'est ainsi que nous étions devenues protestantes à l'insu de notre mère. Son attention fut d'autant moins éveillée que, si à l'école nous avions affaire à Jésus, à la maison nous avions gardé tout notre respect pour Bouddha. Seul mon frère fut mis au courant de notre conversion. Elle parut le laisser indifférent : son esprit était entièrement absorbé par la Révolution. Quant à mon père, sa préoccupation principale étant de gagner de l'argent, il lui restait peu de temps pour se pencher sur la vie spirituelle de ses filles.

En 1947, j'étais en deuxième année dans la section secondaire de l'école Mac Intyre. Je devais donc participer au concours de piano au cours duquel s'affrontaient toutes les écoles de Shanghaï. Deux filles furent désignées pour représenter mon école : une grande de la classe terminale et moi-même. Le concours se déroula dans la salle des fêtes d'un édifice municipal en présence d'un public nombreux où figuraient les critiques spécialisés de Shanghaï. Le jury était composé de professeurs du Conservatoire. Ce fut le triomphe de l'école Mac Intyre, puisque ma camarade de terminale remporta le premier prix et moi le deuxième avec un *Impromptu* de Chopin et *La Sonate au Clair de Lune* de Beethoven. Plusieurs critiques firent remarquer dans leurs journaux que si je n'avais obtenu que le second prix c'est parce que je n'avais que onze ans alors que la première en avait dix-sept et que l'on pouvait d'ores et déjà me considérer comme « une pianiste d'avenir ». Mon professeur, Mlle Ling, ne cessait de répéter : « Il faut que cette petite entre au Conservatoire. »

Arriva l'année scolaire 1948, troisième de mes études secondaires, celle-là même où, si je voulais songer au Conservatoire, il fallait m'y préparer et d'abord m'inscrire pour le concours d'entrée. À supposer que je fusse admise, cela signifierait un changement de toute ma vie : le Conservatoire se trouvait hors de la ville de Shanghaï, assez loin pour obliger les élèves à y habiter. Internes, les élèves pouvaient aller chez eux le dimanche. Restait donc, comme toujours, à en parler à ma mère.

Quand je dirai que Tsong Haï se montra violemment hostile à une telle perspective, je serai au-dessous de la vérité. C'est avec une véritable fureur qu'elle me demanda comment je pouvais seulement imaginer un instant d'aller vivre dans ce Conservatoire plein de garçons fous, d'artistes aux cheveux longs... Je ne comprenais pas en quoi tout cela pouvait me concerner. Ma mère ne manqua pas de préciser sa pensée :

— Oui, dit-elle, une fille jolie comme toi dans ce milieu louche... Il y aura aussitôt quelqu'un pour te séduire... Tu aimes les paroles fleuries, je te connais... Tu n'y résisteras pas...

C'était la première fois que ma mère me parlait de ma sensibilité aux « paroles fleuries », mais ce n'était pas la première fois que je la voyais manifester une étrange inquiétude. Je l'ai dit, il y avait quelque temps déjà qu'elle me surveillait. Son œil maternel avait lu, dès leur apparition, les premiers signes de ma féminité et dès lors elle avait eu peur, peur de l'aventure, du malheur, de la pauvreté surtout, son obsession. Peut-être que son imagination allait un peu trop vite, mais il faut se mettre à sa place pour la comprendre, avoir vécu sa jeunesse dans ce qu'était la Chine de ce temps-là. Pour moi, à qui échappaient toutes les menaces dont elle me rebattait les oreilles, je ne voyais qu'une chose, c'est qu'elle ne me laissait pas m'inscrire au concours du Conservatoire. Profondément déçue, je compris que c'était une idée à laquelle il me fallait renoncer une fois pour toutes.

Or, un an à peine après ce refus que je n'avais jamais digéré, je vis un matin ma jeune sœur Ching Lin dans notre chambre serrer avec un grand nœud un baluchon préparé sur le lit. Ma mère était avec moi. À notre regard interrogateur, elle répondit simplement :

— Telle que vous me voyez, je m'en vais... Oui, je quitte la maison.

Nous ne comprenions rien :

— Es-tu devenue folle ou parles-tu sérieusement ? dit ma mère. Où vas-tu ?

— Au Conservatoire. Je me suis présentée au concours d'entrée. Et comme j'ai été reçue, il ne me reste plus qu'à m'installer là-bas.

Tout cela était vrai et Ching Lin avait mené clandestinement toute l'affaire. Tsang Haï en demeura interdite.

— Pourquoi, finit-elle par demander, ne m'en as-tu jamais parlé ?

— Et pourquoi t'en aurais-je parlé ? Pour que tu me fasses une scène comme à ma sœur et que tu m'empêches de m'inscrire ?

Le plus fort fut que non seulement ma mère ne trouva plus rien à dire, mais qu'elle se mit à supputer toutes les fatigues d'un tel voyage (Ching Lin devait prendre un autocar avec le lourd paquet de ses affaires) et qu'elle finit par demander à mon père de faire emmener ma sœur dans une des voitures avec le chauffeur. Imaginez mes pensées devant la différence de traitement entre ma sœur et moi. Quand Ching Lin fut partie, je ne me retins pas d'exprimer mon indignation et ma rancœur :

— Comment ? dis-je à mes parents. C'est ça la justice ? Ma sœur vous cache ce qu'elle fait et la voilà partie. Moi, obéissante, soumise à la volonté de mes parents, je leur dis tout et je suis punie, et je n'ai pas le droit d'aller au Conservatoire !...

Mais les parents ont toujours le dernier mot. En l'occurrence, mon père et ma mère étaient entièrement d'accord pour se justifier.

— Tu es une fille trop simple, trop crédule... Le Conservatoire est trop dangereux pour toi... Ta sœur est plus jeune mais plus mûre : elle a les pieds sur terre. Tu es une rêveuse. Tu as besoin de nous, il faut que tu restes auprès de tes parents.

Ils n'avaient pas tout à fait tort. Ma sœur et moi avions deux caractères entièrement différents. Différents aussi seront nos destins.

La guerre civile qui durait depuis près de vingt ans se poursuivait loin de nous sans affecter la vie de Shanghaï. À la fin de l'année 1948 une certaine fièvre s'empara pourtant des spéculateurs. On essayait de se débarrasser du papier-monnaie en achetant des dollars d'argent. En décembre, le Kouo-min-tang ayant décidé de permettre l'achat de quarante grammes d'or par personne, il y eut des queues de dix et vingt heures d'affilée devant les banques du Bund et la bousculade fit dix morts. En vingt ans, la guerre civile en aura fait cinquante millions.

Tandis que l'Armée rouge et celle de Tchang Kaï-chek continuaient à s'affronter sur des territoires immenses et que l'avenir de la Chine se jouait dans le Yenan et sur le fleuve Jaune, la jeunesse de Shanghaï n'était préoccupée ni par la guerre – qui n'était pourtant plus qu'à deux ou trois cents kilomètres de nous – ni par les idées révolutionnaires, sauf pour ceux, encore peu nombreux ici, qui pensaient comme mon frère aîné. Non, ce qui remplissait les têtes c'était le cinéma américain, les stars de Hollywood qu'on allait contempler chaque soir sur l'écran, les idoles qui s'appelaient Clark Gable, Tyrone Power, Bing Crosby, Mickey Rooney, Esther Williams toujours en train de plonger dans une piscine. Dans un pays où la réserve est de rigueur dans le comportement des garçons et des filles, on voyait à présent les jeunes gens s'interpeller dans les rues par leurs noms américains, marcher les bras écartés comme les cow-boys, siffler au passage des filles, se bousculer dans les tavernes et casser les verres.

Il va sans dire que pour ma part, et à mon âge, je ne fréquentais pas beaucoup les salles de cinéma. La première fois que mon père m'emmena voir un film américain, le chauffeur nous déposa devant le Roxy Theatre (car tous les cinémas portaient des noms américains). Deux choses devaient me frapper particulièrement : le lion de la Metro Goldwyn Mayer qui rugit au commencement du film, mais surtout la conduite bizarre des acteurs étrangers. Il arrivait toujours un moment où la star et son partenaire se regardaient intensément. Puis leurs visages se rapprochaient et leurs bouches se happaient comme des ventouses. Je n'avais jamais vu de ma vie des gens s'embrasser sur la bouche. Ce spectacle, que je découvris pour la première fois au Roxy Theatre devait me frapper plus que le reste du film.

Les Américains, qui aidaient notre gouvernement nationaliste, ne nous avaient pas seulement inondés de films mais aussi de cigarettes, de bas en nylon et de vitamines. Je ne portais pas encore des bas en nylon, mais pour les vitamines, je ne sais si beaucoup de Chinois en ont absorbé autant que moi. Toujours préoccupé par ma santé fragile, Wei Hi en avait acheté un stock et une armoire de la maison en était pleine. A, B, C, D, P, il n'en manquait pas une. Mon père me forçait à en avaler toute la journée, il m'en fourrait dans la bouche en toute occasion comme à un oiseau à qui on donne la becquée. Je ne sais si c'est à cause de cela que vers l'âge de douze ans je me mis à grandir si soudainement que je dépassai bientôt par la taille toutes les filles de ma classe. Il faut dire aussi que depuis que nous avions déménagé et que nous vivions dans la grande maison avec la famille de l'oncle Hiao, mon père m'avait acheté une bicyclette, ce qui avait aussi contribué à muscler mes jambes et à les allonger. Quand ils me voyaient passer sur mon vélo, avec mes blue-jeans, mon pull-over, mes deux longues nattes noires et ma peau claire, les garçons commençaient à me suivre, à pied ou sur leur vélo. C'étaient des manières qui venaient tout droit des films américains. Pour moi, quand l'un d'eux m'approchait, je lui lançais un regard féroce et je m'abstenais de lui adresser la parole. Je me conformais en cela à ce qu'on m'avait appris, mais aussi à mon instinct.

En Chine, autant la vie sexuelle est discrète, autant le sentiment est exalté. C'est lui qui compte avant tout. Il suffisait, pour s'en rendre compte, d'écouter la radio. Elle répandait des fleuves de chansons d'amour. Et, bien entendu par les voix américaines de Bing Crosby, de Frank Sinatra et de quelques autres. Les garçons amoureux téléphonaient à la radio pour demander la diffusion de telle ou telle chanson à destination de leur belle. C'est ainsi que je reçus mes premiers messages d'amour « From John Wang to Julie Chow » (c était moi) : « I love you truly », tel fut le message que j'entendis un soir de la part d'un garçon à qui je n'avais jamais adressé la parole mais qui avait réussi à connaître mon nom.

Les premières lettres d'amour me furent envoyées, chez moi à la même époque. Voici dans quelles circonstances : on se souvient que j'étais devenue secrètement protestante. Or, au temple, j'accompagnais parfois au piano les hymnes religieux. Le frère d'une fille de ma classe, de quelques années plus âgé que moi, m'avait remarquée. Il m'envoya une lettre délirante qui disait à peu de chose près : « Tu es si belle que je ne dors plus depuis que je t'ai aperçue. Ton image me poursuit jour et nuit. Au premier rayon de soleil, je pense à toi, etc., etc. » Je m'en souviens très bien parce que l'enveloppe m'étant adressée et libellée au nom de Chow Ching Lie, il va sans dire que ma mère ouvrit la lettre et fit un beau scandale. Elle me mit cette prose sous les yeux, m'obligeant à la lire et me demanda des explications. Je lui jurai mes grands dieux que je ne connaissais pas ce garçon, ce qui était la pure vérité car, s'il m'avait remarquée (et je ne dis pas où puisque ma conversion était secrète), moi je ne l'avais même pas vu et ce n'est qu'après coup que je compris que c'était le frère d'une de mes amies. J'eus beau me défendre, ma mère ne décolérait pas. Au contraire, elle devint menaçante :

— Gare à toi si tu fréquentes des garçons sans me le dire ! Gare à toi si tu me caches quelque chose !

Je n'y comprenais rien. J'avais l'impression que la lettre que je venais de lire s'adressait à quelqu'un d'autre. Les chansons d'amour de la radio même quand elles m'étaient dédiées, je les écoutais distraitement. J'avais beau approcher de mes treize ans, je n'en savais pas plus, sur les choses dont parlait ma mère, qu'un petit enfant au berceau. Et voilà que Tsong Haï, qui épiait déjà tous mes gestes, était prise de panique. Encore si un seul garçon m'avait fait la cour. Mais il y en eut plusieurs pour m'écrire. C'était trop, elle avait peur.

Malgré ma grande naïveté, je devais nécessairement finir par m'apercevoir que, dans la rue ou à l'école, les garçons me remarquaient de plus en plus. Bientôt, ce ne furent pas seulement les garçons : tante Ma, la fameuse marieuse de Tchao-tcheou, celle qui avait si bien marié mon oncle Wei Hing deux fois veuf, vint plus fréquemment à la maison sous prétexte de bavarder avec ma mère. Mais déjà son œil professionnel me soupesait avec convoitise, déjà elle voyait en moi son gagne-pain.

Je me souviens d'un jour où je rentrais de l'école à bicyclette, les joues toutes roses d'avoir pédalé trop vite :

— Comme elle est belle ! s'exclama tante Ma sur le pas de la porte. Oh ! la petite merveille qu'on a peur de toucher tant sa peau est tendre ! Regardez-moi ça : c'est plus beau que les quatre beautés !

Tante Ma faisait allusion aux quatre beautés célèbres que comptèrent les dynasties régnantes de la Chine. De tels compliments me laissaient froide. Je les entendais depuis ma plus tendre enfance. Avec le sourire de sa bouche édentée, la vieille sorcière continua de parler seule comme fait ce genre de commère.

— Tu as de grands yeux comme le phénix... Tu as un nez qui monte jusqu'au front... Quand tu souris, ta bouche est comme un arc merveilleux... Tu es grande... Ta peau est douce comme la soie, parfumée comme une fleur... Pour sûr, tu seras une grande dame... Il faudra que je te trouve un bon mari...

Elle ne tarda pas à le chercher. Cette affreuse vieille trouva le moyen de dénicher en quelques semaines une richissime famille de Tchao-tcheou qui habitait Shanghaï. Il ne s'agissait de rien de moins que de la famille du fameux Ko, trafiquant d'opium bien connu à Shanghaï et qui avait fait pendant la guerre une fortune colossale. Tante Ma dit à mes parents que Ko avait assez d'argent pour faire vivre somptueusement ses quatre enfants jusqu'à la fin de leurs jours, dussent-ils vivre cent ans. Elle était encore au-dessous de la vérité. Ko avait fait construire à Shanghaï une maison extraordinaire au milieu d'immenses jardins. Dans la crainte des voleurs, elle était entourée de grilles et de doubles portes métalliques qui la faisaient ressembler à un coffre-fort.

Ses enfants n'allaient pas à l'école parce qu'il avait peur qu'ils soient kidnappés – ce en quoi il n'avait pas tort, le rapt des enfants de riches étant une pratique de plus en plus répandue à Shanghaï. Toute cette famille vivait retranchée du monde avec ses enfants, comme des poupées, ne faisant que manger et dormir, si bien qu'ils étaient devenus complètement hébétés.

Les deux fils avaient dix-huit et vingt ans. Tante Ma estima qu'il ne fallait pas me fiancer à l'aîné : il était vraiment trop gros et trop stupide. Le plus jeune était stupide aussi, mais un peu moins. Bien entendu, je n'étais pas au courant de ces sinistres tractations. Mais, comme ma mère voyait qu'on courait après moi, sa grande peur était toujours que je sois séduite « par des paroles fleuries » et surtout que mon séducteur soit un jeune homme pauvre avec qui je mènerais une vie d'esclavage et de souffrances. Aussi, un jour elle me dit toute sa pensée :

— Qu'une fille comme toi devienne l'esclave de son mari et de ses enfants et qu'elle vive dans le souci continuel du manque d'argent, ce serait vraiment trop injuste ! Alors que si tu avais la chance de te marier avec le fils Ko... Les Ko sont immensément riches !

Mon frère Ching Son et moi nous pensâmes que Tsong Haï avait perdu la raison. Tout d'abord je ne savais pas exactement ce que cela voulait dire que se marier – et on verra bientôt jusqu'où allait mon ignorance. Pour moi, le mariage signifiait : quitter la maison, aller vivre ailleurs – en l'occurrence dans une demeure qui ressemblait à un coffre-fort où je mangerais et dormirais et dont je ne sortirais plus ma vie durant. Quel cauchemar ! Et je pensai à Wei Hi, et à la fille des voisins avec qui je m'étais battue parce qu'elle avait osé prétendre que mon père faisait le trafic de l'opium : et voici qu'on voulait me faire épouser un des plus grands marchands d'opium de Shanghaï ! Mais ce n'est pas moi qui parle, en vérité. Je ressens vaguement toutes ces choses. Mon porte-parole, c'est mon frère Ching Son, celui qui connaît mes secrets comme je connais les siens et qui va se dresser comme une muraille pour me protéger.

Ching Son fit le siège de Tsong Haï avec patience et fermeté. Ses arguments réussirent à ébranler ma mère et à la faire céder. Elle finit par reconnaître qu'il n'avait pas tort. Surtout, elle estima qu'en fin de compte j'étais vraiment trop jeune. Il ne fut plus question de me marier au fils de Ko. Du même coup, on mit à la porte l'horrible tante Ma.

Je l'avais échappé belle. Mais ce n'était qu'un répit, et qui ne dura pas longtemps.

7

Où l'on entend parler de l'Armée Populaire de Libération / Chute de Shanghaï / Je vois les soldats de l'Armée rouge / Rencontre d'un homme mystérieux / On me coupe mes nattes / Le goûter du Pavillon Vert / La singulière famille Liu / Rencontre de Louis Ho / Mon premier rendez-vous / On me trouve une « belle-famille » / M. Chen à la rescousse de M. Yuen / La saison des crabes / Premier conflit dans ma famille.

Au mois de janvier de cette année 1949 eut lieu un événement qui passa quasiment inaperçu dans ce milieu petit-bourgeois de Shanghaï qui était le nôtre : l'entrée à Pékin de l'Armée de Mao Tsé-toung qui avait pris le nom d'Armée Populaire de Libération. Fuyant les communistes, déjà plus de 300 000 soldats nationalistes s'étaient réfugiés dans l'île de Formose. 1949 devait être la dernière année d'une lutte titanesque.

En six mois l'A.P.L. venait de décupler la surface des territoires libérés. Toujours confiant dans la supériorité numérique de ses troupes, le généralissime Tchang Kaï-chek voyait de jour en jour son armée s'effilocher et ses hommes rallier en masse l'Armée rouge. Au contraire, celle-ci augmentait constamment ses effectifs non seulement grâce aux désertions mais surtout parce qu'elle était dans le peuple « comme un poisson dans l'eau ».

Au mois d'avril, l'A.P.L. était parvenue au bord du fleuve Jaune. Le général Chen Yi prenait Nankin et ses troupes atteignaient bientôt Hang-tcheou, cette ville fameuse que nous étions allés visiter peu de temps auparavant avec les filles de mon école. Or, Hang-tcheou se trouve à trois heures de train de Shanghaï. Alors, malgré leur inconscience, les Shanghaïens commencèrent à se réveiller. Le généralissime avait beau faire des déclarations fracassantes au sujet de « la victoire complète sur les communistes », la population de la ville encerclée n'avait plus beaucoup de doute.

Elle était cependant assaillie par mille questions sur l'avenir. Un grand nombre avait peur : les communistes, disaient-ils, allaient aussitôt s'emparer de tout, partager les biens et même les femmes, il n'y aurait plus de propriété ni de famille.

Membre du parti communiste clandestin, mon frère Ching Son vivait les heures les plus fiévreuses de sa vie. Sur le secret que j'étais seule à partager avec lui, il avait peu à peu levé le voile, soucieux d'informer ses parents et en même temps de ne pas les effrayer. Fréquemment absent de la maison, il nous donnait les nouvelles d'une situation qui était, comme on le pense, déformée ou mal connue. Au mois d'avril, Mao Tsé-toung avait lancé le mot d'ordre : « Avancez partout, libérez la Chine ! » Au début du mois de mai, toutes les petites villes qui entouraient Shanghaï tombèrent les unes après les autres entre les mains de l'Armée Populaire. Les nationalistes faisaient courir le bruit que Shanghaï résisterait comme Stalingrad.

Quand il entendait cela, Ching Son éclatait de rire : « La victoire est toute proche, disait-il. Ils (les nationalistes) n'ont plus qu'à s'enfuir comme des lapins. » Il ne se trompait pas. Les derniers actes de Tchang Kaï-chek – dont la police procéda encore à des arrestations massives – ne témoignaient que de la peur. Peur également chez les hauts fonctionnaires et les militaires qui s'enfuyaient pour Formose tandis qu'une partie des grands capitalistes ralliaient Hong Kong.

Dans Shanghaï entièrement cernée il y avait des combats de retardement. On ne s'en apercevait même pas. Tout ce qu'on avait vu c'était, à la gare principale, des officiers nationalistes chargés de bagages attendre le train du salut.

« Oncle Hiao », l'ami de mon père, dont la famille partageait la maison avec la nôtre, ne cachait pas son intention de quitter Shanghaï : à Tchong-king, d'où il venait, il comptait un peu trop de relations compromettantes parmi les fidèles de Tchang Kaï-chek. Si bien qu'il ne souhaitait guère, à présent, faire la connaissance des communistes et qu'il envisageait de s'installer au plus tôt à Hong Kong. Pour ce qui fut de Wei Hi, mon père, pas un instant il ne montra la moindre inquiétude ni ne songea à s'en aller bien qu'il fît partie de la classe bourgeoise aisée. J'étais trop petite pour juger de ces choses et il ne m'est pas possible de rapporter avec précision son état d'esprit d'alors. Je pense qu'il était convaincu, soit par mon frère, soit par les déclarations publiques des communistes dans les territoires libérés, que le nouveau pouvoir populaire n'avait pas l'intention d'agir avec précipitation, ni, notamment, de toucher à la propriété privée. Quant à moi, sous l'influence de mon frère, mon cœur se portait tout naturellement vers ceux qu'on attendait d'un jour à l'autre. C'était une attente discrète, chez nous comme chez les autres. Il n'y avait aucune excitation particulière à la maison, les enfants allaient à l'école comme d'habitude.

C'est dans ce climat que le 25 mai, alors que la nuit était tombée, la radio annonça : « Notre armée de Libération est entrée dans Shanghaï. »

Donc, la radio elle-même avait changé de mains. Les rues de la ville étaient calmes, on signalait quelques escarmouches dans les faubourgs mais le gros des forces nationalistes s'était enfui.

Malgré cela, une soudaine atmosphère de guerre pesait sur la cité plongée dans la tension d'une grande attente. À l'affût des nouvelles personne ne dormait. Ma famille, comme les autres, était debout, écoutant la radio qui interrompait de temps en temps la musique pour diffuser un communiqué. Il y en eut un notamment qui fut plusieurs fois répété et qui disait à peu près : « N'ayez pas peur, habitants de Shanghaï... Méfiez-vous des rumeurs et des calomnies. L'Armée Populaire de Libération ne prendra rien au peuple, pas même une aiguille. L'Armée rouge est votre famille... »

Tout à coup il fut inutile d'écouter davantage les nouvelles : sur le pas des portes et l'embrasure de toutes les fenêtres, la population pouvait voir cette fois de ses yeux ces fameux combattants de l'Armée rouge que les nationalistes qualifiaient de bandits et qui comptaient dans leurs rangs des vétérans légendaires de la Longue Marche. Dans notre rue, ils étaient là, avançant avec prudence en file indienne, le fusil à la main, baïonnette au canon. Ces hommes ne ressemblaient en rien aux soldats de Tchang Kaï-chek. Ils étaient beaucoup moins bien vêtus. Mais la simplicité de leur uniforme molletonné, de leur couvre-chef et de leurs chaussures de coton, me donna aussitôt l'impression qu'ils étaient plus proches de nous que les autres. Quand j'étais petite on me disait pour m'effrayer : « Si tu n'es pas sage on te donnera aux militaires. » Ceux que je voyais maintenant ne me faisaient pas peur.

Je me souviens aussi que Ching Son, mon grand frère, à la vue des soldats eut les larmes aux yeux, qu'il nous fit un long discours enthousiaste et sincère sur l'union des paysans, des ouvriers et des soldats et sur l'avenir qui commençait pour la Chine.

Aussitôt après l'entrée des troupes de l'Armée Populaire, un typhon d'une exceptionnelle violence s'abattit sur Shanghaï, écrasant les taudis des bas quartiers, soufflant le toit d'immeubles, inondant les rues et les avenues où les vélos-pousse avaient de l'eau jusqu'à mi-roue. Avec le ravitaillement de la population, ce fut même un des premiers soucis du nouveau maire de Shanghaï, le général Chen Yi, qui fit un grand discours à la population[1]. Sur les quais du port, des étrangers des concessions attendaient au milieu de leurs bagages une place à bord d'un navire. La plupart d'entre eux n'avaient pas bougé et la circulation ne diminuait pas sur le Bund et dans Nanking Road. Le drapeau rouge à cinq étoiles flottait à présent sur les gratte-ciel. Des groupes d'étudiants et des lycéens, garçons et filles, parcouraient joyeusement les grandes avenues. D'autres dansaient le Yang Ko, le « chant du repiquage », danse paysanne traditionnelle très populaire chez les communistes. C'était le printemps de 1949. En septembre, quand sera proclamée la République Populaire de Chine, on verra sur les tramways fleuris de Shanghaï les portraits du président Mao, du chef du gouvernement, Chou En-laï, du commandant en chef de l'armée, Chu Teh. Mais en ce printemps, il reste encore à Mao Tsé-toung un an

1. Le général Chen Yi avait, pendant sa jeunesse, séjourné en France où il fut ouvrier aux usines Renault comme l'avait été Chou En-laï.

de combats à livrer avant sa victoire finale sur Tchang Kaï-chek.

De ces journées qui ont changé la face de la Chine et marqué la fin d'un monde, je n'ai pu donner au lecteur que les quelques images perçues par un enfant, les rumeurs parvenues jusque dans notre maison. Assez d'encre coulera ailleurs sur des événements qui me dépassaient alors. Je me borne ici à rapporter avec la plus stricte exactitude l'histoire de ma vie. Et pour être toujours conforme à la vérité, je dois dire qu'après quelques jours d'excitation, le bruit de ces événements si considérables cessa de franchir les grilles de notre maison. Il en fut, pendant quelque temps, comme si rien ne s'était passé. Car notre foyer devait être bientôt le théâtre d'un drame familial qui absorba toute l'attention de ma vie. Il en fut de même, hélas ! pour les miens. Au reste, que ce drame ait pu se dérouler à cette époque précisément montre bien que si la Chine devait franchir d'un seul coup quelques siècles, ce ne fut pas du jour au lendemain.

Que le lecteur imagine donc – car il en fut bien ainsi – que rien n'a bougé dans la Chine ni dans Shanghaï et que la vie quotidienne de ma famille se poursuit comme de coutume. Ce jour-là, j'étais restée à l'école plus longtemps que d'habitude : les chrétiennes avaient une heure supplémentaire consacrée au catéchisme avec lecture commentée de la Bible. Une heure de retard à la maison, voilà qui ne passerait pas inaperçu de ma mère... Aussi, je bondis comme un petit singe sur ma bicyclette. Jamais je ne donnai d'aussi vigoureux coups de pédale que ce soir-là.

J'arrivai haletante et trempée de sueur devant la porte de la maison quand j'aperçus un homme qui s'apprêtait à sonner. De l'âge de mon père, vêtu à l'européenne, au demeurant insignifiant, il sursauta un peu à l'arrivée de ce bolide à bicyclette brusquement arrêté à quelques centimètres de lui.

— Ne vous donnez pas la peine de sonner, monsieur, lui dis-je, j'ai les clefs.

Et je lui demandai qui il était, tout en cherchant mon trousseau.

— Je suis, dit-il, un ami de M. Hiao. Mais toi, je pense que tu es la fille de Chow Wei Hi... Tu es Ching Lie...

Je lui dis que oui, tout en continuant à chercher mes clefs successivement dans toutes mes poches. Pendant ce temps, je me rendis compte que l'inconnu me portait la plus grande attention. Sans jamais se départir d'un sourire étrange, son regard me parcourait de haut en bas et de bas en haut. Enfin, ayant fini par trouver mes clefs, j'ouvris la porte et sur mes pas il traversa le jardin. Devant la maison je le laissai seul puisqu'il allait chez les Hiao. Je me dirigeai vers l'autre porte et, abandonnant ma bicyclette, je montai chez moi.

Je ne pouvais certes pas savoir que le regard étrange et indiscret de cet inconnu venait de fixer inéluctablement la route de mon destin.

Deux ou trois semaines après cet incident, à mon retour de l'école un après-midi, ma mère entra dans la chambre que je partageais avec ma jeune sœur Ching Lin. Ce jour-là, j'étais seule. Ma mère s'assit près de moi, me prit la tête entre ses mains et me regarda longuement :

— J'ai à te parler, Mi Mi[1].

Puis, d'un ton pénétré qui me surprit :

---

1. Mi Mi est le diminutif affectueux que la narratrice portait à la maison. À l'école on l'appelait Ching Lie (précédé parfois de son nom de famille : Chow) dont Miss Winfield, son professeur d'anglais, avait fait : Julie.

— Tu es une jeune fille à présent, Mi Mi. Ces nattes d'enfant ne sont plus possibles. Il faudra les couper. Voilà pourquoi je vais t'emmener chez le coiffeur. On te fera une permanente...

Ahurie et ravie tout à la fois, je n'en croyais pas mes oreilles. Il y avait déjà quelque temps que j'étais envieuse à la vue des filles de mon âge coiffées à la mode, c'est-à-dire les cheveux ondulés comme les Européennes, ce qui était le dernier cri. J'avais réclamé à plusieurs reprises mon « indéfrisable », on me l'avait toujours refusée. Ching Son y était particulièrement hostile :

— Une fille doit être simple, propre et modeste, disait mon grand frère. Occupe-toi de tes études et non pas de ta coiffure...

Comme tout ce que disait mon frère était pour moi parole d'Évangile, je n'en parlai plus. Qui aurait pu penser que ce serait ma mère qui m'ordonnerait un jour d'aller chez le coiffeur et de couper mes nattes ? Cette fois, mon frère lui-même ne pourrait faire d'objection puisque je n'y étais pour rien et qu'il fallait bien obéir à maman...

Un matin, donc, voici que Tsong Haï m'emmène chez un coiffeur de la concession française. C'est la première fois de ma vie que je vois un endroit pareil. Il y a là, face à une rangée d'éblouissants fauteuils, une suite symétrique de grands miroirs. Et dans ces miroirs on voit se refléter des lumières et des visages, on voit s'affairer un bataillon de femmes en blouses blanches qui font, les unes la manucure, les autres des shampooings... Je suis éblouie, j'en ai la tête qui tourne.

Avec autorité, ma mère annonce au coiffeur, en me désignant :

— Vous allez lui faire une permanente !

Dès que je suis installée dans un fauteuil qui m'en impose comme un trône, le coiffeur me couvre d'un grand linge blanc et prend ses ciseaux.

Jusque-là, j'étais dans l'euphorie. Voici que tout à coup, voyant qu'on va me couper ces deux nattes qui descendent jusqu'aux reins, ces longs cheveux qui me tiennent compagnie depuis tant d'années, j'ai un mouvement de recul, je saisis mes deux nattes pour empêcher le coiffeur d'opérer. Il me sourit, s'efforçant de m'apaiser :

— Ne craignez rien, mademoiselle... Jolie comme vous l'êtes, vous ne pourrez qu'embellir... Une fois ondulée vous ressemblerez à une véritable Européenne !...

Et se tournant vers ma mère avec obséquiosité :

— Madame, dit-il, comment avez-vous pu faire une enfant aussi charmante ?

Et m'ayant endormie avec son ronronnement de belles paroles, il saisit une de mes nattes. Je me dis alors en moi-même : « On ne peut tout avoir », et je le laisse faire. Tchic ! Tchic ! Voilà une de mes nattes coupée. Tchic ! Tchic ! Voilà partie la deuxième. Je me sens étrangement allégée, différente. Ma mère se saisit pieusement de mes deux nattes et les range dans son sac. Et comme sa chevelure est peu fournie, elle les portera désormais en chignon et sortira parée des cheveux de sa fille.

À présent commence la grande opération. La tête penchée en arrière contre la cuvette qui me coupe le cou, secouée par les mains qui me font un shampooing, j'apprends qu'il faut souffrir pour être belle. Ce coiffeur si poli est une brute. Puis, on m'imbibe la tête d'un produit inconnu qui sent l'ammoniaque et les mèches de mes cheveux sont prises dans des rouleaux. Je vois dans la glace un édifice bizarre me couronner : un casque énorme avec des fils et des pinces branchés sur chaque rouleau lui-même entouré de papier. Des vapeurs sortent de ma tête, j'entends des crépitements, ma chevelure est électrifiée – terrifiée, je n'ose faire un mouvement. D'un air doctoral, le coiffeur surveille le papier des rouleaux : s'il roussit, on débranche aussitôt. Ma mère ne me perd pas de vue un seul instant. Elle suit les phases de mon ondulation avec la gravité qui convient à une opération magique. Quand tout est fini et qu'on me débarrasse du casque, quel soulagement ! Ma tête est couverte de petites boucles sombres. Mais ce n'est pas fini : mise en plis, nouveaux rouleaux, casque pour sécher les cheveux.

Au bout de deux longues heures, je me regarde et ne me reconnais plus. Certes, je n'ai plus ma tête d'enfant. Mais cela me plaît-il vraiment ? J'aimais bien mes deux nattes. À présent, je me trouve bizarre. Il est vrai que je ressemble à une Européenne, et puisque cela est si chic, il faut bien que je sois contente. Mais surtout j'ai désormais le visage d'une jeune fille. On va me regarder autrement, c'est-à-dire encore un peu plus. Et Tsong Haï n'en sera que plus soucieuse et plus vigilante. C'est pourtant elle qui l'aura voulu.

Quelques jours plus tard, je rentrai de l'école vers trois heures. Dans ces cas-là je consacrais une partie de l'après-midi à la musique, quitte à faire mes devoirs de classe jusque tard dans la soirée. À peine m'étais-je installée devant mon piano que ma mère m'ordonna de monter dans ma chambre pour me changer. Je lui demandai une explication, la voyant tout agitée :

— Il faut que tu te changes pour être présentable : nous allons prendre le thé dehors avec des personnes très importantes.

— Mais... maintenant ?

— Oui, immédiatement.

Surchargée de travail, cette sortie inopinée me contrariait au plus haut point. Déjà je refusais fréquemment de sortir avec mon père qui avait pris l'habitude de m'emmener partout avec lui comme une poupée. Je dis à ma mère, avec humeur, que j'avais de nombreux devoirs écrits et que personne ne pouvait les faire pour moi.

— Je comprends très bien, ma chérie, dit-elle. Mais j'ai promis à ces personnes que nous viendrions, je dois tenir parole. Habille-toi vite. Tes affaires sont prêtes dans ta chambre, sur le lit. Ton père nous attend en bas.

Furieuse, ne comprenant pas en quoi cette histoire de thé me concernait, je fus bien obligée d'obéir, même si c'était à contrecœur. Je montai dans ma chambre : là, quelle ne fut pas ma stupeur d'apercevoir sur le lit les affaires que ma mère avait préparées. Il y avait une robe chinoise que je ne connaissais pas et comme je n'en avais jamais porté de ma vie, une splendeur de soie blanche à grandes fleurs rouges, très cintrée et fendue sur le côté. Auprès de la robe, une paire de bas en nylon. Mais j'aperçus soudain l'objet le plus stupéfiant de tous : un soutien-gorge.

— Mais c'est impossible ! dis-je à ma mère. Je ne peux pas porter une chose pareille !

— Tais-toi, dit ma mère et habille-toi. Tu ne voudrais pas sortir dans une tenue de sauvage ? N'oublie pas que tu es une jeune fille, et une jeune fille de bonne famille. Il faut que tu sois élégante. Surtout aujourd'hui, vu l'importance de ces personnes…

Pour ce qui était de l'élégance, la panoplie ne manquait de rien : outre la robe et les dessous, il y avait encore une paire d'escarpins blancs et un sac à main de la même couleur qui convenaient parfaitement à la saison puisque nous étions en été. N'oublions pas que ma mère était une paysanne : aussi est-ce à une cousine éduquée, étudiante à l'université américaine Saint-John, qu'elle avait demandé conseil pour l'achat de ma nouvelle et éblouissante garde-robe. Tsong Haï m'aida à m'habiller. J'en avais bien besoin. Au reste, tout me serrait, le soutien-gorge, la robe chinoise au col étrangleur, les chaussures. Je m'examinai dans l'armoire à glace. Je me trouvai bizarre. Cette grande fille mince, bien mise en valeur par sa toilette, ressemblait à quelqu'un d'autre. D'autant que pour parfaire la présentation, ma mère m'avait mis du rouge sur les lèvres.

— Partons vite ! dit-elle.

C'était facile à dire. Ma robe entravait tous mes mouvements. Je fis de mon mieux.

— Doucement ! dit ma mère avec effroi.

Elle me voyait déjà, avec mes grands pas, déchirer ma robe. Je ne savais que faire de ce sac à main qui balançait d'une façon agaçante. J'aurais voulu m'asseoir et surtout ne pas marcher. Sur le palier, Tsong Haï me fit d'ultimes recommandations avec la bouche pincée d'une directrice d'école.

— Tu vas avoir deux heures à passer en public. Je voudrais que tu surveilles avec la plus grande attention ta démarche, tes gestes, la façon de porter ton sac. Il dépend de toi que ton père ne perde pas complètement la face. J'espère que tu as compris…

Heureusement, pensais-je, que mon frère ne me voit pas. Il dirait que je ressemble à une de ces femmes de luxe qui vivent dans l'oisiveté. Je suis sûre que je ne lui plairais pas.

Prenant mille précautions pour ménager ma robe qu'un mouvement brusque peut à chaque instant déchirer en deux, je descends vers le rez-de-chaussée. La famille Hiao est là au complet, oncle Hiao, ses deux femmes, les enfants et les domestiques. À ma vue s'élève aussitôt un concert d'exclamations et de compliments. Hiao m'examine d'un œil fixe. (Nous apprendrons par les clameurs coutumières que, le soir même, il fera une scène violente à sa première femme et à sa fille, ne pouvant leur pardonner de n'avoir ni mon allure ni ma beauté.) Le chauffeur nous attend devant le garage auprès de mon père. Wei Hi, qui ne m'avait pas encore vue habillée, me contemple avec ravissement. Mon père, ma mère et moi nous montons dans l'auto. Nous voici partis pour ce fameux thé.

Cet événement se déroula dans le centre de Shanghaï. Nous avions rendez-vous dans un restaurant connu dénommé Le Pavillon Vert de Yang Chow (Yang Chow est une ville de la région de Nankin). Il était environ quatre heures de l'après-midi. Quand nous entrâmes dans la salle de dimensions modestes, une dizaine de personnes étaient attablées qui, à ma vue, se mirent non seulement à me dévisager mais à chuchoter entre elles avec un sans-gêne stupéfiant, sans me quitter des yeux. Je me demandai s'il n'y avait pas quelque chose qui clochait dans ma robe ou dans ma coiffure. Mais je n'eus pas le temps de réfléchir. Mon père s'adressa au maître d'hôtel :

— Nous sommes attendus par M. Liu.

— Au premier étage, s'il vous plaît, dit le maître d'hôtel en nous montrant le chemin.

Tsong Haï se pencha contre mon oreille :

— Attention à ta tenue, n'oublie pas… Tiens bien ton sac…

Pour ce qui était de ma tenue, je la surveillais intensément à cause des voyeurs qui chuchotaient au rez-de-chaussée. Je sentis, en montant l'escalier, qu'ils ne me quittaient toujours pas des yeux. Au premier étage, quelques personnes étaient assises autour d'une table. L'une d'elles se précipita vers nous pour nous accueillir et je la reconnus aussitôt : c'était le mystérieux personnage que j'avais rencontré un soir devant chez nous et à qui j'avais ouvert la porte. Il s'appelait Yuen. Tout frétillant, M. Yuen nous conduisit vers la table du milieu. Là se tenait assis un couple imposant : l'homme et la femme avaient la cinquantaine. À côté d'eux était assis un jeune homme. On fit les présentations :

— M. et Mme Chow et leur fille.

— M. et Mme Liu et leur fils.

La famille était vêtue à la chinoise. M. Liu portait une robe de soie beige, sa femme une robe sombre et simple, un chignon et des chaussures brodées en tissu qui enserraient des pieds très petits. Quant au jeune homme – il avait vingt-six ou vingt-sept ans –, vêtu d'un costume à boutons et d'un pantalon large, il avait un air malingre, un visage d'un jaune cireux et une paire de lunettes. Non qu'il fût laid, mais il donnait l'impression qu'il sortait de son lit de malade et qu'un peu de vent l'aurait renversé. À notre vue, la famille Liu s'était levée. M. Liu, malgré les présentations déjà faites, désigna son fils et, s'adressant à mon père :

— Voici petit chien...

J'entendais cette expression pour la première fois. C'était ainsi que, dans la vieille Chine, on présentait toujours son enfant. On ne disait pas : « mon fils », mais « petit chien », terme qui n'avait rien de péjoratif et n'exprimait que la modestie vis-à-vis de ses amis. Cela indiquait aussi, dès l'abord, à quel point la famille Liu était peu moderne.

Sitôt les présentations faites, il fallut s'asseoir. Or, en Chine, la place la plus importante est celle qui fait face au sud. Cette place d'honneur, M. Liu voulut absolument qu'elle fût occupée par mon père. Celui-ci refusa, elle devait être occupée par M. Liu. Chacun refusant l'honneur, ce petit jeu de balançoire dura une bonne minute. À la fin, M. Liu et mon père s'assirent côte à côte, chacun ayant sa femme à côté de lui. En face de ces quatre personnes s'était assis M. Yuen. À sa gauche le jeune Liu, et moi à sa droite. Le goûter commença par du thé de Hang-tcheou. Puis on nous servit quantité de petits plats, tout comme pour un dîner : pâtés impériaux, raviolis ; et surtout des pâtes mijotées avec du poulet, une spécialité du Pavillon Vert que je trouvai particulièrement exquise.

Comme je sortais de l'école, que j'étais affamée et que d'autre part la conversation autour de moi ne m'intéressait pas, je ne levais guère le nez de mon bol, vidant les assiettes au fur et à mesure qu'on me les servait. Cela n'était pas très convenable – et les regards sévères de ma mère me le firent comprendre. Alors qu'au contraire, le spectacle de mon appétit plut beaucoup à Mme Liu ainsi qu'on me le raconta plus tard : il témoignait à ses yeux que j'étais simple et naïve et aussi que je n'aimais pas le gaspillage, qualité essentielle pour une Chinoise.

Seuls certains plats très chauds, en m'obligeant à faire une pause, me laissaient le temps d'observer mes voisins. C'est ainsi que j'examinai surtout M. Liu. Il avait la paume de la main d'une couleur rouge, particularité dont ma mère m'expliqua par la suite la signification. Ce que je trouvai également très curieux c'était son front brillant comme un miroir où la lumière des ampoules se reflétait. Outre ce vêtement chinois qui le rendait si différent de mon père, il y avait dans toute sa personne quelque chose qui m'intéressait et m'en imposait. De même, au reste, pour son épouse, à qui ses yeux très brillants, pleins de force et de sévérité, donnaient, me semblait-il, l'expression qui convenait à une très grande dame. Quant au fils – dont j'étais séparée par M. Yuen, le mystérieux ami de mon père – je le voyais comme un pantin uniquement dominé et animé par sa mère. Au cours de ce goûter je m'aperçus à plusieurs reprises qu'il me regardait, mais toujours avec un regard en coin.

Mon père donna le signal du départ au moment, particulièrement mal choisi, où j'attaquais les succulentes nouilles au poulet. Il me fallut abandonner mon bol pour faire les adieux. M. Yuen et la famille Liu nous accompagnèrent jusqu'au palier. On échangea des salutations à la vieille manière en s'inclinant les uns devant les autres. C'était la première fois que je voyais mon père dans cette posture. Je l'imitai de mon mieux malgré ma robe qui risquait de craquer dans cet exercice.

Quand nous fûmes descendus au rez-de-chaussée, ne voilà-t-il pas que les odieux voyeurs qui m'avaient si bien dévisagée tout à l'heure étaient encore là ! Et que tout recommença de plus belle, y compris les chuchotements ! Outrée, je me hâtai de sortir. Ceux-là aussi, je devais savoir un peu plus tard qui ils étaient très exactement.

Le chauffeur nous attendait dehors. C'est seulement quand nous fûmes montés dans la voiture que je commençai à songer à ce goûter bizarre et à ses personnages, surtout M. Liu, l'homme imposant dont les paumes de la main étaient rouges et dont le front reflétait toutes les lumières du restaurant. Jamais je n'avais vu une famille aussi profondément chinoise avec des manières confucéennes encore plus prononcées que chez l'oncle Hiao notre voisin. J'étais très curieuse de savoir pourquoi mon père fréquentait des gens si insolites à mes yeux. C'est la seule raison pour laquelle je me mis à lui poser des questions. Car je ne me doutais pas le moins du monde de la signification réelle de ce goûter et l'idée qu'il me concernât en quoi que ce fût ne pouvait évidemment pas m'effleurer.

— M. Liu, me répondit mon père, est un homme d'affaires important et célèbre : l'un des dix hommes les plus riches de toute la Chine. Il possède des terrains à Shanghaï, à Hang-tcheou, à Ning Po sa ville natale ; il possède également des banques et des usines et personne ne peut faire le compte de sa fortune. M. Liu n'est pas seulement un millionnaire, c'est un philanthrope, aussi charitable que riche, distribuant aux orphelins et aux veuves une grande partie de ses récoltes, donnant de l'argent aux hôpitaux...

Mais les paumes rouges de ses mains et le front brillant comme un miroir, voilà les seuls détails qui m'avaient vraiment intriguée :

— Ce sont là deux signes très rares, expliqua ma mère, qui indiquent, dans la destinée d'un homme, à la fois la grande richesse et la toute-puissance.

Là-dessus, la personnalité de M. Liu cessa de m'intéresser aussi vite qu'elle m'avait intriguée. Rentrée à la maison je l'avais déjà oublié.

Un événement beaucoup plus intéressant survint à peu de temps de là, un samedi après-midi, jour où je n'allais pas à l'école. Une camarade de classe m'avait invitée à prendre le thé chez elle en compagnie de plusieurs amies. Nous écoutions des disques depuis un moment – exclusivement, il va sans dire, de la musique européenne, chansons d'amour et valses viennoises – quand on sonna à la porte. Mon amie alla ouvrir. Elle revint avec un jeune homme que pendant quelques secondes je pris pour mon frère. La ressemblance était hallucinante. La même grande taille, le même visage. Comme pour augmenter mon trouble, il portait un pull-over bleu marine et des blue-jeans, la tenue habituelle de mon frère. Je ne quittais pas des yeux le nouveau venu, stupéfaite qu'une telle ressemblance pût exister. Le jeune homme ne pouvait pas ne pas remarquer mon manège. Aussi, il vint vers moi avec un gentil sourire.

Profondément embarrassée par ma conduite, je me hâtai de lui en donner l'explication :

— Tu ressembles à tel point à mon frère que j'ai cru que c'était lui...

— Si j'avais une sœur comme toi, répliqua-t-il aussitôt, je serais le garçon le plus heureux de la terre.

Il y avait dans ces paroles quelque chose qui me laissa tout éperdue. Comme le gramophone jouait une valse de Strauss, il m'invita à danser. Or, je dansais très bien et depuis ma plus tendre enfance, ayant même fait de la danse classique à l'école. Mon cavalier, lui aussi, était bon danseur et il dansa beaucoup et toujours avec moi. Je finis donc par apprendre son nom : comme beaucoup de jeunes gens d'alors, il portait un nom américain accolé à un nom chinois : il s'appelait Louis Ho. À présent, j'étais revenue à moi, je n'éprouvais plus le moindre embarras, la ressemblance de Louis avec mon frère me donnait la curieuse impression que je l'avais toujours connu. De plus, il avait l'âge de Ching Son, dix-neuf ans. Les disques tournaient, les valses se succédaient, je ne voyais pas le temps passer... quand tout à coup j'aperçus une pendule qui marquait six heures. Il me fallait partir immédiatement et même courir ! J'avais promis à ma mère d'être rentrée à six heures. Plus jamais elle ne me laisserait sortir si je ne rentrais pas aussitôt. Tout le monde me supplia de rester encore un peu, et Louis Ho plus que les autres. Mais c'était impossible, et, malgré mon envie de rester, je pris congé de mes amies. Louis voulut m'accompagner jusque chez moi et, comme nous n'étions pas loin de la maison, nous fîmes le chemin à pied.

Avant de me quitter, il me demanda mon numéro de téléphone : il avait l'intention de m'appeler pour m'inviter au cinéma. Je lui dis que j'aimais beaucoup le cinéma mais que, pour y aller avec lui, j'avais besoin de l'autorisation de ma mère. Louis parut surpris :

— Je ne pensais pas, dit-il, que tu étais encore un bébé...

En effet, j'avais presque treize ans et, certes, beaucoup de familles, à cette époque et à Shanghaï, laissaient une grande liberté à leurs enfants. Louis ne pouvait pas savoir à quel point ma mère me tenait la bride haute, à quel point mon père, non par mentalité féodale, mais par amour excessif, avait peur de me laisser seule.

Le samedi suivant, Louis me téléphona dans l'après-midi. Il voulait savoir si je pouvais sortir avec lui. Le téléphone était au rez-de-chaussée et ma mère, à ce moment-là, au deuxième étage. Je lâchai le téléphone un instant et criai en levant la tête :

— Maman ! Puis-je aller au cinéma ?

Je ne sais ce que ma mère entendit ni si elle comprit ma question. Toujours est-il que, se penchant sur l'escalier, elle cria :

— Oui !

N'en croyant pas mes oreilles, je bondis vers le jardin et vers la rue de peur qu'elle ne descendît pour me demander une explication ou qu'elle ne changeât d'avis.

J'avais pris le temps de dire très vite à Louis, avant de raccrocher le téléphone, que je l'attendrais devant le temple américain qui faisait face à la maison. Il y fut cinq minutes plus tard et m'emmena au cinéma. Hormis la certitude que le film était américain, j'ai oublié ce qu'on jouait ce jour-là et à vrai dire cela ne m'importait pas beaucoup. Je vivais mon premier rendez-vous avec un garçon. Nous fûmes très sérieux l'un et l'autre. Ce n'était pas le style occidental : nous ne nous étions même pas effleuré la main. Chez les jeunes Chinois, se prendre seulement la main exigeait au moins trois mois de fréquentation.

À la sortie du cinéma, je fus immédiatement prise de terreur à l'idée de l'explication que je devrais fournir à ma mère. Je demandai à Louis de me laisser rentrer et il eut la délicatesse de me laisser partir. J'avais peur, non pas tant d'être grondée que de faire de la peine à ma mère et surtout de donner du souci à mon père.

Rentrée à la maison je vais droit à ma chambre comme si j'allais échapper ainsi aux questions de mes parents. Bien entendu, cette façon de me cacher attire encore plus immanquablement ma mère :

— D'où viens-tu ?

Je pourrais au moins lui dire que je suis sortie avec une fille. Mais je ne peux pas. Mon éducation m'interdit de mentir à mes parents et mon éducation chrétienne y ajoute encore. Alors, je réponds :

— Je suis allée au cinéma avec Louis Ho.

C'est une catastrophe. Tsong Haï est hors d'elle. Je suis d'abord mitraillée de questions sur ce Louis : qui est son père ? qui est sa mère ? il me faudrait répondre jusqu'à la troisième génération. Hélas ! je ne sais rien de Louis sinon qu'il est un ami d'une fille de l'école chez qui je l'ai rencontré. Cette ignorance n'est pas pour arranger mes affaires.

— Comment ? dit Tsong Haï. Tu peux sortir avec un garçon dont tu ne connais ni le père ni la mère ? Et si tu avais été enlevée pour être vendue ?

Il est vrai qu'à cette époque il n'était pas rare qu'une fillette de mon âge fût enlevée, vendue, et mise sur le trottoir. Malgré cela je trouvai ma mère excessive. La sérénade fut longue et ne prit fin que provisoirement. Dès le lendemain, Louis me téléphona pour me dire bonjour. Toujours aussi naïve, je ne trouvai rien de mieux que de lui poser aussitôt toutes les questions que ma mère m'avait posées à son sujet. À l'autre bout du fil je le sentis perplexe, embarrassé :

— Louis, lui dis-je, si tu veux que je puisse encore sortir avec toi il faut que tu me donnes toutes les explications que ma mère me réclame. Mets-toi à ma place. Comment lui répondre si je ne sais pas ?

Très gentiment, il m'apprit tout ce que je voulais savoir : en résumé, son père avait eu une maîtresse, à la suite de quoi ses parents avaient divorcé et s'étaient remariés chacun de son côté. Quant à lui, complètement abandonné, il vivait chez un oncle.

Il me suffit de donner la moitié de cette biographie à ma mère pour la plonger dans la stupeur. Tout y était : une femme divorcée, ce qui n'est pas très apprécié en Chine, une femme remariée, ce qui est un comble. Que je fréquente un garçon d'une telle famille, cela dépassait les bornes. Tsong Haï m'avertit solennellement :

— Je t'interdis de sortir une fois de plus avec ce Louis ! Et ne t'avise pas de me désobéir, ni de me dissimuler quoi que ce soit ! Je ne veux plus jamais entendre parler de ce garçon !

Quelques jours plus tard, nouveau coup de téléphone de Louis. Toujours aussi simplement, je lui fis part de la décision de ma mère :

— Louis, tu peux me téléphoner pour prendre de mes nouvelles, mais je ne peux plus sortir avec toi.

Mais il tenait à me voir. Que nous ne puissions plus aller au cinéma, soit. Ne plus nous rencontrer du tout, c'était impossible. Il faisait ses études à l'université américaine Saint-John, toute proche de l'école Mac Intyre. Pourquoi ne pourrait-il pas venir me chercher quelquefois à la sortie de mon école ? Pourquoi pas, en effet ? Je lui dis oui, sans même me rendre compte que pour la première fois de ma vie je cachais quelque chose à mes parents, car ils ne devaient jamais le savoir.

À plusieurs reprises, Louis Ho vint me chercher à la sortie de l'école pour m'accompagner jusqu'au temple américain. Après l'avoir quitté, je montais rapidement chez moi et, de la fenêtre de ma chambre d'où je voyais le temple, je lui faisais le signe d'adieu qu'il attendait avant de rentrer à son tour. C'était là notre petit cérémonial dont nous avions pris l'habitude. Quand il était trop occupé pour venir me chercher ou quand nous nous étions manqués, il téléphonait. Et nos relations étaient demeurées parfaitement pures et même innocentes dans une ville où les garçons et les filles de nos âges formaient déjà des « couples » allant chez les uns et les autres, car la dernière folie de Shanghaï – dans ces manières appelées bientôt à disparaître – c'étaient les « parties », et la grande préoccupation, trouver les partenaires à inviter. Souvent sollicitée, je m'étais heurtée, à chaque fois, à l'interdit de mes parents. Aux yeux des autres je recommençais à me sentir ridicule. Et plus le temps passait, plus ma mère se faisait de mauvais sang, alors que je vivais comme un enfant au berceau. Les événements

– dont j'ignorais l'agencement caché – se précipitaient.

Un soir après dîner, Tsong Haï m'appela dans la salle à manger.

— Il faut que nous ayons toutes les deux une conversation très sérieuse.

Ma petite sœur Ching Lin était là ainsi que mon frère aîné Ching Son. Maman leur dit de rester et, continuant à s'adresser à moi :

— Depuis quelque temps, dit-elle, il y a trop de garçons qui courent après toi. Je suis rongée par le souci. Je ne trouve plus le sommeil !

Et la rengaine recommença : je suis trop sensible aux « paroles fleuries », je serai séduite par un jeune homme pauvre, je finirai comme une esclave entre les enfants et la cuisine…

— Et toi, qui es fragile comme une fleur, comment pourras-tu supporter cet enfer…

Mais ces lamentations de routine n'étaient qu'une entrée en matière. Elles annonçaient quelque chose de beaucoup plus grave.

C'est ce soir-là, en effet, que ma mère prononça les paroles fatidiques, celles qui ont engagé ma vie à jamais :

— Je ne vois qu'une solution, poursuivit-elle. Il faut que je te trouve une belle-famille. Alors seulement tout rentrera dans l'ordre, alors seulement prendront fin mes soucis et mes angoisses.

« Trouver une belle-famille » est en Chine une expression très claire : cela veut dire : se fiancer, puis se marier. Car, épouser un homme c'est épouser du même coup sa famille.

— Maman, répondis-je très calmement, nous reparlerons de cela dans trois ans si tu le veux bien.

J'avais à peine treize ans. Dans trois ans j'en aurais seize, ce qui est un âge convenable pour marier une fille. Pas plus tard, car à vingt ans une fille non mariée était déjà considérée comme une vieille fille. Mais pas plus tôt : je voulais finir mes études.

— Qu'à cela ne tienne, dit ma mère. Tu pourras finir tes études en tous les cas. Cela est au reste une affaire entendue avec EUX...

Ce *eux* me fit sursauter comme une brûlure. Je m'écriai :

— Qui, *eux* ? De qui parles-tu, maman ?

— Je te parle de la famille Liu. Ne te souviens-tu pas de M. Liu et de son fils qui nous ont été présentés par M. Yuen, l'ami de ton père ?

— Quel Liu ?

— Quel Liu ? répéta ma mère agacée. Mais celui avec qui nous avons pris le thé au Pavillon Vert de Yang Chow !

Ce thé était déjà vieux de deux mois et je l'avais bel et bien oublié. Cette fois j'y étais. Et je revis brusquement « petit chien », le fils de M. Liu, si jaune et si malingre, celui dont j'avais pensé qu'un souffle de vent le renverserait. C'était lui qu'on voulait me faire épouser ! Alors j'éclatai de rire comme une petite folle, d'un rire impossible à contenir. Maman n'envisageait pas sérieusement de me donner à ce pantin ? Non, c'était une farce ! Ou un jeu pour me faire peur !

Tournée vers mon frère et ma sœur, je leur fis une description minutieuse du goûter et de ses personnages, les imitant l'un après l'autre tout en continuant à m'esclaffer.

— Tais-toi ! cria soudain ma mère.

Elle était blessée, je me moquais d'elle. Ce qu'elle avait à me dire n'était pas une plaisanterie. Je m'en rendis bien compte quand elle poursuivit :

— Depuis que le jeune Liu a dix-sept ans, sais-tu combien de familles ont proposé leur fille ? Plusieurs dizaines ! Oui, plusieurs dizaines. Il a refusé toutes les candidates. Aucune ne lui plaisait. Et pourtant, il y en avait parmi elles de très riches et appartenant aux meilleures familles. Alors, M. Liu a commencé à devenir soucieux : ce fils est son aîné. Quand l'ami de ton père, M. Yuen, lui a parlé de toi, insistant pour que nos familles se rencontrent, M. Liu n'était pas enthousiaste, il craignait un nouveau refus de son fils, un nouvel échec. Mais M. Yuen a tellement insisté, tellement juré et mis sa main au feu qu'il lui présenterait cette fois une fille qui plairait à son fils, que M. Liu a fini par céder. Or, les choses se sont passées comme M. Yuen les avait prédites. Pour la première fois, le jeune Liu Yu Wang – qui a vingt-six ans à présent – est d'accord : la fille lui a plu au premier regard. Et cette fille, c'est toi ! Tu comprends maintenant ?

Je ne bronchais pas. Ma mère n'attendit pas ma réponse et poursuivit :

— À présent, écoute-moi bien. Le jeune Liu Yu Wang veut t'épouser. Il le veut à tout prix. Sa décision a rempli de joie son père et sa mère. Aussitôt, M. Yuen est venu demander ta main de la part de M. Liu. Mais depuis, M. Yuen vient voir ton père tous les jours parce que ton père n'a pas donné son accord, sous prétexte que tu es trop jeune. Comment est-ce qu'un homme tel que M. Liu pourrait comprendre l'hésitation de ton père alors que toutes les jeunes filles de Shanghaï rêvent d'entrer dans sa famille ? Oncle Hiao lui-même, le meilleur ami de ton père, est blessé : il est plus riche que nous, il a une fille et pourtant jamais M. Yuen ne lui a demandé de présenter sa fille à M. Liu. À la demande de M. Liu, M. Yuen continue chaque jour à presser ton père. Et voici qu'oncle Hiao, oubliant sa blessure, est à présent le premier à blâmer ton père, à lui demander comment il peut hésiter à donner sa fille à une famille comme celle de M. Liu qui est non seulement riche mais honorable et plein de vertus…

Voilà qui était clair et ne laissait plus rien dans l'ombre. Autour de moi on avait tramé un véritable complot. À présent je comprenais tout et la raison de tous les événements qui m'avaient si naïvement étonnée : mes cheveux coupés, la permanente, la belle robe et tous les beaux atours, le goûter au Pavillon Vert et même les voyeurs du rez-de-chaussée dans le restaurant : parbleu, c'étaient des parents et des amis des Liu qui étaient venus observer le petit animal curieux dont on avait dit qu'il était si joli.

Ma mère venait de parler sérieusement. Je lui répondrais de même. Je voudrais d'abord lui dire ce que je pense de mon « fiancé » :

— Maman, as-tu bien regardé Liu Yu Wang ? Il est jaune comme un coing, malingre et maladif. Mon frère Ching Son pourrait jouer avec lui comme avec un ballon. Maman, ce garçon ne me plaît pas. As-tu vu comment il est habillé ? Il n'a aucune instruction et il est démodé comme une antiquité !

— Tu ne sais pas de quoi tu parles ! s'écria ma mère, tu dis n'importe quoi ! Ton père et moi, nous avons pris soin de poser des questions à M. Yuen sur sa santé. Si Liu Yu Wang a mauvaise mine, c'est accidentellement : il sortait de son lit quand tu l'as vu, il venait d'avoir la fièvre typhoïde. Voilà pourquoi il était jaune et maigrichon ! Quant à ses études, pourquoi ne les a-t-il pas poursuivies ? Parce que son père a des affaires si nombreuses et si importantes qu'il a voulu y associer son fils, se faire aider par son fils. Dès la fin de ses études secondaires il est entré dans une des banques de son père. Voilà la vérité !

Loin d'être la vérité, tout cela n'était que mensonges fabriqués par M. Yuen qui, en bon intermédiaire, avait fait son métier sans vergogne. Braves gens, mon père et ma mère lui faisaient confiance et ne se doutaient de rien. Quand je découvrirai avec eux la vérité, il sera trop tard.

— Au reste, ajouta ma mère, pourquoi, riche comme il est, Liu Yu Wang devrait-il faire des études interminables ? Prends l'exemple de M. Yuen, prends celui d'oncle Hiao : ils ont l'un et l'autre étudié beaucoup moins que ton père. Et quel est le moins riche des trois ? Ton père qui a fait de longues études !...

Mon frère, Ching Son, qui n'avait pas ouvert la bouche depuis le début de la séance, intervint à ce moment-là :

— Maman, dit-il, je pense que tu as tort. Faire ses études est une chose très importante. M. Yuen et oncle Hiao appartiennent à une autre époque. Ils appartiennent au passé. Or, les temps sont en train de changer. Une Révolution est devant nous. Et bientôt viendra le temps où l'on ne pourra plus tricher comme aujourd'hui, un temps où chacun aura ce qu'il mérite et rien de plus...

Mon frère venait à mon secours avec les arguments de ses idées.

On commençait à les connaître. Presque toute la Chine était libérée. Mais l'Armée rouge se battait encore et, à Shanghaï, malgré l'instauration du nouveau pouvoir, la vie avait encore si peu changé que, surtout dans ce milieu de commerçants, on ne se rendait compte de rien et on vivait dans un rêve. Ching Son ajouta :

— Un garçon comme Liu Yu Wang est pareil à un enfant gâté qui n'est pas armé pour la vie.

Quand les choses auront changé, il sera perdu. Et lui qui est si riche, il n'aura peut-être même pas les moyens de vivre.

Ma petite sœur Ching Lin intervint à son tour :

— Ce M. Yuen, je voudrais qu'on le jette dehors la prochaine fois qu'il viendra à la maison pour harceler mon père ! Est-ce que nous avons besoin de ce marieur dont le seul but est de plaire à la famille Liu et d'en être récompensé ? Est-ce que nous avons besoin de lui ? Est-ce qu'on a besoin d'une famille Liu quand on est belle et intelligente comme ma sœur Ching Lie ? Est-ce qu'il n'existe pas des centaines de garçons qui voudraient l'épouser et qui sont dignes d'elle ?

Ma petite sœur était déchaînée.

— Justement ! s'écria ma mère. C'est parce que des garçons du genre de Louis Ho tournent autour d'elle que j'ai des soucis mortels et que je ne dors plus la nuit ! Car je suis sûre que c'est un garçon pauvre qui finirait par la séduire ! Tandis que si je la sais fiancée dès maintenant, alors je n'aurai plus de soucis et, tous, nous pourrons dormir tranquillement !

Nous étions là tous les quatre à parler depuis une heure. La tension était forte et personne ne voulait céder. Il y eut tout à coup un long silence et nous en restâmes là. Cela suffisait pour un soir et chacun alla se coucher.

M. Yuen continua de venir à la maison chaque jour. Mon père ne se décidait toujours pas à donner sa réponse. La famille Liu commençait à bouillir d'impatience. Pour tenter d'enfoncer la forteresse, elle choisit un nouvel émissaire, quelqu'un de beaucoup plus important que M. Yuen : un certain M. Chen, ami personnel de M. Liu. À présent, chaque jour, deux hommes venaient assiéger mon père, M. Yuen et M. Chen. Il n'en pouvait plus.

Quels étaient alors les sentiments véritables de Wei Hi ? Je crois les connaître sans me tromper. Il n'y a pas de doute qu'il me trouvait trop jeune et qu'il lui répugnait de me donner à la famille Liu, une famille à qui, dès le jour de mon mariage, j'appartiendrais exclusivement. Peut-être aussi qu'il était tôt, dans son cœur, pour perdre déjà la fille qu'il aimait tant. Mais cela dit, la perspective de l'alliance avec une famille si riche et d'une si grande réputation avait quelque chose de flatteur qui ne le laissait pas insensible. Et si, par égoïsme, il me faisait manquer une chance qui ne se présenterait plus jamais ? Cela aussi, il y avait songé. C'est ainsi que, déchiré entre des sentiments contradictoires, il ne pouvait se résoudre à donner sa réponse aux deux émissaires.

Nous étions en automne. C'est la saison des grands crabes d'eau douce dont les Chinois sont si friands. Mon grand-père Tsou Hon l'était particulièrement. Or, ma mère en avait acheté une grande quantité – bien que ce fût un aliment coûteux – et quand elle les eut préparés, elle envoya le chauffeur chercher grand-père dont elle connaissait la gourmandise et lui fit dire de venir avec sa femme habiter chez nous pendant la saison des crabes. Comme vous allez le voir, ces crabes vont me coûter cher.

Il y avait dans notre maison un homme qui depuis deux mois harcelait sans résultat mon père pour lui arracher son consentement. Cet homme, c'était M. Yuen. L'arrivée de mon grand-père à la maison lui apparut comme l'éclair de l'espérance. D'accord avec son compère M. Chen, il décida de changer la direction du tir. Il fallait s'attaquer à Tsou Hon. Les deux hommes avaient du flair : ils étaient, cette fois, sur le terrain favorable.

Personne n'avait dit mot à Tsou Hon de la rencontre au Pavillon Vert ni des projets qu'on avait formés pour moi. MM. Yuen et Chen furent les premiers à l'informer. Quand mon grand-père entendit prononcer le nom de la famille Liu, ce nom que personne n'ignorait dans Shanghaï, quand il apprit que cette famille voulait s'allier à la nôtre et que j'étais l'heureuse élue, il en fut littéralement enivré. Cela dépassait pour lui tout ce qu'il aurait pu rêver de plus fastueux, de plus inaccessible. Alors MM. Yuen et Chen lui apprirent que son fils Wei Hi n'avait pas donné son accord au mariage.

— Qu'est-ce que vous dites ? s'écria mon grand-père. Mon fils a-t-il donc perdu la raison ?

Il s'était d'abord mis en colère, puis il avait simplement hoché la tête avec pitié : l'opinion de Wei Hi n'avait pas la moindre importance. Il le fit venir aussitôt et balaya ses objections d'un geste. Il n'était même pas question de discuter. Or, depuis toujours Wei Hi témoignait à son père une obéissance totale. Au surplus, les semaines d'hésitation et de lutte intérieure qu'il venait de vivre l'avaient épuisé. Il abandonna à Tsou Hon toute la responsabilité de l'affaire. Pour grand-père, il n'y avait pas lieu de tergiverser un instant de plus. Le lendemain, il fit connaître sa décision : je deviendrais la femme de Liu Yu Wang. Grand-père pria MM. Yuen et Chen de bien vouloir demander à la famille Liu la date qu'elle proposait pour les fiançailles.

Plusieurs jours après cette décision dont je n'étais pas informée, mon frère, ma sœur et moi étions en train de faire nos devoirs quand ma mère entra dans la chambre avec une expression inusitée de contentement :

— Mes enfants, dit-elle en souriant, je vous annonce une très grande nouvelle : grand-père a décidé que Mi Mi sera fiancée. Le jour choisi est le 28 octobre.

Nous étions le 20 septembre.

Ma mère avait à peine fini de parler que mon frère Ching Son donna un violent coup de poing sur la table :

— Vous êtes fous ! cria-t-il.

Cette nouvelle brutale, ce coup de poing de mon frère toujours si maître de lui, tout cela était brusquement si étrange qu'au lieu d'être bouleversée, j'avais l'impression que ce bruit autour de moi ne me concernait pas, que c'était comme du théâtre. Mon frère parlait de plus en plus fort :

— Ce n'est pas possible ! Vous n'avez pas le droit de détruire la vie de cette enfant ! Une fille telle que ma sœur, vous n'avez pas le droit d'y toucher !

Ching Lin, ma petite sœur, toujours très calme, interrompit mon frère :

— Ne t'énerve pas, lui dit-elle. Puisque c'est grand-père qui a pris la décision, nous allons dire à grand-père d'aller épouser la famille Liu ! Nous, nous gardons notre sœur.

À ce moment, je vis que la figure de Tsong Haï avait changé. Une peine si profonde marquait le visage de ma mère qu'elle me fit pitié. Décidée à ne la blesser à aucun prix, je lui parlai avec douceur :

— Maman, nous réfléchirons à tout cela, si tu veux bien. Nous en parlerons une autre fois. Laisse-nous finir nos devoirs.

Elle était si abattue qu'elle quitta la chambre sans ajouter un mot. Dès qu'elle eut fermé la porte, Ching Lin se tourna vers mon frère et moi :

— Il faut agir, dit-elle, pour ne pas laisser faire

une chose pareille. C'est monstrueux. Cela ne doit pas avoir lieu.

— Oui, dit Ching Son, nous sommes des enfants obéissants et nous aimons nos parents. Mais pour défendre Ching Lie, il nous faut lutter jusqu'au bout. Il faut lui sauver la vie.

8

La guerre du silence / Mon foyer bouleversé à cause de moi / Un fait divers dans le Sseu tchouan / La tragédie de Liang et Tso / Mes cauchemars et ma soumission / La fête du petit dieu de la richesse / Une recette de tortue / Seule avec Liu Yu Wang / L'amour et la pitié / Une table couverte de bijoux / Réapparition de Louis Ho dans la nuit / Nos adieux / Ce 28 octobre 1949.

Les paroles de mon frère avaient retenti dans la chambre comme une déclaration de guerre. Elles étaient dignes des héros chevaleresques des temps anciens dont il m'avait si souvent raconté les légendes. Mais mon frère avait beau être un révolutionnaire : ici ce n'était qu'un fils respectueux. De quel poids pouvait peser alors la coalition de ce héros de dix-neuf ans allié à deux fillettes de treize et douze ans face à l'invincible Obéissance ? Et qu'allions-nous faire tous les trois ? (Car je n'ai guère parlé que pour mentionner leur naissance, des deux petits derniers, mon frère Ching Tsen et ma sœur Ching Chin tous deux encore au berceau. Ils n'auront pas de rôle dans ce drame, encore que la petite Ching Chin y fera une figuration non négligeable.)

Notre première attaque fut faite de silence. Nous avions l'habitude depuis toujours de dire bonjour à notre mère le matin, en nous levant cela va sans dire, et de la saluer également avant de partir pour l'école. Dès le lendemain de la pénible scène de famille, aucun de nous trois ne lui dit bonjour le matin ni le soir en rentrant de l'école, ni ne lui adressa la moindre parole.

Le premier soir nous étions assez contents de nous. Ching Son resta longtemps dans la chambre que je partageais avec ma sœur Ching Lin. Mon frère et ma sœur avaient encore une autre idée :

— Il faut que tu rencontres plus souvent Louis Ho, me dit Ching Lin. Il faut que tu sortes avec lui. Ce garçon me semble très sympathique.

De même que mon frère, elle ne le connaissait que d'après mes récits, car j'avais bien entendu raconté ma rencontre avec Louis chez ma camarade d'école, notre sortie au cinéma et nos promenades. J'aurais bien volontiers continué à sortir avec Louis Ho. Malheureusement je n'avais aucune nouvelle de lui. Chose étrange, il ne s'était pas manifesté depuis trois semaines, ni en venant devant l'école ni en donnant le moindre coup de téléphone. C'était inexplicable.

Quant à notre silence, il ne fallut pas longtemps à notre mère pour comprendre ce qu'il signifiait. Elle en fut si exaspérée que la maison retentit de nouveaux éclats. À ses propos menaçants mon frère et ma sœur répliquaient régulièrement :

— Tu n'as pas le droit de vendre notre sœur ! Tu n'en as pas le droit !

Voilà ce qu'était devenu le climat d'un foyer où dans les plus grands malheurs nous n'avions jamais connu que la chaleur de l'affection. À présent aux cris et aux disputes violentes succédait un silence tendu et glacial. En vérité, nous étions très malheureux. Maman l'était sans doute plus que nous tous, défiée par ses enfants ligués contre elle, humiliée. Elle n'en pouvait plus. N'est-il pas naturel qu'elle se soit plainte de nous auprès de notre père ? Ce qui en résulta me fait encore trembler quand j'y pense et les années n'ont pu effacer les souffrances de cet automne.

Ce matin-là, nous étions tous les trois, mon frère, ma sœur et moi sur le point de partir, Ching Son pour l'université, ma sœur et moi pour l'école, quand Wei Hi sortit sur le palier et nous arrêta. Son expression était froide, ses yeux lançaient des éclairs de colère. Il fit entrer mon frère et ma sœur dans sa chambre, m'ordonnant de rester dehors. Ma mère était à l'intérieur. La porte refermée, un pressentiment sinistre me saisit. Aussi, comme le jour où mon père avait fait des remontrances à Ching Son, je m'approchai de la porte et collai mon œil au trou de la serrure.

Il y avait de quoi être horrifié par ce que je vis alors. Mon père retira la ceinture de son pantalon et, avec une figure que je ne lui connaissais pas, écumant de colère, il s'approcha de mon frère et de ma sœur :

— Je veux savoir pour quelle raison vous ne parlez plus à votre mère !

Je faillis me trouver mal en entendant ma petite sœur oser lui répliquer et crier presque aussi fort que lui :

— Est-ce que tu ne sais pas pourquoi ? Est-ce que tu ne sais pas que maman veut forcer Ching Lie à épouser le jeune Liu ? Mais vous n'avez pas le droit de détruire ma sœur !

Mon père brandit sa ceinture au-dessus de la tête de Ching Lin :

— Qui te permet de parler ainsi, petite folle ? Maman vous aime tous et surtout ta sœur, tu le sais bien ! Elle a donné toutes les forces de sa vie pour élever ses cinq enfants ! Elle vous a tout donné, chaque jour depuis que vous êtes nés, et à présent que vous êtes grands vous vous tournez tous contre elle ! Est-ce que tu sais seulement, toi, de quoi tu parles ? Est-ce que tu sais pourquoi ta mère veut marier ta sœur ? C'est par amour pour elle ! Il n'y a pas d'autre raison ! Et au lieu de la comprendre, vous faites tout pour la blesser ! Vous méritez tous les châtiments ! Il est encore temps de m'arrêter. Mais faites bien attention à vous : je ne vous pardonne que si à l'instant même vous appelez votre mère par son nom !

Des deux enfants qui étaient là, c'était Ching Son mon grand frère qui avait le caractère le plus tendre. Au reste, je voyais bien qu'il était déjà touché par le remords. Il se tourna vers ma mère et dit :

— Maman…

Père se tourna vers Ching Lin :

— À toi, à présent. Parle à ta mère !

Hélas ! ma petite sœur ouvrit de grands yeux, les posa successivement sur son père et sa mère et d'une voix très ferme dit :

— Non ! Aussi longtemps que maman voudra forcer ma sœur à se marier, je ne lui parlerai pas ! Et cela jusqu'au jour où elle abandonnera son affreux projet !

On ne peut imaginer un enfant chinois répondre sur ce ton aux parents les plus doux et les plus tolérants. Ching Lin vient de dépasser toutes les limites. Wei Hi lève la ceinture sur son enfant qu'il ne reconnaît plus. J'ouvre la porte et me précipite pour la défendre. Trop tard : la ceinture est retombée, frappant cruellement la fillette. Mais Ching Lin, si elle a les yeux remplis de larmes par la douleur, ne veut pas pleurer, toute sa petite volonté est tendue comme un arc : elle regarde sa mère, les yeux remplis de haine. Quelle souffrance intolérable pour moi que ce regard et que ce geste inouï de mon père, lui que je n'ai vu qu'une seule fois gronder son fils et sans même élever la voix. Aujourd'hui il a frappé sa fille et c'est à cause de moi ! Ma pauvre petite sœur ne méritait pas cela. Oui, c'est moi seule qui suis coupable de ce qu'elle endure.

Mon père qui vient de s'apercevoir que je suis entrée dans la pièce se tourne à présent vers moi :

— Tu tombes bien ! J'allais t'appeler. Parle à ta mère immédiatement ! et ce disant, le bras levé, il me menace à mon tour avec sa ceinture.

— Papa ! lui dis-je en sanglotant, frappe-moi si tu veux, mais laisse mon frère et ma sœur, je t'en supplie !

Mon père me regarde. Devant tant de détresse, il pousse un profond soupir et son bras retombe.

— Papa ne veut du mal à aucun de vous, dit-il doucement. Mais vous vous êtes tous mal conduits… Et vous avez mérité une leçon…

Ma petite sœur est sur le point d'ouvrir la bouche, prête à recommencer la dispute. Heureusement, mon frère qui l'a vue lance rapidement :

— Il faut aller à l'école, à présent.

Et comme nous sommes en effet tous prêts à partir, nous y allons.

En classe, pendant tout le cours, les images de cette scène terrible ne cessèrent de passer et de repasser devant mes yeux et je n'entendis guère les propos du professeur. Un personnage, surtout, m'obsédait : M. Yuen, l'homme que pour mon malheur j'avais rencontré un soir devant notre porte alors que je rentrais à bicyclette, l'homme dont le regard posé sur moi m'avait perdue. C'est à cause de lui, me disais-je, qu'une famille comme la nôtre était détruite.

a maison, l'atmosphère devenait plus lourde aque jour. Si nous disions bonjour à maman c'était par pure politesse et pour ne pas provoquer un nouvel éclat. Mais toute gaieté avait quitté ce foyer, nous ne nous parlions plus les uns les autres, chacun ruminait ses réflexions dans son coin et il régnait un silence de mort.

À la date du 28 octobre proposée par M. Liu pour mes fiançailles, Wei Hi n'avait toujours pas donné son accord. C'était à cause de nous, bien sûr, qu'il hésitait encore. Grand-père lui faisait des scènes tous les jours et disait à M. Yuen qui l'assiégeait :

— Mon fils est un imbécile et un faible. Il en est au point de tenir compte de l'opinion de ses enfants ! Ce qui prouve qu'il n'a même pas la moindre autorité sur ses propres enfants !...

J'entendais tous ces propos, je n'ignorais rien des souffrances de mon père. Et je me souvenais aussi de son voyage à Tchong-king. N'avait-il pas risqué sa vie pour nous en ce temps-là ? N'avait-il pas traversé les lignes japonaises uniquement pour mieux assurer nos besoins ? Ne m'avait-il pas, plus tard, donné une preuve d'amour sans pareille en abandonnant cette femme qu'il aimait ? Car ce n'avait été que pour moi seule : ce n'est que lorsque ma mère avait menacé de m'emmener pour toujours qu'il avait cédé. En revoyant ces deux épisodes de ma vie, je me disais : est-ce que je ne devrais pas rechercher désormais la moindre occasion de le rendre heureux ? Et qu'est-ce que je fais pour cela ? Rien. Je suis coupable puisque je le laisse souffrir à cause de moi... C'est ainsi que dans mon petit cerveau, dans mon cœur d'enfant, se poursuivait une lutte sans merci entre tous mes sentiments. Je disais non au mariage. Je disais oui à mon père. Et ma vie tout entière balançait entre ce oui et ce non.

Par une coïncidence extraordinaire, je devrais presque dire extravagante – mais le destin a de ces extravagances – c'est pendant ces jours si sombres pour ma famille qu'un atroce « fait divers » qui avait fait les gros titres des journaux me fut révélé par hasard, colporté par les rumeurs du quartier. Il y avait de quoi terroriser l'enfant que j'étais. Qu'on en juge : le drame avait eu pour théâtre une riche famille de la province du Sseu-tchouan, dont la plus jeune des filles était amoureuse d'un jeune homme pauvre alors que son père avait l'intention de lui faire épouser le fils d'une opulente famille de la ville.

La jeune fille avait fini par s'enfuir avec son amoureux pauvre. Son père put d'autant plus facilement lancer la police aux trousses du jeune couple qu'il était puissant et que l'opinion et la morale chinoises de ce temps désapprouvaient le mélange des classes, la « mésalliance ». Cela se passait quelques semaines avant l'arrivée de l'Armée Populaire de Libération. On trouva les jeunes gens. Le garçon fut mis en prison, la jeune fille ramenée chez elle. Comme elle était fiancée par ses parents, elle ne pouvait plus échapper au mariage. Cependant, elle continua de s'y opposer. Pour le père, il était hors de question de reprendre sa parole, mais en même temps il lui était impossible de convaincre sa fille. Ne voyant aucun moyen de se tirer de cette affaire avec honneur, voici ce qu'il fit : il déclara brusquement que sa fille était morte des suites d'une maladie. Pour prouver le décès il l'avait tout simplement fait clouer vivante dans un cercueil. Quand le cercueil fut porté au cimetière, les porteurs le sentirent bouger et on entendit même de faibles cris. Personne ne broncha et le cercueil fut mis en terre comme si de rien n'était en présence de la famille.

Voilà une affaire connue de toute la province du Sseu-tchouan, une histoire imprimée dans les journaux de Shanghaï. Pourtant, jamais le père meurtrier ne fut le moins du monde inquiété. C'était par sa fortune, une sorte de seigneur, quelqu'un d'intouchable. Au reste, il n'avait fait que refuser la désobéissance filiale. Qui le lui aurait reproché ? Plutôt tuer sa fille que perdre la face. Quand ma mère commenta cette affaire, ce fut pour se donner en exemple :

— Tu vois, me dit-elle, que les autres sont plus sévères que tes parents. Nous, nous te supplions…

Je ne pouvais pas lui répondre alors que si cette malheureuse fille était née un an plus tard, dans une Chine purgée par Mao Tsé-toung de ces usages féroces et anachroniques, elle aurait vécu et se serait mariée selon son cœur. Le fait divers du Sseu-tchouan devint plus qu'un sujet de conversation entre commères. Il fut plus tard commenté par les commissaires politiques comme l'exemple des aberrations du passé soigneusement entretenues par des capitalistes, comme un de ces scandales auxquels les communistes allaient mettre fin. Il faut reconnaître qu'ils l'ont fait[1].

Imagine-t-on le choc produit sur une fille de treize ans par un drame si proche de ma propre situation ? L'autre était morte, moi j'étais vivante et mon père me laissait marchander encore ma

1. Trente ans avant l'affaire rapportée ici par Julie, en 1919, une jeune fille de Changscha, Mlle Shao, contrainte d'épouser un homme qu'elle n'aimait pas, s'était suicidée. Ce fait divers tragique avait vivement frappé les dirigeants du Mouvement du 4 Mai, premier noyau du parti communiste chinois et notamment l'un d'eux, Mao Tsé-toung, qui publia à ce sujet neuf articles dans le journal de Changscha condamnant avec force la doctrine du mariage prédestiné et appelant de ses vœux la révolution familiale « qui libérera le mariage et l'amour ».

vie, c'était la seule différence que je voyais entre cette victime et moi. Son histoire m'obséda pendant des nuits entières. Je ne pouvais m'empêcher d'imaginer surtout les détails du cercueil, je me souvenais de celui de ma tante que j'avais vu clouer devant moi. Je fis des cauchemars terrifiants où se mélangeait la morgue avec la chaux vive et le thé du Pavillon Vert avec M. Yuen l'abominable entremetteur. En me réveillant couverte de sueur je me posais à nouveau toutes mes questions. Comment mettre fin à la tension qui régnait dans la maison ? Que faire ? Que décider ? Accepter ce qu'on veut de moi afin que plus personne n'ait rien à dire ? Quitter mon foyer ? Partir comme cette jeune fille du Sseu-tchouan ?... Mais avec qui ? Je n'en vois qu'un seul : Louis Ho... Mais Louis m'aime-t-il ? Et moi, est-ce que je l'aime ?

Quand je ne pense plus à la jeune fille du Sseu-tchouan, je pense à la tragédie de Liang et Tso. C'est le sujet d'un opéra fameux.

« Un mandarin de grande renommée qui possède tous les biens de la terre s'attriste de n'avoir pas de fils. Il a cependant une fille qui est pourvue de tous les dons : beauté, intelligence, subtilité, pratiquant les beaux-arts, écrivant des poèmes ravissants. Rien n'y fait. De n'avoir pas de fils le mandarin reste inconsolable. Sa fille, qui s'appelle Tso, lui fait part un jour d'une étrange idée qu'elle s'est mise en tête. Elle se déguise en garçon et vient trouver son père : « Père, lui dit-elle, tu vois comme ce déguisement est parfait. Toi-même tu as failli t'y laisser prendre. Nul ne peut me soupçonner un instant de n'être pas un garçon. Ainsi habillée, je veux partir pour la ville, me présenter dans une école et faire de longues études, car j'aime étudier. Ne me refuse pas cette faveur et ne m'empêche pas de partir. » Surpris par l'idée de sa fille, le mandarin qui a toujours satisfait à ses moindres caprices ne veut pas s'opposer à celui-ci. Mais saura-t-elle garder toujours son secret et, fille parmi des garçons, sa vertu sera-t-elle préservée ? Tso est si habile à le persuader qu'à la fin le mandarin la laisse partir.

« L'école où Tso est entrée est un pensionnat de garçons. Il y a deux pensionnaires par chambre qui dorment dans un grand lit unique. Celui que Tso a pour camarade de chambre s'appelle Liang. C'est un garçon agréable et discret qui vit un peu dans la lune. Au milieu du lit, Tso a disposé sans explication deux pots remplis d'eau entre Liang et elle. Bien qu'il trouve d'abord son camarade un peu bizarre, Liang, qui n'a pas l'esprit très vif, n'y pense plus. Si bien que pendant trois ans, Tso va dormir dans son voisinage sans que jamais une goutte d'eau ne soit renversée. Pendant trois ans, jamais son ami ne la soupçonnera d'être autre chose que ce qu'elle paraît. Au bout de trois ans, les études étant terminées, il faut se séparer. Mais, ce que Liang ignore comme le reste, c'est que Tso, pendant ce temps, est tombée profondément amoureuse de lui. Elle n'a ni l'intention de le perdre ni de garder pour elle son secret. Avec tout leur bagage, Tso et Liang quittent ensemble l'école, le chemin du garçon passant par le village où habite la famille de Tso. Les deux jeunes gens franchissent des montagnes, traversent des forêts. Ne sachant comment lui dire qu'elle est une fille, Tso ne cesse de chanter sur la route. Cela lui mettra peut-être la puce à l'oreille. Mais Liang, toujours distrait, ne se doute toujours de rien. N'a-t-il pas vécu trois ans avec ce « camarade » ?

« Les voici arrivés dans la maison du mandarin. Tso a une autre idée :

« — Liang, dit-elle, j'ai une sœur que je désire te présenter. Le plus cher de mes souhaits c'est que tu demandes sa main et que tu l'épouses.

« — Comment est ta sœur ? demande Liang.

« — Elle me ressemble d'une manière frappante.

« — Si elle te ressemble, dit-il, je ne demande pas mieux que de l'épouser, car j'ai beaucoup d'amitié pour toi.

« — En ce cas, dit-elle, viens dans la maison et attends-moi. Je vais aller chercher ma sœur. Puis je te présenterai à mon père.

« Tso disparaît dans la maison. Elle ôte ses vêtements de garçon, défait ses cheveux, se pare et vient se présenter à Liang comme la sœur de son camarade. Liang est ébloui. Tso lui avoue la vérité : il y a trois ans qu'ils dorment côte à côte. Il brûle d'épouser cette beauté. De plus, la famille est honorable. Il n'y a plus de doute : c'est le destin de Liang que d'épouser Tso.

« Malheureusement, le mandarin, en l'absence de Tso, lui a déjà prévu un fiancé et il a engagé sa parole. Si bien que lorsque Liang revient le lendemain demander officiellement la main de Tso, il est poliment éconduit. Quant à Tso, elle refuse énergiquement le fiancé que son père lui a désigné, elle n'épousera pas un autre homme que Liang. Son père a beau lui répéter qu'un mandarin ne peut révoquer sa parole, rien n'y fait. Liang qui comprend que Tso lui échappera est tombé malade, il a perdu sa raison de vivre. Tso s'enfuit de la maison pour rendre visite à son ami mourant. Trop tard. Liang est mort, mort de chagrin et de désespoir.

« — Puisque celui que tu aimais est mort, dit le mandarin à sa fille, tu ne vas pas le pleurer toute ta vie. Ne crois-tu pas qu'à présent tu peux épouser le fiancé que je t'ai destiné ?

« — Je suis d'accord, dit Tso à son père. Mais il faut d'abord me faire une faveur. Avant que j'aille le voir, je veux qu'on m'emmène une dernière fois sur la tombe de Liang. J'y ferai une ultime prière, après quoi vous pourrez m'emmener chez mon fiancé.

« Il en est fait ainsi. On emmène Tso en chaise à porteur au cimetière. Là, elle se met à pleurer, puis à chanter pour son bien-aimé, et le chant et les pleurs alternent dans sa gorge, jusqu'au moment où, de désespoir, elle se jette contre la pierre tombale et s'y brise la tête volontairement. Son sang coule sur la tombe de son bien-aimé.

« Tout à coup, miracle, la tombe s'ouvre et il en sort un très joli papillon. Sur la tombe, le corps de Tso a disparu par enchantement. Un deuxième papillon suit le premier et ils s'envolent tous les deux, dans un rayon de soleil. »

Moi, Chow Ching Lie, voilà les visions qui me hantent : un affreux fait divers, une tragédie chantée sur la scène. Je m'identifie tantôt à la jeune fille du Sseu-tchouan et tantôt à l'héroïne Tso. Oui, si je meurs, je serai délivrée de tout. Mais ne pourrais-je, moi aussi, avoir un amoureux à qui suspendre ma vie, un garçon comme Liang ? Louis Ho, à qui je pense parfois, a disparu de l'horizon. Au reste, il m'est impossible de dire que je l'aime autant que Tso aimait Liang.

Il ne me reste donc plus qu'à me soumettre à mon destin. Ai-je le droit de prolonger la souffrance des miens ? Non. Il faut que j'accepte ce qu'on attend de moi. Je l'accepterai.

Après ma décision d'obéir, il ne me reste pas moins une consolation, un ultime espoir. M. Liu n'a-t-il pas dit que si je me fiançais le mariage n'aurait lieu que trois ans plus tard parce que j'étais trop jeune encore ? Pendant ces trois ans, qui sait si un changement heureux ne pourrait pas intervenir ? Je pense à autre chose encore : la famille de la fiancée ne peut jamais annuler son engagement, cela je le sais, mais je pourrais m'expliquer en tête à tête avec Liu Yu Wang, lui faire comprendre qu'il n'y a aucune affinité entre lui et moi. S'il est raisonnable, il peut demander lui-même à sa famille de nous délier de notre promesse. Et si M. Liu l'accepte, je suis sauvée... Restait un dernier argument que je tenais de mon frère aîné. Ching Son avait essayé de décourager notre mère en lui assurant que dans la Chine nouvelle rien n'était plus incertain que l'avenir des capitalistes. Ne serait-il pas absurde alors de me faire épouser pour son argent un homme qui risquait de le perdre et ne savait rien faire ? Ma mère ne se laissait pas ébranler : Liu, disait-elle, avait des biens considérables un peu partout et possédait même des fabriques à Formose, un homme comme lui s'en sortirait toujours. Je ne laissais pas d'espérer qu'en trois ans il pourrait se passer bien des choses pour ruiner la famille Liu : ce que disait mon frère ne pouvait être que sensé...

Depuis ma naissance, Wei Hi avait pris l'habitude de venir me voir dans mon lit au moment du coucher. Que je fusse éveillée ou endormie déjà. C'était chez lui un rite : il ne serait pas allé se coucher sans avoir une dernière fois regardé sa fille. L'été, quand on dort sans couverture, il apportait toujours une petite serviette qu'il posait sur mon ventre. L'hiver nous avions une couverture de coton ouatée – il n'y avait pas le chauffage central en Chine – et Wei Hi déposait alors sur ma couverture son manteau. Parmi ses cinq enfants, j'étais la seule pour qui il avait ce geste quotidien.

Ce soir-là, quand mon père entra dans la chambre, comme il fait déjà froid en octobre à Shanghaï, j'avais une grosse couverture. La lumière était éteinte, Wei Hi posa son manteau sur ma couverture très doucement afin de ne pas me réveiller. Mais je ne dormais pas. Il finit par voir mes yeux grands ouverts posés sur lui. Alors il chuchota :

— Mi Mi, pourquoi ne dors-tu pas encore ?

— Je suis en train de réfléchir, papa.

— Il faut dormir, à présent. Il est tard...

— Papa, écoute-moi. J'accepte... Je suis d'accord pour me fiancer.

Wei Hi est sans doute trop surpris, trop bouleversé pour être capable de dire un mot. Il me caresse le visage et les cheveux longuement, puis il sort de la pièce.

Le lendemain, il me sembla que la nouvelle avait fait le tour de la ville de Shanghaï aussi vite que la fusée d'un feu d'artifice. Elle était connue dans la maison de M. Liu, dans la nôtre et dans tout le voisinage. Mes grands-parents, les amis, les domestiques défilent devant moi pour me féliciter : « Tu es née sous une bonne étoile ! Quel mariage magnifique ! Ah certes, il faut que tu sois née sous une bonne étoile... »

Voilà ce qu'ils disaient tous à l'exception de Ching Son et de Ching Lin. Car mon frère et ma sœur tenaient un tout autre langage :

— Il faut que Ching Lie ait rencontré un fantôme pour qu'elle ait accepté cela ! Pour sûr un fantôme lui a fait perdre la tête...

Mais la décision était prise. Mon frère ni ma sœur n'y pouvaient plus rien.

C'est un après-midi de ce mois d'octobre, quelques jours plus tard, que, rentrant à la maison, je vis à travers les fenêtres du rez-de-chaussée les domestiques en train de dresser le couvert sur une grande table : la nappe était d'organdi et les couverts d'argent. Maman, dans la cuisine, décapitait l'un après l'autre des canards et des poulets. Une servante transpirait devant les fourneaux. Toute curieuse je l'interrogeai :

— Il y a donc une fête aujourd'hui ?

Elle me répondit avec un large sourire :

— Je pense bien qu'il y a une fête ! *Ton fiancé* est invité aujourd'hui pour la première fois dans la maison...

La panique me saisit. Je courus m'enfermer dans ma chambre.

À sept heures, ce soir-là, Liu Yu Wang, le fiancé, sonna à la porte. Il était seul. Mon père, ma mère et mes grands-parents, dès qu'il apparut dans le salon du rez-de-chaussée, se mirent à tourner autour de lui en agitant la tête et les bras comme si celui qui venait d'entrer ici n'était pas un jeune homme comme les autres mais le fils unique du dieu de la richesse. Mon grand frère et ma jeune sœur descendirent rejoindre mes parents. Il me fallut bien les suivre.

Les domestiques, à ce moment-là, apportèrent quatre grands plats de hors-d'œuvre, quatre plats chauds, puis quatre plats comprenant du poulet, du canard, un poisson entier et des jambonneaux. Il restait encore de la place pour disposer les petits plats sucrés.

Toujours aussi jaunâtre, Liu Yu Wang était attablé, face au sud, entre mon père et mon grand-père. De l'autre côté de la table, face au nord, étaient assis les enfants... et parmi eux la fiancée.

L'unique sujet de conversation, pendant tout le repas, fut la nourriture : la variété infinie des bambous qu'on peut manger au printemps, les pastèques et les melons de l'été, les crabes de l'automne, le saumon et la tortue de l'hiver. C'est

Liu Yu Wang qui expliqua lui-même la meilleure manière de préparer les tortues, une recette raffinée que mes parents ne connaissaient pas et qui n'est en usage que chez les gens très riches. Il faut pour cela une casserole spéciale avec une grille au-dessus de l'eau. On y pose la tortue qui sera cuite lentement à la vapeur. L'animal est maintenu par un couvercle en forme de dôme percé d'un trou central. Quand l'eau commence à bouillir, la tortue, pour respirer, passe la tête par ce trou, et comme elle étouffe, elle a la bouche ouverte. On en profite pour lui verser dans la bouche une cuillerée d'une sauce piquante préparée d'autre part. Ayant avalé involontairement la sauce, la tortue rentre aussitôt la tête, et comme elle doit la sortir à nouveau, une nouvelle cuillerée de sauce est versée. Ainsi de suite jusqu'à ce que la tortue ne bouge plus et soit cuite à point en même temps qu'assaisonnée à l'intérieur.

Au reste, les animaux cuits encore vivants ont toujours un goût plus délicat et leur chair est alors plus tendre. C'est ainsi que les connaisseurs enduisent de terre glaise le coq vivant – à l'exception de la tête – avant de l'attacher à la broche. Une fois cuit, il suffit d'enlever la terre glaise pour que, les plumes y restant attachées, le coq soit en quelque sorte tout épluché. Liu Yu Wang discuta longuement de tous ces détails de cuisson sans jamais me regarder une seule fois pendant tout le dîner : cela ne se faisait pas dans la Chine d'alors.

Mon frère aîné et ma jeune sœur n'ouvrirent la bouche que pour manger. Quant à moi, irritée par ce bavardage alimentaire, après avoir patienté jusqu'à la fin du repas, je faisais mine de me lever pour prendre congé quand Liu, qui s'en aperçut, se tourna aussitôt vers ma mère :

— Puis-je inviter Mlle Ching Lie au cinéma samedi après-midi ? demanda-t-il.

Sans daigner me consulter, ma mère lui répondit aussitôt :

— Mais bien sûr... Et cela tombe bien puisqu'elle est libre le samedi après-midi : elle ne va pas l'école...

J'enrageais. Mais ma mère ayant donné son accord, je ne pouvais pas refuser en public sans risquer un esclandre. Et puis, à quoi bon ? Liu remercia vivement ma mère : il était très content.

Quand il arriva chez nous, ce samedi après-midi, j'étais devant mon piano en train de travailler au deuxième étage. Il était environ trois heures, l'heure d'aller au cinéma. Liu vint me saluer. Je lui fis savoir assez cavalièrement, ayant à peine quitté des yeux ma partition, que je ne pouvais pas interrompre mes exercices, que je n'irais donc pas au cinéma et que je ne pourrais sortir avec lui que pour dîner. Tsong Haï dissimula de son mieux sa fureur. Je la vis se mordre les lèvres. Quant à Liu, sans manifester la moindre contrariété, il se rendit dans la chambre voisine en compagnie de ma mère et s'amusa tout l'après-midi avec la plus petite de mes sœurs, Ching Chin, attendant patiemment l'heure du dîner. Vers six heures et demie, je lui fis savoir que j'étais prête.

C'était la première fois que je me trouvais seule avec mon « fiancé ». La première fois aussi qu'en marchant à côté de lui, dans la rue, je remarquais qu'il était un peu plus grand que moi. Il proposa de m'emmener au Pavillon Vert. Probablement parce que ces lieux lui rappelaient un bon souvenir. Personnellement, cela me laissait parfaitement indifférente, de même que les plats les plus succulents qu'il commanda pour moi quand nous fûmes attablés. Nous n'avions pas échangé trois paroles. Derrière une façade glaciale, il y avait en moi un espoir insensé. Comme un enfant, je brûlais d'impatience. On n'avait pas encore servi que, n'y tenant plus, je décidai de lui parler :

— Ma mère m'a dit que nous allons nous fiancer le 28 octobre. En ce qui me concerne, je tiens à te déclarer que je refuse.

Le visage de Liu Yu Wang traduisit la plus grande stupeur :

— Mais pourquoi ?

— J'ai entendu dire que lorsque deux personnes se marient, il doit exister entre elles de l'amour et que sinon, leur union ne repose sur rien... Or, il n'y a pas d'amour entre nous que je sache...

Liu resta quelques instants silencieux, puis, se tournant vers moi :

— Cela n'est pas grave, dit-il doucement. L'amour est comme une plante : il faut le semer et il poussera.

Je secouai la tête énergiquement :

— Entre toi et moi, je ne le crois pas. D'abord, tu n'es pas du tout mon type d'homme. J'aime les garçons à la fois instruits et forts. Comme mon frère. Toi, s'il fait du vent, tu risques de tomber. Ensuite, nos familles sont trop différentes. Chez nous, bien que nous soyons dans les affaires, on aime les belles choses, on aime la musique, on a du goût. Chez les tiens, il n'y a que les affaires qui comptent.

Malgré la brutalité de mes déclarations et ce qu'elles pouvaient avoir d'humiliant pour son orgueil, Liu Yu Wang continua de parler sur un ton égal et tranquille :

— Tout cela n'est pas grave, dit-il. Si tu aimes la musique, eh bien, je t'accompagnerai aux concerts. Si tu veux faire du piano, je ne t'en empêcherai pas. Si tu n'aimes pas mes manières, j'en changerai. Et si tu n'aimes pas ma famille, nous irons habiter ailleurs. Alors, pourquoi ne pas essayer ?

— Il n'en est pas question. Quand un mariage est un échec, il ne reste plus que le divorce. Non, je ne veux pas faire d'essai pour quelque chose d'aussi important...

On ne pouvait être plus nette ni plus tranchante. J'avais dit tout ce que j'avais sur le cœur. Je me sentais à présent soulagée, légère. Le garçon apporta les plats. Je mangeai. Quant à Liu, encore plus blême que d'habitude, il n'avait plus d'appétit et se contenta de me regarder manger. Nous n'avions plus rien à nous dire. Le silence retomba comme au début de la soirée. Une fois sortis du restaurant, et comme il me raccompagnait, c'est moi qui repris la parole : pour lui dire ce qu'avait toujours été mon ambiance familiale et ce qu'elle était devenue par sa faute à lui.

Pourquoi avais-je fini par dire oui à mon père si ce n'était pour apaiser ma famille et mettre fin à une tension insupportable ? Au fond de moi je n'avais jamais accepté. Il fallait faire comprendre à Liu que je voulais en finir. Je lui demandai donc instamment de ne plus venir à la maison et d'annuler lui-même ces fiançailles fixées pour le 28 octobre. Anxieuse je me fis pressante, intraitable. Il fallait lui arracher cette promesse sur-le-champ. Je fis si bien qu'il fut incapable de s'y opposer, et qu'à la fin, le visage défait par la peine il répondit dans un grand soupir :

— Soit... Je te le promets...

Son air malheureux me fit une peine sincère et comme nous étions arrivés devant la grille de ma maison, je lui dis bonne nuit le plus gentiment. possible Mais quand il me quitta, j'éprouvai un soulagement immense et je montai en courant les deux étages pour être plus vite dans ma chambre où mon frère aîné et ma sœur Ching Lin m'attendaient. Quand j'eus raconté mon dîner, ils battirent des mains et sautèrent de joie.

Nous étions tous bien jeunes : nous avions la naïveté de croire que mes fiançailles étaient une affaire classée. J'allai me coucher et, cette nuit-là, je dormis profondément.

Le lendemain, dimanche, la journée se déroula en famille comme de coutume. Le soir, Wei Hi sortit : il avait un dîner d'affaires en ville. Il n'était pas loin de dix heures et nous nous apprêtions à nous coucher ma sœur et moi dans notre chambre commune, quand nous entendîmes sonner à la porte. Cela nous surprit d'autant plus que, lorsque notre père était dehors, personne ne venait nous rendre visite, surtout à une heure pareille.

— Qui peut bien venir à cette heure-ci ? demanda Ching Lin.

— Peu importe, lui dis-je. Personnellement, je vais me coucher…

Ma sœur se mit également au lit, et nous étions en train de bavarder depuis un bon quart d'heure, quand soudain je vis ma mère entrer dans la chambre. Le visage tendu, l'œil sévère, elle s'arrêta devant mon lit et, s'adressant à moi :

— Qu'est-ce que tu lui as dit hier soir ?

— À qui ?

— À Liu Yu Wang.

— Pourquoi ?

— Parce qu'il est ici, en bas.

En moi-même, je me dis aussitôt : « Ce cochon ne tient pas sa parole. Il est venu malgré sa promesse… »

Et à ma mère :

— Pourquoi se permet-il de venir à une heure pareille ?

— Parce que, dit ma mère, hier, tu l'as repoussé, tu l'as rejeté... Il a souffert toute la nuit, il n'a pas fermé l'œil. Aujourd'hui, il est fiévreux. Et malgré sa fièvre, il n'a cessé de penser à toi, il n'a pu s'empêcher de venir te voir. Mais toi tu es un démon dénué de tout sentiment. Ce garçon t'aime et tu n'as aucun scrupule à le déchirer...

— Mais pourquoi m'aime-t-il ? m'écriai-je. Et s'il est malade, que veux-tu que j'y fasse ? Est-il possible, en vérité, que m'ayant vue deux fois dans sa vie, il soit malade à ce point-là ? La fièvre ne vient pas si facilement. Je te dis que c'est un menteur et un comédien... Et il t'a fait marcher...

Soudain, furieuse, je suis résolue à démasquer l'imposteur. Liu Yu Wang prétend avoir la fièvre ? C'est ce que nous allons voir ! Je sors de mon lit, m'empare d'un thermomètre et marche vers l'escalier. Ma mère me rattrape par le bras :

— Tu es folle ! s'écrie-t-elle. Tu veux te présenter devant un homme pieds nus et en chemise de nuit ?

Soit ! J'enfile à toute vitesse un pantalon et des chaussures et me voilà dévalant l'escalier mon thermomètre à la main et suivie de près par ma mère. Je vais confondre ce menteur et la honte le fera fuir !

Quand je vois, en bas, le visage penaud et accablé de Liu Yu Wang, ma colère tombe quelque peu. Mais pas ma résolution. Je le prie aimablement et fermement de bien vouloir introduire ce thermomètre dans sa bouche afin de connaître sa température. Comme un enfant obéissant il s'exécute. Après deux minutes je lui demande le thermomètre qu'il me remet aussi docilement et je lis 39°. C'est bien de la fièvre. Il n'a donc pas menti. Dehors il souffle un vent du nord glacé et pénétrant. Et malgré cela, tout malade qu'il est, Liu est venu me voir ! Cela change tout : cet homme a souffert pour moi. Ma colère fait place à la compassion :

— Tu devrais vite rentrer chez toi, lui dis-je, et te coucher aussitôt.

Ravi de constater que, menaçante il y a un instant, je suis toute radoucie, Liu Yu Wang murmure :

— Puis-je venir demain ?

Je n'ose pas lui dire non. En refusant, je risque d'aggraver son état :

— Je veux bien que tu viennes. À condition que tu n'aies plus de fièvre et que tu te soignes d'abord.

Tout heureux, il nous salue tous et rentre chez lui.

Il revint trois jours plus tard et désormais vint tous les jours.

Lui présent, je restais dans ma chambre. Ma mère et ma sœur Ching Chin qui n'avait guère plus de quatre ans lui tenaient compagnie. Comme il apportait chaque jour un cadeau à la petite, elle finit par s'accrocher à lui et s'il tardait à venir elle commençait à pleurer. Quant à moi, je le chassai de mes pensées : ce personnage ne me concernait plus.

Vint un jour d'automne plus froid que les autres : il faisait sombre et il tombait une pluie fine et dense. J'arrivai transie devant la grille et me hâtai d'entrer. La lumière du salon éclairait une partie du jardin. Ce que je vis en entrant offrait un tel contraste avec l'extérieur que je demeurai clouée sur place. En vérité, ce n'était pas la première fois qu'on me faisait une surprise de ce genre. Le salon était rempli par une assemblée d'amis et de proches qui décrivaient autour de mes parents et de mes grands-parents un cercle de sourires et d'exclamations. Et soudain au centre du salon, il me sembla voir surgir la plus extraordinaire apparition : c'était sur une grande table carrée dont la somptueuse nappe de soie rouge retombait jusqu'au sol. Là, deux énormes bougies rouges éclairaient deux mots brodés en fil d'or : « BONHEUR-JOIE ». Entre les bougies, quatre pots remplis de mets significatifs : banbao[1] pour avoir beaucoup d'enfants importants, dattes pour être enceinte aussitôt après le mariage, pêches pour vivre longtemps et longanes secs pour avoir un fils mandarin. Enfin, au bord de la table brillait une stupéfiante féerie : des coffrets ornés de fleurs de velours rouge et vert présentaient les uns des bagues et des boucles d'oreilles, d'autres des broches et des bracelets, d'autres encore du jade marié à de l'or. Il n'y avait là que métaux précieux et pierres précieuses. C'était une véritable exposition complétée par un entassement de coupons de satin, de soie et de velours et par plusieurs manteaux de fourrure dont un vison et un renard.

Et brusquement, je compris tout : nous étions le 28 octobre, date fixée pour mes fiançailles. Si, le jour du mariage, la famille de la mariée remet le trousseau, le jour des fiançailles c'est la famille du fiancé qui fait des cadeaux. Toutes ces richesses m'étaient destinées. On venait, en quelque sorte, de verser des arrhes pour mon achat. Les Liu n'avaient pas lésiné sur les premières dépenses : ils en avaient les moyens.

Le cercle de famille s'ouvrit pour m'accueillir et comme pour m'avaler.

— Tu es contente, j'espère, dit ma mère en venant vers moi. Tout ce que tu vois là, c'est

1. Petits pâtés à garniture salée ou sucrée.

M. Liu qui te l'envoie. N'est-ce pas que ce sont de belles fiançailles ?

Je ne trouvai rien à répondre. Ni contente ni mécontente, ni heureuse ni malheureuse, j'étais dépourvue de tout sentiment, vide. Ce spectacle était un mirage, un rêve inquiétant. Le joyeux brouhaha autour de moi me faisait tourner la tête.

Je réussis à sortir du salon. Doucement comme une somnambule, je gravis les deux étages qui conduisaient à ma chambre. Là, j'essayai de me mettre au travail, mais la vision du rez-de-chaussée m'obsédait, je ne pouvais me concentrer sur rien.

La pluie continue de tomber, le ciel est de plus en plus sombre. Je m'appuie à la fenêtre et regarde au-dehors. Rien n'a changé autour de moi si ce n'est la figure de mon destin... Mes yeux parcourent lentement la rue. Je vois, en face, le temple protestant avec son clocher pointu surmonté d'une croix. Que faire à présent ? Que faire ?

Et soudain j'aperçois dans la nuit la silhouette d'un grand garçon en qui je reconnais Louis Ho, mon ami, le premier garçon avec qui je sois jamais sortie, celui avec qui je suis allée clandestinement au cinéma... Louis Ho ! Mais je rêve. Cette silhouette n'est que le fruit de mon imagination... Au reste, elle vient de disparaître, de s'évanouir dans l'obscurité. J'ouvre la fenêtre. Le froid me saisit et me fait du bien. Toutes les visions sont dissipées, me voilà enfin réveillée.

La silhouette est là, à nouveau. C'est Louis, il n'y a plus de doute. Mais que fait-il ici ? M'a-t-il aperçue ? D'un bond, je prends un manteau et quitte ma chambre. Je descends aussi discrètement que possible. Me voici dehors sans que personne ne m'ait vue sortir. Je traverse la rue et vais droit vers le temple. Louis Ho est là et me regarde sans mot dire. Il est très amaigri :

— Louis, as-tu été malade ?

— Non je n'ai pas été malade. J'ai seulement beaucoup maigri. Et tu sais bien pourquoi...

— Comment pourrais-je le savoir ? Depuis le temps que tu as disparu, je ne sais rien de toi !

Il se tait. Je m'impatiente.

— Pourquoi m'as-tu laissée sans nouvelles ? Parle ! Explique-toi...

— C'est très simple dit-il. Voilà, je t'ai appelée il y a trois mois. C'est ta mère qui m'a répondu. Elle m'a interdit de te rencontrer, interdit pour toujours. Elle m'a dit que tu devais te fiancer le 28 octobre. Ça a été un grand choc. Je n'ai d'abord pas voulu la croire parce que tu ne m'avais jamais rien dit de pareil. Et puis, il m'a bien fallu m'incliner. Puisque je n'avais le droit ni de te voir ni de te parler, il me restait la possibilité de t'écrire. J'ai écrit une lettre, puis deux, puis trois. Pas de réponse. Alors je n'ai pas été seulement triste, je suis devenu malheureux. Je t'en ai voulu. Me disant que tu aurais pu au moins m'écrire une lettre d'adieu... Tous les jours je passe devant le temple en souvenir de nos rencontres. Aujourd'hui, c'est le 28 octobre : je suis venu comme d'habitude, mais je suis resté plus longtemps. Voilà pourquoi tu m'as vu. Je te souhaite beaucoup de joie et de bonheur...

Et là-dessus, il fait demi-tour pour s'éloigner. Je l'attrape par sa manche :

— Arrête-toi, Louis, et écoute-moi. Je ne comprends rien à ce que tu racontes. Jamais je n'ai su que tu as téléphoné, jamais je n'ai su que tu as écrit. Au contraire, je trouvais bizarre que tu aies disparu. Me dis-tu la vérité ?

— Si je ne disais pas la vérité, comment serais-je ici aujourd'hui ? Comment saurais-je que c'est le jour de tes fiançailles ? Mais pourquoi n'est-ce pas toi qui m'as appris la vérité, la dernière fois que nous nous sommes vus ?

— Je ne t'ai rien dit parce que je pensais que ces fiançailles n'auraient pas lieu…

Et sous la pluie à laquelle ni lui ni moi ne faisions attention, je lui racontai toute mon aventure et comment j'avais cru jusqu'au dernier moment et avec quelle naïveté que M. Liu renoncerait de lui-même à ces fiançailles dont je ne voulais pas.

— Je crois comprendre, dit Louis Ho quand j'eus terminé mon récit. À présent, tu aimes ton fiancé…

— Au début je n'éprouvais pour lui que de la répulsion. Aujourd'hui je le trouve gentil, c'est-à-dire que j'ai de la pitié pour lui. Mais, est-ce que je l'aime ? C'est difficile à dire.

Louis réfléchit longuement. Puis :

— Je pense que je dois faire ce que ta mère m'a conseillé : ne plus t'ennuyer. Quant à toi, sois une fille sage : obéis à ta mère et aime ton fiancé. Je te souhaite le bonheur très sincèrement. Je veux seulement, avant de te quitter, que tu saches que je t'aime depuis la première fois que je t'ai vue. Il me semblait que toute ma vie était changée. Mes parents vivent séparés, je me sens seul depuis longtemps. Ta rencontre m'avait rempli d'espoir. Je ne te voyais pas tous les jours, mais ta seule voix au téléphone me consolait. Le jour où ta mère m'a annoncé tes fiançailles et que je ne pourrais plus te voir ni t'entendre j'ai commencé à souffrir… Oui, à beaucoup souffrir…

Sa voix avait baissé. Il ne pouvait pas poursuivre. Je sentais qu'il était sincère et qu'il souffrait véritablement. Je ne le quittais pas des yeux mais je ne savais que lui répondre. Alors, il me poussa gentiment.

— Rentre vite. Sans quoi ta mère sera encore fâchée…

Je ne bougeais pas.

— Je ne veux pas que tu souffres, Louis. Dès que je t'ai vu je t'ai aimé comme j'aime mon frère.

— Mais ce n'est pas comme ton frère que j'ai voulu être aimé…

— Il y aura pourtant peu d'hommes sur la terre que j'aimerai comme mon père et mon frère. Cela veut dire que je t'aime beaucoup. Beaucoup…

Il poussa un grand soupir :

— Tu es vraiment jeune, Ching Lie. Mais moi je ne t'aime pas comme une sœur.

Et Louis, désignant ma maison :

— Il y a là un homme qui t'aime comme un mari…

J'étais émue, pleine de tendresse et très lucide dans ma naïveté. Je sentais bien que j'étais trop jeune pour savoir ce qu'était l'amour dont parlait Louis. Mon ami le comprenait aussi, et mieux que moi.

— Va, maintenant, dit-il avec une grande douceur. Rentre chez toi. Si tu dois être heureuse, j'accepte avec joie de souffrir…

J'ai traversé la rue. Louis reste immobile et me suit des yeux. Avant de parvenir à la grille du jardin je me suis retournée plus d'une fois. À présent je monte le plus vite possible les deux étages de la maison afin de pouvoir lui faire encore un signe par la fenêtre, comme autrefois. Autrefois, il n'y a pas longtemps. Et pourtant c'est déjà loin.

Me voici dans ma chambre. Louis est encore là, tout droit. Nous sommes longtemps deux ombres immobiles face à face. Par moments, l'obscurité le dérobe à mes yeux. Je fais des efforts pour percer la nuit. Est-ce que je l'aime ? Est-ce que je souffre de le voir disparaître ?

J'ouvre la fenêtre. La pluie mouille mon visage. La pluie ou mes larmes ?

J'étais toujours devant la fenêtre de ma chambre, les yeux écarquillés et comme pétrifiés quand une voix me fit sursauter :

— Mademoiselle ! Mademoiselle ! Madame demande que vous descendiez !...

Je regarde la servante stupidement. Puis, comme une automate, je descends.

Ma mère m'attend au bas de l'escalier :

— Qu'est-ce que tu fabriquais dans ta chambre ? Un jour comme celui-ci, tu te caches ? Que se passera-t-il le jour de ton mariage, quand il y aura foule ? Aujourd'hui il n'y a que des intimes et tu disparais... Fais-moi le plaisir de rester avec nous...

Je ne réponds rien à Tsong Haï. C'est moi qui ai des questions à lui poser. Ma mère s'impatiente :

— Vas-tu venir enfin ?

Sans bouger, je lui demande brusquement :

— Est-ce que Louis Ho a téléphoné chez nous ?

— Une fois, oui.

— M'a-t-il écrit ?

— Oui : plusieurs fois.

— Pourquoi ne me l'as-tu pas dit ?

— Parce que j'ai le droit de l'empêcher de te téléphoner et de t'écrire. Parce que je ne veux pas qu'il dérange ton cœur. Tu as quelque chose à dire ?

Et elle me fixe avec défi, prête à la dispute, à la violence. Je lui réponds simplement :

— Non...

Encore unc fois je sens que je suis trop désarmée pour décider de mon destin. Je ne connais pas assez cette force d'amour qui donne la force de lutter aux héroïnes. Je suis moins faible qu'ignorante.

Je rentre au salon. À nouveau m'entourent les lumières, l'éclat du velours, de la soie, des bijoux et ce brouhaha d'un autre monde. Autour de moi on mange et on me complimente. Puis tout le monde va se coucher. C'étaient mes fiançailles et nous sommes le 28 octobre 1949.

9

Ma vie de recluse / Je suis prise au piège / Le bon trousseau des femmes de Ning Po / Les quatorze pièces de la Quatrième Rue / Je n'ai pas été vendue à bon marché / Où l'on voit réapparaître tante Ma / Ma dernière nuit à la maison.

De ce jour commença pour moi une vie de recluse. Plus de sorties, plus de jeux avec mes amies, pas même avec mes frères et mes sœurs. Ching Lin la révoltée et Ching Son lui-même avaient cessé de contester mon mariage. Ce n'est pas qu'ils l'approuvaient, mais ne pouvant plus m'empêcher d'être vendue à la famille Liu, ils s'étaient, comme moi, soumis à l'inéluctable. Pourquoi continuer à se battre puisque je m'étais rendue ? C'est du moins ce que je laissais croire. J'avais trois ans de répit devant moi. En trois ans tant d'événements pouvaient survenir. Il ne me paraissait même pas nécessaire, pour le moment, de songer aux moyens de ma délivrance. Quand une proie est poursuivie par des chasseurs – comme je l'étais par la famille Liu –, ce qu'elle peut faire de mieux est de ne plus bouger.

Toujours aussi absorbé par son affaire d'import-export que les événements l'obligeront à abandonner, Wei Hi, mon père, continuait à ne rentrer que le soir. Son ami d'enfance, oncle Hiao, qui avait jugé prudent de plier bagage à cause de ses compromissions, venait de partir précipitamment pour Hong Kong avec ses deux femmes, ses enfants et quelques lingots d'or. Quant à Ching Son, mon frère aîné, entre de longues absences, il faisait à la maison des apparitions de plus en plus brèves. Réunions et discussions politiques absorbaient la plus grande partie de son temps. De révolutionnaire clandestin devenu militant actif, il entendait participer au grand changement qui se préparait, mais dont, à Shanghaï, on ne se rendait pas compte et chez nous moins qu'ailleurs. Les forces populaires n'avaient pas libéré tout le territoire de la Chine. Ici, rien n'était bouleversé encore dans les apparences. Et nous, par exemple, qui habitions ce qui s'appelait toujours la concession française, nous n'apercevions pas de modification dans un monde qui vivait ses derniers moments.

Pour moi, dans mon existence coutumière – l'école, le piano, les études – une seule nouveauté : j'étais censée faire mon apprentissage de femme. Les rudiments n'avaient pas changé : surveiller mon langage, ne pas rire à gorge déployée, ne pas parler fort ni marcher à grands pas. Ces règles observées, on était déjà, paraît-il, une femme. Je voulus faire plus et, surtout pour m'occuper, apprendre de ma mère la cuisine et la couture. Chose curieuse, Tsong Haï s'y opposait :

— Toute ma vie, disait-elle, je n'ai rien fait d'autre que cuisiner et coudre, coudre et cuisiner. Je ne veux pas que tu recommences. Tu vas entrer dans une famille très riche. Malgré cela, il est bon que tu aies tes occupations personnelles. Mais pas les mêmes que moi. Le piano, par exemple… Là, je suis d'accord… Voilà une chose pour toi…

Tsong Haï n'eut pas besoin de me le dire deux fois. Et, puisque le piano était tout ce que j'aimais, désormais, avec le temps gagné sur les fourneaux et l'aiguille dont on m'écartait, j'y consacrais mon existence. Mozart, Bach, Beethoven, Chopin étaient les maîtres et les compagnons de mes jours. J'avais peu de peine à faire des progrès dans un art qui m'apportait tant de joie. Mon professeur, Mlle Ling, était enchantée par mon enthousiasme et mon sérieux. À cette époque, elle avait un grand nombre d'élèves. S'avisant que l'une d'elles, une fillette de sept ans dont elle n'avait plus le temps de s'occuper, habitait près de chez moi, elle me proposa de lui donner des leçons de piano. Cette enfant fut ma première élève. Une fois par mois, pour faire contrôler ses progrès, je l'emmenais chez Mlle Ling qui me considérait désormais comme son assistante. J'en fus d'autant plus contente que ma petite élève appartenait à une famille fort riche qui me payait généreusement mes leçons. Si bien que moi qui n'avais que treize ans, à la fin du mois quand on me donna le premier argent gagné dans ma vie, je m'empressai d'apporter mon salaire à la maison et d'en faire cadeau intégralement à ma grand-mère et à mon grand-père. À grand-mère, qui pendant ces dernières années n'avait pas arrêté de gémir sur la dépense de mes leçons de piano, j'étais particulièrement satisfaite de démontrer que je n'avais pas perdu mon temps. Un peu d'argent étant à ses yeux l'argument suprême, plus jamais je ne l'entendis attaquer la musique.

Seuls quelques petits concerts que je donnais, de temps en temps, à l'école, rompaient le rythme d'une vie très sage. Il faut y ajouter, bien entendu, qu'à la fin de la semaine je sortais avec mon fiancé pour aller au restaurant ou au cinéma. Nous nous y rendions toujours seuls, et, nos rapports s'étant complètement modifiés, je commençais à le connaître davantage. Au début, je l'avais franchement détesté sans le lui cacher le moins du monde.

Mais le garçon était patient. De plus, il avait bon cœur. Si bien qu'à présent, sa gentillesse et ses attentions m'incitaient à me montrer amicale. Amicale je l'étais sincèrement, sans avoir jamais accepté un instant l'idée de l'épouser. Malgré mes fiançailles, je nourrissais toujours l'espoir de l'y faire renoncer longtemps avant l'échéance des trois ans. Mais cette fois sans brutalité et sans que personne d'autre que moi ne connût mes intentions secrètes. Je comptais sur le temps, persuadée que le temps était mon allié. Ainsi passèrent près de deux mois tranquilles quand survint l'irréparable.

Un soir de décembre, Tsong Haï entra dans ma chambre le visage soucieux. Elle venait de rencontrer M. Yuen. En entendant le nom de l'homme que j'avais eu le malheur de croiser un soir devant ma porte, de celui qui avait décidé à cet instant de me marier et qui, depuis, avait la triste figure de mon destin, mon cœur se mit à battre violemment. Ce ne fut pas sans raison :

— M. Yuen, dit ma mère, vient de me donner de très mauvaises nouvelles : Mme Liu est gravement malade. Elle est couchée avec une forte tension. On a peur que son état s'aggrave… Elle pense beaucoup à son fils Liu Yu Wang… Et Liu Yu Wang est son fils aîné.

La signification redoutable de ces quelques paroles ne pouvait pas m'échapper. Hélas ! comme elles étaient claires… La maladie de Mme Liu, la mère de mon fiancé, signifiait un événement d'autant plus grave que c'est elle qui avait la responsabilité d'organiser le mariage de son fils. Il était entendu que ce mariage aurait lieu dans trois ans ? Sans doute, mais c'était sans compter avec une coutume qui renversait tous mes petits calculs personnels. En effet, pour la tradition chinoise, il existe toute une liste d'événements considérés comme des bonheurs : le mariage en est un, la grossesse en est un autre. Or, un bonheur est réputé capable de supprimer trois malheurs. La maladie est un malheur. Le lecteur voit déjà où je veux en venir, ou plutôt où a décidé d'en venir la famille Liu. Qu'est-ce qui peut combattre le malheur représenté par la maladie de Mme Liu ? Le bonheur représenté par le mariage de son fils. Et le mien.

Pour ma mère, il n'y avait pas d'hésitation possible : la maladie de Mme Liu était plus qu'un signe. C'était un ordre du destin. La promesse faite d'attendre trois ans ne la troubla pas un instant. Certes, et il faut le dire pour être juste, elle était sincèrement contrariée de me voir mariée si jeune, mais Liu et moi étant fiancés, il ne pouvait être question de ne pas se marier dès maintenant *pour la guérison de Mme Liu*.

J'ai dit que nous étions en décembre. Un professionnel fut aussitôt appelé pour tirer les horoscopes et fixer la bonne date du mariage : il prescrivit le 3 janvier.

La nouvelle tomba sur ma tête comme un violent coup de bâton. L'univers s'effondrait autour de moi. Cette fois, c'en était fini de mes projets de toute une vie bâtie en rêve, de mes études de piano couronnées par une belle carrière après des années de ferveur. Là-dessus, je pouvais tirer un trait. Puis fondirent sur moi les visions terrifiantes d'une réalité que j'avais voulu ignorer, croyant qu'elle ne m'atteindrait jamais. Cette réalité, c'était la famille Liu.

Toute la rumeur qui circulait parmi les filles de mon école me revint en mémoire brusquement. La puissante famille Liu était connue à Shanghaï, et quelques-unes de mes camarades en savaient long à son sujet : mon fiancé avait neuf frères et sœurs. Quant à la mère, Mme Liu, elle était originaire de Ning Po, dans le Tche kiang. Or, il est connu que si la belle-mère chinoise est souvent sévère à l'égard de sa bru, les coutumes de Ning Po exigent d'elle une dureté inconnue ailleurs, et imposent à la bru une foule d'obligations rigoureuses à l'égard de chaque membre de sa nouvelle famille. Aussi longtemps que j'avais cru avoir trois ans de sursis devant moi pour me tirer d'affaire, je m'étais bien moquée de tout ce qu'on racontait. À présent, l'idée de ce qui m'attendait me remplissait de terreur et de tremblement. C'est ma mère qui m'avait poussée la première dans ce piège. C'est à elle pourtant que je m'accrochai dans ma détresse, ne pouvant croire qu'elle n'aurait pas pitié de moi.

— Maman, lui disais-je, est-ce qu'il est juste que j'abandonne toute une vie heureuse pour entrer dans cette famille ? Est-ce que tu te rends compte que je serai la femme du fils aîné ? Que j'aurai à ma charge tous les travaux de ma belle-mère, que je devrai m'occuper du sel et du riz et devenir la maîtresse de maison, c'est-à-dire esclave pour la vie ? Toi qui ne cesses de répéter que tu ne veux pas que je vive comme tu as vécu, tu me livres à eux ! Je ne suis ni bête ni paresseuse. J'ai fait des études... Et tu laisses tout détruire ?

Je me mis à parcourir la maison en sanglotant dans chaque pièce, en interpellant mes parents :

— Je ne veux pas me marier ! Vous dites que je suis votre préférée, mais c'est moi la plus malheureuse de vos enfants ! Je finirai comme ma pauvre tante sacrifiée à l'oncle Wei Hing !... Je ne veux pas me marier !... Je ne veux pas !...

Ma mère ne sait que répondre... Elle pense que je me calmerai. Je suis fiancée, la parole est donnée, elle s'en tient là et il n'y a pas d'issue. La pensée du trousseau à préparer est déjà son seul souci, car le 3 janvier est proche.

Quant à moi, je ne dors plus, je ne mange plus et je perds mes cheveux. Ils tombent par mèches entières. Mon père est affolé devant mon état, la chute de mes cheveux l'impressionne plus que tout le reste. Il s'est procuré une lotion avec laquelle je dois me frictionner la tête chaque jour. Quelle dérision !

— Tu crois, lui dis-je, que c'est ta lotion qui va arrêter ma souffrance ?

Il ne peut que me supplier, me cajoler.

— Ne sois pas inquiète, ma chérie… Tu te trompes si tu crois que ton père et ta mère seront perdus pour toi… Même mariée nous te protégerons toujours. Tu continueras tes études, ton piano, tout ce que tu souhaites… Je te le promets…

C'est ainsi qu'en un dernier sursaut de tout mon être je vécus quelques jours dans les larmes et les gémissements. Puis je me soumis au destin, cette fois sans espoir, qui m'était tracé, priant seulement pour que mon chemin ne me fût pas trop cruel.

À mesure qu'approchait le jour de mon mariage, la nervosité de Tsong Haï augmentait. De ses cinq enfants j'étais la première qu'elle mariait. D'autre part, elle se sentait dépassée par les préparatifs de l'événement. La composition du trousseau de la mariée a de tout temps, en Chine, fait l'objet d'une élaboration compliquée, d'un art minutieux. Il n'y a guère qu'en des lieux comme Tchao-tcheou, la ville natale de ma mère, que la tradition s'est perdue parce que la pauvreté y régnait en maîtresse. Or, un trousseau comprend généralement une grande quantité d'objets.

Estimant que la proximité de la cérémonie pouvait servir d'excuse à la simplification d'un trousseau réuni à la hâte – ce qui était un calcul bien digne d'une native de Tchao-tcheou – ma mère décida d'en faire le moins possible. Elle commença par préparer des couvertures qui sont chez nous matelassées et piquées avec un drap cousu dessus et orné d'un centre de soie où sont brodés un phénix ou un dragon, des fleurs ou des oiseaux. Elle en confectionna quatre – une pour chaque saison –, y ajoutant quatre cotonnades à poser sur le bois du lit (elles remplacent chez nous les matelas européens) et deux paires d'oreillers avec leur housse de satin brodé. Du tissu offert par ma future belle-mère, elle me fit plusieurs robes. Elle y ajouta un pendentif et deux bracelets en or ainsi qu'une bague de jade. (Il y avait aussi parmi ces bijoux de famille un petit morceau de jade vert que j'avais avalé quelques années plus tôt, l'ayant pris pour un bonbon, et que j'avais aussitôt rendu.) Avec ces pièces de lingerie et ces quelques bijoux Tsong Haï se crut parée – « nos amis nous feront cadeau de ce qui manque », dit-elle quand nous nous rendîmes au temple bouddhiste où ma mère était liée avec cette bonzesse très vénérée dont j'ai eu l'occasion de parler déjà.

Ma mère m'y emmena non seulement pour faire savoir que j'allais me marier, mais aussi pour y rencontrer des femmes susceptibles de la conseiller, car elle n'avait guère fréquenté de monde depuis qu'elle avait quitté Tchao-tcheou pour épouser mon père. À sa réaction devant l'annonce de mon mariage, je ne doutai plus de la sagesse ni de la pénétration de cette bonzesse.

— C'est dommage, dit-elle en effet. Cette enfant va souffrir. Il eût été meilleur pour elle de se marier après l'âge de vingt-cinq ans. Mais puisque vous en avez décidé ainsi, à présent laissez Dieu vous conduire...

Par une extraordinaire coïncidence, il y avait ce jour-là dans le temple tout un groupe de femmes de Ning Po, la fameuse ville natale de Mme Liu. Il va sans dire que ma mère s'empressa de les interroger sur l'important chapitre du trousseau. Nous devions en apprendre fort long là-dessus et peut-être plus que Tsong Haï ne souhaitait en savoir... La première femme qui développa le sujet fit une forte impression sur ma mère :

— Chez nous, dit-elle, le trousseau est une chose d'une très grande importance. Pour les gens de Ning Po c'est même ce qui décide de toute la suite de la vie. En effet, supposons que votre fille ait mauvais caractère : malgré cela, si elle apporte un *bon trousseau*, son ménage sera heureux.

Ma mère était intriguée et vaguement inquiète :

— Qu'appelez-vous un *bon trousseau* ? demanda-t-elle.

— Pensez qu'une famille aussi considérable que la famille Liu a beaucoup de parents. Elle peut donc faire beaucoup de comparaisons... Or, elle marie son premier fils... Pour un tel mariage, dans une telle famille, il convient d'apporter une centaine de couvertures. Autant de meubles – et si possible des meubles en bois de fer –, de la vaisselle pour les jours ordinaires et pour les jours de fête, c'est-à-dire des services en porcelaine et des services en argent... Si vous ne voulez pas que les domestiques se moquent de votre fille, il faut également...

Elle continua son énumération, mais ma mère, qui avait pâli à vue d'œil, n'écoutait plus et se sentait sur le point de défaillir à la pensée des quatre couvertures qu'elle avait préparées. Avare, elle l'était, mais que l'on se moque de sa fille et qu'elle perde la face, l'idée n'en était pas supportable. Les Chinois disent : « Il faut que les deux portes soient du même bois. » Ce qui veut dire que l'une ne peut pas être de chêne et l'autre de paille. On ne mélange pas les torchons et les serviettes, disent les Français. Ma mère ne voulait pas que l'on me considère comme un torchon... Ces femmes étaient sérieuses, elles savaient de quoi elles parlaient. Mais comment rassembler un si fantastique trousseau ? Où trouver l'argent pour une telle dépense ?

— Il ne faut pas vous inquiéter pour l'argent, lui dit une autre commère de Ning Po. Le jour où la belle-famille vient chercher le trousseau, vous êtes en droit de réclamer « la somme pour ouvrir la porte » et de cette manière, vous serez remboursée. La famille Liu est si riche...

Une telle coutume n'existant qu'à Ning Po, ma mère ne la connaissait pas. Elle fut bien contente d'en être informée, malgré la stupeur où continua de la plonger le montant des sommes qu'il faudrait débourser.

Aussi, quel ne fut pas le soulagement de Tsong Haï quand elle put vérifier avec la complicité de mon fiancé les dires des dames de Ning Po. Car Liu Yu Wang continuait, bien entendu, à venir à la maison et même plus que jamais depuis la certitude qu'il avait, cette fois, de m'épouser. Tsong Haï lui montra ce trousseau composé de quatre couvertures, d'un peu de linge et de bijoux, sans meuble ni vaisselle. Liu Yu Wang en parla à sa mère : à l'évidence, c'était peu. Finalement, à la suite de je ne sais quelles palabres, et bien que cela ne fût pas tout à fait conforme à l'usage, la famille Liu consentit à conseiller ma mère qui, d'autre part, reçut sans doute, à mots couverts, des assurances quant à l'argent. Toujours est-il qu'à partir de là commença à s'amasser dans notre maison ce que sans doute les dames de Ning Po auraient appelé un « bon trousseau ».

Pour commencer, on commanda à Foukien, ville proche de la province de Kouang-tong, huit grandes malles de cuir rouge laqué cousues à la main.

Voilà pour le contenant. En ce qui concerne le contenu, voici ce dont nous fîmes l'acquisition d'abord :

– seize couvertures, quatre pour chaque saison. C'était peu, mais comme elles étaient brodées à la main, il était impossible aux ouvrières d'en exécuter davantage dans les délais ;

– une paire de couvertures de duvet de canard que, conformément à la coutume de Ning Po, la belle-fille doit personnellement offrir à sa belle-mère ;

– huit paires d'oreillers ;

– de l'ameublement comprenant armoires, lits, tables de nuit, chaises. Étant donné que la bru ne doit pas vivre plus luxueusement que sa belle-mère et que celle-ci possédait des meubles en bois de fer, mes meubles, un peu moins coûteux, étaient en bois de rose. On acquit également des meubles de toilette. Comme le jeune couple devait vivre chez les Liu et qu'ils habitaient une construction ancienne que la superstition interdisait de moderniser, il n'était pas question d'y installer de salle de bains. Il fallut donc acheter un tub en bois et un tonneau pour y vider les eaux salies ;

– cinq tonneaux supplémentaires pour la chambre et la salle de bains, le premier pour s'y baigner entièrement le corps, le deuxième peu profond pour les bains de pied, le troisième pour la toilette du visage, le quatrième, large et posé sur trois pieds, pour l'accouchement, le cinquième pour y faire ses besoins naturels. Chez des gens aussi riches que les Liu, ces tonneaux sont en or ou recouverts de feuille d'or. Les nôtres furent de bois laqué rouge ;

– des services de table – l'un en argent massif pour recevoir les gens importants, l'autre, pour tous les jours, en porcelaine du Kiang-si. Chaque service comprenait quelque cent cinquante pièces ;

– outre les traditionnelles couvertures de duvet destinées à la belle-mère, la mariée doit offrir des chaussures de soie brodée à chacune des femmes de la famille : belles-sœurs, tantes, cousines. Nous en achetâmes une cinquantaine de paires, de pointures différentes par précaution, bien que la plupart de ces femmes fussent pourvues de petits pieds ;

– Ginseng[1], nids d'hirondelles, champignons blancs et longanes furent amassés en quantité suffisante : c'était là des mets dont je devais continuellement régaler mes beaux-parents pendant toute la durée des fêtes.

Ma chambre fut bientôt pleine, puis la maison encombrée partout de paquets et de cartons. Elle ressemblait à un dépôt de marchandises et à un garde-meuble. Ma mère s'épuisa à remplir les malles. De peur de laisser des vides, elle plia les affaires de manière à les gonfler le plus possible. (Quand les malles arriveront à destination, leur contenu sera retombé comme un souffle...)

Pareils à un accompagnement musical ininterrompu, les gémissements de grand-mère nous suivirent tout le temps de ces préparatifs. Ma mère avait beau l'assurer qu'on nous rembourserait, que c'était la coutume de Ning Po, le pays de Mme Liu mère, grand-mère n'en était pas sûre et nos dépenses la rendaient malade. Elle alla jusqu'à s'en prendre à moi :

---

1. Racine d'une plante comestible dite « racine de longue vie ».

— Ce que tu as coûté à ton père depuis ta naissance n'est pas croyable ! Le piano, les études, une école de luxe... Et à présent...

Cette fois, je trouvais qu'elle allait un peu loin ! Je lui répliquai vertement :

— Ce n'est pas moi qui ai voulu me marier ! C'est vous ! Ce n'est pas moi qui veux un trousseau ! Si vous n'en voulez plus, dites-le et je vous obéirai de tout mon cœur !...

Mais elle ne désarmait pas. Quand le trousseau fut prêt et qu'il ne resta plus qu'à demander à la belle-famille de le faire prendre, grand-mère voulut d'abord connaître le montant de ce qu'on nous rembourserait, le chiffre exact de la somme « pour ouvrir la porte ». Et c'est de moi qu'elle attendait de l'apprendre ! Alors, dans la fureur de mon humiliation, je marchai vers le téléphone et le décrochai. Tsong Haï courut derrière moi pour m'arrêter.

— Il y a des limites ! Tu ne vas pas leur téléphoner !

— Et pourquoi pas ? m'écriai-je. Il n'y a pas plus de honte à cela qu'à se marier. On se marie par amour ou pour l'argent, n'est-il pas vrai ? Dans mon cas, il n'est question que d'argent. Alors pourquoi ne pas s'entendre sur les prix ? S'ils ne nous donnent pas assez, nous discuterons !

Et ma mère fut incapable de m'empêcher de téléphoner. Chez les Liu, c'est mon fiancé qui décrocha :

— Dans quelques jours, lui dis-je, vous allez venir prendre mon trousseau. Tu es au courant que c'est à ce moment-là que tu dois payer une certaine somme ?

Tsong Haï, qui n'avait pas cru que j'irais aussi loin, raccrocha le téléphone :

— Tu n'as pas honte de parler ainsi à ton fiancé ?

Pauvre femme... Elle voulait à la fois toucher l'argent et ne pas perdre la face... Quant à ma grand-mère, elle n'osait plus me dire un mot.

Il ne s'était pas passé une demi-heure que mon fiancé sonnait à la porte. Étonné qu'on ait raccroché le téléphone sans le rappeler, il voulait savoir pourquoi et me le demanda gentiment, tandis que ma mère et ma grand-mère le saluaient avec des sourires contraints. Il croyait que j'étais fâchée. Je lui dis que je voulais lui réclamer l'argent « pour ouvrir la porte » et que c'est ma mère qui avait raccroché. Tsong Haï m'interrompit :

— Ne l'écoute pas ! dit-elle à Liu Yu Wang. C'est une enfant, elle ne sait pas ce qu'elle dit...

— Je sais parfaitement ce que je dis ! répliquai-je furieuse. Je veux savoir ce que tu me donnes. Car si c'est insuffisant, je ne serai pas à toi...

Ma mère n'en peut plus, elle veut que je me taise. Mon fiancé sourit.

— Je suis d'accord pour te donner ce que tu veux.

— Combien ? Car je veux beaucoup.

— Tais-toi ! crie ma mère.

Gêné de voir l'humiliation de Tsong Haï, Liu Yu Wang me promet que tout sera réglé pour le mieux et change rapidement de conversation :

— Demain, me dit-il, je t'emmène prendre les mesures pour la robe de mariage.

— Demain, dis-je, c'est jour d'école : tu iras sans moi...

— Mais on ne peut pas prendre tes mesures sans toi !

Il n'y comprenait plus rien.

— Ne l'écoute pas, lui dit ma mère, et viens la chercher demain à quatre heures !

Et Tsong Haï avait raison, puisque le lendemain, en effet, comme si je n'avais rien dit je suivis mon fiancé dans une boutique de la concession française où il me fit choisir une robe de mariée européenne de faille et de mousseline blanche ornée de discrètes broderies chinoises.

C'est au soir de cette journée de courses que se place un incident qui paraîtra bien puéril mais que je ne crois pas devoir dissimuler, tant il donne la mesure de mon innocence. Liu Yu Wang me raccompagna chez moi. Passé le portail, il fallait traverser le jardin qui, par cette nuit noire et ce grand froid de décembre, était désert. Dans les pièces du bas, pas de lumière. Nous étions à deux pas de la porte quand mon fiancé me prit brusquement la tête dans ses mains et m'embrassa sur la bouche. À ce contact inattendu, je m'enfuis horrifiée en lui criant, tandis qu'il courait après moi dans le jardin :

— Tu n'as pas honte ? Je le dirai à ma mère ! Voyou !...

Quand il réussit à me rejoindre, je vis, grâce aux lumières du premier étage, que sa figure était blême et couverte de sueur. Haletant, il me supplia à voix basse de ne rien dire à ma mère, de lui jurer que je ne dirais rien. Je crus qu'il allait s'évanouir et lui jurai aussitôt tout ce qu'il voulut. Mais cela ne lui suffit pas, tant il avait peur : sachant que j'étais protestante, il exigea de moi de jurer par Jésus et de faire le signe de croix. Je m'exécutai et alors seulement il me laissa rentrer à la maison et disparut dans la brume froide de décembre.

Le lendemain, ma future belle-mère, Mme Liu, vint me chercher elle-même pour les achats importants que nous avions à faire dans la Quatrième Rue. Shanghaï avait alors quatre rues qui portaient des numéros comme on le voit à New

York. La Quatrième avait deux spécialités : l'une, que j'ignorais, c'était les maisons closes, et l'autre, qui me concernait, les broderies. Côte à côte s'y alignaient les magasins de lingerie, d'oreillers, de chaussures, etc., exclusivement décorés avec les fameuses broderies de Sou-tcheou. Rien de comparable aux boutiques européennes pour l'élégance de la présentation : partout, dans les vitrines et dans les magasins, un entassement de marchandise multicolore, une foire éblouissante, désordonnée et populeuse.

Mais dans ce fouillis, Mme Liu savait choisir avec précision. À Ning Po, son pays, on connaissait les traditions vestimentaires avec un raffinement dont une femme comme ma mère, sortie de ce misérable faubourg de Tchao-tcheou, aux portes de Canton, n'avait pas la moindre notion.

Je compris, cette fois, ce qu'était une garde-robe de riche. Sans parler des pièces maîtresses, l'achat des dessous fut l'objet de soins minutieux. Ainsi, pour les culottes (rouges, brodées et descendant à mi-cuisse) comme pour les bandeaux à poser sur les seins. (Il faut préciser que le soutien-gorge, introduit par les Européens, était contraire à la tradition chinoise selon laquelle une femme ayant de gros seins portait malheur, alors qu'elle portait bonheur si elle avait des hanches et des fesses importantes, signe de maternités nombreuses. C'est pourquoi on s'efforçait avec une bande de tissu de diminuer le relief de la poitrine.)

Voilà pour les petites pièces. Pour les grandes, c'est dans un des magasins les plus chics de cette Quatrième Rue qu'on choisit pour moi une tunique brodée de soie blanche, une tunique rose à col chinois, enfin une grande tunique de cérémonie à col chinois et à larges manches, descendant jusqu'à mi-cuisse et somptueusement garnie de phénix et de dragons brodés avec du fil d'argent et d'or ainsi que des perles. Je passe sur les chaussures brodées et sur le reste. Le plus riche de ces ensembles était composé de quatorze pièces, je me souviens fort bien du chiffre.

Il ne restait plus qu'à s'occuper de ma tête. On me fit une coiffure eurasienne si je puis dire, puisque bouclée à l'européenne, mais relevée à la chinoise avec un chignon, conformément à notre ancienne mode. J'avais perdu beaucoup de cheveux. Grâce à leur longueur on put dissimuler les parties les plus clairsemées. Une résille de perles enfermait le chignon, accompagnée par une paire de phénix en perles sur les tempes et deux longs pendentifs qui remuaient et sonnaient à chaque mouvement de ma tête. Cela s'appelait « le chapeau de phénix ». Sur mes épaules et ma poitrine retombait une étoile de perles formant des fleurs de lotus. Enfin, j'avais des mouchoirs de soie brodée pour tenir à la main. On avait fait de moi l'image de la richesse et du luxe.

Le jour où ma belle-famille devait faire prendre le trousseau fut choisi sur les indications du *Fong-tseui*, le spécialiste des horoscopes. Car c'était là un jour important. Les signes le situèrent à une semaine du mariage. Outre ce qui remplissait les malles, ma mère avait préparé plusieurs paquets tous ficelés avec de minces rubans de soie rouge et verte, le rouge étant la couleur du mari, le vert celui de la femme.

Au jour dit, à neuf heures du matin, arriva devant notre grille une voiture suivie d'une camionnette. Accompagnés par une troupe de chauffeurs et de domestiques, deux hommes se présentèrent qui n'étaient autres que M. Yuen (l'affreux intermédiaire de mes fiançailles) et son compère M. Chen, l'autre entremetteur. C'est aussitôt après avoir sonné que, selon l'usage, ils devaient remettre l'argent « pour ouvrir la porte », don de la belle-famille. Au domestique qui avait ouvert, ils tendirent un coffret enveloppé de soie rouge. J'étais présente quand ce coffret fut remis à mon père : il semblait assez lourd.

— Papa, dis-je, c'est l'argent ! Ouvre-le !

Mais Wei Hi donna d'abord au domestique l'ordre d'ouvrir la porte aux visiteurs.

Les deux entremetteurs arrivent, suivis de la valetaille qui enlève aussitôt les innombrables paquets que nous avons préparés. Alors commence une petite comédie de politesse. Mon père feint de vouloir rendre le coffret aux deux hommes. Ceux-ci protestent : « Non, non, non : M. Liu a fait un geste sincère... » Mon père dit « Non, non, non ». Ils disent « Oui, oui, oui ». Je sais que c'est du théâtre, il n'empêche que j'ai une peur bleue de voir partir le coffret. Enfin arrive la formule finale :

— Nous espérons que vous acceptez avec le sourire.

À quoi mon père répond :

— Refuser serait de ma part inconvenant.

Voilà qui est terminé. Quel jeu énervant ! Il faut encore offrir le thé aux deux visiteurs et donner de gras pourboires aux domestiques qui ont chargé la camionnette. Enfin ils partent tous et nous pouvons ouvrir le coffret rouge. À l'intérieur, sur un lit de soie, brillent dix petites barres de métal jaune : des lingots d'or.

Je n'ai pas été vendue à bon marché.

J'avais beau continuer à vivre comme une écolière, allant en classe tous les jours et faisant mes devoirs, le jour approchait où je devrais quitter la maison. Tsong Haï ne le savait que trop. Dans cette famille Liu, où elle avait tant désiré me voir entrer, elle se rendait compte à présent à quel point je serais seule et désarmée. Entre ma mère et moi s'était d'abord livrée une lutte. Elle avait souffert et triomphé. Maintenant elle éprouvait à nouveau l'inquiétude maternelle. Dans la maison étrangère où j'allais vivre, me donnerait-on tout ce qui m'était nécessaire ? Saurais-je m'y conduire ? Tsong Haï avait décidé que sa plus ancienne domestique, A San, me suivrait dans ma nouvelle famille : elle connaissait mes habitudes et mes besoins. Elle serait une protection. Puis, quelques jours avant les cérémonies, ma mère fit revenir tante Ma, la vieille marieuse à la figure grêlée, celle que nous avions mise à la porte après qu'elle avait voulu me fiancer au fils d'un trafiquant d'opium... À présent, on avait besoin d'elle pour nous aider à la préparation du mariage. Tante Ma savait beaucoup de choses et le lecteur verra bientôt son utilité singulière.

La veille du mariage, Tsong Haï m'appela dans sa chambre. Mon père était là, ainsi que grand-père et grand-mère, les domestiques et tante Ma. J'étais le seul enfant. Ma mère me prit dans ses bras et sans dire un mot versa des flots de larmes. Alors, à mon tour, comme si j'avais puisé dans la réserve de mes chagrins accumulés depuis des mois, je me mis à pleurer comme elle, mêlant mes larmes aux siennes, tout en la suppliant :

— Ne pleure pas, maman... Ne pleure pas...

Mais plus je lui demandais de cesser, plus elle sanglotait. Et quand elle put enfin parler :

— Demain, dit-elle, tu vas nous quitter... Depuis le jour de ta naissance je t'ai toujours eue auprès de moi... J'ai beaucoup de peine... Oui, j'ai voulu que tu te maries... Tu es pourtant si jeune... Comment puis-je te laisser partir ?...

Alors, à cause de ce qu'elle venait de dire, m'apparut dans toute sa force la réalité si proche : demain je devrai partir, quitter ma chère maison, mon père et ma mère, pour vivre seule avec des inconnus... DEMAIN... Je me mets à sangloter derechef, et me tournant vers ma mère :

— Maman ! Si tu as trop mal je ne veux pas te quitter, je ne veux pas me marier !...

Tsong Haï secoue la tête :

— Écoute-moi, mon enfant, et sois sage... Pourquoi ta mère t'a forcée à te marier, tu le sais... Parce qu'elle a trop souffert de la pauvreté... Pourquoi ton père a-t-il un jour risqué sa vie pour aller à Tchong-king ? Parce que la pauvreté menaçait ses enfants... Quand on est pauvre on est comme la pomme de terre dans l'huile bouillante... Au seul souvenir de ce temps je tremble encore... Comment ne pas trembler alors en t'imaginant, toi, fragile comme une fleur, souffrir de la pauvreté... Je n'ai pas pu supporter cette pensée... C'est pourquoi je t'ai poussée vers une famille riche, pour ton bien, malgré mon cœur qui saigne... Demain commence ta vie de femme... Obéis aux trois morales et aux quatre vertus. Sers tes beaux-parents avec amour. Respecte et aime ton mari. Et fais de beaux enfants, éduque-les bien... Alors tes parents seront heureux.

Oui, l'échéance est arrivée, je sais que je ne devrais plus songer qu'à mes nouveaux devoirs. Mais quitter les miens m'est si dur que jusqu'au dernier instant il va me sembler encore que je pourrais ne pas partir. Tsong Haï recommence à pleurer, et de nouveau je veux arrêter ses larmes quand, cette fois, tante Ma s'interpose :

— Laisse ta mère pleurer..., ordonne-t-elle.

Tante Ma est désormais la gardienne des coutumes : avant le mariage de sa fille, plus une mère verse de larmes, plus son enfant sera heureuse et fortunée. Ces pleurs ont un nom : on les appelle « les larmes du palanquin fleuri » parce qu'elles étaient versées autrefois au moment où la fille à marier montait dans la chaise à porteurs décorée de fleurs qui l'emportait vers la cérémonie des noces. Je laisse donc ma mère pleurer, je l'accompagne. Mon père me prend dans ses bras, me cajole et me souffle doucement d'aller dormir.

Wei Hi a ouvert mon lit et me regarde me coucher. Puis il quitte la chambre. Mais sur le palier, longtemps il fait les cent pas et ne rentrera dans sa chambre qu'une fois sûr que je ne pleure plus. Dans le lit voisin, Ching Lin, ma jeune sœur, se retourne et me regarde au fond des yeux :

— *Tu ne veux pas* te marier ?

Je ne réponds pas. Elle poursuit :

— Nous avons encore une dernière chance ; si tu veux t'enfuir, je t'aiderai...

Je secoue la tête. Ching Lin est déçue et un peu vexée :

— Vraiment, je ne te comprends pas. Tu es la plus malheureuse des filles, tes cheveux tombent, mais tu obéis comme un chat mort... On te repasse comme un vêtement... Et tu laisses faire... Alors, si tu veux te marier, au moins cesse de pleurer, sois gaie et prépare-toi à tes noces !

Là-dessus elle se retourne et aussi pleine de fureur que de pitié, se couvre la tête avec sa couverture.

J'éteins. J'entends à nouveau les pas de mon père et m'efforce de pleurer en silence. C'est ainsi que je m'endors pour ma dernière nuit sous le toit de mes parents.

10

Le repas du palanquin fleuri / Homme nouveau et nouvelle femme / La longue cérémonie du Pavillon de la Fleur d'Abricotier / L'avertissement de l'inconnue / La salutation avec le vin.

Le jour de mon mariage fut aussi le premier jour où je ne me rendis pas à l'école. En ouvrant les yeux il me vint la pensée enfantine que je pourrais, pour une fois, faire la grasse matinée. Mais la fidèle A San, qui devait me suivre dans ma vie nouvelle, vint m'apporter mon petit déjeuner à huit heures pour m'emmener aussitôt après dans un institut de beauté. Je ne connaissais que les salons de coiffure. Il s'agissait, cette fois, de me maquiller. L'institut était chinois, le maquillage fut européen : cils épilés et redessinés, paupières peintes, joues fardées mais à peine, car j'avais un teint de porcelaine.

Il était presque midi quand nous fûmes de retour à la maison. Au salon du rez-de-chaussée une table carrée en bois de fer était installée comme le soir de mes fiançailles et recouverte d'une longue nappe de soie rouge. Entre deux grandes bougies rouges un brûle-parfum laissait monter les volutes de la fumée d'encens. Douze plats étaient posés sur la table. Toute ma famille assistait à cette première cérémonie, vouée aux ancêtres.

— Approche, me dit tante Ma. Mets-toi à genoux et dis adieu à tes ancêtres.

La vieille femme s'était adressée à moi en chantant ou plutôt en modulant une mélopée particulière à cette occasion. Et elle me poussa, ce faisant, vers un tapis rouge posé sur le sol devant la table transformée en autel. Je m'agenouillai et touchai le sol avec mon front, sentant venir des larmes à la pensée de ces ancêtres que je ne connaissais pas et qui ne m'avaient jamais semblé si proches qu'au moment où je les quittais pour toujours. Mais déjà tante Ma me tirait pour me faire lever. Puis elle me fit agenouiller une seconde fois pour remercier mes ancêtres d'avoir produit une bonne lignée.

Debout à nouveau, je fus invitée à m'agenouiller une troisième fois. Et tante Ma, encore une fois, comme un souffleur au théâtre, me souffla les paroles. Cette fois je priai mes ancêtres de me protéger, de bénir mon mariage, de me donner immédiatement un enfant excellent et du bonheur en toutes choses. Et tante Ma, avec sa voix rauque et toujours cette mélopée, commanda aux domestiques de préparer « le repas du palanquin fleuri », c'est-à-dire le dernier repas de jeune fille que j'allais prendre avant de monter dans le palanquin fleuri qui, en l'occurrence, était une voiture américaine préparée pour me conduire au lieu choisi pour la cérémonie publique. « Palanquin de joie », disait-on chez nous. Pour moi, palanquin des larmes.

Ce repas n'était destiné qu'à moi seule. À cet effet, une autre table, plus petite, m'attendait dans le salon. C'est là que tante Ma m'ordonna de déposer les plats, puis de m'asseoir. Mais je ne voulais pas manger seule, sous le regard de l'assistance, je voulais manger avec tout le monde !

— Non, mademoiselle, dit la mélopée de tante Ma. Toi seule monteras dans le palanquin fleuri... Toi seule dois manger le repas du palanquin fleuri...

Il me fallut donc bien m'asseoir au milieu de l'admiration attendrie de mes frères et de mes sœurs. La petite dernière, Ching Chin, roulait des yeux ronds. Ma mère elle-même ne laissait pas d'être ahurie : d'origine modeste, ma famille connaissait l'usage de la prière aux ancêtres, mais non pas ce rituel qui consistait pour la mariée à manger seule comme une impératrice au milieu de sa cour.

Le bol de riz que me tendit tante Ma était bombé comme une boule. Comment le toucher avec mes baguettes sans risquer d'en répandre la moitié à terre ?

— Afin que toute ta vie, demoiselle, tu aies de tout en abondance...

C'est alors que je remarquai que tous les plats étaient pleins à déborder et que je compris l'embarrassant symbole. Ayant chantonné comme il se devait, tante Ma prit elle-même les baguettes et commença à me nourrir comme un bébé. Quand le riz tombait, elle le recueillait prestement pour le remettre sur le bol. Je me demandais si tante Ma s'était bien lavé les mains, lorsque soudain elle me fourra de force dans la bouche une boulette de poisson non sans commenter son geste avec un nouveau souhait chanté :

— Puisses-tu connaître vivante cinq générations sorties de toi...

(La boulette – de poisson ou de viande – est ronde comme le cercle, signe de la famille qui doit toujours rester unie. L'écriture chinoise exprime par le signe *yuan* cette analogie entre la famille et la boulette.)

Puis ce fut le contenu d'une praire qu'on me mit dans la bouche :

— Que ta vie soit pleine de pièces d'or..., dit tante Ma.

(Les pièces d'or et d'argent de l'ancienne Chine avaient la forme d'un coquillage.) Suivit un pâté impérial bien frit accompagné de cette autre mélopée :

— Puisses-tu avoir abondance de lingots d'or...

Voilà qui concernait clairement le contenu de mon coffre-fort, sujet sur lequel personne ici n'avait de doutes. C'est ainsi que, sans se préoccuper de mon appétit ou de ma digestion, tante Ma put me gaver comme une petite bête jusqu'au moment où, estimant que j'avais fini, elle appela les domestiques et leur donna ordre de me conduire dans ma chambre afin de m'y habiller.

On me revêt d'une robe chinoise de brocart à fleurs rouges, A San dispose dans mes cheveux des fleurs de soie. Je suis perchée sur des chaussures à talon haut et enveloppée dans un manteau de vison. L'escalier est soudain plein de bruit, un grand remue-ménage s'empare de la maison de haut en bas, j'entends appeler :

— Dépêchez-vous ! Dépêchez-vous !...

C'est que mon fiancé est arrivé, il ne faut pas le faire attendre : rien de plus important que le moment où l'homme vient chercher sa femme chez ses beaux-parents. Nous descendons vite les deux étages. Liu Yu Wang est devant la grille. Vision désastreuse : par-dessus une longue robe chinoise toute noire il porte une redingote. Tante Ma lui fait signe d'entrer. Liu Yu Wang traverse le jardin. Nous voici bientôt au milieu du salon prosternés côte à côte. C'est le moment solennel où les fiancés qu'on appelle désormais « homme nouveau » et « nouvelle femme » remercient les parents et leur disent adieu. Le front contre le sol nous devons tous les deux nous prosterner d'abord devant grand-père Tsou Hon et grand-mère, puis devant mon père et ma mère.

— Dépêchez-vous pour la photo ! dit quelqu'un alors que nous nous sommes à peine relevés.

Cette précipitation est une chance : je n'ai pas le temps de pleurer. Autrement, je verserais de nouveaux ruisseaux de larmes.

Je ne sais ce qu'est devenu le cortège et la suite du marié. Je me trouve dans le fond d'une grande voiture. A San, ma servante, est à côté de moi avec la valise qui contient toute ma garde-robe (au cours de la cérémonie je devrai me changer plusieurs fois) et elle me fait d'ultimes recommandations : marcher à petits pas, ne pas parler vite, surtout ne pas rire. Comme si je risquais de rire. Cinq minutes après, nous voici dans un des grands salons de photographie de Shanghaï. Mon fiancé m'a rejointe. Nous posons devant l'appareil, raides et compassés comme des fonctionnaires puérils. Nous voici à nouveau dans la voiture, A San et moi. Un photographe de l'établissement a été embarqué avec nous : il nous suivra toute la journée. Grâce à lui nous serons riches de souvenirs...

La cérémonie du mariage se déroula dans un grand restaurant de Nanking Road, appelé le Pavillon de la Fleur d'Abricotier, dont les trois étages étaient entièrement réservés aux centaines d'invités de la noce. Mais, à la parenté, aux intimes et aux notables, il fallait ajouter un grand nombre d'employés et de cadres des banques, des usines et des entreprises diverses de la famille

Liu : aussi, un second restaurant, à peu près aussi vaste, était-il également retenu tout à côté du premier. La cérémonie du mariage rassembla en tout quelque quinze cents personnes, ce qui peut paraître considérable si l'on oublie que Liu Pin San comptait parmi les dix plus riches capitalistes de Chine, ainsi que le nouveau pouvoir révolutionnaire le soulignera bientôt.

Les trois étages du Pavillon étaient entièrement décorés de rubans de soie verte et rouge, de boules de la même couleur où pendaient des rubans, de grands panneaux de soie rouge couverts de souhaits en quatre signes, découpés dans du papier doré. Chacune de ces inscriptions portait le nom de son donateur et dans chacun des souhaits ainsi affichés il n'était question que de clair de lune et de fleurs épanouies, que d'amour et de bonheur éternel.

Quand le maître d'hôtel eut annoncé l'arrivée des mariés sur le seuil du Pavillon de la Fleur d'Abricotier, la foule des invités, comme une pieuvre géante, m'engloutit aussitôt. Je ne pouvais plus ni avancer ni reculer. Mais surtout une grêle de mots, de phrases, de compliments bombardait mes pauvres oreilles à bout portant :

— Qu'elle est belle !... Regardez ses mains !... Des pousses de bambou au printemps !... Plus blanches que le blanc d'un œuf ! Des yeux de phénix... Ah ! ce Liu, quel malin !...

Dans des occasions comme celle-là, les Chinois ne sont pas avares de paroles.

Alors que, pressée de tous côtés, je tâchais de faire bonne contenance, soudain j'entendis derrière moi une voix de femme, jeune me sembla-t-il, prononcer distinctement ces deux phrases :

— *La famille Liu est une famille sans scrupules... Cette jolie fleur sera détruite et c'est bien dommage...*

Je voulus me retourner pour voir le visage de celle qui venait de parler. Je n'y parvins pas, et quand je pus enfin bouger, il ne me fut pas possible d'identifier cette voix. Elle restera pour moi sans visage, mais ses paroles sont gravées à jamais au plus profond de moi.

Le personnel du restaurant joua des coudes pour me frayer un passage jusqu'au salon du premier étage où je devais me changer. Ma mère m'y attendait. La porte refermée, ce fut un immense soulagement d'être délivrée de la foule. Mais les paroles de l'inconnue me hantaient. Je les répétai textuellement à ma mère :

— Pourquoi a-t-elle dit ça ?

— Elle ne parlait pas de toi, je t'assure, me dit rapidement ma mère. Comment peux-tu penser une chose pareille ?... La famille Liu qui est si bonne, si vertueuse... Et un tel mari... Ah ! je t'en prie, ne prends pas le chapeau d'une autre pour te le mettre sur la tête... À présent, dépêchons-nous.

Certes, ce n'est pas le moment de discuter, mais celui de revêtir ma robe de mariage, la jolie robe européenne blanche, à longue traîne et serrée à la taille, celle que j'ai choisie avec Liu Yu Wang. Ma mère et A San rivalisent d'attention. On défait mes cheveux, on remplace les fleurs de soie par des gardénias frais. On me chausse d'une paire d'escarpins argentés à talon haut. A San me repoudre. Je me vois dans la glace : blanche et lumineuse comme une déesse impassible. Un appariteur annonce :

— L'heure du commencement de la cérémonie !

La porte du salon s'est ouverte. Quatre enfants m'attendent, deux petites filles et deux petits garçons, vêtus de blanc, à l'européenne, chacun pourvu d'une petite corbeille remplie de fleurs.

Mon père vient d'entrer et pose sur moi un voile de mousseline blanche qui me couvre le visage et la poitrine. Mes yeux se remplissent de larmes et en moi-même je lui dis : « C'est toi, mon père, qui poses sur moi le voile de l'esclave, c'est ton bras qui va me donner à un autre homme et toute cette fête n'est que pour nous séparer. » Mais un vieux démon au visage grêlé s'agite autour de moi :

— Vite ! Vite ! dit tante Ma.

J'avance lentement comme une jonque. Les flashes des photographes crépitent autour de moi. Au rez-de-chaussée, l'orchestre attaque la marche nuptiale de Mendelsohn. On me dirige vers un salon immense barré dans toute sa longueur par un étroit tapis rouge qui a bien cent mètres de longueur et sur lequel je dois passer au bras de mon père. Entre deux haies de complimenteurs nous avançons à pas comptés, précédés par deux petits enfants qui répandent des fleurs devant moi, tandis que deux autres tiennent la traîne de ma robe. Tante Ma, derrière moi, me souffle de baisser la tête. Il convient, pour la mariée, d'avoir dès que possible cette allure modeste qui est la marque de son sort.

Au bout du tapis rouge m'attend mon fiancé. Il s'est changé, et porte un smoking – sans être plus séduisant à mes yeux. Mais surtout, au fond de la salle s'élève un petit podium auquel on accède par trois marches. Là, devant une table recouverte d'une nappe rouge se tiennent trois hommes en robe chinoise : au milieu, un personnage très important dont j'ai oublié le nom et qui est le témoin, à gauche mon futur beau-père, le richissime Liu Pin San avec son front qui brille comme un miroir, à droite Tsou Hon, mon grand-père. En bas, mon fiancé attend que j'arrive devant lui. La musique s'arrête en même temps que moi. L'appariteur s'écrie d'une voix forte :

— Homme nouveau, ôte le voile du visage...

C'est le premier grand moment. Liu Yu Wang s'exécute, lève le voile et le remet à une servante. Nouveau concert de compliments qui ne s'apaise que lorsque, sur le podium, le témoin commence son discours. Ce notable de Shanghaï, ami intime de Liu Pin San, vante longuement les vertus de ma future belle-famille, puis celles de mon père, professeur digne de tous les éloges, etc. Suivent quelques conseils au nouveau ménage : pour éviter les disputes, il faut, dit-il, se respecter comme des amis. Le discours fini, il se fait apporter le registre où sont inscrits les noms et l'état civil des conjoints, puis demande à mon grand-père et à M. Liu leur consentement au mariage et, cela fait, appose un cachet sur le registre. (Vous remarquez qu'en Chine on ne demandait pas leur consentement aux mariés.) Mon beau-père appose à son tour le cachet, puis mon grand-père. Le témoin remet alors à Liu Yu Wang une bague que celui-ci passe à l'annulaire de ma main gauche : c'est une bague en or avec un seul diamant mais énorme. Lui-même, il ne porte pas de bague. Cette partie de la cérémonie, discours compris, avait duré trois bons quarts d'heure. L'appariteur annonça :

— La cérémonie est terminée ! Les nouveaux mariés vont se reposer !

C'était là une façon de parler, car en fait, la cérémonie ne faisait que commencer. La marche nuptiale reprit de plus belle tandis que, couverte de confettis et de serpentins, dans un désordre et un vacarme sans nom, je retournais vers le petit salon. Liu, à présent mon mari, est avec moi quand je m'effondre dans un fauteuil, déjà épuisée par la chaleur et le bruit. Je ne suis plus Chow Ching Lie. Je m'appelle désormais : Liu Chow Ching Lie.

Deux longues épreuves nous attendaient. La première, solennelle, inspirait le respect et la crainte : c'était la prosternation devant la parenté. L'autre, constamment recommencée – celle des brimades traditionnelles –, me fut insupportable. La part occidentale de mon éducation en était sans doute responsable, me rendant peu perméable à des coutumes si profondément chinoises. Peut-être faut-il aussi ne pas oublier le sentiment profond qui m'habitait : si j'avais vu dans ce mariage le couronnement d'une histoire d'amour pareille à celle des contes, si le Pavillon de la Fleur d'Abricotier avait abrité les noces de Roméo et de Juliette, alors sans doute les coutumes les plus saugrenues seraient devenues à mes yeux les plus charmantes. Que le lecteur décide lui-même, en découvrant la suite de la fête, si je mérite des reproches.

Donc, après la remise de la bague, c'est pour la prosternation devant la parenté qu'il fallut à nouveau se changer dans le petit salon. Liu Yu Wang avait revêtu une robe chinoise. Quant à moi, je devais m'habiller cette fois avec les quatorze pièces choisies par ma belle-mère dans la Quatrième Rue. De la tête aux pieds je devins éclatante comme un étendard, les fils d'argent et d'or se mêlaient aux couleurs des broderies, une résille de perle recouvrait le chignon de mes cheveux relevés, ma tête et mes oreilles étaient parées de bijoux et sur ma poitrine un pendentif, cadeau de ma belle-mère, présentait une plaque d'or sur laquelle étaient gravés ces quatre mots : « BELLE DEHORS – INTELLIGENTE DEDANS. » Tante Ma me remit un grand mouchoir de soie rouge qu'il était obligatoire, avec la tunique brodée, de tenir à la main.

Une fois de plus, je me regardai dans le miroir. Cela devenait une espèce de divertissement consolateur. L'attrait de la parure n'était pas pour moi une ivresse, mais plutôt l'occasion de m'oublier : l'image renvoyée par le miroir était celle d'une fille d'un autre siècle. Et non seulement un spectacle exceptionnel dans la Chine d'alors, mais le dernier dans son genre puisqu'une Chine nouvelle se levait autour de nous. Quand mon regard tomba sur Liu Yu Wang étriqué, flottant dans son large pantalon, je ne pus m'empêcher d'éclater de rire, à la grande fureur de ma mère. Mais Liu, nullement vexé, sourit et, comme pour s'excuser :

— Je suis toujours habillé ainsi, dit-il, pour les fêtes et pour l'hommage aux ancêtres...

Là-dessus, tante Ma nous fit sortir pour le salut à la parenté qui devait se dérouler dans la grande salle pourvue du podium. Chemin faisant, comme je marchais de cette démarche lente qui était de rigueur, une fille de mon âge se jeta brusquement sur moi et m'arracha mon mouchoir, à ma plus grande peur. Tante Ma, tout en me tendant un autre mouchoir, m'expliqua aussitôt :

— Ne crains rien, c'est la coutume... Tout le monde a le droit d'arracher quelque chose de la main de la mariée... C'est pour rire.

— Tu aurais pu me prévenir, lui dis-je, pour que je n'aie pas peur...

Au milieu de la grande salle étaient disposés deux fauteuils carrés en bois de fer et à coussins rouges. Deux chemins tapissés de rouge y conduisaient. L'huissier entonna une mélopée semblable à celle de tante Ma à la maison, pour annoncer :

— L'homme nouveau et la nouvelle femme viennent saluer les parents !

Alors, on conduisit d'abord vers les deux fauteuils Liu Pin San et sa femme. Ils arboraient l'un et l'autre un sourire épanoui.

— Que les mariés s'agenouillent ! dit l'huissier.

À genoux l'un à côté de l'autre, nous nous prosternâmes, mon mari et moi, le front sur le tapis rouge.

— Levez-vous !

Puis à nouveau, il nous fit agenouiller. Cela devait se faire en tout trois fois pour chaque couple de parents. La troisième fois, ma belle-mère m'aida à me relever en murmurant : « Bien… C'est très bien… »

Ce fut ensuite à grand-père Tsou Hon et à sa femme à s'asseoir dans les deux fauteuils pour recevoir nos trois prosternations, puis à mon père et à ma mère.

Mais il restait encore toute la parenté des Liu pour recevoir le même hommage, cousins, tantes et oncles, une cinquantaine de couples (il n'y eut que de rares veufs et célibataires) devant lesquels je dus me prosterner trois fois avec l'obligation de me relever entre chaque prosternation. Je prie le lecteur de calculer approximativement le nombre des mouvements.

Tante Ma était debout à côté de nous et je lui remettais la petite enveloppe de papier rouge (garnie d'un billet de banque ou de pièces d'or) que chaque couple de parents nous offrait après l'hommage. Cette partie des cérémonies dura environ deux heures. Mon mari, à la fin, était verdâtre, ses veines faisaient saillie sur son front et son cou. Quant à moi, mes quatorze pièces de vêtement étaient trempées, et j'avais les jambes et les reins comme brisés à coups de bâton. Dans le petit salon où tante Ma me conduisit aussitôt après, je rêvai de somnoler dix minutes dans un fauteuil. Il n'était même pas question de m'asseoir. Tante Ma me somma de me changer immédiatement pour le dîner qui allait commencer. Quand mes quatorze pièces furent retirées j'éprouvai, l'espace d'un instant, le bonheur d'être nue, tandis que mon mari se tenait derrière un paravent : il aurait été inconcevable qu'il aperçût seulement la naissance de mes épaules.

Assis par tables rondes de douze personnes, les invités remplissaient les trois étages du Pavillon de la Fleur d'Abricotier. Comme je l'ai dit, un autre restaurant, à cinquante mètres de celui-ci, accueillait le trop-plein, notamment les employés des entreprises de Liu Pin San. Dehors, Nanking Road était littéralement bouché par l'encombrement des Ford et de Buick des invités, si bien que c'est une partie du trafic de Shanghaï qui fut perturbé ce 3 janvier 1950 par mon mariage.

La phase suivante de la cérémonie – qui se situe à la fin de cet après-midi – commença au rez-de-chaussée du restaurant avec cette annonce de l'huissier :

— Les nouveaux mariés vont faire la salutation avec le vin !

De l'exercice inimaginable et terrifiant qui allait commencer, tante Ma nous avait expliqué le principe deux minutes plus tôt. Voici de quoi il s'agissait :

Suivis d'un garçon qui, sur un plateau, porte deux verres et une bouteille d'alcool de riz jaune, les mariés doivent s'arrêter *devant chaque table* et trinquer avec *chacun* des douze invités puis faire « Kam pé » (cul sec). En l'occurrence, le Pavillon comptait vingt tables par étage, et il fallait aussi trinquer au restaurant voisin avec les employés, les cadres et leurs femmes. En principe, il aurait fallu boire près de quinze cents verres, disons quinze cents gorgées. Mais comment en supporter seulement dix, moi une fillette de treize ans et mon mari si faible et qui ne tenait pas sur ses jambes ?

Le lecteur imagine sans doute qu'il y a des accommodements avec cette coutume brutale, faute de quoi les pauvres mariés du Pavillon n'auraient guère dépassé la moitié d'une seule table. Et certes, il y en eut, grâce au désordre propice, grâce, avant tout, à l'aplomb, la ruse et les clowneries de tante Ma. Liu Yu Wang, comme moi, trinquait avec les invités et pour le « Kam pé », faisait semblant de boire. Quand il était forcé, il gardait la gorgée d'alcool et la recrachait dans un verre que lui tendait subrepticement le garçon derrière le dos de tante Ma. Celle-ci venait surtout à mon secours dans les moments, fréquents, de danger. Car il y avait des invités agressifs ou un peu ivres qui me forçaient à avaler ma gorgée. Tout cela se déroulait au milieu d'une comédie très particulière dans laquelle autant les mariés devaient observer une attitude digne, courtoise et modeste, autant les invités pouvaient tout se permettre en matière de brimades conventionnelles et de quolibets de toute sorte. Ainsi, certains convives déchaînés pouvaient exiger deux ou trois « Kam pé » consécutifs, d'autres m'ayant vue boire et me soupçonnant cette fois de faire semblant, me prenaient à partie :

— Avec lui, vous avez bu !... Mais moi je ne suis sans doute pas digne... Avec moi, vous refusez, etc.

Fort heureusement, comme dans ces moments-là s'élevait un brouhaha de répliques et de rires, tante Ma qui était ici comme une espèce de bouffon et qui avait le droit de crier, répliquait au buveur, faisait un mot, lui clouait le bec et parvenait même à si bien embrouiller les pistes qu'on arrivait à passer plusieurs invités sans trinquer. D'autres fois elle buvait pour moi. Elle le fit souvent car elle ne craignait pas l'alcool, cela faisait partie de son métier. Enfin, tous les invités n'étaient pas impitoyables, beaucoup se contentaient du geste symbolique. Il en fut ainsi notamment avec ceux du deuxième restaurant qui, devinant que nous étions à bout de forces, nous prirent en pitié et me laissèrent lever mon verre à la ronde sans que je fisse le tour des tables. Ma belle-mère, qui savait par expérience que pendant la salutation du vin, le marié pouvait s'effondrer au milieu de ses vomissements, n'entendait pas laisser les choses aller trop loin. Elle intervint plusieurs fois pour défendre son fils, et quand elle lui prenait son verre pour trinquer elle-même, personne n'osait protester.

La salutation du vin terminée – Dieu soit loué ! – nous retournâmes au Pavillon pour dîner et c'est en route que tante Ma, sous le coup de l'émotion ou d'une légère ivresse, me déclara pompeusement qu'elle avait vu beaucoup de mariages dans sa vie, mais qu'elle n'en avait jamais vu d'aussi important dans toute la Chine et qu'il n'y avait pas de doute quant au bonheur qui nous attendait, mon mari et moi…

Au premier étage du Pavillon, dans le grand salon qui avait fait office de salle de mariage, une table pour dix était servie sur le podium. La composition de cette table avait aussi son importance. Outre les mariés, devaient s'y asseoir des jeunes gens célibataires, riches et ayant tous leur père et leur mère vivants. La plupart de nos commensaux avaient été choisis par les Liu parmi leurs cousins et cousines. Ayant traversé la salle où les invités avaient déjà commencé à manger tandis qu'à ma table on nous attendait, je gravis les trois marches du podium. Quand je pris place, mon cœur se mit à battre : autour de cette table, séparés de moi par quelques inconnus, étaient assis, l'un à côté de l'autre, Ching Lin ma petite sœur et ma confidente, et Ching Son, mon grand frère, mon héros et mon défenseur. Nous échangeâmes tous les trois un long regard chargé de pitié, de tendresse, de compréhension mutuelle, le premier regard adressé, en ce jour des yeux baissés, à deux êtres qui étaient mon cœur et mon sang.

Il était sept ou huit heures du soir. Un garçon servit aussitôt plusieurs plats de hors-d'œuvre comprenant du poulet, du canard, des crevettes et du poisson. Épuisée comme jamais encore de ma vie, j'avais pourtant faim et j'avançai vivement mes baguettes vers le plat le plus proche quand tante Ma – cette gorgone ne me quittait pas d'une semelle et se tenait derrière moi – retint ma main en chuchotant :

— Non, non, non, tu ne dois pas ! Tout le monde te regarde… C'est moi qui dois te servir… N'étends pas la main.

Les autres ont bien de la chance de pouvoir se servir. J'attends donc que tante Ma dépose un morceau de poulet dans mon assiette. Avec mes baguettes je saisis le poulet, j'ouvre la bouche…

— Kam pé ! Kam pé !

Quatre personnes m'entourent soudain : ce sont des convives de la salle qui viennent trinquer avec moi. Il faut que délicatement je pose mon morceau de poulet dans l'assiette, que je me lève, que je prenne mon verre, que Liu en fasse autant :

— Nous souhaitons à l'homme nouveau et à la nouvelle femme de vivre tous deux jusqu'au temps des cheveux blancs…

Ils peuvent souhaiter à leur aise, eux, ils ont mangé… Liu trempe ses lèvres dans son verre, les remercie. Malheur ! Nous n'allons pas cesser d'être harcelés par de nouveaux faiseurs de souhaits, plus agressifs, qui interpellent Liu, lui reprochent de ne pas trinquer, de se moquer d'eux… Je n'ai pas encore réussi à manger cette bouchée de poulet… Voyant que je n'en peux plus, tante Ma me sauve en disant que je dois me changer et m'entraîne vers le petit salon. Je suis à jeun, je proteste. Tante Ma affirme que si je me change vite nous arriverons à temps pour les quatre grands plats d'animaux entiers et que je pourrai manger parce qu'alors les salutations ne sont plus permises. Nouveau changement : robe chinoise de satin rose, petits phénix sur les escarpins assortis, grand phénix d'argent brodé. Retour à la table de la grande salle. Sur la table, des jambonneaux, des poulets et des canards entiers. Je m'assois.

Un homme s'approche de la table : la trentaine, des lunettes, maigre, ridé, les lèvres très minces, les yeux brillants. Il tient d'une main une théière d'alcool chaud, de l'autre un verre, il est ivre et me sourit méchamment.

— Excusez-moi, intervient tante Ma, les nouveaux mariés ont déjà bu. Il faut les laisser manger à présent puisque les grands plats sont arrivés…

L'homme la dévisage avec colère :

— Taisez-vous ! Ne détruisez pas la fête ! Je veux boire pour les mariés.

Il vide son verre. J'essaie d'ignorer ce personnage repoussant, de ne pas voir ses yeux injectés de sang. Mon mari espère nous délivrer de sa présence en buvant une goutte avec lui et en le remerciant.

— Ça ne va pas ! s'écrie-t-il. Nouvelle femme doit boire !

— Je bois pour elle ! dit tante Ma en prenant un verre.

— On ne te demande rien !

Cette fois l'homme l'a repoussée brutalement. Quand il remplit un verre et le tend vers ma bouche, je sens venir l'incident désagréable. Je reste calme et demande à Liu tout bas qui est cet homme. L'autre a entendu :

— Qui je suis ? Vous ne le savez pas ? Je suis Vieux King ! Le patron c'est ton beau-père, pas vrai ? Eh bien moi, je suis le gendre du patron !...

Il mentait. Vieux King était en réalité le gendre d'un des frères de mon beau-père. (Cette parenté lui avait permis d'obtenir un poste à la banque centrale de Liu Pin San. Depuis ce jour, il se vantait d'être le gendre du « patron ». C'était un personnage insupportable et dangereux qui devait nous persécuter bientôt dans les premiers temps de la nouvelle administration communiste. J'en parlerai à cette occasion.)

À l'autre bout de la table, je voyais le regard tendu de mon frère Ching Son et je sentais bien qu'il voulait se lever pour me défendre. Il ne le fit pas parce que l'usage le lui interdisait formellement. Un invité qui a une parenté avec l'épouse n'a pas le droit de jouer un rôle. De même que l'épouse, il doit tout supporter... Comme Vieux King, l'œil de plus en plus brillant, recommençait à me présenter le verre, un jeune homme de notre table se leva. Il avait une vingtaine d'années, c'était un étudiant extrêmement courtois.

— Cousin et cousine ont beaucoup bu, dit-il au perturbateur, il faut les laisser tranquilles.

Vieux King l'écarta en criant :

— Tant qu'elle ne boira pas, je ne la laisserai pas !

Dans la salle cette fois les invités ne mangeaient plus et l'incident aurait éclaté si ma belle-mère n'était apparue sur le podium à cet instant précis pour s'emparer du verre :

— Eh bien, Vieux King, dit-elle, sans élever la voix, je vais boire pour eux.

Alors, un spectacle inouï s'offrit à mes yeux : à la vue de ma belle-mère, le répugnant personnage qui montrait les dents comme un renard au poulailler, se tassa sur lui-même et fit le dos rond comme un chien apeuré.

— Maman ! dit-il, je ne le mérite pas…

Et il recula, salua, recula encore, salua encore jusqu'au moment de disparaître.

Ma belle-mère se pencha vers moi affectueusement :

— Pauvre chérie… Tu ne manges rien…

J'avais toujours le bout de poulet dans mon assiette.

— Je n'ai plus d'appétit, maman.

C'est la première fois que je dis « maman » à Mme Liu.

— Je reste près de toi, dit-elle, on ne t'ennuiera plus…

C'est vrai. Mais voici arrivée la fin du dîner. Déjà, des invités s'en vont. Je dois me changer une dernière fois pour les saluer tous sur le pas de la porte.

Robe chinoise en fil d'argent, chaussures et sac assortis, beaucoup de bijoux.

Long adieu à tous ces invités, tous ces inconnus. Ils ont tous dit quelque chose. Moi, je n'entends plus rien. C'est fini, le restaurant est vide. Il ne me reste plus qu'à rentrer avec la famille Liu, chez la famille Liu.

Mon frère est l'un des derniers sortis. Sur le trottoir il regarde la foule des invités monter dans leurs voitures. Il observe longuement la dispersion d'un monde qui aura bientôt disparu.

11

La brimade de la nouvelle chambre / La remise des serviettes / Ma première nuit de femme mariée / Le fantôme de la deuxième nuit / La coutume de sept culottes / La troisième nuit / Tristes révélations de Liu Yu Wang / L'obligation d'être enceinte / Sordide jalousie de ma belle-mère.

La demeure de la puissante famille Liu était située sur la grande avenue appelée Nanking Road et qui finissait contre la rivière Wangpoo dans ce qui n'était déjà plus la concession internationale. Elle faisait face à l'hippodrome qui deviendra bientôt Parc du Peuple. Un terre-plein isolait de l'avenue un chemin desservant une trentaine de maisons dont celle des Liu. Ce n'était pas là un secteur « chic ». Mais Liu Pin San, l'homme au front de miroir, y restait par superstition : bien avant sa grande prospérité le lieu ayant été jugé faste par le faiseur d'horoscopes, Liu Pin San ne voulut jamais quitter une maison qui lui avait porté bonheur.

Il était environ onze heures du soir quand la voiture où j'avais pris place avec mon mari s'arrêta devant mon nouveau foyer. Nos familles, ainsi que mes frères et sœurs, fermaient le convoi. Un petit nombre d'amis intimes de ma belle-famille avaient pris les devants et nous attendaient.

Habituellement, la maison chinoise a deux entrées, l'une sur la façade, l'autre derrière. C'est par celle-ci qu'on entrait les jours ordinaires. Bien entendu, le jour du mariage du premier fils, il fallait passer par la porte principale. Après avoir traversé la cour, nous entrâmes dans le grand salon du rez-de-chaussée déjà plein de monde. À cette vue, je me sentis nerveuse, malgré ma certitude qu'à cette heure tardive c'en était fini des brimades dont j'avais tant souffert au Pavillon de la Fleur d'Abricotier. Quelle ne fut pas mon erreur. Dès qu'on m'aperçut, un grand cri jaillit du salon :

— La voilà ! La voilà !

Et tante Ma, toujours à son affaire comme un poisson dans l'eau, de m'expliquer à l'oreille :

— Du calme, de la patience... Surtout, ne sois pas vexée. Ces gens-là vont tout faire pour t'énerver. Ils vont le faire exprès. C'est la coutume, et c'est très bon. C'est comme un levain pour la maison. Plus on en fait, plus la maison va prospérer...

Déjà, mon mari est entouré et happé par un groupe joyeux et bruyant qui le pousse vers la chambre nuptiale. Cela s'appelle la brimade de la nouvelle chambre. D'autres en font autant avec moi. Bousculés jusqu'en haut des marches, nous voici bon gré mal gré dans la chambre pleine de monde. Là, la conduite des invités atteint à une grossièreté profondément contraire à la discrétion chinoise mais exceptionnellement permise et même recommandée dans la circonstance, comme si le lieu et la proximité de la nuit de noces les excitaient particulièrement[1].

1. Le Nao-Sing-Fong, le « dévergondage », autorisait pendant trois jours et trois nuits à venir chez les nouveaux mariés et, même pour ceux qui avaient des cheveux blancs, à tenir les propos les plus dissolus.

Pour commencer, on demande à mon mari de raconter l'histoire de notre amour. Pauvre Liu Yu Wang… Même s'il n'était pas timide, comment parler d'amour à propos d'un mariage arrangé ? Son silence stimule l'assistance, qui insiste de plus belle :

— Ce sont nos familles qui nous ont mariés, dit-il un peu gêné et pour en finir.

Alors, ils se tournent tous vers moi. Ils veulent que mon mari et moi nous nous embrassions devant eux. (Je rappelle que jamais, en Chine, un couple ne s'embrasse en public… comme cela se fait en Occident.) Ils nous poussent l'un contre l'autre. Nous reculons. Rien à faire. À la fin, Liu m'embrasse sur la joue. Ils se mettent à hurler :

— Non ! Non ! Sur la bouche !

En vérité, si nous l'avions fait, cela eût été scandaleux. Mais leur insistance, le vacarme et la bousculade, tout cela les réjouissait sincèrement puisque c'était leur contribution au développement de notre famille et à notre prospérité.

La voix autoritaire de tante Ma couvrit opportunément le chahut :

— Seigneur père et mère vont rentrer chez eux. Laissez les mariés raccompagner leurs parents !

On nous laissa sortir de la chambre pour aller faire nos adieux à mon père et à ma mère qui désiraient à présent rentrer chez eux avec mes frères et mes sœurs.

Sur le seuil de la maison, nos yeux pleins de larmes, comme il nous fut difficile de nous quitter !

— Obéis à ton mari, me dit Wei Hi…

Et il ajouta :

— Prends garde au froid quand tu te changes. Il est facile d'attraper un rhume.

— Soyez tranquille, dit ma belle-mère, je serai là, je m'occuperai d'elle comme de mon propre enfant...

— Notre fille est très jeune, lui dit Tsong Haï. Si elle prononce une parole blessante, je vous prie de lui pardonner en notre faveur. Heureusement, vous lui donnerez le bon exemple pour la conduire dans la vie. Elle aura besoin de vos conseils et de votre bienveillance.

Qu'on ne s'y trompe pas : ce n'était pas là des politesses de femmes du monde. Ma mère était une paysanne sans éducation : elle manifestait à l'égard de ma belle-mère l'humilité sincère qu'une Chow éprouvait à l'égard d'une dame Liu.

Je fis mes adieux à mon père et à ma mère, à Ching Tsen, le plus petit de mes frères, à Ching Lin ma jeune sœur et ma complice, enfin à Ching Son mon frère bien-aimé qui semblait pressé de partir. Il restait Ching Chin, la petite dernière qui avait quatre ans. Elle me tirait par la manche et voulait m'emmener avec elle. Ma mère lui expliqua que c'était ici, à présent, que j'habitais, et comme elle commença à hurler, on la fit vite disparaître dans la voiture de peur que ses cris n'aient une mauvaise influence sur la maison.

Ma famille partie, quand les invités m'obligèrent de nouveau à monter dans ma chambre, je les trouvais moins odieux : assommants, du moins ils détournaient ma tristesse. Mais un murmure de respect les parcourut soudain à l'apparition d'un homme à qui Liu Yu Wang me présenta aussitôt : son oncle Sen, directeur de la banque Tchoung Kong, l'établissement principal de Liu Pin San. L'oncle Sen – qu'il me fallait appeler, selon l'usage, mon « grand-oncle » car, nouvelle mariée, je devais me placer par respect une génération au-dessous de celle de mon mari – fumait le cigare.

On m'ordonna de lui en apporter un. Il le choisit dans la boîte, je lui donnai du feu avec une allumette. Je dus recommencer trois ou quatre fois car les invités soufflaient sur l'allumette, ce qui le faisait rire. Quant à moi, je n'avais ni le droit de rire, ni de protester, ni même de parler. Oncle Sen fut assez gentil pour finir par allumer lui-même son cigare.

Il était près d'une heure du matin, des invités en goguette cherchaient encore à faire boire mon mari quand arriva ma belle-mère pour surveiller l'ultime cérémonie : le remerciement à ceux qui ont fait le lit des mariés. La coutume veut que cet office soit rempli par un couple dont la vie a été particulièrement heureuse. L'oncle Sen et sa femme, que mes beaux-parents avaient choisis, remplissaient cette condition. De plus, ils avaient encore chacun leurs parents, ce qui est considéré comme un signe de bonheur. (Je ne crois pas que ce soit généralement le cas en Europe.) Enfin, ils avaient aussi bien des garçons que des filles, ils ne connaissaient pas le malheur et ils étaient riches. Comme c'était ce couple qui avait fait le lit nuptial la veille, il fallait à présent le remercier. Quand mon mari et moi nous fûmes prosternés devant eux, Mme Sen m'aida à me relever et, en me caressant :

— Quand tu étais petite, me dit-elle, je te voyais tous les jours passer à bicyclette. Et à présent, j'ai fait ton lit de mariée ! Eh bien je souhaite que ton bonheur soit encore plus grand que le mien...

Le moment était venu où les invités devaient enfin partir, eux et l'infatigable tante Ma ! Aussitôt un calme délicieux envahit la maison. À l'exception de ma servante A San, dernier lien avec mon ancien foyer, j'étais seule avec ma nouvelle famille. Et c'était à présent le moment prescrit pour les présentations à ma nouvelle parenté.

Liu Pin San avait neuf enfants. Si tous n'étaient pas à la maison, il en restait suffisamment pour justifier mon appréhension. Nouvelle venue, j'étais par définition leur inférieure et le climat de ma vie dépendrait pour une grande part de ces beaux-frères et de ces belles-sœurs que je devais appeler désormais non pas « frères » et « sœurs », mais « oncles » et « tantes » afin de me placer toujours une génération en dessous d'eux, c'est-à-dire me rapetisser encore à leurs yeux[1]. Et croyez-moi, cela n'était pas purement symbolique...

L'aînée des filles, Liu Yu Ying, avait la trentaine. Une grande cicatrice, reste d'un accident d'auto, lui barrait le front, et une méningite contractée dans son enfance lui avait donné une sérieuse surdité. Avec un physique ingrat au naturel, si j'ose dire, et considérablement dégradé, elle était restée vieille fille parce que les riches n'en voulaient pas et qu'elle ne voulait pas des pauvres. Incroyablement gâtée, jalouse et chipie, voilà comment je la perçus dès la minute des présentations où l'antipathie fut réciproque. La deuxième belle-sœur, Liu Yu Chuen, était une grosse fille mariée depuis l'âge de quatorze ans avec un vaurien sans éducation ni profession qui se contentait de manger la fortune de sa belle-famille. Outre ces deux belles-sœurs qui devaient, hélas ! jouer un certain rôle dans ma vie, je fis la connaissance de deux autres filles plus âgées que moi, et d'un garçon et d'une fille plus jeunes. Trois enfants étaient absents, dont l'un fai-

1. De même, Julie devait appeler ses beaux-parents « grand père » et « grand-mère ». C'est par une faveur exceptionnelle qu'elle fut autorisée a les appeler « père » et « mère ».

sait ses études aux États-Unis. Les présentations furent brèves, c'était l'heure d'aller dormir.

Je montai dans ma chambre de mariée, suivie de Liu Yu Wang et de ma servante A San.

Comme on sait que je n'ai pas mangé, sur une petite table un repas est préparé et mon mari et moi nous nous asseyons face à face, servis par A San et aussi A Yu, la servante de mon mari, car dans cette maison, chaque enfant a son domestique. Nous mangeons dans un grand silence.

— Tu es fatiguée ? me demande mon mari.

Je lui fais oui de la tête, tout en mâchant mélancoliquement. Une telle tristesse m'étreint que j'avale difficilement et que parler est au-dessus de mes forces. Mais Liu Yu Wang a envie de parler :

— Je ne sais comment décrire ta beauté... dit-il.

Je baisse la tête.

— As-tu encore faim ?

Je baisse à nouveau la tête.

— Tu devrais manger davantage... Ching Lie, pourquoi ne parles-tu pas ? Tu n'es pas heureuse ?

Mon silence l'inquiète :

— Ching Lie, si tu ne te sens pas bien, dis-moi, je t'en prie... Ne me fais pas peur...

Et soudain je m'entends dire :

— Je veux mon père et ma mère !...

Il sourit, cette fois :

— Ching Lie, tu n'es plus un bébé... Quand on est marié, on ne réclame pas papa et maman...

— Je veux les voir !...

— Mais nous irons les voir.

— Maintenant ?

— Non, pas maintenant, Ching Lie...

— Alors, demain ?

Sa servante A Yu intervient :

— Pas demain non plus. C'est seulement le troisième jour après le mariage que la femme peut rendre visite à ses parents.

Trois jours ! Attendre trois jours quand je ne les ai jamais quittés qu'une seule fois pour aller à Hang-tcheou et encore en compagnie de mon frère... Les deux servantes s'efforcent de me consoler. Puisqu'il n'y a rien à faire, j'attendrai trois jours. Et soudain je me souviens d'une recommandation de ma mère : je dois, cette nuit même, donner à Mme Liu la luxueuse couverture de duvet et les deux oreillers brodés, cadeau obligatoire de la bru à sa belle-mère avant la nuit de noces. A San m'apporte le paquet que je vais porter à Mme Liu dont la chambre n'est séparée de la nôtre que par un salon. (De l'autre côté et contre notre chambre dorment les deux belles-sœurs aînées.) Ma belle-mère est contente :

— C'est bien, dit-elle, tu es une bonne fille. Va vite te coucher. Demain tu devras sortir de bonne heure.

Nous sommes déjà demain, il est près de deux heures du matin. Je dis bonne nuit à mes beaux-parents, mais à peine suis-je sortie que Mme Liu me rappelle. Elle a une question importante à me poser :

— À quand remontent tes dernières règles ? (L'expression chinoise est beaucoup plus discrète.)

Je suis très étonnée, et l'importance du détail m'échappe totalement, mais après tout, j'ai découvert aujourd'hui tant de coutumes qui m'étaient inconnues que je réponds :

— Cela a pris fin il y a deux jours.

— Donne-moi tes serviettes, dit-elle sur un ton de commandement.

En Chine, les serviettes périodiques sont d'étroites bandes de tissu cousues par la mère, longues, maintenues par une ceinture autour de la taille et garnies de papier de paille de riz. A San va les chercher dans mes affaires et les apporte à ma belle-mère. Celle-ci va les garder : si je ne les réclame pas, c'est que je suis enceinte. Mais pour le moment, comme elle ne s'explique pas, je ne comprends rien à son étrange préoccupation et j'ignore la signification de son geste, comme au reste, j'ignore à peu près tout de ce qu'une femme doit savoir, ainsi qu'on va bientôt s'en rendre compte.

Dans la chambre, les deux servantes ont arrangé le lit et nous souhaitent une bonne nuit à mon mari et à moi.

Il n'est pas loin de trois heures du matin et je suis seule avec Liu Yu Wang. Il disparaît dans le cabinet de toilette…

Ivre d'épuisement, je regarde le lit qui me paraît si doux, je m'allonge tout habillée sur la couverture, avec ma robe de satin rose, et je m'endors aussitôt.

Des coups frappés à la porte me réveillent. Où suis-je ? Je reconnais enfin cette chambre presque inconnue. Assise sur mon séant, je vois mon mari se lever pour ouvrir la porte. Il a dormi sur le divan pour ne pas me déranger, il a posé sur moi une couverture, et moi je me rends compte à présent que je me suis endormie sans me déshabiller ni me laver. A San – car c'est elle qui a frappé – me regarde stupéfaite :

— Il est six heures du matin… Comment se fait-il que tu ne sois pas changée ?

La raison pour laquelle A San a frappé de si bonne heure à ma porte est que mes beaux-parents se lèvent entre six heures et sept heures tous les matins et que moi, la bru, il faut que je sois levée avant eux. Malgré le grand nombre des domestiques, je dois les servir.

Dans la chambre que mon mari vient de quitter, A San apporte une cuvette d'eau chaude qu'elle pose sur la toilette de marbre surmontée d'un miroir. (J'ai dit que dans cette vieille maison il n'y avait pas de baignoire.) Je me déshabille, me lave, me change, me maquille légèrement. J'entends tousser mes beaux-parents déjà installés dans le salon qui sépare leur chambre de la nôtre. Il faut me dépêcher. A San apporte un plateau garni de deux petites théières (avec lesquelles on boit à même le bec), de deux bols de champignons blancs dits « oreilles d'argent » – un mets très coûteux – et de deux bols de longanes préparés au jus de ginseng. Je la suis dans le salon où, après avoir salué mes beaux-parents, je place devant chacun d'eux les bols et les théières, et j'attends, debout, qu'ils achèvent leur repas. C'est ainsi que je dois les servir pendant les trois jours qui suivent le mariage, lors de chaque anniversaire et de chaque fête, soit en tout dix occasions solennelles, dont huit pour les changements de saison. On considère que la belle-fille qui néglige une seule fois dans l'année ce devoir se moque de ses beaux-parents.

Le petit déjeuner terminé, A San apporte l'énorme paquet de chaussures de soie (une cinquantaine de paires) destinées à la parenté et parmi lesquelles il faut d'abord en choisir quatre paires pour la belle-mère :

— À présent, dit Mme Liu quand son choix est fait, va prendre ton petit déjeuner. Puis nous irons ensemble chez ma belle-sœur.

La journée tout entière fut occupée par la remise de cadeaux et d'aliments choisis – dont j'épargnerai le détail – aux deux frères et à la sœur de Liu Pin San et aux deux frères et aux deux sœurs de ma belle-mère. L'envie me démangea plusieurs fois, en ville, de téléphoner à mes parents, mais j'y renonçai, sachant que je n'y serais pas autorisée.

Ce premier soir de ma vie de femme mariée, il y eut un dîner de trente personnes dans la maison Liu, suivi d'une partie de mah-jong au cours de laquelle je dus servir le thé sans répit à tous les invités. Ce n'était là qu'un début. Dans les familles riches, il est courant que les réjouissances et les invitations se succèdent pendant plusieurs semaines après la noce.

Quand tout le monde fut parti et que j'eus souhaité une bonne nuit à mes beaux-parents, je restai seule, pour la deuxième fois, avec mon mari. Mais cette nuit-là, je ne m'endormis pas comme la nuit précédente.

Pour commencer, je fis ma toilette en veillant bien à ce que mon mari eût le dos tourné. Une fois en pyjama, comme Liu Yu Wang me regardait, je cherchai par tous les moyens à cacher mes pieds nus. Laisser voir mes pieds à un homme me semblait tout à fait choquant. Je le souligne pour que l'on comprenne mieux la suite des événements, sachant bien à quel point elle apparaîtra invraisemblable ou du moins bien étrange à un Occidental. Puis je commençai à me demander avec anxiété comment j'allais dormir avec un homme à côté de moi. Il le fallait bien, mais c'était terriblement gênant. Liu Yu Wang se rendit compte de mon embarras. Peut-être craignait-il d'avoir à dormir à nouveau sur le divan :

— Toutes les femmes mariées dorment avec leur mari dans un même lit… dit-il, s'efforçant de me convaincre.

Je pensai qu'après tout mon père et ma mère faisaient de même, donc je glissai le plus rapidement possible mes deux pieds sous les couvertures. Le froid m'avait décidée. Nous étions en janvier et la maison n'avait pas le chauffage central.

Liu Yu Wang se coucha à son tour. Mais au lieu de s'allonger, il se pencha sur moi et me parut étrangement tendre. En effet, il commença à m'embrasser doucement sur le front, sur les joues, encore sur le front, encore sur les joues. Je le laissai faire. Après tout, me disais-je, certainement papa et maman s'embrassent avant de s'endormir. Étant mon mari, Liu a le droit d'en faire autant.

Il éteignit la lumière et continua à m'embrasser, mais cette fois en me serrant de très près dans ses bras.

Soudain, je sentis contre moi la présence d'un objet rigide, je poussai un cri et, avec la rapidité de quelqu'un qui vient de déceler la présence d'un rat, j'allumai la lumière, soulevai les couvertures et m'aperçus, dans un éclair, que l'objet en question faisait partie de Liu Yu Wang. Alors, je fis un tel bond que je me retrouvai à plusieurs mètres du lit et de ce mari que je considérais à présent comme un monstre et qui me remplissait de terreur. Sorti du lit à son tour et me voyant trembler comme une feuille, Liu fut d'abord obsédé par l'idée que j'étais en train de risquer la mort dans le froid glacial de la chambre et voulut à toute force m'envelopper dans une des couvertures. Mais plus il approchait, plus je m'éloignais, ne voulant pas être touchée par une créature bizarre. Désespéré il me cria :

— Mais qu'est-ce que tu as, Ching Lie ?

— Ne m'approche pas ! criai-je, tu es un fantôme ? Tu n'es pas un homme normal !...

Et je sanglotais. Alors il comprit et, sa couverture sur les bras, n'osant plus m'approcher, il essaya patiemment de m'expliquer :

— Ching Lie, je ne suis pas anormal, je t'assure... Tous les hommes sont faits comme moi...

— Menteur ! Mon petit frère n'est pas fait comme toi !...

Car j'avais eu l'occasion, quand on le changeait. de voir mon frère Ching Tsen le dernier-né : il ne possédait rien d'aussi monstrueux que ce que je venais de découvrir. Je le dis à Liu Yu Wang qui ne put s'empêcher de sourire malgré le tragique de sa situation :

— Mais, Ching Lie, c'est un bébé... Moi, je suis un homme... Tout est proportionnel.

Je ne voulais plus l'écouter. Accroupie contre le mur dans un coin de la chambre et continuant de trembler – autant de froid que de peur – j'étais prête à passer la nuit ainsi et à mourir de froid plutôt que de retourner à côté du monstre. Il fit encore une tentative pour m'approcher, mais comme je criai, il s'arrêta net :

— Ne crie pas, dit-il, tu vas réveiller nos parents... Prends cette couverture, je vais revenir dans un instant.

Il me jeta la couverture et disparut. Une ou deux minutes passèrent quand je le vis revenir tenant à la main un livre ouvert.

— Viens, dit-il, je vais te montrer quelque chose qui va te prouver que je ne suis pas anormal.

Mais comme je ne voulais pas l'approcher, ni qu'il m'approchât, il fit glisser le livre sur le tapis jusqu'à moi et me dit de regarder : c'était un ouvrage de médecine, avec une planche d'anatomie qui montrait un homme. J'examinai plusieurs fois très attentivement la planche, tournai quelques pages : le livre était sérieux. Et tout à coup, je me sentis rassurée sans être débarrassée pour autant de mon malaise.

— À présent, dit Liu Yu Wang, qui se rendit compte du changement, tu peux aller te remettre au lit et te couvrir. Pour moi, je te promets, je te jure que je ne te toucherai pas. Au reste, je vais dormir sur le divan comme la nuit dernière et te laisser le lit pour toi seule. Es-tu d'accord ?

Je ne dis rien et me glissai dans le lit. Comme il y avait abondance de couvertures, Liu Yu Wang ne risquait pas d'avoir froid sur son divan. Je voulus dormir sans éteindre la lumière. Certes, je me répétais que Liu Yu Wang ne pouvait pas être un fantôme, puisque je venais de voir des images qui, d'après le texte, représentaient bien un homme normal. Cela ne m'empêchait pas d'avoir subi un choc dont je n'étais pas remise et qui, une fois que je fus endormie, remplit mon sommeil de visions de cauchemar.

Telle fut ma seconde nuit de femme mariée, car je n'osais guère employer l'expression « nuit de noces ». Fallait-il conter cet épisode de ma vie intime ? Pour moi, je répondrai sans hésiter que je l'ai cru nécessaire. Afin de montrer que dans mon pays et jusqu'au milieu du XXe siècle, on livrait des enfants au mariage sans même leur donner l'ombre d'une connaissance qui les eût au moins protégés de la peur. Des millions de fillettes ont comme moi été mariées de force et dans l'ignorance. Il est nécessaire de s'en souvenir pour mesurer l'ampleur de la révolution qui va, à peu de temps de là, changer la figure de la Chine et pour comprendre que lorsqu'on parle de libération de la femme chinoise, ce ne sont pas des mots.

Ce matin-là fut donc celui du troisième jour après le mariage, jour qui comportait une permission et une obligation. La permission pour la mariée d'aller rendre visite à ses parents. L'obligation pour la bru d'entrer dans la cuisine pour confectionner son premier repas. On se souvient peut-être que j'avais à plusieurs reprises, avant mon mariage, pressé ma mère de m'enseigner la cuisine et la couture et que Tsong Haï avait toujours refusé, sous prétexte que dans une famille riche je n'aurais pas besoin de me soumettre à des travaux où elle avait épuisé ses forces. Aussi, je fus plongée dans la plus grande anxiété quand la servante de mon mari, A Yu, m'avertit de bonne heure que j'aurais à préparer d'abord un petit déjeuner consistant en une soupe de riz et quatre plats, avec des légumes sautés et des œufs frits. La cuisine était vaste, digne d'une famille importante et, dans l'énorme cuisinière à charbon, brûlait déjà un feu de chaudière de locomotive. C'était une honte, devant le cuisinier, de ne savoir ni comment verser l'huile dans la marmite ni comment y jeter les légumes. Heureusement, la fidèle A San prit les choses en main et prépara elle-même le repas symbolique qui était censé être mon œuvre et que je montai servir à mes beaux-parents.

Une autre coutume encore, et bientôt le chapitre des coutumes attachées au mariage sera clos : celle des sept culottes. Elle exige une explication. Le même mot *khou* désigne en chinois une culotte et le malheur. La coutume de la région de Ning Po (d'où était originaire Mme Liu) exigeait que la belle-fille, nouvellement mariée, confectionnât sept culottes, cousues à la main, pour conjurer le malheur. C'est ce matin-là, après le repas, que ma belle-mère me remit, à cet effet, les aiguilles, le fil et le tissu, à moi qui ne savais pas plus coudre que cuisiner. Je me gardai de le dire. La bru doit obéir en silence. Mais que faire ?

A San, bonne fée, vint encore à mon secours et découpa d'abord le tissu. Cela fait, je décidai de coudre, je me piquai une première fois avec l'aiguille, et m'obstinant à continuer, je me piquai tant que je finis par avoir les doigts en sang et des pansements dessus. Ma belle-mère s'en aperçut :

— Cela ne va pas, dit-elle. Ces culottes ne seront jamais finies. Ou tu finiras les deux mains mutilées... Au lieu de coudre essaye de tricoter.

Le tricot n'alla pas mieux, je sautai constamment des points, mon ouvrage était plein de trous non prévus, il fallait tout défaire et recommencer. Mais enfin, à force de patience, je réussis au bout de plusieurs mois à terminer ces sept fameuses culottes si indispensables pour chasser les malheurs toujours menaçants.

Mais revenons à ce troisième jour dont le grand événement fut la visite à mes parents. Mon mari m'accompagna.

Quand la porte s'ouvrit, les débordements de joie – bien entendu accompagnés de larmes – furent tels, entre mes parents, mes frères, mes sœurs et moi que l'on aurait dit que j'avais quitté cette maison non pas depuis trois jours, mais depuis trois ans.

Il va sans dire que le moment arriva où Tsong Haï me fit venir dans sa chambre pour me parler seule à seule. Elle voulait savoir si j'étais heureuse, comme je vivais, etc. Quand vint le moment des précisions et que je lui racontai la scène de la nuit précédente, ma fuite hors du lit conjugal, ma terreur, les explications de mon mari et mes cauchemars, elle leva les bras au ciel :

— Ton mari est vraiment un imbécile ! dit-elle.

— Maman, ce n'est pas sa faute. Pourquoi ne m'avais-tu rien dit ?

— C'était à lui à t'expliquer, à te mettre en état de comprendre le devoir de l'épouse...

Tsong Haï était vraiment effarée. Elle aurait pensé à tout, sauf à un incident aussi saugrenu. Cela dit, elle se montra soucieuse et mécontente à la fois : je n'avais pas fait mon devoir de femme et c'était grave.

— Ce soir, tu dois absolument coucher dans le même lit que ton mari, tu m'entends. Faire autrement serait inadmissible...

Aussitôt après le bon repas qu'elle nous servit le soir, elle insista pour nous faire rentrer de bonne heure. À nouveau je quittai les miens avec tristesse pour rejoindre, en compagnie de mon mari, mon foyer.

À la maison, il y avait encore des invités. Une fois de plus je servis le thé aux joueurs de mahjong jusqu'à une heure avancée.

Puis, cette nuit-là, couchée auprès de mon mari, j'acceptai de devenir sa femme.

Ce n'est pas sans gêne ni hésitation que j'évoque un épisode qui a sans doute laissé à beaucoup d'épouses un souvenir de joie et d'épanouissement. Je me contenterai de dire que, mon corps n'étant même pas entièrement formé, mon souvenir à moi est plutôt celui d'une opération douloureuse et qui me rendit malade pour une semaine.

C'est sur ces entrefaites que Liu Yu Wang, plein de sollicitude pendant toute cette période, me fit une révélation qui ne fut pas non plus de nature à peindre ma vie en rose.

— Ching Lie, me dit-il, un soir que nous étions au lit, il faut que je te confie quelque chose d'important. Écoute-moi avec attention. Supposons qu'une nuit, alors que je suis allongé, tu constates que je suis tout froid : je te demande, avant tout, de n'avoir pas peur.

Je ne comprenais pas :

— Si tu as froid, lui dis-je, il suffit de te couvrir davantage.

— Non, Ching Lie, ce n'est pas ça. Si je suis froid, cela veut dire que je suis mort.

— Je t'en prie, Yu Wang, lui dis-je, ne plaisante pas avec ces choses. J'ai une très grande peur de la mort...

— Je t'assure que je ne plaisante pas. J'ai connu un homme, un de mes amis, qui est mort en pleine nuit alors qu'il tenait sa femme dans ses bras.

Il me faisait de plus en plus peur :

— Mais enfin, lui dis-je, ce n'est pas parce qu'un de tes amis est mort ainsi qu'il faut laisser travailler ton imagination...

Et là-dessus, agacée, je tournai le dos et voulus m'endormir.

— Écoute-moi d'abord, Ching Lie, dit-il, tu dormiras ensuite. L'ami dont je te parle était cardiaque. Je le suis également. Dans ce cas on peut mourir à n'importe quel moment. Il suffit quelquefois d'une émotion.

Épouvantée par cette révélation, je sortis du lit et me mis à marcher dans la chambre. Ainsi je venais de me marier avec un homme dont on m'avait tout caché et qui me révélait, *après* le mariage, qu'il souffrait d'une maladie mortelle. À peine ôté le voile de mariée il me faudrait peut-être porter bientôt un voile de veuve... J'étais effondrée, muette, et Liu ne trouvait rien de mieux que de me conseiller à présent de dormir. Dormir ? Maintenant qu'il m'avait si brutalement éclairée, j'exigeai d'en savoir davantage sur l'origine de son mal, ses manifestations, sa gravité réelle. Il m'expliqua que c'est de naissance qu'il souffrait d'une affection du cœur. Plus tard, la fièvre typhoïde et la méningite l'avaient également frappé, et même la variole dont il gardait des traces légères sur le visage. Vers l'âge de onze ans, il était resté quelque temps sans pouvoir marcher par suite des douleurs de ses membres inférieurs. C'est surtout à partir de l'âge de dix-sept ans que des crises violentes de rhumatismes s'étaient déclarées et que son cœur donna les plus sérieuses alarmes. Un soir d'automne, avec des camarades, à l'époque où il étudiait, il avait fait quelques copieuses libations de vin. Dans le parc, au bord du Wangpoo il fut obligé de s'allonger sur un banc. Trop légèrement habillé pour le froid humide du bord de la rivière, il fut terrassé, en rentrant chez lui, par une attaque cardiaque suivie d'une période d'hypertension avec des maux de tête continuels. L'augmentation du volume du cœur fut spectaculaire. Liu Yu Wang me montra des radiographies de son cœur.

On me trouvera peut-être dure si j'avoue qu'à la fin de ces confidences ma colère l'emportait sur ma pitié. Ne sait-on pas que je m'étais mariée non par amour mais sous la contrainte ? Et l'on ne m'avait même pas donné un époux valide, mais un malade qui m'obligeait à vivre avec le spectre de sa mort !

— Pourquoi, lui dis-je, m'as-tu laissée t'épouser sans me prévenir ? Pourquoi n'as-tu pas dit la vérité avant notre mariage ?

— Je n'ai pas dissimulé mon état, me répondit-il à ma grande surprise. J'en ai parlé à ta mère. Je lui ai dit que mon cœur était malade et donnait beaucoup d'inquiétudes. Elle n'a rien répondu. Pouvais-je savoir qu'elle garderait le silence ? Mais puisque nous voici mariés, il fallait que je te dise la vérité, à toi. Maintenant, tu la connais. Je t'en prie, n'aie pas peur. Si mon mal est bien soigné et si notre vie est tranquille, tout s'arrangera. Et puis, comme tu es la femme que j'aime profondément, jamais je n'ai été plus désireux de me soigner. Ce sera pour toi, à présent.

Tous les jours, en effet, il prit des fortifiants ainsi que des mets choisis comme les nids d'hirondelles et aussi quantité de ginseng, plante qui était considérée comme une sorte de panacée.

Le lendemain de ces révélations, je n'avais qu'une hâte : voir mes parents et leur rendre compte de ce désastre.

Mon père et ma mère restèrent longtemps sans parole. Tsong Haï, la première, reprit son sang-froid. Ce fut pour maudire MM. Chen et Yuen, les deux intermédiaires qu'elle traita d'escrocs et de bandits. Belles paroles, mais qui venaient bien tard. Je ne me donnai même pas la peine de lui rappeler que Liu Yu Wang lui avait confié la vérité et qu'elle n'avait pas cru nécessaire de relever son propos. Je connaissais la légèreté d'esprit de ma mère, son inconscience ne m'étonnait pas. À quoi bon l'accabler, à présent ? Mon père était sombre, honteux et prostré. Je regrettai presque d'avoir évoqué un problème que personne ne pouvait plus résoudre.

Une semaine après la révélation de Liu Yu Wang, je retournai à l'école. Écolière je m'étais mariée, écolière je redevenais : la seule promesse que j'avais arrachée aux adultes était celle de pouvoir continuer mes études. L'école étant beaucoup plus éloignée de mon nouveau domicile que du précédent, j'eus droit à une voiture et à un chauffeur pour m'emmener en classe tous les matins.

Levée tôt pour servir mes beaux-parents, couchée tard à cause de mon travail, j'allais encore, à chaque occasion, faire quelques heures de piano chez mes parents puisque je n'avais pas d'instrument chez moi, et qu'après tant de dépenses je n'avais pas encore osé en réclamer un. À ce régime, le surmenage eut raison de moi. Je n'étais pas forte et ma croissance n'était même pas achevée. Un jour, à l'école je fus saisie de vertiges et m'évanouis. Mais je repris le travail, car dans une vie sans joie, je n'avais rien d'autre.

La routine des jours s'était installée dans la maison de Nanking Road. Un matin que je la servais, ma belle-mère me fit asseoir près d'elle et poussa un profond soupir.

— Ma fille, dit-elle, ma santé commence à s'affaiblir, j'ai beaucoup de tension...

Je savais tout cela. N'était-ce pas pour sa santé qu'on avait procédé à l'ultime ruse, précipitant un mariage fixé à trois ans plus tard et cela pour qu'un « bonheur » contribue à sa guérison ?

— Désormais il faut songer que la mort peut m'emporter, que mon tour peut bientôt venir. C'est pourquoi, ma chère enfant...

Ce qu'elle allait me dire, je l'aurais deviné avant qu'elle achevât sa phrase. La veille encore elle était restée enfermée avec Chao Mé. Chao Mé, la filleule de ma belle-mère, était une jeune et redoutable commère aux lèvres minces et à l'œil méchant qui nourrissait à mon égard une jalousie féroce et noyée dans le miel. Délaissée par son mari, elle passait sa vie à flatter ma belle-mère qui l'écoutait complaisamment. Depuis que j'étais entrée dans cette maison, elle feignait de n'être préoccupée que par mon sort : quand serais-je enceinte ? Il fallait que cela se produisît au plus tôt. Mais pourrais-je l'être ? Ma santé n'était-elle pas très affaiblie ? (Le chauffeur n'avait pas manqué de raconter l'histoire de mon évanouissement à l'école.) Il fallait me donner des fortifiants, me montrer à un gynécologue. Était-il même tout à fait certain que je n'étais plus vierge ? Voilà avec quoi Chao Mé harcelait ma belle-mère chaque jour. Aussi ne fus-je pas étonnée d'entendre la suite :

— C'est pourquoi, ma chère enfant, j'espère tant que j'aurai un petit-fils avant de mourir…

Elle me rappela que pour que le bonheur des parents soit à son comble, trois générations doivent être présentes dans une maison. Il n'y en avait encore que deux dans la sienne. Je lui fis respectueusement remarquer que j'étais mariée depuis à peine un mois et qu'il n'y avait donc pas de quoi désespérer si je n'étais pas encore enceinte. Pour toute réponse, elle me fit savoir que rendez-vous était pris pour moi chez une femme qui avait la réputation d'être la meilleure gynécologue de Shanghaï et que, de surplus, elle connaissait bien.

Après l'école, je me rendis donc chez ce médecin. C'était une femme aux cheveux gris, à la fois imposante et d'une grande douceur. Elle m'examina, examina une fiche sur laquelle étaient portés mon âge et diverses informations :

— Tu crois, me dit-elle, que tu ne peux pas avoir d'enfants ?

— Ce n'est pas moi, lui dis-je, c'est ma belle-mère qui le craint.

Elle sourit et me considéra avec affection :

— Rentre chez toi, dit-elle et dis ceci à ta belle-mère : si dans dix ans tu n'étais pas enceinte, alors il faudrait revenir me voir. Car dans dix ans, non seulement il ne sera pas trop tard mais il sera encore assez tôt.

Rentrée chez moi, je répétai la phrase textuellement à ma belle-mère. Elle ne souffla mot.

Quelques jours plus tard, je me sentis indisposée et c'est avec un sentiment profond d'appréhension que j'allai réclamer à Mme Liu les serviettes périodiques que j'avais dû lui remettre. Mon appréhension ne m'avait pas trompée. À ma demande, l'irritation couvrit aussitôt le visage de Mme Liu comme un voile sombre et redoutable. Je venais de faire la connaissance d'une hostilité que je devais, hélas ! rencontrer encore. Je m'en plaignis à ma mère le lendemain au cours d'une visite rapide. Tsong Haï trouva ma belle-mère ridicule de me vouloir enceinte en quelques semaines. Il fallait cependant que mon attitude demeurât respectueuse et pleine de patience. Patiente et respectueuse, j'avais beau l'être, la figure de Mme Liu ne changeait pas et je sentais bien qu'elle me considérerait comme une mauvaise bru aussi longtemps que je ne serais pas féconde. Désespérée par son attitude, je demandai à ma mère qui, on s'en souvient, était pieuse, de prier le Bouddha pour moi avec la plus grande insistance : il me fallait devenir enceinte le plus vite possible. Ma mère le promit. Elle voyait bien que j'étais malheureuse et que, rétive naguère devant le mariage, à présent que j'étais mariée je voulais être une belle-fille parfaite.

Tsong Haï se rendit donc au temple bouddhiste qu'elle avait coutume de fréquenter, pria longuement et, à cette bonzesse, qu'elle connaissait de longue date, elle demanda mon horoscope. Celle-ci mélangea les petits bâtonnets de mon destin : celui qu'elle tira indiquait avec clarté non seulement que je serais enceinte prochainement, mais que j'aurais un enfant excellent, doué de la plus belle intelligence et appelé au plus grand avenir. Après l'abattement, l'espoir me revint.

Mon indisposition mensuelle donna des inquiétudes : au lieu de quelques jours elle durait déjà depuis deux semaines malgré les soins prodigués et les gouttes que je prenais toute la journée. Je perdais l'appétit, l'odeur de la nourriture me soulevait le cœur et ma fatigue était continuelle. Il ne faut pas oublier qu'à l'épreuve physique et morale de mon mariage s'était ajouté mon travail scolaire et que je préparais mes examens pour l'avant-dernière année de mes études secondaires.

J'allai donc voir un second médecin. Tout comme la femme qui m'avait examinée précédemment, cet homme ne dissimula pas son étonnement et sa réprobation de me voir mariée si jeune. Mais après son examen, il prononça une phrase qui me fit sursauter :

— Vous êtes peut-être enceinte.

Ce n'était pas une certitude, mais une présomption sérieuse. Il ajouta que, n'étant pas encore tout à fait formée, je courais quelques risques, dont celui de faire une fausse couche.

Le pronostic du médecin commença par étonner profondément ma belle-mère : elle n'avait jamais entendu dire qu'une femme indisposée pouvait être enceinte. Mais puisque c'était un médecin qui le disait, il ne fallait pas le prendre à la légère. À supposer qu'il eût raison, ce qu'il fallait éviter à tout prix c'était le risque d'une fausse couche. Elle m'ordonna de me mettre immédiatement au lit et de n'en plus bouger. En même temps, on procéda à des analyses. Résultat positif : le docteur ne s'était pas trompé. J'étais bel et bien enceinte.

Plus que jamais, j'étais donc condamnée à vivre allongée. Ma faiblesse ne me laissait, au reste, pas d'autre issue. Malgré tout, cette vie aurait pu avoir sa douceur. On pourrait penser que le jour où ma belle-mère apprit que j'étais enceinte elle devint aussi affectueuse qu'elle avait été hostile quand je lui réclamai mes serviettes. Hélas ! il n'en fut rien. Ma grossesse ne méritait aucune reconnaissance, elle lui était due, pour ainsi dire. Une chose, en tout cas, lui était inadmissible : que son fils, à cause de mon état, me témoignât de la sollicitude. C'est là que m'apparut le point faible et le vrai visage de Mme Liu.

Dans ma vie de recluse je comptais sur une seule personne pour me parler et me distraire un peu : mon mari. Je savais qu'il m'aimait beaucoup. Mais il fallait savoir que sa mère l'aimait avec rage. Mariée à l'âge de quatorze ans, Mme Liu avait attendu quatre ans pour avoir son premier enfant, une fille qui mourut en bas âge. Puis naquit une seconde fille. Le troisième et le quatrième enfant furent également des filles. Alors, estimant que ce ventre conjugal était sans espoir, la belle-mère obligea son fils, c'est-à-dire le mari de Mme Liu à prendre une maîtresse. Mme Liu souffrit énormément, elle pria le Bouddha désespérément, en multipliant ses promesses. Un cinquième enfant vint au monde qui lui sauva la vie et lui permit de faire jeter dehors la maîtresse : c'était un garçon. Malade dès sa naissance, Liu Yu Wang, mon futur mari, fut couvé et protégé comme un poussin, enfant d'autant plus précieux à sa mère que le père, Liu Pin San, homme d'affaires puissant, menait une vie laborieuse et distante. Il existait depuis vingt-six ans, entre Liu Yu Wang et sa mère, un lien passionné et jaloux qui me mettait en grand danger.

Je ne tardai pas à remarquer que les attentions du fils à mon égard attiraient immanquablement une scène de la mère. Depuis que j'étais couchée, non seulement je ne la servais plus, mais son fils redoublait de soins. Elle ne pouvait pas le supporter. Si, le matin, mon mari restait au lit avec moi un peu plus longtemps que d'habitude, elle faisait un scandale. N'avait-il pas honte, à une heure pareille, de ne pas être levé encore ? Et lui, comme un petit chien, il sautait du lit et obéissait.

Je devais traverser une longue période de dégoût pour toute nourriture. C'est alors que m'était revenu le souvenir d'un plat succulent : cette spécialité de nouilles au poulet, servie quelques mois auparavant au Pavillon Vert où j'avais vu pour la première fois Liu Yu Wang. Nous avions dû partir alors que je venais tout juste de commencer mon assiette. Il me semblait, à présent, que c'était le seul plat au monde qui me fît envie. Je l'avais dit à mon mari. Il avait l'intention de satisfaire mon désir. Ce jour-là, quand la servante A San m'apporta mon déjeuner, Liu Yu Wang, sur le pas de la porte, lui dit de rapporter les plats et qu'il irait lui-même me chercher mon repas au Pavillon Vert. Ma belle-mère l'entendit. Ce fut un bel esclandre. Quoi ? Elle, pendant ses grossesses, mangeait des nouilles à l'eau, et moi, j'attendais qu'on fît venir ma nourriture de l'extérieur ? Est-ce que je me prenais pour une impératrice ? Liu Yu Wang s'épuisa à la calmer et lui fit des excuses. Il ne fut plus jamais question des nouilles au poulet du Pavillon Vert.

Désormais, il s'abstenait de plus en plus de venir dans ma chambre pendant la journée. Elle ne le tolérait pas, et s'il était pris sur le fait, elle se mettait à hurler :

— Vous avez toute la nuit pour être ensemble ! Sois content que je te laisse dormir avec ta femme sans t'obliger à ouvrir la porte.

Cette extravagance n'était pas rare dans la Chine d'alors, surtout à Ning Po, le pays des belles-mères redoutables où, souvent, la mère du marié couchait dans la chambre contiguë à la chambre conjugale, exigeant que la porte restât ouverte afin d'obliger le fils, par ce procédé, à modérer ses ardeurs et du moins à les rendre silencieuses. Il s'agissait le plus souvent de veuves qui n'avaient plus que leur fils.

À la moindre caresse que me faisait mon mari – et Dieu sait si les Chinois sont discrets – ma belle-mère le foudroyait du regard et lui rappelait le proverbe : « Dans le lit, femme et mari, hors du lit maître et servante », pour indiquer qu'il devait prendre ses distances.

Quand cette femme tenait ces propos, nous étions au début de l'année 1950 : la relation séculaire entre les maîtres et les serviteurs commençait à se renverser dans la Chine tout entière.

12

La Chine entière libérée : à Shanghaï l'ancien et le nouveau côte à côte / Mon frère instructeur des cadres du Parti / Mon beau-père Liu Pin San arrêté / Manifestations des ouvriers devant la maison / Fuite de mes beaux-parents à Hong Kong / Ma guérison / Les amours de Liu Yu Yong / Je pars pour Hong Kong / Une lettre de Pékin / Retour à Shanghaï.

Je suis née dans un pays féodal, je me suis mariée l'année où la Chine s'apprêtait à franchir d'un seul coup plusieurs siècles. Avec ses coiffeurs européens et ses cinémas américains, la petite-bourgeoisie de Shanghaï était restée sourde aux grondements qui approchaient. Il n'y avait, chez les miens, que mon frère Ching Son pour comprendre que pendant ces quelques mois où le destin avait décidé malgré moi d'unir la famille Chow à la famille Liu, c'est le destin du monde qui avait changé de figure. Les événements qui intéressent six cents millions de Chinois ne passeront plus par-dessus nos têtes : nous aussi, bientôt, ils vont nous concerner.

Du Kouo-min-tang de Tchang Kaï-chek qui régnait sur le pays depuis plus de vingt ans, il ne reste plus rien. Depuis la fin de l'année 1949, toute la Chine continentale est libérée. Des affiches dessinées, des pièces de théâtre improvisées expliquent aux populations comment les débris des armées nationalistes grossis par les fonctionnaires véreux et les gangsters engraissés sur la misère du peuple, se sont précipitamment repliés dans l'île de Formose après une indescriptible débâcle, emportant ce qu'ils pouvaient de leurs rapines. Tchang Kaï-chek se proclamera président de leur République au mois de mars.

Ici, après vingt-deux ans de lutte, le fils d'un paysan du Hou-Nan, Mao Tsé-toung, est devenu le président de la République Populaire de Chine. Dans les rues de Shanghaï, sur les bâtiments publics et sur les tramways, dans les boutiques des commerçants, partout son portrait commence à apparaître, ainsi que ceux de ses compagnons de lutte, le général en chef Chu Teh et le chef du gouvernement Chou En-laï[1]. Avec eux, c'est l'Armée rouge, les paysans et les ouvriers qui, dit-on, vont organiser le pays. Et s'il est un pays qui a besoin de l'être cette année-là, c'est bien le nôtre ! D'aussi loin qu'on se souvienne, ce ne sont depuis des générations que guerres, massacres, destructions. Quant aux derniers maîtres, ils n'ont laissé derrière eux que ruines : l'inflation est telle qu'on va faire ses courses avec des sacs et des valises de billets de banque qui ne valent quasiment rien. Les petits employés de commerce de Shanghaï que leurs patrons sont obligés de payer en marchandises préfèrent encore une batterie de cuisine à une liasse de papier. Des quartiers entiers deviennent de grouillants marchés de troc. On achète, on vend, on échange surtout. Il faut vivre.

1. C'est à Shanghaï, en 1921, qu'a été fondé le Parti communiste chinois.

En ce début de l'année 1950, Shanghaï n'a vécu aucun bouleversement spectaculaire et pas une goutte de sang n'y a coulé. De même que l'Armée rouge est entrée dans la ville au mois de mai précédent presque sans avoir à combattre, de même la nouvelle situation s'est installée sans le moindre soulèvement ni règlement de comptes. Certes, les étudiants ont apposé des affiches, mais c'est pour informer la population des victoires de l'Armée rouge et caricaturer Tchang Kaï-chek et sa clique de milliardaires enfin chassés ; ils ont aussi défilé dans les rues, mais c'était pour applaudir à la Libération et aux nouveaux dirigeants. Prudent et mesuré, décidé à ne rien brusquer, le Parti qui dirige à présent le pays ne va montrer son autorité qu'à partir de l'été 1950. Jusque-là, le changement n'est pas spectaculaire, encore moins agressif. On dirait que deux mondes continuent à se côtoyer en s'ignorant. Qu'un mariage comme le mien eût été célébré dans une ville où flottait le drapeau rouge en est un exemple. De même, rien de changé dans les restaurants, les cinémas, les boutiques. L'ancien est toujours là. Le nouveau, petit à petit, *s'y ajoute*. Les signes nouveaux apparaissent chaque jour.

Le plus visible – et je m'en suis aperçue avant d'être alitée – c'est le costume. Les bourgeois de Shanghaï s'habillent encore pour sortir le soir, dans la journée ils s'efforcent d'avoir une tenue plus discrète. Car déjà le vêtement des Chinois commence à s'uniformiser : c'est un des premiers aspects, et non des moins importants, de la Révolution. Disons que c'est une révolution parmi d'autres, car chez nous il vaut mieux parler de révolutions successives. J'ai assisté à plus d'un de ces changements. Nous étions bien placés, à Nanking Road, pour être au courant des immenses défilés des syndicats avec leurs banderoles et leurs slogans nouveaux.

Ce qui a frappé d'abord la population c'est l'apparition des premiers soldats de l'Armée rouge, à présent une vision familière, mais d'abord l'objet d'une immense curiosité. Teintée de méfiance, car le Chinois est payé pour savoir que tout soldat est un pilleur et un voleur. Du moins jusque-là. Il ne faudra pas longtemps pour se rendre compte que les trois commandements du soldat de l'Armée rouge – qui ne doit prendre « ni le fil ni l'aiguille », considérer le peuple comme sa famille et restituer ce qu'on lui prête – ne sont pas des mots. Si les soldats nous ont étonnés, nous les étonnons encore plus à Shanghaï : beaucoup sont des hommes du Nord et ne parlent pas notre langue et seuls ceux qui savent écrire parviennent à se faire comprendre des commerçants, les caractères chinois étant les mêmes pour tous ; ce sont en majorité des paysans qui n'ont vu de leur vie ce que contiennent les vitrines des boutiques de Shanghaï, réfrigérateurs ou robes de mariée européennes…

Ce printemps de 1950, c'est encore la période de transition, mais elle finit. Chacun peut s'en rendre compte, car ici, aucune des mesures nouvelles prises par les dirigeants n'est le secret de quelques-uns, bien au contraire. Toute décision, tout événement font l'objet d'explications incessantes, dans les journaux, la radio, sur les murs et partout dans les rues. De même, plus tard, les actions qui paraîtront aux étrangers les plus dramatiques ou les plus brutales, par exemple les accusations publiques, dont je parlerai plus loin, montreront la volonté des dirigeants de tout conduire au grand jour, de convaincre le peuple en l'instruisant, de toujours préférer le raisonnement à la force et cela même avec les pires des gangsters emprisonnés moins pour être châtiés que rééduqués.

Les paysans sont les premiers organisés – le « pouvoir paysan » existe depuis longtemps dans de vastes régions où l'armée était chez eux « comme un poisson dans l'eau ». Le nouvel État a pris en main l'administration, les postes, les chemins de fer, les grandes universités, comme à Shanghaï l'université Saint-John et l'université américaine protestante de Shanghaï, où mon père avait étudié. Les enseignants et les cadres étrangers doivent partir. Il faut annoncer son départ dans deux journaux, l'un en langue anglaise, l'autre en langue chinoise, pour que les éventuels créanciers soient avertis. Avant de délivrer leur visa aux étrangers, on veut s'assurer qu'ils ne laissent pas de dettes en Chine.

Pour les nouveaux dirigeants, la tâche est immense. Des armées de volontaires sont nécessaires à l'administration du pays. Beaucoup de ceux qui ont conduit la lutte sont des illettrés. On répète la phrase du président Mao : « *Sachez lire et écrire, sachez déchiffrer votre avenir.* » Rien de plus précieux que les hommes instruits quand les fonctionnaires et les cadres sont une poignée alors qu'il en faudrait des centaines de milliers.

Ching Son, mon frère, a vingt ans. Il est mobilisé pour une tâche essentielle : la formation des cadres. Plongé dans l'étude des textes de Mao Tsé-toung, de Marx et de Lénine, il les transmet et les explique à ceux qui expliqueront et transmettront la doctrine à leur tour.

Mais si j'ai pour frère un cadre du Parti communiste, j'ai pour mari le fils de l'un des dix plus gros capitalistes de la Chine, Liu Pin San : la famille Liu songe-t-elle à ce que sera son avenir ? Pour le moment elle ne semble pas éprouver d'inquiétude.

Ceux qui avaient le plus de raisons d'en avoir, les hommes les plus compromis et les plus corrompus – généraux, seigneurs de la guerre, banquiers et chefs de gangs de toutes eaux – ont rejoint Formose. La peur du lendemain a incité plus tard des hommes des classes possédantes à choisir Hong Kong, tout proche, pour y attendre la suite des événements. Ceux qui sont restés en Chine et s'estiment irréprochables constatent d'abord que le nouvel État n'est pas dirigé exclusivement par les communistes. Le gouvernement compte parmi ses membres divers démocrates comme la veuve du président Sun Yat-sen (qui est aussi la belle-sœur de Tchang Kaï-chek) et même des généraux nationalistes ralliés. Ensuite, si le capitalisme est supprimé, et le système de propriété féodal abattu en faveur des paysans[1] le gouvernement a promis de protéger la propriété des ouvriers, des paysans, des petits-bourgeois et *bourgeois nationaux*. Loin de frapper les capitalistes, il cherche à les associer à la construction du pays. En dehors des contre-révolutionnaires connus et des antipatriotes, toutes les classes sont associées à ce que le gouvernement appelle le « Programme commun ».

Voilà ce que constatait, avec quelques autres capitalistes restés sur place, un homme comme mon beau-père. Au reste, Liu Pin San se considérait comme un patriote. À ce titre, il estimait que Mao Tsé-toung œuvrait pour le bien-être de la Chine.

La meilleure preuve que le gouvernement chinois a commencé par chercher à convaincre les capitalistes est fournie par l'Emprunt national patriotique lancé au printemps 1950. L'État

1. La loi agraire date du 30 juin 1950.

s'engageait à rembourser le capital par annuités en y ajoutant des intérêts. Malheureusement, on s'aperçut au mois de mai que l'Emprunt n'avait eu qu'un succès médiocre. Telle fut l'origine des ennuis de Liu Pin San.

C'est au début de ce mois, précisément, que mon beau-père fut convoqué à l'hôtel Park, palace de vingt-quatre étages, le plus luxueux de Shanghaï où la nouvelle administration avait installé les bureaux de l'Emprunt.

Liu Pin San s'y rendit à neuf heures du matin. À midi, sa famille l'attendit en vain pour déjeuner.

Dans ma chambre du premier étage, j'étais couchée depuis bientôt trois mois, enceinte et continuellement affaiblie par cette perte de sang qu'aucune médication ne parvenait à enrayer, ne pouvant rien faire d'autre que rester immobile si je voulais avoir une chance de garder mon enfant. Seules les visites de ma famille mettaient un peu de baume sur ma souffrance et mon ennui.

A San, ma servante, m'avait tenue au courant de la convocation de mon beau-père, événement auquel, bien entendu, toute la maisonnée était suspendue. D'autre part, ma chambre était contiguë au salon où se tenait généralement ma belle-mère. Elle commençait à être nerveuse et je l'entendais demander : « Mais que se passe-t-il ? Pourquoi n'est-il pas rentré ? »

L'heure du dîner arriva, Liu Pin San n'était toujours pas là. Cette fois, ma belle-mère n'y tint plus : l'hôtel Park se trouvant tout près de chez nous dans Nanking Road, elle s'y rendit à pied.

Reçue par un fonctionnaire en costume « Mao » elle lui demanda si son mari était toujours retenu à l'hôtel Park et, dans l'affirmative, si on lui permettrait de rentrer dîner chez lui. Le fonctionnaire répondit poliment que Liu Pin San était encore à l'hôtel Park mais qu'il n'aurait certainement pas le temps de rentrer dîner chez lui. Ma belle-mère ne comprenait pas ce qu'il voulait dire par là et, comme à sa demande de voir son mari on lui opposa un refus, elle rentra fort inquiète à la maison. Une heure plus tard, elle retourna à l'hôtel avec un petit paquet contenant des provisions pour son mari. Le même fonctionnaire opposa le même refus.

— Mais enfin, dit Mme Liu, ce n'est pas une prison ici ? Et si ce l'était, il me semble qu'on mange même en prison...

Le fonctionnaire finit par accepter le paquet :

— On le remettra à votre mari, dit-il. Mais ne comptez pas qu'il rentre cette nuit.

Et Mme Liu dut à nouveau retourner chez elle.

Or, à cette époque, mon frère Ching Son me rendait visite presque chaque soir après son travail. Ce soir-là il vint un peu plus tard et je l'entendis entrer dans le salon où ma belle-mère le mit au courant de la situation. Inquiète et furieuse, elle ne tarda pas à hausser la voix :

— Avant la victoire de Mao Tsé-toung, tout le monde nous disait du mal de lui. Depuis longtemps, la plupart des amis de mon mari lui conseillaient de fuir. Liu Pin San a toujours refusé. Et pourquoi a-t-il refusé ? Parce que Liu Pin San est un patriote. Il aime son pays. Il pensait que Mao Tsé-toung ferait du bien à la Chine. On lui a dit que le communisme ne serait appliqué que bien plus tard, peut-être dans dix ans. Et voici qu'il est arrêté comme un malfaiteur... Peut-être que ses amis qui lui conseillaient de partir avaient raison ! Et peut-être que les communistes sont vraiment des bandits !...

Ching Son était gêné par ce discours et par la situation, mais comme tous les jeunes gens d'alors – et lui particulièrement comme cadre du Parti communiste – il avait une foi totale et une confiance inébranlable. Les cadres passaient leur temps à expliquer patiemment les choses, à convaincre longuement les hommes…

— Vous ne devriez pas vous inquiéter, dit-il à ma belle-mère. N'avez-vous pas entendu dire que notre Parti ne prendrait ni un fil ni une aiguille ? De même on ne fera pas de mal à un homme estimable. Il s'agit peut-être d'une erreur. Avez-vous songé au travail que nous avons à faire dans tout le pays ? Comment ne pas commettre des erreurs quand la tâche est si énorme ? Je suis persuadé que demain tout sera réglé. Encore une fois, il ne faut pas avoir peur…

Mais ma belle-mère ne l'entendait pas de cette oreille. Depuis un mois, des signes néfastes lui donnaient des pressentiments : ainsi, le front de son mari avait changé de couleur et devenait de plus en plus mat et couleur de brûlé. (On se souvient que lors du goûter du Pavillon Vert où j'avais fait la connaissance de ma future belle-famille, la première chose qui m'avait frappée avait été le front, brillant comme un miroir, de Liu Pin San : mon père m'avait expliqué que c'était un signe de bonheur.) Ce changement de couleur ne pouvait, selon Mme Liu, qu'être un signe de malheur. De plus, puisque Ching Son travaillait avec ces communistes dont elle avait à présent tout à redouter, elle tenait à lui dire ce qu'elle avait sur le cœur :

— A-t-on oublié ce qu'a fait mon mari pour un homme du Parti qui est aujourd'hui très important ? Pendant que cet homme participait à la Longue Marche, sa famille mourait de faim. Qui l'a aidée à subsister pendant des années ? Liu Pin San, qui de la sorte risquait sa vie, car on sait bien ce qui serait advenu de lui si les autorités nationalistes avaient appris qu'il protégeait la famille d'un communiste ! Et tous les paysans pauvres à qui Liu Pin San a fait du bien ! Pour récompense le voilà enfermé à l'hôtel Park sans même le droit de voir sa femme !

Ching Son savait qu'elle disait vrai au sujet de la famille protégée et des paysans des domaines de Liu Pin San. Il ne pouvait donc que répéter sa certitude : tout cela finirait bien.

Malheureusement, il fut loin d'en être ainsi et le lendemain la situation tourna au désastre. Il était très tôt le matin. Dans la maison, tout le monde – moi exceptée – était debout quand nous entendîmes un grand vacarme dehors. Mes beaux-frères et mes belles-sœurs se précipitèrent aux fenêtres. Une foule rassemblée devant la maison criait :

— Sors, Liu Pin San ! Sors !

Puis, de cette centaine d'hommes se détacha un petit groupe de trois ou quatre qui traversa la cour pour frapper à la porte de devant. Les domestiques apeurés ouvrirent et, après avoir affirmé que Liu Pin San était absent, leur demandèrent ce qu'ils voulaient et qui ils étaient.

— Nous sommes les ouvriers de l'usine de cotonnade Tsong Ching, répondirent-ils.

Mon beau-père possédait une partie des actions de cette entreprise et il était membre du conseil d'administration. Or, le Parti venait de remettre aux ouvriers la direction de l'usine. Dans celle-ci comme dans quelques autres, les travailleurs, sous l'effet d'un mouvement spontané, étaient partis à la recherche des patrons et des dirigeants pour les mettre au travail sur les chaînes et leur faire prendre les outils en main. Mais la plupart des riches patrons, et surtout ceux qui s'étaient signalés par leur dureté, avaient récemment fui vers Hong Kong.

La réaction ouvrière aurait pu être beaucoup plus violente. Grande ville industrielle, Shanghaï avait donné l'exemple de l'action syndicale à plusieurs reprises en déclenchant des grèves aussitôt écrasées dans le sang. Le mouvement actuel n'était pas une vengeance et les ouvriers massés devant la maison n'avaient aucune intention violente. Ils voulaient simplement montrer aux patrons ce qu'était le travail de l'ouvrier et faire ainsi leur éducation (« Éducation », un mot qui revenait constamment dès cette époque). Liu Pin San, mon beau-père, était surtout un gros propriétaire foncier et un banquier important, il ne jouait pas un grand rôle à l'usine Tsong Chin. Mais les ouvriers, ne trouvant aucun patron et ayant entendu dire que Liu Pin San n'avait pas quitté la ville, avaient décidé que c'était lui qui subirait la leçon. Quand on leur dit qu'il était absent ils ne voulurent pas le croire et le petit groupe des parlementaires, entrant dans la maison, se mit à fouiller toutes les pièces, persuadé que le maître n'avait pu sortir de si bonne heure et qu'il se cachait quelque part. Interrogée, ma belle-mère répéta très calmement qu'il n'était pas ici et ne dit rien de plus. Ils entrèrent jusque dans ma chambre, à ma grande peur. Mais ils cherchaient sans brutalité, prenant garde, visiblement, à ne rien casser, et en même temps très fiers d'eux-mêmes et de montrer que les choses avaient changé. Ils se dominaient tant bien que mal car ils avaient un peu perdu la tête. À la fin, n'ayant trouvé personne, ils s'en allèrent en nous disant :

— Nous reviendrons le chercher.

Ma belle-mère ne savait plus, cette fois, s'il fallait se plaindre de l'arrestation de son mari ou s'en réjouir : qu'il fût enfermé à l'hôtel Park, en un sens c'était, à condition qu'il en sortît, une véritable chance. Il valait mieux ne pas imaginer Liu Pin San emmené triomphalement par les ouvriers à l'usine Tsong Chin : sa dignité ne l'aurait pas supporté, il serait mort de honte. Et quand nous restâmes seuls dans la maison, il s'éleva une dispute entre ma belle-mère et ses deux filles les plus jeunes. L'une avait dix-sept ans et l'autre à peu près mon âge. Elles avaient l'une et l'autre de la sympathie pour le communisme ainsi qu'elles le témoignèrent par la suite. Sans autre résultat que de provoquer sa fureur, elles tentaient de consoler leur mère en lui affirmant que jamais le président Mao n'avait ordonné aux ouvriers d'agir ainsi et qu'il fallait mettre de telles actions sur le compte des maladresses inévitables au commencement d'un grand changement.

À nouveau l'heure du déjeuner arriva sans que Liu Pin San fût revenu. À nouveau sa femme lui apporta à l'hôtel Park des provisions qui furent refusées. Elle y retourna le soir et comme elle demandait encore une fois pourquoi on ne rendait pas la liberté à son mari :

— Cela dépend de lui, lui répondit-on. Cela dépend de sa propre conduite et non pas de nous.

Il fut impossible d'en savoir davantage. Au soir de ce deuxième jour de l'arrestation de Liu Pin San, Ching Son vint à nouveau nous rendre visite. Dès qu'elle l'aperçut, ma belle-mère se déchaîna en attaque contre les communistes comme si mon frère était l'incarnation du Parti. Ching Son, pas un instant, ne perdit patience :

— Les ouvriers ont une vie très dure depuis des générations. Le pouvoir capitaliste a toujours été impitoyable avec eux. Est-ce que Tchang Kaïchek n'en a pas fait tuer dix mille d'un seul coup ? (Il faisait allusion aux grèves de 1927 à Shanghaï qui furent noyées dans le sang par le Kouo-mintang.) Aujourd'hui, les travailleurs sont fous de joie : ils ont un peu perdu leur sang-froid. Un homme aussi bon que votre mari est une exception chez les grands capitalistes. Comment voulez-vous que les ouvriers fassent la distinction ? Au reste, je suis persuadé qu'on n'aurait pas fait le moindre mal à Liu Pin San.

Ma belle-mère était prostrée. Son mari devait passer une deuxième nuit à l'hôtel Park. Le matin du troisième jour, le téléphone sonna. C'était la voix de Liu Pin San qui parlait de l'hôtel Park :

— Je suis autorisé à sortir, dit-il à sa femme. Je suis très fatigué. Viens me chercher avec mon fils...

Toute la maison se réjouit, mais ma belle-mère gardait la tête froide. Elle pensait aux ouvriers qui avaient promis de revenir chercher son mari. Il ne fallait pas le ramener ici. Une de mes belles-sœurs, immédiatement envoyée en ville, retint une chambre dans un hôtel peu éloigné de la maison.

Quand Liu Pin San quitta l'hôtel Park, c'est là qu'on le conduisit directement. Et c'est dans sa chambre qu'il fit à sa femme et à son fils le récit des événements des deux derniers jours.

Tous ses malheurs venaient de l'Emprunt national patriotique. Devant le nombre médiocre des souscripteurs, le gouvernement avait décidé de s'adresser directement à ceux qui détenaient les capitaux, en commençant par les fortunes les plus importantes. Étant l'un des dix premiers sur la liste, Liu Pin San avait donc été convoqué. Dans une chambre à côté de la sienne était « logé » en même temps que lui le fameux Tseu, un autre milliardaire de Shanghaï. Pour commencer, on avait demandé à Liu Pin San, avec toutes les formes de la courtoisie, de bien vouloir souscrire 100 000 dollars à l'Emprunt national et de les verser en liquide. Il avait répondu qu'il ne lui était pas possible de se procurer sur-le-champ une telle somme d'argent liquide – mais qu'il pourrait se procurer 10 000 dollars. Il n'en était pas question.

Ce qu'on lui demandait, c'était de s'engager sur-le-champ et par écrit à verser 100 000 dollars dans les plus brefs délais : on lui accorderait quelques jours, le temps d'obtenir les liquidités. Liu Pin San ayant refusé, des fonctionnaires se relayaient pour le convaincre de signer, lui rappelant qu'il ne courait aucun risque, que l'État lui verserait tous les ans des intérêts et que son capital serait intégralement remboursé au bout de dix ans. Il répétait qu'il lui était impossible de trouver 100 000 dollars. Au bout de quarante-huit heures, n'en pouvant plus, il signa et fut aussitôt libéré.

Inquiet pour mon beau-père, mon frère était venu exceptionnellement me voir l'après-midi.

— Tes communistes sont des gangsters ! lui lança ma belle-mère.

— Je pense que c'est tout à fait le contraire, dit Ching Son avec le plus de douceur possible, ils aiment leur pays et veulent le construire. Voyant que les capitalistes ne veulent pas donner leur argent, ils le prennent. Mao Tsé-toung n'avait pas demandé cela, il avait cherché à les convaincre de coopérer. Et puis ce n'est pas pour le mettre dans leur poche que les communistes prennent l'argent, mais pour le pays. Exactement le contraire de ceux qui ont gouverné jusqu'ici. Essayez de comprendre, madame Liu, et attendez la suite.

Ma belle-mère ne lui répondit même pas : on ne discute pas avec un fou.

Mme Liu n'avait pas eu tort de cacher son mari dans un hôtel : le lendemain, le groupe des mêmes ouvriers revint frapper à notre porte. Ils devaient s'en retourner bredouilles, mais non sans avoir, une fois de plus, visité la maison de haut en bas.

Cette fois, c'en est fini de la tranquillité de Liu Pin San. Il lui faut prendre de grandes décisions, et d'abord celle à quoi il s'était refusé jusqu'ici : partir.

Dans l'après-midi du même jour, ma belle-mère s'agenouilla devant l'autel des ancêtres installé sur une table du salon et, après avoir allumé les bougies et l'encens et posé les douze plats, elle leur fit ses adieux. Sa décision était prise. Mais elle pensait avec chagrin à mon sort, à mon état qui m'interdisait de me lever, à ce petit enfant dont elle souhaitait si ardemment la naissance. Ayant fait venir ma mère elle informa d'abord Tsong Haï qu'elle avait décidé de partir pour Hong Kong le soir même avec son mari. Il le fallait, la vie de Liu Pin San était en danger. Tous ses enfants devaient rester, pour le moment. Il était convenu qu'ils partiraient plus tard avec Liu Yu Wang mon mari. Quant à moi, il était hors de question de me faire faire un voyage d'une durée de trente-six heures. Mme Liu demanda donc à ma mère si elle consentait à me garder en attendant la suite des événements, car il était impossible de prévoir s'il faudrait rester à Hong Kong ou, au contraire, revenir à Shanghaï. De notre ville, à cette époque, un grand nombre de riches bourgeois s'étaient enfuis soit par peur, soit pour attendre les événements et envisager de revenir selon la tournure qu'ils prendraient. Hong Kong, ce n'était pas Formose : aussi curieux que cela paraisse, on ne demandait pas de visa, tout le monde pouvait sortir. Dans ce pays immense, les autorités avaient autre chose à faire, pour le moment, que de penser aux détails. Tsong Haï était bouleversée :

— Si vous partez, dit-elle à ma belle-mère, ce sera sans doute pour toujours. Il ne serait pas juste que je garde ma fille : l'épouse doit suivre son mari dans les bons et les mauvais jours. « Épouser un chien, suivre un chien ; épouser un coq, suivre un coq », dit le proverbe. Ce que je vous demande, c'est que ma fille ne soit pas abandonnée par sa nouvelle famille. Si vos enfants restent ici, et votre fils Liu Yu Wang, que Ching Lie reste avec eux. Je viendrai la voir chaque jour et je m'efforcerai de la soigner sans relâche.

— Moi non plus, dit ma belle-mère, je ne veux pas quitter les miens et ma belle-fille pas plus que mes propres enfants. Mais il faut d'abord que j'installe mon mari, cela prendra bien un mois. Nous ne connaissons pas le pays et nous sommes âgés. Au bout d'un mois, si tout va bien nous ferons venir les enfants à Hong Kong.

Ma mère rentra chez elle le cœur lourd.

Après avoir réuni les 100 000 dollars qu'il s'était engagé à verser pour l'Emprunt national, Liu Pins San les remit à son fils qui les apporta aux fonctionnaires de l'hôtel Park. Puis il retint deux places dans le train de Hong Kong pour sa femme et pour lui. Il fallait renoncer aux couchettes, signe de luxe capitaliste qui aurait pu attirer l'attention. De même, il valait mieux ne plus se distinguer par ses vêtements. C'est donc dans des habits chinois peu voyants mêlés au peuple, que mes beaux-parents, chargés d'un petit bagage, partirent pour Hong Kong.

Je restai seule dans la maison avec mes beaux-frères, mes belles-sœurs et mon mari. Ma mère vint me voir tous les jours. D'accord avec mon mari, elle fit venir médecin sur médecin pour tenter de me guérir. Mais qu'ils fussent européens ou chinois, ils ne pouvaient rien pour moi. Couchée, je continuais, doucement, à perdre mon sang. Si je tentais de me lever, c'était une inondation. L'accumulation des piqûres et des médicaments chinois les plus variés achevait de m'affaiblir. Je n'avais le droit de me tourner ni à gauche ni à droite, mais seulement de rester sur le dos la tête plus basse que le corps. Je commençais à grossir un peu : on aurait dit que mon enfant s'accrochait à cette vie qui me fuyait.

Un soir que ma mère rentrait chez elle plus découragée que de coutume et se demandant ce qu'il adviendrait de moi et de cet enfant, elle fit dans la rue la rencontre d'une tante éloignée, une femme d'âge mûr qu'elle n'avait pas vue depuis des années. Enchantée de la rencontre, celle-ci ne manqua pas d'être frappée par la tristesse de Tsong Haï et lui en demanda aussitôt la raison.

Ma mère lui dit mon histoire et mon état. Loin de paraître alarmée, la vieille tante sourit :

— Cela n'est rien, dit-elle, nous allons la guérir en vingt-quatre heures.

Et elle lui donna une recette dont je crois que je n'ai oublié aucun ingrédient. Il fallait se procurer sept racines de ginseng, cette plante dont j'ai parlé à plusieurs reprises, mais n'en prendre que l'extrémité ronde, et sept longanes séchés, acheter certaine pilule de plantes que vendait un certain pharmacien chinois, faire bouillir ensemble les bouts ronds des ginsengs et les longanes séchés, en boire le jus et prendre en même temps une des pilules. Au bout d'une seule ingestion, dit la tante, le sang s'arrêtera de couler, mais il faudra continuer trois fois, puis une fois par mois afin que le bébé vienne à terme et, désormais, manger tous les jours des œufs de pigeon.

Ma mère, qui m'avait fait essayer toutes les drogues de la terre, ne croyait guère à l'efficacité de celle-ci. Néanmoins, elle remercia la tante et, par un reste de superstition plutôt que par conviction, se procura le lendemain les ingrédients de la fameuse recette. Pour les têtes de ginseng, plante très coûteuse, c'est mon mari qui les lui donna car il en avait une provision personnelle dans un coffret spécial. On prépara longuement la décoction. On me la fit avaler le soir même. Je dois à la vérité de dire que le lendemain, l'hémorragie était arrêtée. Je n'osai pas me lever aussitôt... Je continuai, selon les prescriptions de ma tante, à prendre mon médicament pendant trois jours. Le troisième jour, je me levai. Pas la moindre goutte de sang. Il y avait trois mois que j'étais couchée. Mais le plus important pour moi n'était pas d'être enfin debout : c'était d'être convaincue à présent que mon enfant vivrait.

Tandis que ma mère continuait à m'apporter des œufs de pigeon, à me surveiller plus attentivement que jamais, et à remercier le ciel et la bonne fée rencontrée dans la rue, des nouvelles nous parvinrent de mes beaux-parents.

La population de Hong Kong avait augmenté considérablement depuis la Révolution par l'afflux des Chinois qui pour une raison ou une autre avaient choisi la fuite et parmi lesquels on comptait beaucoup de Shanghaïens. Il devenait difficile de trouver un logement. Mon beau-père, qui avait les moyens de louer une résidence luxueuse, était devenu doublement réticent à faire de grandes dépenses. Par économie et pour ne pas se faire remarquer, même ici. Installé au centre de Hong Kong, à Victoria, dans un hôtel très ordinaire, il n'avait qu'une hâte : faire venir toute sa famille. Et cela d'autant plus qu'il avait appris par son fils que j'étais guérie et en état de me déplacer.

Il fut donc décidé par Liu Yu Wang que nous partirions à notre tour pour Hong Kong. Quand mon frère Ching Son en fut informé, je sentis sa réticence même si, ne voulant pas intervenir dans nos affaires, il se gardait de s'exprimer. Au demeurant, comment se serait-il douté que c'est lui qui subirait un jour les conséquences les plus lourdes d'une décision qu'il n'approuvait pas ?

Quant à moi, à peine remise du chagrin de quitter ma maison, voici que m'attendait une nouvelle épreuve infiniment plus rude : partir pour l'inconnu, quitter la ville de ceux qui m'étaient chers sans savoir si j'y reviendrais jamais. Mon père et ma mère partageaient mon angoisse, mais personne ne pouvait plus rien dire. Mes beaux-parents partis, c'était Liu Yu Wang qui était le chef de la famille. C'est donc lui qui organisa le voyage, après avoir réglé les affaires de son père et demandé à un de ses oncles qui était marié mais n'avait pas d'enfants, de venir habiter la maison dès que nous l'aurions quittée.

Le départ fut loin d'avoir lieu comme il l'avait prévu car, dès l'annonce qu'il en fit dans la maison, il s'éleva une grande discussion entre les frères et les sœurs. Pour les deux plus jeunes sœurs, communistes de cœur, il n'était pas question de quitter la Chine, quel que fût le sort de leur père. Mais l'épreuve la plus pénible nous fut infligée par Liu Yu Ying, la sœur aînée, la vieille fille à la cicatrice, qui refusait de partir parce qu'elle était amoureuse.

Elle avait fait la connaissance depuis peu d'un homme dont elle paraissait folle. Il s'appelait Tchang, nom qu'il faisait précéder du prénom américain Jim, qu'il pensait sans doute dans le vent. À l'époque, ce Jim Tchang travaillait comme secrétaire dans un hôpital et ce n'était donc pas son modeste salaire qui pouvait lui permettre de se transformer chaque soir en play-boy. Et pourtant, connu comme tel dans toute la ville, toujours entouré d'un nuage de jolies filles – le plus souvent des entraîneuses de boîtes de nuit – il aimait exclusivement les plaisirs et le luxe. Quand le hasard lui fit rencontrer Liu Yu Ying, qui ressemblait si peu à ses danseuses mais qui était fille de milliardaire, il lui fit aussitôt une cour assidue. Elle tomba dans le panneau. Mon mari et ses amis avaient beau la mettre en garde contre un don Juan, qui ne voyait en elle que la dot, le trousseau et l'argent qu'elle représentait, Liu Yu Ying ne les écoutait pas. Elle avait, pour convaincre les autres et se convaincre elle-même, une explication ingénieuse dont elle ne démordait pas : Jim en avait assez de passer d'une fille à l'autre, il avait besoin de changer de vie, il rêvait d'une femme simple et de bonne famille avec qui fonder un foyer. Voilà sans doute ce dont il l'avait convaincue. Et elle voulait y croire d'autant plus qu'elle voyait le temps passer. Une marieuse lui avait trouvé naguère un fiancé : celui-ci, après avoir vu sa cicatrice et constaté qu'elle était dure d'oreille, fit annuler les fiançailles, ce qui pour une Chinoise est une cuisante humiliation. À présent, elle avait trente et un ans, l'âge d'une vieille fille, et un homme lui faisait la cour. Elle refusait de quitter Shanghaï.

Informés de son refus et de ses esclandres, mes beaux-parents lui écrivirent qu'ils lui ordonnaient non seulement de venir, mais de partir la première. Mon mari avait pour instruction de la conduire au train et de l'escorter jusqu'au wagon. Gâtée et capricieuse, on la savait capable d'une fantaisie qui compromettrait le voyage de tous. Mon mari acheta un billet pour elle et pour son jeune frère de quatorze ans et accomplit sa mission. Il fallait du courage, car elle partit en pleurant et en faisant du scandale jusque sur le quai, mais enfin l'ordre des parents resta le plus fort.

La deuxième sœur, mariée et dont le mari vivait sur son héritage, resta à Shanghaï. On ne s'en occupa plus. Pour les deux sœurs cadettes qui avaient de la sympathie pour le communisme, elles avaient décidé de se rendre à Pékin et de s'inscrire à l'université, ce qu'elles firent peu après. Quant aux deux derniers-nés de la famille Liu, une fillette de neuf ans et un garçon de quatorze ans, il était entendu que mon mari et moi les emmènerions avec nous à Hong Kong.

Fin mai 1950 – voici le jour du départ et nous voici, escortés par ma famille, vêtus de vestes de travailleurs et munis d'un petit bagage, en route pour la gare, mon mari, son petit frère, sa petite sœur et moi qui pleure comme une fontaine. Pas plus que mes beaux-parents nous n'avons osé prendre des couchettes de peur de nous faire remarquer et, comme eux, c'est sur les dures banquettes de bois des wagons de 3e classe que nous voyagerons dans un train bien rempli. Ma mère pleure, elle aussi, en regardant mon ventre qui commence tout juste à s'arrondir, en pensant aux trente-six heures de voyage qui m'attendent. La gare de Shanghaï est marquée par un des plus tristes souvenirs de ma vie : le train qui emportait mon père autrefois. Mais aujourd'hui est plus déchirant qu'hier, car qui sait quand je reverrai les miens et si je les reverrai. Mille couteaux percent mon cœur quand le convoi s'ébranle. Sur le quai, mon frère Ching Son, le visage mouillé de larmes, court à côté du wagon, doucement d'abord puis de plus en plus vite et jusqu'à bout de souffle.

Je ne m'arrêtai pas de pleurer jusqu'à Hangtcheou. Une voisine de compartiment, femme d'un grand âge, s'était approchée de moi pour me consoler :

— Il faut que tu cesses de pleurer, dit-elle. Tu es enceinte : c'est très mauvais pour ton enfant.

Je n'étais pas encore mère et pourtant je fus touchée. Et par amour pour mon enfant, de toutes mes forces je me retins de pleurer.

Je passe sur le martyre de ce voyage et la nuit moite où mon mari cardiaque et moi enceinte, nous serrant pour laisser dormir les enfants, nous restâmes trente-six heures sans fermer l'œil, puisant nos forces dans notre responsabilité. À Canton, avant-dernière étape du voyage, il fallut changer de train. La gare était pleine de soldats de l'Armée rouge qui ne nous prêtaient pas la moindre attention. Nous n'étions plus qu'à une heure de la frontière. Arrivés à Sam Chun, poste frontière des Nouveaux Territoires, nous vîmes les premiers soldats anglais de Hong Kong : ce fut comme un brusque retour en arrière, car avec leurs casquettes plates et leur allure avantageuse ils nous faisaient penser aux soldats de Tchang Kaï-chek. Nous n'étions déjà pas fringants à la frontière, la fin du voyage dans la chaleur et l'humidité accrues du Sud acheva de nous épuiser. Au bout de quelque deux heures nous arrivâmes à Hong Kong.

Après les pauvres bourgades traversées et les campagnes nues, Hong Kong, avec ses buildings, ses cinémas, ses hôtels et sa circulation, nous apparut comme une reproduction de Shanghaï. Ce qui nous donna pourtant un choc, c'est que la population – en majorité des Cantonais, plus petits et plus frêles que les Shanghaïens – parlait une langue à laquelle nous ne comprenions rien : nous étions en pays étranger.

Mes beaux-parents et leur fille aînée Liu Yu Ying nous attendaient à la gare de Kowloon. Ces gens peu expansifs manifestèrent une grande joie et un grand soulagement à nous voir. Nous prîmes ensemble le ferry pour Hong Kong, et, au débarcadère, un taxi pour l'hôtel.

C'était un hôtel délabré et malpropre. Je savais mon beau-père peu dépensier : cette fois, il faisait preuve d'une ladrerie scandaleuse. Ce milliardaire, en exil mais à l'abri du besoin, avait tout simplement loué deux grandes chambres, l'une pour les femmes, l'autre pour les hommes. La première devait loger ma belle-mère, mes deux belles-sœurs (la grande à la cicatrice et la petite qui venait d'arriver) et moi. L'autre était destinée à mon beau-père, mon mari et ses deux petits frères. Nous avions l'usage d'une salle de bains à l'étage. On ne pouvait pas être plus économe.

En vérité, peu m'auraient importé l'inconfort et les privations si, dans une ville inconnue, loin de mes parents, j'avais trouvé la chaleur d'une famille qui se resserre dans l'épreuve, si j'avais senti ne fût-ce qu'un peu de cette douceur et de cette affection qui avaient baigné mon enfance. Par malheur, je n'eus même pas besoin d'une journée pour me rendre compte que l'atmosphère était encore plus lamentable et plus sordide que le logement. Brusquement privée de ses nombreux domestiques de Shanghaï, ma belle-mère avait perdu toute dignité : ce n'était plus qu'une vieille femme aigrie déversant son amertume sur un mari qui s'efforçait de la supporter tant bien que mal et que je plaignais sincèrement. Liu Yu Ying, ma grande belle-sœur, ne pensait qu'à son don Juan perdu, son Jim à qui on l'avait arrachée et, quand elle ne pleurait pas, elle nous regardait tous comme on regarde ses pires ennemis. Quant à mon mari, le changement de climat et l'humidité de Hong Kong étaient particulièrement néfastes pour son cœur et ses rhumatismes. Restaient les trois enfants, la fille de douze ans et les deux garçons de neuf et quatorze ans, très malheureux à l'hôtel et ne comprenant rien aux figures sinistres qu'ils voyaient autour d'eux. Avec mon beau-père qui restait parfaitement serein, j'étais la seule raisonnable dans une situation à laquelle je ne pouvais rien changer, supportant les plaintes des uns et des autres dans l'espoir qu'elles s'apaisent. En attendant, quelques occupations devaient m'absorber.

Les vieilles Chinoises consacrent beaucoup de soins à leurs cheveux. Elles ne les lavent que deux ou trois fois par an, mais chaque jour elles les peignent longuement avec un peigne double très fin armé de petits morceaux de coton qui s'imprègnent de la saleté et qu'on change au fur et à mesure. Dans sa maison de Shanghaï une domestique passait une heure tous les matins à peigner les cheveux de ma belle-mère pour qui c'était là comme un massage et un plaisir quotidien dont elle ne pouvait se passer. Depuis son arrivée à Hong Kong elle en était privée, et de toutes ses privations c'était la plus cruelle. Elle avait bien songé à se faire peigner par sa fille aînée, mais devant la mauvaise humeur hautaine de Liu Yu Ying, elle n'avait pas osé le lui demander. Avec moi elle osa, dès mon arrivée, comme si elle m'avait attendue pour cela : je fus préposée d'office à sa chevelure et je m'en occupai tous les matins, debout pendant une heure et plusieurs fois au bord de l'évanouissement. Comme il n'y avait ni ménage ni cuisine à faire (nous commandions dans un restaurant voisin nos repas qui étaient consommés dans les chambres) mes deux occupations principales, le matin, consistaient d'abord à peigner ma belle-mère et ensuite à me rendre chez un cousin de ma mère qui habitait Hong Kong et à qui mes parents adressaient tous les jours leur courrier puisqu'ils ne pensaient pas que nous resterions à l'hôtel. C'est avec de nouvelles larmes que chaque jour je lisais les précieuses nouvelles de mes parents, de mes frères et de mes sœurs.

Installé à l'hôtel en attendant de trouver un logement, mon beau-père se rendit compte au bout de quelques jours qu'il nous faudrait déménager au plus tôt. Il m'emmena avec lui dans ses recherches, non seulement parce que, fatigué par les lamentations de sa femme et de sa fille aînée, il appréciait ma conduite, mais aussi parce que (grâce à mon école occidentale) je parlais l'anglais et qu'à Hong Kong c'était la seule langue utilisable si l'on ne parlait pas le cantonais. Une semaine après mon arrivée à Hong Kong un appartement fut trouvé.

Les meubles et les ustensiles les plus simples et les moins chers ayant été rapidement rassemblés, en quarante-huit heures nous fûmes installés dans l'appartement qui, comparé aux deux chambres d'hôtel, présentait bien des avantages mais aussi quelques inconvénients. C'est qu'il fallait, ici, faire le ménage et la cuisine. Ma belle-mère qui, à Shanghaï, n'avait pour toute occupation que les parties de mah-jong, nous fit payer chèrement, avec son humeur exécrable, la moindre de ses interventions dans le ménage ; ma belle-sœur l'amoureuse était intouchable, on ne lui demandait rien, trop heureux quand elle cessait de geindre, l'autre sœur était trop petite. Par conséquent, tout naturellement et tout obligatoirement, ce fut à moi qu'incomba la tâche, une fois peignée ma belle-mère, de faire les lits, le ménage et les courses avant la préparation des repas.

À Hong Kong où il n'y avait alors pas de marchés un peu partout comme aujourd'hui, il me fallut tous les matins faire une longue expédition, puis revenir chargée de paquets dans la chaleur déjà étouffante de juin, et comme par esprit d'économie ma belle-mère nous privait de réfrigérateur, je faisais généralement les courses deux fois par jour, les aliments du matin étant abîmés le soir. Pour la cuisine, je déplorai plus que jamais que ma mère eût refusé de me l'enseigner, car ma belle-mère et ma belle-sœur faisaient de véritables esclandres devant mes plats trop cuits ou pas assez, trop salés ou trop doux. Je me procurai un livre de cuisine et m'appliquai avec acharnement.

Quand ce n'était pas la cuisine qui provoquait des scènes, c'était autre chose. Ma belle-sœur Liu Yu Ying ne cessait de se disputer avec son frère de quatorze ans, et comme il lui tenait tête, c'était immanquablement sur moi qu'elle retournait sa hargne. Or, la belle-sœur peut tout dire à la nouvelle femme et celle-ci n'a pas le droit de répondre. Malgré les excuses que je voulais trouver à cette vieille fille frustrée, enlaidie par sa cicatrice, la supporter devenait de plus en plus difficile ! Mon mari souffrait de me voir travailler ainsi et d'être si durement traitée, sachant que s'il intervenait pour m'aider ou me défendre, la fureur de sa mère aurait encore aggravé mon sort. Alors, il se taisait et je préférais cela : sa pauvre santé lui était un fardeau suffisant.

Quelques jours après notre emménagement, ma belle-sœur, qui ne savait quoi inventer pour être nuisible, m'accusa devant ma belle-mère de me moquer d'elle :

— Je ne peux plus supporter l'attitude de Ching Lie à mon égard, osa-t-elle déclarer. Aussi, j'ai décidé de rentrer à Shanghaï pour ne plus vivre dans la même maison…

On ne voulut pas la laisser partir, mais ma belle-mère fut aisément persuadée que je me conduisais mal et demanda à mon mari de me chapitrer. J'étais jeune, enceinte, faible, je faisais de mon mieux pour les satisfaire tous, et voilà comment j'en étais remerciée. Deux semaines après mon arrivée à Hong Kong, au bord de la dépression nerveuse, j'écrivis à mes parents à Shanghaï et leur racontai ce qu'était ma vie. Quelques jours plus tard, mon frère arriva à Hong Kong.

Quand Ching Son débarqua à Hong Kong, ayant quitté son poste d'instructeur des cadres, il n'avait pas la moindre idée de la gravité de son acte ni des conséquences qu'il aurait à en subir. C'est un revenant qui vint le chercher à la gare : cet « oncle Hiao », l'ami d'enfance de mon père qui avait partagé avec nous et ses deux femmes notre maison de Shanghaï. Parti depuis longtemps avec tout son argent, il avait acheté à Hong Kong un parc d'attractions comprenant un théâtre, un cinéma, des manèges et toutes sortes de jeux, appelé « Le coin des litchis ». Il possédait en outre une petite usine de tissage. Avec ses deux femmes et sa famille, il vivait dans un pavillon confortable et, contrairement à mes beaux-parents, dépensait sans compter.

Bien entendu, quand mon frère se présenta chez mes beaux-parents, moi seule savais que c'était alerté par ma lettre qu'il avait quitté la Chine. Pour tous, il venait en visiteur. Ching Son ne pouvait habiter avec nous non seulement faute de place, mais surtout parce que l'usage imposait des distances entre la famille de l'époux et celle de l'épouse.

Quand il se rendit compte de mon genre de vie et de mon état, Ching Son ne se sentit pas le courage de rentrer à Shanghaï. Mais comme il ne pouvait demeurer qu'à condition de trouver aussitôt du travail, il s'adressa donc à oncle Hiao. Par chance, il ne pouvait mieux tomber : ce dernier avait besoin d'un homme de confiance à la tête de son usine de textiles. Trop jeune pour porter le titre de directeur, Ching Son fut nommé « sous-directeur », titre non seulement honorable, mais qui lui assurait du même coup gagne-pain et logement.

Mon frère qui, désormais, passait me voir tous les jours, écrivit à mon père pour lui donner ses raisons de rester à Hong Kong et lui dire aussi son découragement : il était près de moi mais ne pouvait rien faire d'autre que me regarder souffrir. La lettre suffit pour que Wei Hi arrivât à Hong Kong à son tour.

Enceinte de cinq mois, je travaillais toujours autant. J'avais à peine grossi et je manquais d'appétit. La seule nourriture qui me fît envie, c'était le lait. J'avais toujours aimé en boire et j'en aurais bu plus volontiers que jamais si j'avais osé en demander. Il n'en était pas question quand je voyais comment était comptée la monnaie qui restait des courses et que mon mari, ne travaillant pas, ne possédait pas plus d'argent qu'un petit garçon. Mon frère, qui s'était conformé à l'interdiction d'en sortir de Chine, n'avait pas un sou. Pour m'acheter du lait, il vendit la bague qu'il portait au doigt. Je pleurai encore beaucoup, seule la nuit et parfois dans les bras de Wei Hi dont la tristesse ne m'était pas supportable : le spectacle de ma vie détruisait la sienne.

Au bout de quelques jours, il demanda à mes beaux-parents un entretien et les supplia de nous laisser rentrer en Chine mon mari et moi. Il leur fit valoir comme il put que Mao Tsé-toung avait promis que la période socialiste de transition durerait dix ans : puisque rien ne semblait contredire cet engagement, pourquoi mon mari et moi ne pourrions-nous pas vivre tranquillement ces dix ans-là en Chine ?

Outre que ma belle-mère acceptait mal l'idée de voir son fils, loin d'elle, ne plus appartenir qu'à sa femme, mon beau-père, échaudé par l'affaire de l'hôtel Park, n'avait plus aucune confiance en l'avenir :

— J'ai confiance, dit-il, en Mao Tsé-toung, mais pas dans le peuple. Qui me dit ce qu'ils peuvent faire à mon fils ? Ne sont-ils pas venus me chercher dans ma maison ? Que me serait-il arrivé s'ils s'étaient emparés de moi ? Non, mes enfants ne retourneront jamais en Chine !

Wei Hi les quitta dans un état d'accablement profond. Que faire ? Il ne fallait songer ni à rester ici loin des siens ni à les faire venir : ne pouvant sortir de l'argent, de quoi aurait-il fait vivre sa famille à Hong Kong ? Désespéré de son impuissance, il ne lui restait plus qu'à rentrer à Shanghaï.

Ma vie continuait sans le moindre changement lorsque, vingt jours après son départ, mon père revint à Hong Kong, armé d'un espoir immense : plus rien ne s'opposait à ce qu'il nous remmenât en Chine mon mari et moi.

Des événements considérables expliquaient son voyage et sa confiance. Mao Tsé-toung venait de lancer un mot d'ordre dont les journaux et les cadres politiques répercutaient l'écho à travers la Chine : pas de mauvais traitements à l'égard des *bourgeois nationaux*. Le mot visait également ceux des plus gros capitalistes dont l'attitude patriotique était irréprochable. Mais cette prise de position avait toute une histoire. Si elle était conforme à l'idée du Programme commun, il ne faisait pas de doute que mon beau-père Liu Pin San, l'un des dix plus gros capitalistes de Chine, n'y était pas étranger. On se souvient qu'à l'hôtel Park, après son arrestation, Liu Pin San, étonné du traitement qu'on lui faisait subir, avait fait valoir les services rendus à l'un de ses employés qui avait quitté la banque pour participer à la Longue Marche et les risques encourus pour subvenir, pendant des années, aux besoins de sa famille. Or, la véracité de ces faits venait d'être confirmée d'une manière éclatante par l'intéressé lui-même.

L'ancien employé de banque – que j'appellerai Tsong – était devenu, à Pékin, l'un des plus proches familiers du président Mao. Informé avec des semaines de retard de l'arrestation de Liu Pin San qui avait fait un bruit considérable, Tsong avait non seulement profondément regretté l'incident mais confié au président Mao ce qu'il en pensait : il lui paraissait que le pays, affaibli par la guerre et les souffrances, ne pouvait que pâtir du départ de capitalistes tels que Liu Pin San ; que celui-ci ne s'était pas contenté de manifester ses sentiments patriotiques et sa sympathie pour la lutte des communistes en aidant la famille d'un soldat de l'Armée rouge au risque de sa vie, mais qu'il était du nombre de ceux qui n'avaient pas songé à fuir leur pays quand le peuple prit le pouvoir ; qu'enfin il ne convenait pas de donner à l'étranger le spectacle d'une autorité qui manque de discernement en rejetant les bons citoyens.

Tout portait à croire que ces arguments n'avaient pas laissé insensible le président Mao Tsé-toung et qu'ils n'étaient pas étrangers au mot d'ordre qu'il venait de lancer. Mais il y avait plus. C'est avec l'accord du Président que Tsong, ignorant que Liu Pin San s'était enfui à Hong Kong, lui avait envoyé de Pékin une lettre d'excuses, celle-ci était parvenue à la maison de Nanking Road. Le beau-frère de Liu Pin San qui avait été chargé de garder la maison, ayant ouvert la lettre, s'était précipité chez Wei Hi, pour la lui montrer. Celui-ci en rapporta la teneur à mon beau-père. Il y était écrit que l'arrestation de Liu Pin San « *devait être considérée comme une erreur des cadres et du peuple qui ne savaient pas encore conduire la lutte correctement et que Liu Pin San devait avoir la certitude qu'à l'avenir il serait défendu contre tout mauvais traitement* ».

— Ainsi, conclut mon père qui venait de relater tous ces événements à Liu Pin San, si à l'avenir il vous est loisible de rentrer vous-même en Chine sans avoir rien à craindre, à plus forte raison vos enfants le peuvent-ils : aussi je vous demande de laisser partir votre fils et sa femme.

Liu Pin San répondit sans ambages que, pour ce qui était de lui-même et de sa femme, il ne songeait pas un instant à rentrer. Pour son fils et sa bru, il convenait de réfléchir, cela pouvait peut-être se faire.

Les réflexions de Liu Pin San ne furent pas très longues. Après ce qu'il venait d'apprendre de la politique des dirigeants, elles se portaient essentiellement vers ses nombreuses affaires de Chine qui fructifiaient. Peut-être serait-il possible de récupérer une partie de tous ces capitaux, du moins de recueillir leurs fruits. Or, son fils Liu Yu Wang avait une certaine habitude de ses affaires. Qui d'autre que lui pourrait à présent s'en occuper ? Liu Pin San prit donc la décision de nous laisser partir en vertu d'un calcul qui devait s'avérer exact : son fils put jouir du revenu des affaires familiales pendant douze ans à dater de ce jour. Comme lui, plus d'un capitaliste chinois demeura prospère jusqu'en 1965, année du début de la Révolution culturelle.

Après deux mois d'un séjour à Hong Kong qui m'avaient pesé autant qu'une année entière, j'eus la joie de rentrer à Shanghaï avec mon père et mon mari, délivrée du peignage quotidien de ma belle-mère et des persécutions de ma grande belle-sœur. Liu Yu Ying ne tarda pas à quitter Hong Kong où ses plaintes incessantes, moins au sujet de son Jim que de la difficulté de vivre au milieu de gens qui ne parlaient que le cantonais, finirent par lasser ses parents. Quand nous fûmes rentrés à Shanghaï, mon frère Ching Son, qui n'avait plus rien à faire à Hong Kong, abandonna son poste de sous-directeur chez l'oncle Hiao et prit ses dispositions pour son retour.

13

Le boston du « Parliament » / Immenses changements dans la Chine / La loi sur le mariage / Meetings d'accusation et libération des prostituées / Libération des bonzes / Suppression des sociétés secrètes / Guerre de Corée / Mes rêves de serpents / Naissance de mon fils en l'année du Tigre.

De retour à Shanghaï après deux mois d'absence, je ne trouvai rien de changé dans ma ville, alors qu'en fait, invisible jusque-là, la Révolution, en cet été de 1950, faisait ses premiers grands pas.

À Nanking Road, dans la maison des Liu, mon mari et moi étions désormais les seuls maîtres. Ma redoutable belle-sœur Liu Yu Ying n'étant pas encore revenue de Hong Kong, il n'habitait ici que cet oncle pauvre qui avait été chargé, avec sa femme, de garder la maison après le départ des maîtres. Ce couple de braves gens, discrets et serviables, ne nous gênait pas. Nous leur demandâmes, au contraire, de demeurer.

La maison était vaste pour une seule femme, enceinte de surcroît. Plus modeste que ma belle-mère qui avait besoin d'une armée de domestiques, je demandai à mon mari de m'en trouver deux, une pour le ménage, une autre pour la cuisine. J'éprouvais ici, pour la première fois, un sentiment inconnu de liberté et de légèreté dont la cause ne faisait aucun doute : l'absence de ma belle-mère, de son autorité impériale, de son regard inquisiteur, de sa jalousie féroce. J'étais la maîtresse de maison. J'avais le droit, oui, pour la première fois depuis mon mariage, d'aller seule au restaurant et au cinéma avec un mari autorisé jusque-là à m'accompagner uniquement chez mes parents ! Je pouvais me promener du haut en bas de la maison, ouvrir les armoires qui m'étaient jusque-là interdites, fouiller dans les tiroirs...

Un jour, en rangeant des affaires, je tombai sur un petit livre illustré où m'impressionna beaucoup le portrait d'une femme d'une grande beauté du nom de Chen Mé Li. Mon mari me raconta son histoire toute récente. Entraîneuse dans une boîte de nuit célèbre de Shanghaï, le « Parliament », elle était en réalité une espionne chinoise chargée, dans les années 37-39, de soutirer des renseignements aux occupants japonais comme aux officiers chinois qui collaboraient avec eux. Ce n'était pas par hasard que le portrait de Chen Mé Li se trouvait dans notre maison. Un frère puîné de mon beau-père, Liu Trong Chuen, qui à l'époque était jeune, beau et déjà riche, avait un jour au « Parliament » fait la connaissance de la fausse entraîneuse qui n'était pas seulement belle mais intelligente et fine. Le coup de foudre fut réciproque. Par malheur, un officier japonais qui rencontrait Chen Mé Li tous les soirs et qui en était amoureux conçut des soupçons. Un soir qu'il se trouvait dans la boîte de nuit, Liu Trong Chuen arriva et s'assit près de la jeune femme. L'orchestre jouait un boston. Bien qu'il surveillât son attitude, il suffit d'un regard échangé avec elle pour que le Japonais, ayant tout compris, sortît son revolver. Il était à quelques mètres du couple. Seule Chen Mé Li vit son geste et se jeta aussitôt sur son ami pour le protéger de son corps. Elle fut mortellement blessée dans les bras de Liu Trong Chuen qui fut moins gravement atteint. Dans une indescriptible confusion de tout le dancing affolé, on transporta les deux corps à l'hôpital. Elle y mourut en arrivant, il survécut. Tous les journaux furent pleins de cette histoire, n'oubliant pas de mentionner qu'au moment du coup de feu, l'orchestre jouait un boston, et c'est ainsi que l'on apprit aussi que Chen Mé Li était une espionne.

De retour à Shanghaï, mon frère Ching Son, que le souci de mon sort avait rendu aveugle à toute autre considération, se rendit compte, mais un peu tard, que, pour le cadre du Parti qu'il était, son escapade à Hong Kong représentait une faute grave. On considéra qu'il n'était plus digne de sa tâche et on l'exclut en attendant de statuer sur son sort. Je dirai plus loin ce qu'il advint de lui et je reviendrai également sur la situation très particulière de mon mari qui, tout en travaillant dans une des banques de mon beau-père, surveillait l'ensemble des affaires paternelles. Disons pour le moment, que nous vivions dans l'aisance. Enceinte et ne pouvant me rendre à l'école, j'avais, grâce à mon mari qui avait fait le nécessaire, plusieurs professeurs pour me donner, à domicile, des cours de langue et des leçons de piano.

Pendant que je poursuivais cette vie paisible – qui ne devait, au reste, durer que quelques semaines – les grands événements que j'appelle *les* révolutions puisqu'il y en eut un grand nombre, enflammaient toute la terre chinoise. Les décisions nouvelles étaient affichées, imprimées, proclamées, commentées et expliquées sans cesse, car il fallait du temps non seulement pour les faire connaître mais aussi pour les faire comprendre. La campagne de rééducation qui commence ne s'arrêtera plus. Tous les Chinois de tous les âges doivent « quitter les vieux vêtements ». Shanghaï est devenue une grande école où les cadres informent et enseignent sans cesse dans les ateliers et les universités, les magasins et les banques[1].

La première de ces révolutions prit place au printemps de 1950. Ce fut bien, en effet, une des plus retentissantes décisions de notre histoire que cette loi sur le mariage promulguée par Mao Tsé-toung au mois de mai[2] et qui, en proclamant l'égalité absolue des droits de l'homme et de la femme et la liberté du mariage, mettait fin à des siècles de servitude et d'horreur. L'article 13 faisait aux parents un devoir d'élever les enfants en précisant : « Il est strictement interdit de noyer les nouveau-nés ou de commettre d'autres crimes

1. Si les contre-révolutionnaires irrécupérables seront éliminés brutalement – notamment en vertu de la loi impitoyable du 21 février 1951 – la République populaire, soucieuse de la construction économique du pays, va très méthodiquement rééduquer les anciens cadres du Kouo-min-tang au lieu de les éliminer : on a besoin du plus grand nombre possible de techniciens. De même, une fois expulsés les étrangers, le gouvernement ménagera les « bourgeois nationaux » qui sont en grande partie des ingénieurs, des experts, des chefs d'entreprise dont la Chine ne peut se passer.

2. La réforme du système traditionnel du mariage avait été appliquée une première fois par Mao Tsé-toung dès 1931 dans la République soviétique chinoise du Kiang-si (moins de 10 millions d'habitants), première ébauche d'un gouvernement communiste avec, à sa tête, un soviet (congrès), des représentants des ouvriers, des paysans et des soldats. Réforme agraire et égalité de la femme constituaient les deux piliers de la société communiste future. Beaucoup estiment qu'en Chine celle-ci était encore plus révolutionnaire que celle-là. Sur la véritable obsession du problème du mariage chez Mao Tsé-toung, voir note page 174.

similaires. » Désormais, la polygamie et la vente des femmes étaient prohibées (article 2) et les Chinoises ne pouvaient être mariées sans leur consentement. Ai-je besoin d'insister sur l'amère ironie d'un destin fixant mon mariage cinq mois avant la promulgation d'une loi qui l'aurait rendu illégal ?

À cette époque, plusieurs révolutions furent entreprises à tous les niveaux de la société. Il y eut après la libération des paysans, celle des prostituées, puis celle des bonzes et des bonzesses. Des campagnes de masse à travers le pays précédaient les grands meetings d'accusation. Ainsi, sur la prostitution, de longs articles furent d'abord publiés dans les journaux de Shanghaï accompagnés de récits de filles le plus souvent achetées très jeunes par des femmes, elles-mêmes d'anciennes prostituées. (Car s'il y avait ici des souteneurs comme en Europe, c'étaient surtout les maquerelles qui régnaient sur le trafic des filles.)

Puis commencèrent les meetings d'accusation qui ont marqué la fin de la prostitution en Chine, manifestations particulièrement dramatiques auxquelles j'ai assisté plus d'une fois. Shanghaï était une capitale mondiale du vice où les filles de joie représentaient une population estimée à 80 000 personnes et surtout concentrée dans les maisons closes des Deuxième, Troisième et Quatrième Rues. Les meetings eurent lieu dans des salles publiques ou des restaurants, mais très souvent en plein air au milieu de la rue. Sur un podium un commissaire politique prenait la parole : il montrait du doigt un groupe de souteneurs et de maquerelles qu'on venait d'arrêter. En même temps, il invitait la prostituée, désormais libre, à raconter son histoire. Il s'agissait presque toujours d'une fille de la campagne que des rabatteurs, hommes ou femmes, étaient venus chercher dans son village. Il n'y avait pas de père à la maison, la famille était nombreuse, les enfants avaient faim. On disait à la mère : « Votre fille aura du travail à Shanghaï dans une usine, elle gagnera bien sa vie, elle pourra vous envoyer de l'argent. » La pauvre femme ne comprenait guère, mais elle espérait. On ne lui demandait que son autorisation, sa signature qui le plus souvent n'était que l'empreinte de son pouce, et de plus, on lui donnait une petite somme, donc tout était en règle.

Le récit de la fille, sur le podium, était constamment interrompu soit par ses propres larmes, soit par les cris et les gémissements de la foule. Parfois, dans le public, une femme s'évanouissait, on l'emportait et la prostituée reprenait son récit. La fillette innocente, une fois arrivée à Shanghaï, ne comprenait pas pourquoi la patronne du bordel lui donnait une robe, lui apprenait patiemment à se maquiller. Par la force des choses, elle ne tardait pas à ouvrir les yeux. Si elle refusait de se donner au client, elle était généralement violée par un souteneur complice de la patronne. Celle-ci entrait dans la chambre comme par inadvertance et jouait les femmes outragées : la fille avait séduit son mari ou son ami. À présent il fallait obéir, sinon la prison et les pires châtiments menaçaient la « traîtresse ». Pour celles qui s'obstinaient à résister on n'hésitait pas à employer la torture.

L'une des malheureuses qui vint témoigner avait la peau plus sombre des Chinoises du Nord. Ce jour-là – nous étions au printemps et il faisait très beau – le meeting se tenait dans la rue. Quand elle monta sur le podium, elle se retourna et découvrit son dos à la foule pour montrer la cicatrice d'un fer rouge avec lequel on l'avait brûlée parce qu'elle avait résisté. Évanouie, on l'avait ranimée pour recommencer jusqu'à ce qu'elle promît d'obéir. D'autres filles, dit-elle, avaient tenté de s'enfuir, certaines s'étaient naïvement mises sous la protection de la police sans savoir que cette police était pourrie et au service de la pègre. Et quand on ramenait la fille à sa patronne, un châtiment sans pitié l'attendait. Plus d'une des fugitives mourut sous la torture.

La plupart du temps, pendant ces récits, les coupables, tenancières de maisons closes et pourvoyeurs étaient présents et faisaient plutôt piteuse figure. Quand le commissaire politique, les montrant du doigt, demandait ce qu'ils méritaient, plus d'une fois la foule indignée hurla : « La mort ! » Alors, on ne les tuait pas sur place mais on les emmenait sous bonne escorte en promettant qu'ils seraient châtiés[1].

De tels meetings d'accusation avaient eu lieu par milliers dans les campagnes où les propriétaires fonciers et les despotes locaux avaient dû entendre les paysans vider leur sac en public. L'histoire de ces opprimés était toujours la même : une vie de misère, et à vrai dire, des siècles de souffrance avec au bout un espoir pour la première fois. On entendit alors beaucoup d'histoires semblables à celle de « La Fille aux cheveux blancs », œuvre théâtrale révolutionnaire où l'on voit la belle Hsi-ehr, fille de Yang, paysan pauvre, enlevée par Huang, propriétaire foncier despotique et collaborateur des Japonais. Son père tué, Hsi-ehr s'enfuit dans la montagne où, solitaire, elle ne vit que pour sa vengeance. Ses cheveux blanchissent.

1. Pour les anciennes prostituées, le gouvernement créa, près de Shanghaï, des centres d'accueil où des cadres féminins étaient chargés de leur rééducation. On y favorisa les possibilités de mariage.

À la fin, l'Armée rouge arrive pour châtier les despotes. Après un jugement populaire, Huang le propriétaire est exécuté sur place.

Cette pièce célèbre qui est un des sept ballets révolutionnaires actuellement représentés dans toute la Chine, repose sur des événements particulièrement familiers aux Chinois. Il y eut dans les campagnes des milliers de Huang qui ont fait souffrir des milliers de paysans et de paysannes. Si les accusations publiques ont paru cruelles aux étrangers – et leur presse n'a pas manqué d'en décrire la brutalité –, en fait elles ont beaucoup contribué à freiner la colère des paysans, du moins à la canaliser, plutôt qu'à l'exacerber. Partout, il y avait eu des lynchages et des pendaisons sommaires des propriétaires les plus féroces. Jamais cela ne se produisit pendant les meetings en présence des cadres et des gardes armés. En public, les accusations étaient nécessairement plus claires, plus sûres, répétées ou démenties en présence de tous. Et fallait-il s'étonner si après des siècles d'humiliation, d'exploitation abominable, les paysans explosaient quelquefois ? Ce qui est étonnant ce n'est pas la colère, c'est la modération des meetings publics. Quand les despotes humiliés tremblaient à leur tour, les cadres pouvaient expliquer aux paysans qu'ils n'avaient plus à avoir peur des tyrans et que le plus important était non pas la vengeance mais le sentiment d'être devenus libres. C'est exactement ce que dit, à la fin de la pièce, Ta Chun, le fiancé de « La Fille aux cheveux blancs ».

C'est ainsi qu'il faut également comprendre un autre épisode de la révolution que les circonstances m'ont permis de suivre de près : la libération des bonzes et des bonzesses. Les bonzes sont des moines qui, conformément à la règle bouddhiste, renoncent au mariage et à la consommation de la viande, du poisson et de toute créature vivante. Mais tout le monde savait qu'il existait à côté des temples bouddhistes irréprochables, des établissements qui, sous le même nom, étaient des antres de corruption, de vice et de meurtres où des « bonzes » indignes de ce nom ne se contentaient pas de manger de la viande en cachette, mais violaient les femmes et n'hésitaient pas à les tuer pour cacher leur forfait. Ils élevaient aussi, ou plutôt emprisonnaient des jeunes gens et des filles vendues comme prostituées. Ce qui explique que lorsque les cadres communistes pénétraient dans ces établissements, ils réunissaient tout le monde et demandaient simplement : « Qui veut rester bonze ? Qui veut rentrer chez soi ? » Beaucoup, alors, s'en allaient pour vivre comme tout le monde puisqu'ils n'étaient ici que des esclaves emprisonnés malgré eux. À l'étranger, on parlait alors de la persécution de la religion par le régime communiste. De ce point de vue, c'est exactement le contraire qui a été fait : il s'agissait d'un coup de balai.

Fallait-il, sous prétexte que ces lieux étaient sacrés, y laisser se poursuivre, derrière le voile de la religion, les méfaits de toute sorte, les escroqueries les plus scandaleuses ? Ce n'est pas à la foi que s'attaquaient les communistes, mais au trafic favorisé par la superstition et la bêtise des simples. Promesses miraculeuses, menaces redoutables, papiers découpés, amulettes de toute sorte, tous les « trucs » étaient bons pour les bonzes sans scrupule. Tant et si bien que de vieilles paysannes préféraient avoir recours à leurs simagrées plutôt qu'aux soins des médecins et laissaient ainsi mourir leurs enfants !

À cette époque, les cadres du Parti avaient surveillé longuement un bonze de Hang-tcheou que tout le monde considérait comme un saint. L'ayant suivi un jour, on découvrit qu'il possédait en secret une maison luxueuse payée par les dons des fidèles et qui était une véritable maison de rendez-vous. Il y retrouvait des pénitentes qui, lui ayant cédé une fois, se rendaient régulièrement à ses désirs, faute de quoi il menaçait de les dénoncer publiquement.

Des Chinois catholiques et protestants furent également démasqués à cette époque. Là encore, ce n'étaient pas les hommes pieux qui étaient poursuivis mais ceux qui avaient utilisé la religion pour accéder au pouvoir, démoraliser le peuple et servir les intérêts des étrangers par des activités qui trempaient à la fois dans la corruption et l'espionnage.

Bien entendu, ce grand nettoyage ne manqua pas d'être accompagné d'incessantes explications. La révolution répugnait au secret, tout y était porté au grand jour pour être inlassablement commenté. J'ai visité un jour à Shanghaï une exposition consacrée au banditisme des sociétés secrètes. Dans une pièce étaient présentés, accompagnés d'écriteaux explicatifs, les vêtements luxueux et les bijoux offerts par les adhérentes crédules de la Société I Kouan (l'Unique), qui exigeait de ses membres des versements d'argent réguliers et élevés. Son chef, entre autres méfaits, avait violé sa propre fille. Après avoir fait des centaines d'adeptes, à présent il était en prison. Si je m'étais particulièrement intéressée à cette exposition c'est que ma belle-mère, Mme Liu, avait bel et bien adhéré à cette secte, que son nom figurait sur la liste des membres découverte par la police et que si elle n'avait pas quitté Shanghaï on l'aurait arrêtée. C'était Vieux King (le faux gendre, l'ignoble ivrogne apparu lors de mon mariage) qui l'avait poussée dans cette confrérie. Mme Liu, par la suite, s'enfermait dans sa chambre pour y faire des manigances qu'elle pensait utiles à sa santé. Les communistes avaient mis fin à la carrière de ce racket qui aurait fait encore des milliers de victimes[1].

Un jour, les meetings publics prirent fin, les journaux annoncèrent les exécutions des bandits des pègres diverses. Plusieurs centaines furent fusillés le même jour à trois heures de l'après-midi à l'ouest de la ville, sur le fameux terrain de golf de Hung Jao où tant de gentlemen avaient fait des parcours. Le ciel était noir, il se mit à tomber de la grêle. Beaucoup disaient que les dieux eux-mêmes étaient en colère contre les brigands qui allaient mourir. Je me souviens des grêlons énormes qui s'abattirent sur la ville.

Ce fut une des premières exécutions de masse[2]. L'élimination des contre-révolutionnaires devint

1. Les communistes, à cette époque, avaient relativement ménagé les confucianistes – qui étaient plutôt des lettrés que des religieux – et surtout les bouddhistes, hommes attachés au principe de la non-violence et dont la persécution aurait choqué les étrangers. En fait un certain nombre de communautés, qui étaient des foyers de grande ferveur religieuse (voir page 367 sqq) furent laissées intactes. Pour d'autres, on y mit en place des administrateurs laïcs, la mendicité fut interdite aux bonzes et on leur imposa un travail corporel.Les communistes devaient avoir une attitude beaucoup plus circonspecte à l'égard du troisième grand groupe religieux de la Chine, les taoïstes. Cette vieille religion de la nature s'était décomposée fréquemment en mouvements politiques. Quant aux sociétés secrètes de Shanghaï – souvent pourvues de symboles taoïstes – elles furent d'autant plus impitoyablement poursuivies qu'elles avaient participé activement, aux côtés du Kouo-min-tang, à la liquidation des communistes en 1927 (v. pages 19 et 41).

2. On estime généralement à dix mille le nombre des exécutions à Shanghaï dans la nuit du 27 au 28 avril 1950. La narratrice a quatorze ans, peu d'informations, et ne rapporte que ce qu'elle a vu et entendu.

particulièrement sévère à partir de l'été 1950 avec l'application de la réforme agraire. Mais il ne suffisait pas d'être gros propriétaire pour être châtié. Le cas de mon beau-père en est la preuve. Liu Pin San possédait de vastes propriétés à Ning Po et à Hang-tcheou. Comme il était de notoriété publique qu'il donnait régulièrement une part de ses récoltes aux vieillards, aux orphelins et aux hôpitaux, non seulement il ne fut pas dénoncé, mais on lui décerna le titre de « bon propriétaire » bien qu'il fût parti pour Hong Kong. Dans le cas contraire, les commissaires politiques seraient immanquablement venus chez nous pour s'assurer de sa personne et ne le trouvant pas, s'en seraient pris à mon mari et à moi.

La fin de cette année 1950 fut marquée par deux événements, l'un concernant le pays et l'autre n'intéressant que moi et ma famille : la guerre de Corée et la naissance de mon fils Sun Po.

Si la Chine n'intervint en Corée que pour y envoyer des volontaires, toute la population chinoise fut cependant mobilisée sur le plan matériel comme sur le plan idéologique. Ateliers et usines contribuaient à l'effort de guerre – l'armement lourd étant plus ou moins fourni par l'Union soviétique avec qui la Chine venait de signer un traité d'alliance – tandis qu'une violente campagne de propagande anti-américaine se répandait dans tout le pays. Des mannequins représentant l'ennemi yankee étaient frappés et transpercés dans les rues de Shanghaï constamment animées par des pantomimes et des danses populaires contribuant à l'esprit de mobilisation. Sur les ondes de la radio, toute la guimauve des chansons d'amour avait disparu d'un seul coup pour laisser place uniquement aux chants révolutionnaires : ce n'était pas le moment de penser aux relations entre filles et garçons. Seul comptait alors le salut du pays menacé.

Ma grossesse, pendant ce temps, se poursuivait paisiblement et malgré la présence de ma grande belle-sœur Liu Yu Ying qui venait de rentrer de Hong Kong, nous étions tranquilles. Son caractère désagréable n'avait pas changé, mais comme elle avait retrouvé son Jim, elle ne nous ennuyait plus. Quant à moi, depuis que j'étais enceinte, je rêvais que je voyais s'ouvrir des portes dans le ciel, mais plus fréquemment encore, je rêvais de serpents. J'avais perdu tant de sang que je craignis que ce ne fût là un signe funeste, présage d'une malformation chez l'enfant à venir. Affolée, je me mis à chercher dans les librairies des livres qu'on y trouvait encore à cette époque : clefs des songes et traités d'explications des rêves. En ayant acheté un qui m'avait paru sérieux, je le consultai en cachette de mon mari et découvris les précisions qui m'intéressaient : « La femme enceinte qui rêve de serpents, y disait-on, aura un enfant exceptionnel. » Cela suffit à me rassurer. Là-dessus, je me mis à me gaver de calcium et de vitamines afin de fortifier avant même sa naissance cet enfant pour lequel j'éprouvais déjà tout l'amour d'une mère.

Avec lui j'oubliais la tristesse d'un mariage forcé, les rêves romantiques perdus à jamais. Il était tout mon espoir, je ne me rendais même pas compte qu'il serait ma seule consolation. Pour moi, il ne faisait pas de doute que ce serait un garçon. Au reste, dès que j'avais été enceinte, Chao Mé, la filleule de ma belle-mère, celle qui l'avait poussée à m'envoyer chez un médecin, m'avait procuré une amulette destinée à favoriser la venue d'un enfant mâle : c'était un petit sachet d'étoffe contenant la vésicule biliaire d'un taureau du Nord. En me le remettant, elle m'avait affirmé qu'une femme de sa connaissance, qui avait eu successivement neuf filles, eut un fils pour dixième enfant après avoir porté ce sachet. Pour moi, je le portai attaché sur le ventre pendant cinq mois, prenant garde à ne pas le mouiller en me baignant, car il ne devait pas me quitter.

Au mois de septembre, comme le jour de mon accouchement approchait et que ma mère appréhendait quelques difficultés, elle nous demanda à mon mari et à moi de venir habiter chez elle. C'est alors qu'il nous fallut, en pleine révolution, nous conformer aux finesses de la coutume chinoise. En effet, si le fils marié pouvait coucher avec sa femme dans la maison de ses parents, la fille mariée, elle, n'avait pas le droit de coucher avec un homme chez ses parents ; cela portait malheur. Et pour conjurer le malheur, une cérémonie était nécessaire. Ma mère ayant donc préparé sur une table carrée des bougies rouges et des plats de nourriture pour les ancêtres, mon mari et moi nous nous agenouillâmes afin de leur demander de nous accepter dans cette maison. En même temps, il me fallait payer à ma mère un loyer symbolique sous les espèces d'une petite somme d'argent.

Pour Tsong Haï il n'y eut là rien de symbolique et je dois dire à ma honte que pendant tout notre séjour elle nota soigneusement chaque bouchée de ma nourriture afin de se faire rembourser plus tard par mon mari. C'était agir aussi en vertu d'un sentiment bien enraciné dans la tradition et selon lequel la fille, une fois mariée, ne fait vraiment plus partie de la maison de ses parents. Le proverbe dit qu'elle est semblable au contenu d'un seau : quand on a jeté l'eau, on ne peut plus la ramasser. Quant à Wei Hi, mon père, et Ching Son, mon frère, ils se souciaient peu du proverbe et rien n'était changé dans l'affection qu'ils me vouaient depuis toujours.

Pour Wei Hi, dont j'ai peu parlé, il suffira de dire qu'il avait abandonné son affaire d'import-export par la force des choses et notamment parce que les relations étaient coupées avec les étrangers. Ses diplômes et sa compétence pédagogique lui permirent d'être nommé directeur d'un lycée. Bien qu'il gagnât moins d'argent à ce poste, il était heureux d'être revenu à son vrai métier. Au reste, je lui donnais souvent de l'argent depuis mon mariage puisque les revenus de mon beau-père nous assuraient une vie large, et ma mère avait toujours deux domestiques. Ma sœur Ching Lin étant interne au conservatoire, la chambre où nous dormions naguère toutes les deux était vide. Avec mon mari, c'est donc dans la chambre de mon enfance que je m'installai pour la fin de ma grossesse.

Tsou Hon, mon grand-père, venait aussi nous voir avec ma grand-mère. Il avait beaucoup changé. Bouddhiste plus fervent, il priait avec persévérance afin qu'il me fût donné un bon fils qui naquît au jour et à l'heure les plus favorables.

Trois jours avant la naissance de l'enfant, je regardai mes mains en me réveillant : elles étaient rouges comme celles de mon beau-père. Je demandai à ma mère ce que cela signifiait. Elle n'en savait rien et ni grand-père ni les domestiques n'en savaient davantage. Je cherchai derechef dans mes livres, persuadée que c'était là un signe. C'en était un, en effet : « La femme enceinte qui, peu avant la délivrance, a les mains rouges, aura un fils comblé de qualités. »

Trois jours plus tard, je fus réveillée à cinq heures du matin par une douleur au ventre qui persista jusqu'au soir. Comme je n'en pouvais plus, on fit rapidement une valise avec mes affaires et de la layette préparée par ma mère et on m'emmena à la maternité du Dr Liang où mon mari avait retenu une chambre.

Non seulement mon corps était jeune, mais j'avais mangé tant de calcium que la tête de l'enfant, devenue très dure, eut beaucoup de peine à sortir. Pourtant, comme on dit en Chine, « la porte était complètement ouverte ». Mais il n'y avait rien à faire. Je hurlai comme une bête qu'on égorge. Le Dr Liang demanda s'il pouvait m'endormir afin de tirer l'enfant avec les forceps. Mon père acquiesça : il n'avait jamais vu accoucher sa femme et il était à demi évanoui. Mais ma mère, plus expérimentée, préférait une naissance naturelle qui ne déformât pas l'enfant et cela même si je devais souffrir. Finalement, gêné par la famille, le Dr Liang décida brusquement de m'isoler dans une chambre de travail au troisième étage de la clinique où personne n'eut le droit d'entrer. Là, loin de mes parents, je me souviens que, malgré la douleur, je cessai aussitôt de crier. Encouragée par le docteur, je fis de mon mieux en tremblant et gémissant jusqu'au moment où, à 4 h 45, je mis au monde mon enfant.

Je n'entendis aucun cri :

— Docteur, dis-je, est-ce un garçon ou une fille ? Pourquoi est-ce qu'il ne crie pas ?

— Félicitations, dit le Dr Liang, c'est un fils. S'il ne pleure pas, c'est qu'il est actuellement fort préoccupé par son premier caca.

C'est en effet le premier produit que je reçus dans mes mains tendues, ce qui me remplit de joie, car j'avais entendu ma belle-mère déclarer que c'était un grand signe de bonheur, tandis qu'un enfant qui urine aussitôt sorti du ventre de sa mère est un présage désastreux, ce dont elle avait un exemple dans sa famille. Ce premier détail s'ajoutant aux portes célestes et aux serpents, je n'avais plus le moindre doute sur la merveilleuse qualité du petit être que je venais de mettre au monde.

Il était gros comme un chaton et pesait 2,7 kilos. On l'appela Liu Sun Po. Lui donner le prénom de Po, grand savant des temps anciens, c'était espérer qu'il ressemblerait un jour à ce patron illustre.

Sun Po était né le 11 septembre 1950, l'année du Tigre. Ma mère était particulièrement satisfaite que ce fût à cinq heures du matin. En effet, comme le tigre sort la nuit pour manger, si l'enfant était né la nuit son destin l'aurait voué à se tuer au travail. S'il était né en plein jour, il serait devenu paresseux comme le tigre à l'ombre. Tandis que cinq heures du matin était la meilleure heure possible, celle où le tigre, comblé par la chasse, rentre se reposer.

14

Histoire de la nourrice A Tching / Mon frère et ma sœur se marient successivement / Liu Yu Ying épouse son play-boy / Où je surprends mon mari en compagnie d'une inconnue / Nos entreprises sont associées à l'État / Arrestation de Liu Yu Wang / Ignobles accusations de Vieux King / Je tiens tête aux accusateurs / La voyante et la Déesse des fleurs.

Un télégramme annonça à mes beaux-parents à Hong Kong la naissance de leur petit-fils.

Heureuse et à bout de forces, j'ai mon enfant près de moi dans son berceau et je ne veux pas le quitter des yeux. Mon mari dort dans un lit un peu plus loin. Tout cela est exceptionnel, nous sommes dans une clinique privée, une clinique pour capitalistes... Au bout de dix jours, je commence à me lever, à coiffer mes deux petites nattes qui ont repoussé. Des infirmières viennent prendre régulièrement le bébé pour le soigner. Un jour, une nouvelle, qui ne me connaît pas, rapporte Sun Po en demandant où est la mère. Je lui dis que c'est moi. Elle me regarde, voit mes nattes et me prie de ne pas plaisanter. À la fin, je me fâche et, au bruit de notre dispute, les autres infirmières arrivent et lui disent la vérité. Elle n'en revient pas. Pour moi, si je m'étais mise en colère, c'était surtout parce que j'avais entendu raconter que dans une maternité de la ville où il y avait des femmes sikhs, épouses de ces grands policiers indiens à turban rouge de la concession internationale que nous appelions les « têtes rouges », une confusion s'était produite entre des bébés. Ce n'est que beaucoup plus tard qu'une Chinoise s'était aperçue que son enfant avait une couleur de plus en plus foncée : on lui avait donné un petit Indien. Cette histoire m'avait hantée et j'avais une peur panique d'une substitution.

Ma belle-mère m'ayant dit que c'était mon devoir d'allaiter mon enfant au moins pendant un mois afin de lui donner des forces contre les maladies, je voulus nourrir Sun Po de mon lait. J'en avais peu, l'enfant était affamé. Il pleurait, je pleurais aussi. Il fallait trouver une nourrice. Un bureau de placement de Shanghaï m'en fournit une quand au bout de deux semaines je quittai la clinique pour m'installer provisoirement chez ma mère. Elle s'appelait A Tching, elle avait de gros seins et respirait la force. On me donna des renseignements à son sujet, j'appris également la triste histoire de sa vie.

Fille de pauvres paysans de Sao Chin (le pays du bon vin) dans la province du Tche Kiang, orpheline de bonne heure, A Tching, recueillie par sa grand-mère, travaillait durement. Or, dans le village vivait un jeune homme qui exerçait le métier de couturier. Dans le voisinage de ce couturier habitait une fillette de treize ans, A Ying, fiancée par sa famille à un bébé d'un an. C'était là chose courante et particulièrement commode, en l'occurrence, pour les parents du bébé, puisque la « fiancée » était obligée alors de soigner le nourrisson qui était son futur mari et de servir du même coup toute sa belle-famille qui sans cela n'avait pas les moyens d'engager une esclave.

A Ying grandit et fit la connaissance du voisin couturier qui avait quelques années de plus qu'elle : ils tombèrent follement amoureux l'un de l'autre, mais furent contraints de se fréquenter dans le plus grand secret. Elle était « fiancée » : dans cette région arriérée, ils risquaient la mort l'un et l'autre. La mère du couturier, au courant de l'affaire et pleine de crainte pour son fils, se mit à lui chercher une femme. Et c'est là qu'intervint notre future nourrice A Tching. Elle avait alors vingt ans. Le petit couturier l'épousa mais avec répugnance. Obsédé par A Ying, c'est avec elle qu'il passa la nuit de noces. A Tching fut cependant enceinte et mit au monde une fille. Comme son mari ne lui donnait ni amour ni argent et que par-dessus le marché la malchance voulut qu'elle eût une fille, elle jeta le bébé dans un tonneau à excréments[1]. L'année suivante, elle eut un autre enfant, encore une fille. La nouvelle loi sur le mariage interdisant sévèrement le meurtre des nouveau-nés, elle n'osa pas réitérer. Alors, ayant confié son bébé à sa belle-mère, elle se rendit à Shanghaï dans l'espoir de vendre la seule chose qu'elle possédât : son lait.

---

1. Avant la prise de pouvoir communiste, la municipalité de Shanghaï avait un service de voierie spécial constitué de voitures chargées du ramassage régulier des cadavres abandonnés. En ce qui concerne les cadavres d'enfants, les statistiques des années trente à quarante en mentionnent de cinq à six mille par an. Une organisation protestante, la Société de Bienfaisance de Shanghaï, s'était spécialisée dans la recherche des bébés non désirés qu'on trouvait enveloppés dans des chiffons ou de vieux journaux. On parvenait à en réanimer quelques-uns. D'autre part, l'orphelinat de la Société de Bienfaisance comportait une sorte de « boîte à bébés » qui permettait à ceux qui ne voulaient pas de leur progéniture d'éviter de la tuer en la déposant dans la boîte. Cela fait, on tirait sur une clochette et quelqu'un venait recueillir l'enfant sans demander d'explication.

C'est en apprenant cette histoire que j'insistai pour que A Tching fût engagée comme nourrice par mon mari et qu'il lui payât un bon salaire. Le lait d'A Tching, que son propre enfant n'a jamais goûté, fut salutaire à mon fils qui devint aussitôt florissant et apaisé.

Liu Pin San, mon beau-père, dont les craintes s'étaient dissipées à la suite de la lettre d'excuses de l'importante personnalité du Parti dont j'ai parlé plus haut, revint de Hong Kong pour passer deux semaines à Shanghaï. Sa première visite fut pour son petit-fils dont la naissance représentait à ses yeux un événement considérable. C'est à lui que mon fils doit ses noms de Sun et de Po qui plus tard deviendra Paul. Liu Pin San apporta des cadeaux pour Tsong Haï afin de la remercier d'avoir bien élevé sa fille. Et comme la coutume veut qu'une cérémonie marque le premier mois d'un enfant, c'est dans la maison de mon père que la fête eut lieu, remplissant d'invités les trois étages. Mon fils fut revêtu de vêtements de soie rouge, coiffé d'un bonnet en forme de tête de tigre et chaussé de pantoufles également brodées avec des têtes de tigre, ce qui était de tradition pour chasser les mauvais esprits loin des enfants qui ne marchaient pas encore. Peu après, mon beau-père s'en retourna à Hong Kong.

Je me trouvais fort bien chez mes parents et n'avais pas l'intention de rentrer de sitôt dans mon foyer de Nanking Road, quand j'appris que la tempête venait de s'y déchaîner. L'amant de ma grande belle-sœur Liu Yu Ying, le fameux Jim, le play-boy irrésistible de son cœur, était venu la voir à la maison. Il avait accroché sa veste à une patère, sans s'apercevoir que d'une poche un papier dépassait. Saisi par la curiosité, Liu Yu Si, mon jeune beau-frère, qui avait une quinzaine d'années et vivait également chez nous avec sa sœur aînée, tira le papier de la poche : c'était le bulletin de reconnaissance d'un lot de vêtements mis en gage. Il le montra à l'oncle chargé de garder la maison. Celui-ci entra dans une grande colère contre Jim, trouvant scandaleux qu'il mît en gage jusqu'à ses vêtements pour satisfaire on ne savait quels besoins. Jim eut beau à son tour morigéner l'enfant qui avait fouillé dans ses poches, ma belle-sœur Liu Yu Ying ne pouvait que trouver suspecte, elle aussi, cette mise en gage des vêtements de son fiancé. À son tour, pour calmer ses nerfs, elle se mit à frapper son petit frère coupable d'avoir fouillé la poche. Alors, l'oncle nous téléphona pour nous dire que l'atmosphère de la maison devenait intenable et je sentis que je devais rentrer avec mon mari et mon enfant pour calmer tout ce monde.

Nous envoyâmes à Hong Kong une lettre à ma belle-mère, qui arriva aussitôt, décidée à résoudre le problème des relations entre sa fille et Jim Tchang. Malgré les prières de sa mère qui la supplia de rentrer avec elle à Hong Kong, Liu Yu Ying persista sauvagement dans son intention : Jim était son grand amour, elle l'épouserait.

— Puisqu'il en est ainsi, dit ma belle-mère, épouse-le, je ne peux pas t'en empêcher. Mais dis à ton amant que tu n'auras ni dot ni trousseau. Que je vous paye trois jours à l'hôtel Park pour votre mariage et qu'après cela vous vous débrouillerez comme vous voudrez.

— Cela me convient parfaitement, dit Liu Yu Ying.

Le mariage eut lieu à l'hôtel Park en présence des parents de Jim Tchang, d'un témoin et de ma belle-mère. Ni mon mari ni moi n'étions présents. Il y eut tout juste les douze personnes nécessaires pour occuper une table. Les mariés avaient une chambre dans l'hôtel pour leur nuit de noces.

Le troisième jour, Liu Yu Ying arriva à la maison le visage tuméfié, un œil au beurre noir et une dent manquante. Sa mère poussa un cri et lui demanda ce qui était arrivé. Liu Yu Ying, parce que la famille était rassemblée, raconta que dans un moment d'inattention elle avait été frappée en plein visage par la porte à tambour de l'hôtel. Mais quand elle fut seule avec sa mère, elle lui dit la vérité et j'entendis leurs larmes à toutes les deux.

Ce n'est que le soir, dans notre chambre, que mon mari me raconta ce qu'en principe je n'aurais pas dû savoir : dès la première nuit d'hôtel, Jim Tchang avait demandé à sa nouvelle femme ce qu'elle apportait en matière de trousseau et de dot. Et comme elle l'informa qu'elle n'aurait rien, elle fut aussitôt gratifiée d'une sanglante correction. C'est ainsi que sous les coups du beau Jim s'effondra en quelques instants l'amour exceptionnel dont elle s'était crue l'objet. Trop tard ! Elle était mariée. Plus personne ne pouvait rien pour elle sinon sa mère qui lui donna un peu d'argent – de quoi se loger et acheter quelques meubles – afin que son mari ne la jetât pas tout à fait à la rue. Puis Mme Liu repartit pour Hong Kong. La vie de Liu Yu Ying ne sera pas rose.

Dans la maison de Nanking Road, entre mon mari et moi, grandissait le petit souverain de notre cœur, Sun Po, que désormais j'appellerai ici Paul, bien que ce nom ne lui fût donné qu'un peu plus tard. Après le départ de la grande belle-sœur, outre les domestiques, quatre personnes vivent encore chez nous, mon petit beau-frère Liu Yu Si, le garçonnet trop curieux et ma jeune belle-sœur Liu Yu Lan, ainsi que le vieil oncle et sa femme. S'ils portent dans la journée le costume

Mao[1] ou une veste de travail, les gens aisés s'habillent encore pour sortir le soir. Mon mari et moi, nous recevons, nous sortons, nous allons même à de grands dîners habillés comme si rien n'avait changé : alors je porte des escarpins à talons hauts, ceux de mon mariage. À cette occasion, je m'aperçois que je suis plus grande que mon mari. Mais ce n'est pas seulement à cause des talons : ma croissance n'est pas terminée et j'ai grandi encore. Je n'ai pas quinze ans.

Depuis le départ de mes beaux-parents, non seulement je n'ai cessé de prendre des leçons avec des professeurs particuliers, mais je possède à présent un piano. Mon école sino-occidentale, l'école Mac Intyre, est devenue établissement d'État et porte à présent le nom d'École n° 3 de Shanghaï[2]. En 1951 je suis autorisée à y retourner pour me présenter à l'examen terminal, le baccalauréat chinois.

Pensionnaire au Conservatoire de piano qui se trouve dans la banlieue de Shanghaï, ma sœur Ching Lin avait une camarade du cours de chant qu'elle présenta à notre grand frère Ching Son. Amoureux l'un de l'autre, ils ne tardèrent pas à se marier. Sa femme ayant terminé ses études et obtenu un poste à Pékin, Ching Son la suivit dans la capitale et enseigna l'anglais dans un lycée tandis qu'elle enseignait le chant. Je ne devais revoir mon frère que quelques années plus tard. Communiste toujours fidèle, mais suspendu dans ses activités de cadre, sa situation ne pouvait être que provisoire et de graves difficultés l'attendaient.

---

1. Ce qu'on appelle le costume Mao s'appellerait plus justement « le costume Sun yat-sen » en honneur longtemps avant le communisme.

2. Les écoles étrangères étaient supprimées et l'ensemble de l'enseignement nationalisé.

Cette même année, ma chère sœur Ching Lin fit la connaissance d'un étudiant de l'université de Hangtcheou, futur ingénieur de travaux publics, charmant et intelligent qui, au reste, s'appelait Liu comme mon mari. Leur projet d'union se heurta aux plus vives résistances de mes parents en vertu de préjugés décidément indéracinables dans la vieille génération. Que le père du jeune homme fût banquier, comme mon beau-père, plaidait en sa faveur, mais il avait épousé cinq femmes dont trois vivaient encore, l'une étant la femme officielle et les autres les concubines n° 1, n° 2, etc. Dans l'esprit des gens, ces concubines ne pouvaient être issues que de familles pauvres ou douteuses, car nulle famille honorable n'aurait laissé jouer à sa fille le rôle déshonorant de maîtresse. Il va sans dire que le déshonneur de ces femmes rejaillissait sur leurs enfants. Le fiancé de ma sœur en était un. Devant mes parents je pris la défense de Ching Lin et de son ami : ils s'aimaient, Mao Tsé-toung avait libéré les femmes, la nouvelle société ne tenait plus compte des origines des gens mais seulement de leurs qualités et ce garçon en possédait assez pour être digne d'amour. Un peu grâce à moi mais surtout grâce à la fermeté de son caractère, ma petite sœur tint bon et se maria l'année suivante.

Quant à moi, tandis que je menais une vie paisible, studieuse et d'une aisance confortable sans mesurer encore la dimension des événements qui bouleversaient mon pays et qui allaient bientôt m'atteindre à mon tour, je fus d'abord frappée cette année-là par un nouveau drame intime à quoi, une fois de plus, rien ne m'avait préparée. Liu Yu Chuen, ma deuxième belle-sœur, qui s'était mariée avant moi, vint me rendre visite un jour, me proposant d'aller manger dans un restaurant réputé pour sa spécialité de crabes.

J'acceptai et lui suggérai d'emmener mon mari. Je téléphonai à sa banque. On me répondit qu'il était absent. Puisqu'il fallait se passer de lui, nous décidâmes de prendre avec nous la plus jeune sœur de Yu Chuen, Yu Lan, et nous voilà toutes les trois attablées au premier étage du restaurant vers cinq heures de cet après-midi d'octobre. Quel est cet homme que j'aperçois soudain ? Mon mari en personne, montant l'escalier deux crabes à la main – car on descendait les choisir soi-même. Je m'exclame joyeusement à son adresse :

— Te voilà donc ? Je viens justement de t'appeler à la banque pour que tu nous rejoignes... Comment as-tu deviné que nous sommes ici ?

— Je l'ignorais, dit Liu Yu Wang. Je suis dans un salon avec des collègues de la banque...

Il se dirigea en effet vers un salon dont les rideaux fermés me rendirent aussitôt curieuse.

Je me lève, suivie de la petite Yu Lan, et j'ouvre subrepticement le rideau pour voir la tête des collègues.

Ce qui m'étonne, c'est que je ne vois qu'une seule personne et qui est une jolie femme. Yu Lan, elle, qui n'est pas plus âgée que moi, ne reste pas bouche bée, mais, me poussant dans le salon, interpelle furieusement l'inconnue assise à côté de mon mari :

— Tu n'as pas honte d'être ici avec un homme marié ?

La tête me tourne. Je veux fuir. Je tire Yu Lan par le bras. Elle court vers notre table pour tout raconter à sa sœur. Abandonnant son invitée, mon mari sort précipitamment du salon, et comme nous descendons, il descend derrière nous.

Dans la rue, il nous suit en me donnant des explications. La femme que je viens d'apercevoir est une ancienne amie, une infirmière qu'il a connue avant de me connaître. Cette fille, dit Liu

Yu Wang, l'avait aimé, mais il n'avait jamais répondu à son amour. À présent, elle lui téléphonait à la banque. Il avait beau lui répéter qu'il était marié, qu'il ne souhaitait plus la rencontrer, elle avait continué à lui demander un rendez-vous avec une telle insistance que, de guerre lasse, il avait cédé.

— Tu dois me croire, ajouta mon mari. Je ne t'ai pas trompée. Il n'y a rien entre nous. Je l'ai emmenée ici par pure politesse.

— Par politesse, lui dis-je, c'est à moi que tu dois donner des rendez-vous ! C'est par politesse que tu l'emmènes dans un salon fermé manger des crabes ?...

Il faut savoir que manger des crabes, qu'il faut décortiquer avec les doigts, ne se faisait de préférence qu'avec les intimes, en tout cas pas avec une étrangère...

En vérité, le coup que je venais de recevoir m'étourdissait par sa violence. Je ne pus m'empêcher de penser aussitôt à tout ce que j'avais sacrifié pour cet homme, au cauchemar de mon mariage : à présent que j'avais accepté mon sort et que j'avais accepté à jamais Liu Yu Wang comme mari, voilà que je le surprenais avec une autre dans l'intimité d'un salon... Pourquoi fallait-il continuer à vivre avec lui ? Cet homme n'avait jamais rien eu pour me plaire, ni le physique ni l'éducation. Seule sa gentillesse m'avait conquise. Si cela même était perdu, à quoi bon continuer ?

Sitôt rentrée à la maison, j'ordonnai à la nourrice A Tching de faire des valises pour mon enfant et pour moi. Liu Yu Wang, en larmes, me suppliait de lui pardonner, me jurant qu'il n'aimait que moi, m'affirmant que si je le quittais son cœur ne résisterait pas à son chagrin et qu'il mourrait d'une attaque. Sachant son cœur fragile, j'essayai de le calmer. Mais ma décision était prise et je souhaitais le quitter. Refaire ma vie n'était plus impossible. Mao Tsé-toung avait libéré les femmes. Elles travaillaient désormais comme les hommes. Elles pouvaient enseigner, être ingénieurs. Il m'était permis de poursuivre mes études et même de me remarier. Un grand sentiment de liberté m'envahit soudain. Mais d'abord, si je ne manquais de rien, c'est que j'emmenais avec moi mon petit Paul, c'est-à-dire ce que j'avais désormais de plus précieux au monde.

Quand Liu Yu Wang vit que j'étais décidée à retourner chez mes parents et que mon bagage était prêt, il me demanda de le laisser au moins dîner avec moi une dernière fois, après quoi je pourrais partir. Comme il était près de sept heures, je demandai à la cuisinière de nous préparer un repas. La belle-sœur qui était venue me chercher dans l'après-midi rentra chez elle. Liu Yu Wang et moi nous soupâmes en tête à tête, ne mangeant que du bout des lèvres, ne disant mot. Après le dîner, je le quittai pour rassembler mes valises. En passant dans ma chambre, je le vis allongé sur notre lit, endormi. Cela me surprit. Profondément malheureux et en larmes il y avait un instant, comment pouvait-il à présent dormir ? Ce n'était pas normal. Je m'approchai pour l'appeler. Pas de réponse. Je lui secouai le bras. Rien. Effrayée, je mis la main sur sa poitrine : le cœur battait, il n'était pas mort, mais il avait avalé quelque chose : un somnifère ! J'appelai l'hôpital. Une ambulance vint aussitôt le prendre. Quand on le souleva, une feuille de papier pliée tomba de sa main. Je la ramassai, la dépliai et lus :

« Ching Lie ma chérie, je te jure que je n'aime que toi et que je ne t'ai pas trompée. Puisque tu veux me quitter, la vie n'a plus aucun sens pour moi. Au lieu que tu partes, je préfère partir le premier et pour toujours. Prends bien soin de notre fils, c'est ma seule prière. Adieu. »

À l'hôpital, on lui fit un lavage d'estomac assez rapidement pour le sauver. Quand il revint de l'hôpital, je renonçai à le quitter et la vie reprit comme avant.

Bourrelé par le remords, Liu Yu Wang devint plus attentionné que jamais, plus affectueux aussi. Comme s'il avait eu le pressentiment que ses forces commençaient à décliner et qu'elles allaient bientôt le trahir à jamais.

Au début de l'année 1953, je fus enceinte. Férue comme je l'étais – et en Chine je n'étais pas la seule – de tout ce qui touche à l'horoscope, je calculai la date de naissance du deuxième enfant et j'en fus accablée : il devait naître sous le signe du Dragon. Or, Paul était né l'année du Tigre. Le tigre et le dragon, non seulement ne peuvent pas s'entendre, mais ne peuvent que lutter pour essayer de se dévorer. Il n'y avait pas de doute pour moi que mon petit Paul aurait à souffrir de ce deuxième enfant. Aussi surprenant que cela paraisse au lecteur occidental, mon amour pour mon fils était tel que, dans cette certitude, je résolus de ne pas laisser naître cet ennemi. Je me procurai en secret mais sans difficulté un certain nombre de drogues destinées à provoquer l'avortement et j'arrivai à mes fins.

Pour des années encore, et conformément au « Programme commun », le gouvernement devait s'abstenir de liquider ceux qu'on appelait les capitalistes ou les bourgeois nationaux et dont le pays avait encore besoin. Une manifestation comme celle des ouvriers venus chercher mon beau-père à la maison était un incident de parcours. Dans le même temps, une entreprise pourtant étrangère, comme la Compagnie Française d'Électricité, qui fournissait l'énergie électrique aux tramways de Shanghaï, avait connu un commencement d'agitation des ouvriers : aussitôt, les cadres politiques leur avaient donné l'ordre de ne pas bouger et d'obéir à leur patron. Le gouvernement ne voulait pas de mesure brutale, pas de désordre susceptible de paralyser un pays aussi vaste. C'était la sagesse. Pour moi, depuis que j'étais rentrée de Hong Kong, j'étais une des femmes les plus riches de Shanghaï sans rien dans ma vie qui ne fût strictement conforme à la légalité. Mon mari était le possesseur légal de tous les biens de mon beau-père. Les revenus des banques, les revenus des terres, les actions, s'entassaient dans les coffres-forts. Au premier remboursement de l'Emprunt national patriotique (Liu Pin San, on s'en souvient, avait dû souscrire pour 100 000 dollars) nous reçûmes une somme coquette : le gouvernement avait tenu parole. Malgré cet argent, auquel je ne touchai pas, je donnais des leçons de piano à des enfants afin de ne pas demander d'argent à mon mari et d'en donner à mes parents. Ils s'étaient saignés pour moi. Ils traversaient à présent une période difficile : Wei Hi avait quitté son lycée pour travailler dans une petite usine privée de teinturerie. Ce fut un échec. Il dut retourner à l'enseignement.

Cependant, en 1952, un nouveau changement révolutionnaire avait obligé toutes les entreprises privées, les boutiques, les commerces et les artisanats à s'associer avec l'État. L'industrie et le commerce privés, maintenus par le Programme commun de 1949, vont bientôt disparaître. Mais pour le moment, si l'État et les syndicats contrôlaient entièrement l'entreprise, l'ancien propriétaire recevait encore de l'État ses intérêts : à la fin de l'année, il touchait la moitié des actions s'il s'agissait d'une société. S'il travaillait comme employé dans sa propre maison, le capitaliste touchait à la fois un salaire et des actions.

Ainsi, du jour au lendemain, Liu Yu Wang cessa d'être le patron des entreprises de son père, mais bien qu'ayant perdu son pouvoir, il pouvait conserver un poste de direction sous le contrôle d'un représentant des syndicats. Il va sans dire que ces changements étaient accompagnés par une rééducation permanente des capitalistes et des bourgeois. Chacun était déjà familiarisé avec ces réunions obligatoires au cours desquelles, deux ou trois fois par semaine, il fallait se critiquer mutuellement et, pour améliorer sa nature et extirper ses mauvaises racines, se pénétrer de la « pensée-maotsétoung ».

Après les propriétaires fonciers, les tenanciers de maisons closes et d'autres, ce fut le tour des patrons d'usines. En même temps la répression des activités contre-révolutionnaires connut une nouvelle phase pendant la première moitié de l'année 1951 avec, à Shanghaï, les rafles du mois d'avril, les grands procès publics au cynodrome où naguère Shanghaïens et étrangers venaient parier sur les courses de lévriers et les exécutions publiques dont toute la population était informée, pas seulement par les journaux mais par des haut-parleurs installés aux principaux carrefours.

La situation devenant meilleure, une partie des bourgeois, profitant de leur tranquillité, s'étaient remis à spéculer et à trafiquer. C'est contre eux que fut dirigée la « campagne des cinq Anti »[1]. À la même époque fut lancée la lutte contre le gaspillage, la corruption et le bureaucratisme. C'est

1. Elle est dirigée contre les pots-de-vin, la fraude, l'évasion fiscale, le détournement des biens de l'État, l'obtention illégale des secrets économiques de l'État.

ce qu'on appela la « campagne des trois Anti », principalement dirigée contre les fonctionnaires dont la corruption était une des plus vieilles plaies de la Chine. Là encore, malgré des procès retentissants et des condamnations, l'effort de rééducation l'emporta infiniment sur la violence. De nouveaux fonctionnaires poursuivaient pour la nouvelle administration leur travail d'explication avec une patience sans limites et, dans la vaste école qu'était devenue la Chine, continuaient à répandre l'abc-maotsétoung.

Je devais connaître ma part d'angoisse quand mon mari fut retenu pendant une semaine entière à la banque principale Tchoung Kong et qu'on me téléphona le premier soir pour lui envoyer des couvertures. J'avais vu des patrons insultés et battus. Bien que mon mari n'eût rien à se reprocher, je redoutais une erreur et connaissant la fragilité de sa santé, on imagine comme je fus inquiète. Quand il rentra à la maison, je vis bien qu'on ne l'avait pas maltraité : il avait l'air heureux de me revoir et complètement épuisé.

C'est au sujet de son père parti pour Hong Kong que les représentants des syndicats et des employés des banques l'avaient interrogé. On accusait Liu Pin San d'avoir fait transporter par avion des lingots d'or et des dollars. Combien en avait-il emporté ? Avec quelles complicités ? Comment s'était-il procuré un avion privé ? Il fallait, disaient les représentants, que cet argent fût restitué, car c'était du vol. Hélas ! Liu Yu Wang était incapable de répondre : si son père avait agi comme on l'en accusait, il ne lui en aurait pas fait la confidence. Et c'est parce qu'il ne pouvait pas répondre que mon mari fut interrogé pendant une semaine. Finalement, comme il n'était pas personnellement détesté et qu'en outre on le voyait malade, on l'avait relâché sans lui faire de mal.

Cependant, le choc physique et moral de Liu Yu Wang laissa des traces irréparables. Dans les rangs des capitalistes la peur fit, au reste, beaucoup de ravages si l'on en juge par le nombre de ceux qui devaient se suicider, incapables aussi de supporter l'humiliation d'une accusation publique. Mon mari ne songea pas à se suicider, mais il avait perdu tout courage et toute envie de travailler quand on nous fit subir un autre coup.

Quelques jours après l'interrogatoire, alors que Liu Yu Wang était resté à la maison, je reçus un coup de téléphone de Vieux King. Mari d'une nièce de mon beau-père, et employé à la banque centrale de la famille, Vieux King était ce personnage peu ragoûtant dont la conduite m'avait scandalisée le jour de mon mariage. Immonde flatteur de mon beau-père – il se faisait passer partout pour son gendre –, il était devenu à présent le flagorneur des cadres communistes de la banque et s'était mis en tête, je ne sais pour quelle raison, de nous faire souffrir.

— Ton mari doit venir immédiatement à la banque, dit-il à l'appareil.

— Est-ce ton ordre ou l'ordre des syndicats ? lui demandai-je.

— Ordre du syndicat.

— Alors, que le représentant du syndicat appelle lui-même !

— Je parle en son nom.

— Liu Yu Wang ne peut pas venir. Il est malade.

— Dans ce cas, viens à sa place.

— J'arrive.

J'informai mon mari qu'il me fallait me rendre à la banque sur l'ordre du syndicat et qu'il n'avait rien à craindre. Pour le protéger, j'étais prête à braver le péril, si péril il y avait.

Dans le hall de la banque, quand j'arrivai, une foule d'employés entourait deux gros tas de livres qu'on avait déposés sur le sol. Aussitôt qu'il m'aperçut, Vieux King s'écria en me montrant du doigt :

— La voilà ! C'est elle !

Et s'avançant sur moi :

— Regarde ce que faisait ton mari au lieu de travailler ! Voilà ce qu'il lisait ! Des livres pornographiques ! Ils sont à lui !

C'était si inattendu qu'il me fallut quelques instants pour répliquer avec force :

— Je ne le crois pas ! C'est un mensonge ! Mon mari…

— Tu ne veux pas le reconnaître ?… Alors qu'il a sans doute fait avec toi au lit tout ce qui est écrit là-dedans…

Devant l'ignoble insulte, je me déchaînai :

— Vieux King, n'oublie pas qui tu es et prends garde de me salir avec ta bave dégoûtante…

Et me tournant vers les employés :

— Vous êtes tous des lâches ! m'écriai-je. Vous vous êtes procuré ces livres, vous les avez lus et, à présent, pour vous en laver, vous voulez faire croire qu'ils sont à mon mari ! N'est-ce pas la vérité ?

La plupart d'entre eux se taisaient. Excités par Vieux King, quelques jeunes plus agressifs que les autres s'approchèrent de moi :

— Ne discute pas ! Ces livres appartiennent à ton mari… Emporte-les chez toi… Nous ne voulons pas nous salir.

Je vis un garçon de courses de la banque et lui ordonnai de m'apporter sur-le-champ un grand sac. Il m'obéit aussitôt. Je me mis à remplir le sac avec les livres en leur disant que puisque ces livres n'appartenaient pas à mon mari, qu'ils étaient tous des lâches et qu'aucun ne voulait le reconnaître, j'allais brûler pour eux tous les volumes dans la cuisine de la banque... Alors Vieux King et les jeunes qui me serraient de près se mirent à me bousculer et m'attrapèrent par les cheveux comme on faisait avec les mauvais patrons. Je me débattis en les couvrant d'injures. Et je ne sais ce qui me serait arrivé entre leurs mains si soudain un cadre n'était intervenu énergiquement en dominant de sa voix le tumulte :

— Arrêtez ! Laissez-la tranquille, elle n'a rien fait de mal...

Et je vis Vieux King, s'écartant de moi, arrondir l'échine exactement comme le jour de mon mariage au moment où ma belle-mère était intervenue pour l'empêcher de me forcer à boire. Il avait la même expression de bassesse bestiale, de chien médusé.

Ne lâchant pas mon idée, je dis au garçon de prendre le sac en lui demandant de me suivre dans la cuisine qui se trouvait derrière le restaurant de la banque. Là, j'allumai un premier livre, je le jetai dans l'énorme cuisinière à charbon de bois et poursuivis jusqu'à ce que le dernier volume fût réduit en cendres. Cela fait, je retournai dans le hall où les employés étaient encore rassemblés et à haute voix, comme pour une harangue, je leur dis :

— La Révolution est aujourd'hui une occasion pour les gens méchants et pour les jaloux de flatter les communistes et de blesser les autres... Moi je vous dis que ce ne sont pas les vrais cadres qui agissent ainsi... Des gens comme vous, il faudrait les empêcher de nuire...

J'avais parlé fort et sans peur. Et en rentrant chez moi, je me demandai encore comment la vérité avait pu sortir si facilement de ma bouche.

À Pékin, à peu près au même moment, mon frère Ching Son devait rencontrer de grandes difficultés auprès de ses supérieurs des cadres politiques. Cette fois, il était fixé sur son sort. Avec du retard, mais inéluctablement, on avait remis sur le tapis l'histoire de son voyage à Hong Kong. Son absence était une méchante affaire. Il devait se justifier. Ching Son raconta toute la vérité : sa sœur était malheureuse, et pour la protéger, il s'était rendu à Hong Kong. On ne le crut pas. On lui dit qu'il était brave et que son passé récent de révolutionnaire clandestin l'avait prouvé, mais que, fils de bourgeois, il avait de mauvaises racines, on ne résiste pas aux tentations. Il eut beau répéter que c'était uniquement pour moi qu'il avait fait ce voyage à Hong Kong et qu'il n'avait travaillé là-bas que pour m'aider, on lui répliqua que c'était pour lui-même qu'il avait fait le voyage, pour retrouver une vie bourgeoise dont il avait la nostalgie. Il fut donc décidé de le condamner à quitter temporairement son travail d'enseignant pour aller travailler la terre comme un paysan : cela seul pouvait contribuer à son redressement et à extirper définitivement ses racines bourgeoises.

Depuis les incidents de la banque, mon mari avait non seulement cessé d'y travailler mais sa santé se dégradait de jour en jour. Matériellement nous n'avions aucun souci, le capital de mon beau-père continuait à nous fournir les loyers et les intérêts divers. Mais moralement c'était le désastre. Liu Yu Wang traversa une longue période de prostration. Il en sortit avec le secours de la religion vers laquelle désormais sa vie était entièrement tournée.

Il était bouddhiste. Il fit aménager au premier étage de la maison un grand salon pour les bouddhas, une pièce uniquement consacrée à la prière. Il y avait là, représentés par leur image, Kouan Yin, figure féminine de Bouddha, la mère de miséricorde, qui voit tous les malheurs du monde, Di Zan qui ôte les maladies et les vices qui en sont la manifestation, O-Mi-To-Fo, le premier Bouddha, celui qui prend les hommes dans le Paradis. Chaque matin de bonne heure et chaque soir, Liu Yu Wang s'agenouillait dans le salon des bouddhas, allumait l'encens, disposait le thé et les fleurs devant les images et priait longuement. Le reste du temps il essayait de soutenir sa santé chancelante par l'absorption de nids d'hirondelles et de ginseng, par la confection de fortifiants à base de plantes séchées.

C'est ainsi que périodiquement les domestiques remplissaient de plantes – il y en avait jusqu'à une centaine – un énorme chaudron qu'on posait sur un feu dans la cour de la maison. On laissait bouillir pendant des heures jusqu'à ce que la décoction formât un jus épais. Alors, on filtrait ce jus, on ajoutait quantité de sucre candi et on le versait dans de petits pots où il se coagulait, si bien qu'il fallait le délayer dans de l'eau pour le consommer. C'était là un fortifiant puissant et très coûteux. Grâce à cette alimentation et à toute une pharmacopée, Liu Yu Wang se maintenait en vie, mais dans un tel état de fragilité que notre médecin me donna l'ordre formel de dormir dans une autre pièce que lui si je ne voulais pas prendre le risque de le tuer en laissant libre cours à son désir. Cette mesure de sauvegarde, à laquelle je me conformai, rendit ma mère profondément soucieuse : faire chambre à part signifiait pour elle que ma vie n'était plus normale. Quant à mon mari, conscient de son état, c'était toujours à moi qu'il pensait du fond de sa tristesse :

— Ching Lie, me dit-il un jour avec une grande douceur, je te parle sincèrement : si tu le désires, je te donnerai tout l'argent qu'il te faut, tu garderas ton enfant et tu chercheras un autre homme.

Outre qu'une telle idée ne m'était jamais venue, je la repoussai avec force. J'aimais mon fils de toute mon âme. Quitter un mari malade mais qui ne songeait qu'à moi, le laisser mourir de chagrin et donner à Paul un autre père eût été indigne. L'aurais-je souhaité, que trouver un mari se fût révélé impossible, les temps étaient révolus où l'argent remplaçait tout. Désormais, les capitalistes formaient la classe à laquelle il était le plus déshonorant d'appartenir. Je priai Liu Yu Wang de ne plus jamais répéter sa demande et notre vie reprit comme avant. Je fis tout pour la lui rendre moins douloureuse.

Pour conjurer le souci qui la rongeait à mon sujet, ma mère fit venir un jour chez moi une voyante dont on disait que les qualités de médium étaient tout à fait exceptionnelles. J'avais dix-sept ans, elle devait dire ce qu'il adviendrait de moi. Je me souviens avec une netteté particulière de l'allure de la vieille femme qui frappa à la porte : elle portait une veste et un pantalon bleus et derrière la tête un petit chignon soigné. On la fit entrer, non pas dans le salon des bouddhas, mais dans celui du rez-de-chaussée où elle me demanda de brûler de l'encens pour favoriser l'évocation des esprits.

Je la revois comme si elle était encore devant moi. Elle est assise et ferme les yeux. Son visage se transforme peu à peu. Elle se met à bâiller, puis à roter sans fin comme si elle vidait son corps. Ses bras s'agitent. Tout cela semble très pénible pour elle. Soudain, sa tête tombe sur la table et elle s'endort. Mais seulement pour quelques instants.

Car elle se lève, les yeux toujours fermés. À présent elle est calme, habitée par une présence ineffable, et parle d'une voix sereine pour répondre aux questions que je n'exprime pas à haute voix mais qu'elle entend. La déesse des Fleurs, celle qui éclaire sur la vie précédente des vivants, est en elle :

— Je vois, dit-elle, des fleurs dans un pot de jade… devant Bouddha Kouan Yin…

Les fleurs indiquent le caractère et le pot la condition. Un pot de terre indique la pauvreté, un pot de jade la richesse. En outre, elle indiquait ainsi que j'étais protégée par Bouddha Kouan Yin.

Elle poursuivit en parlant de moi à la troisième personne :

— Cette femme aura dans sa vie beaucoup d'argent, dit-elle. Belle, intelligente, elle a de bons parents… Elle aura des enfants excellents, dont une fille… Dans sa vie précédente elle fut pauvre… Elle eut beaucoup d'enfants… Elle a abandonné son mari et ses enfants dans un temple… Plus tard, pour implorer le pardon, elle est revenue dans ce temple pour y broder un bouddha Kouan Yin tout entier avec un cœur en fil d'or… Ce fut le travail d'une vie… Elle pria pour que, dans sa prochaine existence, beauté, intelligence et argent ne lui manquent pas…

Ainsi, voilà ce que j'avais été dans ma vie précédente. Ce qui me frappait, c'était moins ma pauvreté que ma faute, convaincue que j'étais, comme je le suis encore, que notre vie est modelée par les fautes de notre vie précédente et que l'existence terrestre est le prix du mal et une expiation.

Mais à ce moment-là, la vieille femme cessa brusquement de parler. Comme si elle n'avait pas voulu continuer. J'ignorais pourquoi. Ce n'est que peu d'années après que je devais comprendre les raisons de sa discrétion et pourquoi elle avait préféré garder le silence sur un des épisodes les plus douloureux de ma vie qui était apparu clairement à ses yeux mais qui n'était pas encore fait pour les nôtres.

15

La fin de la vermine et de la mendicité / Nouveau voyage à Hong Kong / Le moine venu du Sseu tchouan / Retour à Shanghaï et déménagement / Naissance de mon deuxième enfant / Je deviens « ingénieur des âmes » / Madame Wou de Paris / Mon premier concert / La rééducation des artistes / Une séance de critique au Conservatoire.

La Chine était libérée depuis trois ans et déjà ceux qui la connaissaient auparavant n'auraient pas reconnu en 1953 une ville comme Shanghaï où pourtant demeuraient les façades orgueilleuses érigées sur le Bund par l'or étranger et le sang chinois. Enseignants, missionnaires, banquiers, hommes d'affaires et aventuriers venus d'Europe et d'Amérique n'étaient plus qu'un souvenir. Dans les rues toujours grouillantes, le trafic avait un autre visage. Les automobiles avaient disparu peu à peu avec leurs propriétaires étrangers, et aussi parce que l'essence nous aurait assujettis à l'extérieur et que désormais nous devions en tout nous libérer de l'étranger et assurer nos besoins par nous-mêmes. À mesure que les limousines somptueuses, les Buick et les Mercedes se faisaient plus rares, les bicyclettes apparaissaient de plus en plus nombreuses comme si chaque automobile était remplacée par un millier de vélos. Surtout

Shanghaï, débarrassé de la prostitution et de la pègre, était devenu physiquement aussi plus propre. À la suite des campagnes lancées par les dirigeants et qui allaient durer encore deux ou trois ans, toute la Chine, des vieillards aux petits enfants, s'était mise avec ardeur à la chasse aux fléaux du pays : les rats, les mouches et les moustiques – sans oublier les moineaux. Chaque famille devait, par semaine, apporter au moins autant de queues de rat qu'elle comptait de membres. Si elle en rapportait davantage, elle avait le droit de planter sur sa porte un petit drapeau rouge. Il y en eut des milliers partout, et l'émulation créée chez les enfants pour la chasse aux mouches et aux moustiques a tué peut-être autant d'insectes que les insecticides et les filets. Parmi toutes les tâches entreprises avec acharnement par la Chine nouvelle, ce résultat m'étonne aujourd'hui encore quand je voyage dans mon pays et me souviens à quel point nous étions envahis par la vermine.

Quelque chose d'encore plus important m'avait frappée au plus profond de moi : la disparition immédiate des mendiants et de la mendicité, de ce spectacle habituel à chaque coin de rue. Les mères accroupies avec un enfant vivant ou mort, les aveugles, les mutilés exhibant leurs moignons, les vieillards voués à la mort sur le trottoir, tout cela avait disparu pour toujours. Je me disais alors et je me dis encore avec la sincérité la plus totale que si les marques de la lèpre séculaire que fut la misère de la Chine devaient être effacées à jamais au prix des souffrances et du châtiment d'une poignée de riches, ce prix était juste et valait la peine d'être payé.

En 1953, le gouvernement ayant estimé qu'une ville comme Shanghaï possédait une trop forte concentration de bourgeois éduqués et qu'il convenait de les répartir, décida de procéder à un brassage de population entre les grandes et les petites villes. Il s'agissait à la fois de « déconcentrer » la bourgeoisie et de répandre davantage l'éducation. L'administration du pays était concernée et un grand nombre de fonctionnaires durent déménager. Ainsi l'aînée de mes belles-sœurs, Liu Yu Ying, qui avait à présent un enfant, et dont le mari, l'ancien play-boy, devait gagner sa vie dans un bureau, fut invitée à habiter Pékin. Pour cette femme habituée à une existence bourgeoise et condamnée à vivre modestement, cet exil fut une nouvelle source de larmes. Comme elle ne pouvait plus rien attendre de parents hostiles à son mariage, mon mari, avant son départ, lui donna un peu d'argent en cachette.

L'année suivante, mes beaux-parents se mirent à m'envoyer des lettres pressantes : ils étaient désespérés de ne pas voir leur petit-fils. La pensée qu'ils vieillissaient et que l'éloignement ajoutait à leur tristesse me décida à satisfaire leur désir. Mais pour emmener Paul avec moi à Hong Kong – mon fils avait quatre ans – il me fallait, cette fois, demander un visa. Je l'obtins assez vite pour nous deux, on l'aurait refusé à mon mari. La perspective de ce voyage avec Paul effraya mes parents et surtout mon père qui fabriqua quantité d'étiquettes en tissu portant nos noms et notre adresse et qui furent cousues sur les vêtements de Paul tant il redoutait que mon fils ne fût perdu en route. De grandes quantités de provisions comprenant des mets typiques de Ning Po (le pays de mes beaux-parents) et de Shanghaï nous obligèrent à ajouter à notre malle de vêtements un énorme ballot de coton. À la gare, mon petit Paul recommanda avec sérieux à mes parents de bien veiller sur son père. Sa nourrice A Tching l'embrassa tendrement. Comme nous partions pour un mois elle en profitait pour se rendre dans son village près de Sao Chin.

Ce second voyage à Hong Kong ne ressembla en rien au premier si pénible que j'avais fait, enceinte et accompagnée de mon mari et de deux enfants, pour rejoindre mes beaux-parents plus de quatre ans auparavant. Cette fois, nous occupions un wagon-lit de première classe. Après une nuit à l'hôtel à Canton pour reprendre le train de Hong Kong le lendemain matin, il fallut passer à la douane de Lou Hon, où les douaniers chinois s'assuraient méticuleusement qu'on ne sortait aucune valeur, ouvrir la malle pleine à craquer, la refermer, montrer son visa. Je ne le trouvai pas. Le train sifflait, Paul était nerveux. Je me remis à fouiller l'une après l'autre les nombreuses poches de mon costume Mao. J'en avais sauté une… Quand le train partit, Paul exigea de garder le visa lui-même, en affirmant que je le perdrais, ce qui mit de bonne humeur tous les voyageurs.

À Hong Kong, en revoyant leur petit-fils, la joie de mes beaux-parents fut si grande qu'ils exigèrent de nous garder dans leur appartement, et ma belle-mère manifesta à mon égard une affection que je ne connaissais pas. Quand l'expiration du délai de mon visa d'un mois approcha, elle fut si abattue que je demandai une prolongation. Mes deux belles-sœurs, qui étudiaient à Pékin, étaient également en visite à Hong Kong. Leurs parents les assiégeaient pour les convaincre d'aller finir leurs études aux États-Unis. Bien que communistes de cœur, elles finirent par obéir et devaient se marier l'une et l'autre avec des Américains.

Dans l'attente du prolongement du visa, Paul commençait à s'ennuyer à Hong Kong.

— Il faut que tu aies un deuxième enfant, me dit ma belle-mère. Un seul, c'est trop peu.

Je lui dis qu'un enfant me suffisait et que la santé de mon mari me donnait, au reste, trop d'inquiétude.

— Tu ne dois avoir aucune inquiétude, dit-elle. Et seulement obéir à ton destin.

Alors, cette femme sévère, bouddhiste à présent rigoureuse et dont je ne prenais jamais les propos à la légère, me raconta l'histoire suivante.

— Quand Liu Yu Wang ton mari est né, dit-elle, au moment de l'accouchement, à peine était-il sorti de moi que j'eus la vision rapide d'un moine d'une cinquantaine d'années. Ce qui signifiait pour moi que l'âme d'un moine venait de se réincarner dans le corps de mon fils. Quelques heures plus tard, une de mes tantes d'un grand âge, bouddhiste très croyante, vint me rendre visite, disant qu'elle savait que j'avais un fils. Elle avait eu, en effet, la vision d'un moine porté par une cigogne blanche qui s'était posée sur le toit de ma maison.

Mais il se produisit quelque chose de plus singulier encore.

— Trois jours après la naissance de ton mari, un moine-mendiant très âgé et vêtu de noir vint frapper à la porte de la maison, on lui ouvrit et on lui donna une aumône, mais il la refusa. On voulut lui préparer un repas, il refusa. Il ne demandait qu'une chose : voir le nouveau-né. Comme cet enfant mâle était précieux (j'avais eu avant lui quatre filles dont deux étaient mortes), que mon mari Liu Pin San était déjà très riche, et qu'on craignit un moment que ce moine ne fût un bandit déguisé, on lui dit que c'était impossible et on le pria de s'en aller. Mais il ne voulait pas partir. À ce moment-là j'entendis le bruit de la dispute et les menaces des domestiques. Et, bien que couchée dans l'obscurité où il m'était interdit de bouger, je demandai énergiquement à voir le visiteur. Les domestiques, ayant introduit le moine dans ma chambre, se retirèrent. Aussitôt je demandai au vieil homme pourquoi il voulait voir à tout prix mon enfant. Il me répondit que cet enfant qui venait de naître avait été son compagnon et son ami.

« Nous avons vécu tous deux, dit-il, dans un temple des montagnes du Sseu-tchouan où nous avions décidé de nous faire ermites pour vingt ans. De jeunes moines nous servaient et les jours se déroulaient dans la prière et la méditation. Mais, alors que je me suis conformé jusqu'au bout à notre vœu commun, mon ami, constamment tourmenté par les tentations, a quitté l'ermitage et rompu sa promesse. Talonné par le remords, il tomba malade et mourut. Cependant, à cause de ses mérites, sa prochaine vie sera protégée comme celle d'un prince, il aura une bonne épouse et de beaux enfants, mais parce qu'il n'est pas purifié, il sera la proie de la maladie pour expier ses crimes passés. Né et mort comme un roi, il aura souffert toute sa vie. Cet homme ayant été mon ami, j'ai voulu vous apprendre ces choses afin que vous veilliez sur sa santé et que vous l'éleviez surtout sous le signe de Bouddha.

« Ayant ainsi parlé, le moine fit une prière, bénit mon fils et partit sans rien vouloir accepter de moi.

Et ma belle-mère ajouta :

— Je me souviens de son visage et de ses pieds nus : il venait de loin, il avait fait un voyage épuisant. Pas un instant, je n'ai douté de la vérité de ses paroles ni qu'il ne fût venu pour autre chose que le bien de mon enfant.

J'étais aussi convaincue qu'elle-même. Si elle m'avait confié ce secret, c'était afin de me faire comprendre que mon mari devait souffrir et qu'il pouvait aussi vivre et avoir un enfant sans que rien ne fût changé à son destin.

En attendant des nouvelles de mon visa, je fis de longues courses avec ma belle-mère dans les magasins de Hong Kong où elle acheta quantité de vêtements destinés aux enfants de mes belles-sœurs et que je devais rapporter à Shanghaï. Pour mon Paul, rien, sinon de vieux vêtements d'enfant de son mari, raccourcis et ravaudés que j'acceptai sans broncher mais non sans me dire :

— Pourquoi fait-elle des cadeaux aux autres et pas à Paul qui est son *vrai* petit-fils ?

Car seul le fils du fils méritait ce qualificatif, alors que le fils de la fille n'était que « le petit-fils du dehors » de même que les parents de la bru étaient « les grands-parents du dehors »[1]. À la fin, ma belle-mère s'aperçut que j'étais mécontente et me donna une explication.

— Quand un être est venu au monde, dit-elle, son destin est écrit par la Providence et en toutes choses, dans ses jours comme dans ses vêtements. Je sais que Paul a un beau destin : mais il ne faut pas dépenser son bonheur trop tôt. S'il porte les chemises de son grand-père, il *économisera* son destin.

Ainsi, contrairement à ce que j'avais cru, elle aimait Paul plus que les autres à qui précisément en leur donnant de beaux vêtements elle attachait assez peu d'importance. J'avais d'abord pensé que l'affection nouvelle de ma belle-mère à mon égard venait de l'absence du fils dont elle était si jalouse. À présent je voyais qu'elle me vouait un intérêt profond et un peu mystérieux.

Cependant mon visa ne revenait toujours pas de Shanghaï. Malgré les événements considé-

1. Voir plus haut, p. 74.

rables de ces derniers mois j'avais passé la plus grande partie de mes journées en compagnie de la musique, et, avec mon professeur de Shanghaï, M. Siang, j'avais travaillé avec acharnement sur le concerto de Rachmaninov en vue d'un concert organisé par mon maître. Je voyais déjà mon projet compromis, mes mains « rouillées » et c'est pendant ce séjour à Hong Kong que je me rendis compte à quel point mon piano pouvait me manquer et l'importance que la musique avait prise dans ma vie.

Grâce à un voisin de mes beaux-parents qui possédait un piano, je finis par avoir la possibilité de travailler quelques heures de loin en loin, mais c'était peu. Pendant que je travaillais, ma belle-mère promenait mon fils et mon petit Paul, lui, ne cessait de prier le Bouddha pour avoir une petite sœur.

L'attente de mon visa fut si longue que je ne pus quitter Hong Kong que quatre mois après mon arrivée. Notre départ n'en fut pas moins accompagné de gémissements et de pleurs, surtout chez mon beau-père Liu Pin San. Rien de plus triste que le spectacle de cet homme naguère puissant, coupé à jamais d'une patrie où il ne voulait pas retourner, désormais emmuré en lui-même. Seule la vue de son petit-fils, au cours de ces dernières semaines, avait allumé en lui une lueur de vie et soudain, sur le quai du ferry, je vis dans ses yeux l'incendie du désespoir.

J'avais quitté Hong Kong avec les larmes de mes beaux-parents, je retrouvai Shanghaï dans la joie de ma famille et de mon mari. Je me consacrai avec frénésie à ce concerto de Rachmaninov qui m'occupait déjà depuis près d'un an.

L'appartement de mon maître de piano, M. Siang, était rempli de monde lorsque je donnai ce qu'il voulut bien appeler mon « concert ». On avait ouvert les portes du salon où se trouvait le piano, et les invités étaient assis dans plusieurs pièces. Parmi eux se trouvait, installé près du piano, M. Fang, le directeur du Conservatoire de Shanghaï que M. Siang avait tenu à faire venir. Après mon exécution du concerto de Rachmaninov, cet invité de marque ne fit aucun commentaire et se contenta de me demander combien de temps j'avais étudié le morceau : je lui dis huit mois car je ne comptais pas les quelques heures de piano à Hong Kong. Là-dessus, il me quitta sans rien ajouter.

J'oubliai, pour un temps, cette circonstance. En effet, quelques jours après le concert, je m'aperçus que j'étais enceinte. Nous conformant à l'ordre formel du docteur, mon mari et moi ne dormions pas dans la même chambre ; avec l'euphorie du retour nous avions fait une entorse à la règle. Quelle ne fut pas la joie de Paul quand il apprit qu'il aurait bientôt une petite sœur – puisque c'est une fille, qu'il désirait exclusivement. Pour répondre à son attente, j'avais fait de mon mieux, m'étant conformée à un procédé bien connu en Chine : si elle veut avoir un fils, la femme doit se coucher sur le côté gauche pendant l'étreinte, sur le côté droit si elle veut avoir une fille. Au cinquantième jour de ma grossesse, je fis le test de vérification que m'avait enseigné ma mère et que j'avais utilisé enceinte de Paul. Il faut, à cinq heures du matin, se coucher sur le dos : à ce moment-là, l'enfant monte à la surface du ventre maternel. Alors, au toucher, on sent un relief. S'il est oblong comme un doigt, c'est un garçon, s'il est sphérique, c'est une fille. Je sentis une boule qui disparut aussitôt. Ce devait donc être une fille. J'étais sceptique, mais ma mère, à qui je rapportai le résultat, fut aussitôt convaincue.

Autant ma première grossesse avait connu un cortège de souffrances, autant celle-ci fut paisible. Je me portais bien, la vie se poursuivait normalement, et mes chères études de piano y tenaient une grande part. Toutefois, la maison de Nanking Road que Liu Pin San n'avait jamais voulu quitter, même au sommet de la fortune, à cause des excellents horoscopes qui y étaient attachés, commençait à être sérieusement délabrée, avec ses planchers pourris devenus le royaume des souris et des cafards. Un jour, j'entendis, du premier étage, mon petit Paul pousser des cris. Cela venait de l'office, à côté de la cuisine, et je descendis aussitôt. Il y avait là une armoire vitrée qui renfermait, posé sur le rayon supérieur, un bouddha devant lequel chaque matin une servante, aidée par Paul, déposait l'encens et la tasse de thé. Il fallait, pour ce faire, grimper sur un tabouret. Ce matin-là, à côté du bouddha, était installé un rat énorme qui, dérangé, fit un bond dans la cuisine, d'où les cris de Paul. Cet incident accéléra une décision que je mûrissais depuis longtemps. Je n'avais pas la moindre envie d'élever mon deuxième enfant au milieu des rats et des cafards. Il était temps de déménager.

Au cœur du quartier qui avait été la « concession internationale », à Hong Kiang Road, un médecin, locataire d'un immeuble qui appartenait à mon beau-père, souhaitait prendre sa retraite pour s'installer à Sao Tchou. Son appartement, spacieux et réparti sur deux étages, nous convenant parfaitement, nous lui payâmes un « pas-de-porte ». La maison était moderne, avec des W-C rendant inutile le fameux tonneau à excréments, l'appartement comprenait une salle de bains à l'européenne au lieu de nos baquets en bois de Nanking Road. Voilà qui était idéal pour mes deux enfants.

Dès que nous eûmes emménagé, je consacrai mes premières dépenses à une débauche de pianos : dans le grand salon je fis placer face à face deux pianos à queue, un Bechstein et un Steinway (un seul de ces instruments, dans l'autre appartement, aurait traversé le plancher), j'installai mon vieux piano droit dans ma chambre et fis placer deux autres pianos droits dans deux pièces différentes de la maison. Le premier était destiné à ma sœur aînée la pianiste, l'autre à ma belle-sœur la cantatrice, la femme de Ching Son, et le troisième à mon futur enfant, surtout si ce devait être une fille.

Sur ces entrefaites, un après-midi, je reçus un coup de téléphone du Conservatoire. Un cadre de l'administration du personnel me fixait un jour et une heure pour me présenter dans son bureau. Je pressentais un événement favorable, je supputai les chances que j'avais d'entrer au Conservatoire. Ma sœur, pianiste à Radio-Pékin, était connue à ce titre jusqu'à Shanghaï et cette parenté m'était favorable. D'autre part, peut-être que mon exécution du concerto de Rachmaninov n'avait pas déplu à M. Fang, le directeur, bien qu'il ne m'en eût rien dit.

Avant Mao Tsé-toung, le Conservatoire était un établissement très fermé où ceux qui avaient fait de fortes études musicales étaient préférés à ceux qui possédaient de grands dons artistiques. J'avais dû renoncer à mon rêve. Depuis le nouveau pouvoir, le Conservatoire comprenait une école secondaire où le candidat artiste pouvait compléter sa culture et se présenter au baccalauréat. De plus, le piano y jouait un rôle prioritaire. D'une façon générale, l'État attachait une grande importance révolutionnaire à la formation des intellectuels et des artistes, qu'on appelait « les ingénieurs des âmes ».

Quand je me présentai pour répondre à ma convocation, j'étais surexcitée. On me dit qu'une femme, professeur de piano dans l'école secondaire du Conservatoire, était enceinte et sur le point d'accoucher : on me demanda si j'acceptais de la remplacer pour deux mois. Je donnai mon accord sur-le-champ et avec enthousiasme.

L'apprenant, mon mari fut fort contrarié : je remplaçais une femme enceinte, est-ce que j'oubliais que je l'étais moi-même et que le Conservatoire se trouvait loin en banlieue ? Je lui fis valoir que c'était là pour moi la chance unique d'approcher le Conservatoire et de pouvoir un jour y travailler. Je parvins à convaincre Liu Yu Wang, et je me donnai si sérieusement à ma tâche provisoire qu'au bout de deux mois, quand la titulaire revint prendre sa place, mes élèves allèrent supplier la direction de me retenir. Je déclarai que mon respect pour la titulaire me faisait une obligation de partir quoi qu'il dût m'en coûter. La direction m'apprit alors que, bien qu'il ne fût pas question de déplacer celle que j'avais remplacée, on souhaitait me garder en me confiant une autre classe avec le titre d'assistante. Je n'en crus pas mes oreilles : je devenais officiellement cadre d'État et non plus remplaçante. Alors, je bénis la libération de la Chine qui me laissait entrer dans ce Conservatoire que ma mère m'avait refusé.

Au septième mois de ma grossesse, quand l'enfant devint lourd, l'obligation de me lever à l'aube et de prendre plusieurs autobus pour le Conservatoire commença à me fatiguer. À regret, je dus cesser de travailler. À la maison, où mon père et ma mère venaient plus souvent, Paul était heureux de m'avoir près de lui. Mais dans la fougue de mes dix-huit ans et l'excitation nouvelle du Conservatoire, je ne tenais pas en place. L'attente de l'accouchement me paraissait une perte de temps si insupportable que je me conduisis comme une gamine. Un jour, dans mon impatience, je me dis que jouer du piano énergiquement pourrait hâter ma délivrance. La grande polonaise de Chopin me parut la pièce la plus appropriée. Ce jour-là, je la jouai pendant des heures, tapant comme une brute sur mon Bechstein dans l'espoir saugrenu d'avancer la venue de cet enfant récalcitrant. Je ne croyais pas si bien faire.

À deux heures de l'après-midi, prise de violentes douleurs dans le ventre, je dus m'aliter. La chambre était prête puisque mon accouchement, cette fois, devait avoir lieu chez moi. On téléphona au gynécologue de venir. À sept heures du soir, en présence de mes parents, les douleurs me reprirent de plus belle, je gémissais et vomissais, mais étais incapable de commencer le travail. Effrayé, mon mari s'enferma dans le salon des bouddhas pour prier, tandis que le petit Paul tantôt priait avec lui, tantôt faisait les cent pas dans la maison, les mains derrière le dos comme un vieux bonhomme. Soudain, vers onze heures du soir, il dit à ma mère :

— Je crois que ma petite sœur viendra seulement demain. Il faut que j'aille me coucher…

Tsong Haï sourit et le mit au lit. Paul ne s'était pas trompé. Le bébé se décida à naître à deux heures du matin. C'était une fille. Ma fatigue était aussi grande que ma joie et l'on dut m'administrer quelques gouttes de ginseng pour me remonter. Près de moi, je n'entendis aucun cri mais seulement un bruit de succion. Je regardai l'enfant : elle suçait son pouce, ouvrit les yeux et ne se mit à crier qu'après la tape du médecin sur ses fesses. Contrairement à la plupart des bébés chinois qui sont rouges à leur naissance, elle avait la peau blanche comme une Européenne et des poils dorés. Cependant au milieu de sa tête était planté un seul cheveu entièrement blanc : c'était, me dit ma mère, le signe qu'elle vivrait très vieille. Elle porta les noms de Liu (nom de famille), Sun (nom de génération qu'elle partageait avec son frère Liu Sun Po, dit Paul) et Lin – son prénom qui signifie « pleine d'intelligence ». Plus tard, de même qu'on m'appellera Julie, on l'appellera Juliette, et c'est de ce nom que je la désignerai désormais, dans ce récit.

Retournée à Sao pendant mon absence à Hong Kong, la nourrice A Tching, qui avait donné son lait à Paul, revint alors à Shanghaï pour s'occuper de Juliette. Ayant eu son nouvel enfant elle put aussi nourrir ma fille cinq ans après avoir nourri mon fils. Nous étions en décembre 1955.

Après quarante jours de repos, je repris au Conservatoire mon travail « d'ingénieur des âmes ». Le directeur, M. Fang, voulait favoriser ma formation de concertiste et décida que, trop jeune encore pour enseigner, notamment dans les classes supérieures, il serait avantageux pour moi de devenir accompagnatrice des solistes. C'est ainsi que je me mis à travailler avec des violonistes et des flûtistes qui préparaient leurs concerts de fin d'année. Voilà pour le travail quotidien. Mais M. Fang, qui voulait qu'en même temps commençât ma préparation de concertiste, m'envoya prendre des leçons chez Louise Wou, considérée alors comme la première pianiste de Chine. Élève de Marguerite Long, elle était rentrée de Paris en 1954.

Quand je me rendis à son domicile de Sseutchouan Road, une domestique m'ouvrit la porte d'un appartement raffiné et le premier abord de

Louise Wou fut assez surprenant. Alors que les jeunes gens de mon âge portaient tous le costume Mao bleu de chauffe avec une chemise blanche, je découvris une femme vêtue d'une spectaculaire robe chinoise, très parfumée et très maquillée, avec un rouge à lèvres particulièrement criard. En voie de disparition, ces marques extérieures de féminité étaient encore tolérées mais ne le seraient plus très longtemps. Sur l'un des deux pianos à queue de son salon était posée en évidence une photographie de Marguerite Long.

Louise Wou m'invita à me mettre au piano. Je lui jouai une étude de Liszt. Pendant et après le morceau, elle ne cessa de s'exprimer par des mimiques bizarres, levant les yeux au ciel, entrecoupant ses phrases de « oui, oui » et de « ha ha » pour bien montrer qu'elle venait de France. J'étais effarée. Le piano étant déjà considéré comme un instrument bourgeois réservé à un petit nombre, voilà une femme qui ne contribuait certes pas à créer autour de lui un climat révolutionnaire. Mon professeur habituel, M. Siang, m'avait paru jusque-là le meilleur maître possible. Très vite, j'eus le sentiment qu'avec Louise Wou, beaucoup plus préoccupée d'elle-même que de son élève, je perdrais mon temps. Mais je ne pouvais rien dire, puisque par la voix du directeur du Conservatoire, c'était l'État qui l'avait désignée pour faire de moi une artiste.

Mon travail principal, celui d'accompagnatrice, absorba, du moins au début, la plus grande partie de mon temps. J'emportais chez moi des piles de partitions et je travaillais de longues heures. Un camarade, accompagnateur et comme moi élève privé de M. Siang, m'aidait alors de ses conseils : il s'appelait Li Min Chang et il est devenu depuis un pianiste réputé en Chine.

Mes débuts d'accompagnatrice ne furent pas un triomphe et le premier soliste qui me demanda – un violon qui préparait le concerto de Mendelssohn – fut si mécontent qu'il rangea son instrument au milieu du morceau et s'en alla, me laissant complètement démoralisée. Je me rendis peu après chez le directeur de la section, le professeur Chen, grand violoniste très versé dans la musique de chambre, et lui offris ma démission. Comme il m'en demandait la raison, je lui répondis que je n'étais pas à la hauteur, aussitôt après le violoniste, un flûtiste s'étant plaint de moi. Quelle ne fut pas ma surprise d'entendre M. Chen me dire :

— Il ne faut pas se décourager aussi vite. Un jour, tu y arriveras. D'ailleurs, tu es surtout une soliste.

Il me fallut donc persévérer mais dans une situation bientôt aggravée : mon camarade Li, accompagnateur impeccable, fut peu à peu réclamé par tous les solistes à qui j'étais destinée. À nouveau je présentai ma démission, à nouveau elle me fut refusée avec cette différence que M. Chen affirma que j'avais moins d'expérience mais plus de qualités musicales que Li et qu'à son avis je devais abandonner l'accompagnement, avec toutefois, une exception. M. Chen préparait lui-même le concerto de Wieniawski pour violon et orchestre : il avait besoin d'une pianiste pour ses répétitions sans orchestre. Est-ce que j'accepterais d'être cette pianiste ? Je crus pleurer de reconnaissance. Ce fut avec joie et tremblement que je me mis au travail.

La patience de M. Chen – qui me laissait déchiffrer lentement les partitions – et la confiance qu'il sut m'insuffler portèrent bientôt leurs fruits puisque non seulement il me garda comme accompagnatrice, mais qu'il avait exigé, malgré les craintes que j'avais exprimées, d'enregistrer avec moi la *Sonate du printemps* de Beethoven et la sonate pour violon et piano de César Franck. Les disques – édités, bien entendu, par l'État – furent, selon lui, une réussite. Je l'accompagnai encore au cours d'un concert donné au théâtre qui portait toujours le nom de « Majestic » : ce fut un grand succès pour lui. Déjà, grâce aux deux disques, j'avais retrouvé la confiance des élèves et, à nouveau, j'accompagnai plusieurs solistes du Conservatoire.

Tant de succès, après mes échecs, ne pouvaient aller sans attirer l'attention et aussi la jalousie : les mauvaises langues répandirent que ce n'était pas mon talent qui intéressait M. Chen mais ma personne : c'est parce qu'il était amoureux de moi qu'il me protégeait si fidèlement. Il va de soi que si j'avais été un laideron, ces propos vénéneux m'auraient été épargnés. Ils étaient d'autant plus mensongers que M. Chen, homme d'une grande noblesse, ne voyait en moi que la musicienne et l'élève. Pour ma part, je le respectais profondément et je sais tout ce que je lui dois.

Par la suite, un grand nombre d'artistes étrangers venus des différents pays communistes, firent des séjours au Conservatoire de Shanghaï, des Tchèques, des Roumains, des Polonais et, bien entendu, des Soviétiques. Parmi eux, notamment, un chef d'orchestre soviétique fort connu, qui désira diriger chez nous le concerto n° 1 de Tchaïkovski avec un orchestre et un soliste chinois. Je fus désignée pour faire un essai avec lui comme pianiste soliste.

Quand Mme Wou, que j'en informai aussitôt, apprit que j'avais la possibilité de jouer en public sous la direction d'un chef d'orchestre soviétique, il monta en elle une bouffée noirâtre de jalousie dont, sur le coup, je ne perçus pas la moindre trace, alors qu'un aveugle l'aurait vue à de grandes distances.

— Ma chère enfant, dit-elle, il n'y a qu'une personne dans toute la Chine qui soit capable d'exécuter ce concerto : moi. Je voudrais que tu comprennes que tu joues ta réputation et tout ton avenir sur un coup de dés. Suppose que tu tombes en panne au milieu du concert… Non, ne prends pas un tel risque et laisse-moi ta place. Crois-moi, c'est ton intérêt et tu m'en remercieras.

J'allais déjà le faire, tant j'étais simple et stupide, et persuadée qu'elle ne voulait que mon bien. J'éprouvai pourtant un mouvement d'hésitation :

— Mais madame, le chef soviétique est content de moi… Comment lui dire que je ne désire plus jouer ?

— C'est très simple, dit-elle, tu lui diras que tu es malade.

C'est ce que je fis la mort dans l'âme. Je donnai ce motif au chef d'orchestre soviétique et Louise Wou se produisit à ma place. Je ne prétends pas qu'elle ne fut pas excellente. À cette époque, à Shanghaï, elle était indiscutablement la première, mon camarade Li Min Chang étant le deuxième loin derrière elle, et moi la troisième, du moins à ce qu'on en disait. Mais l'affaire, que je compris peu après, me servit de leçon. Il me fallait bien reconnaître la différence entre la mentalité bourgeoise et la mentalité communiste, entre un homme comme M. Chen, le directeur de la section des violons, qui pensait d'abord et constamment aux autres, et une grande artiste venue de France comme Mme Wou, exclusivement préoccupée par elle-même et sa carrière.

Quelques semaines plus tard, alors qu'on chercha parmi les assistantes une jeune pianiste capable de jouer en public le concerto de Mendelssohn pour piano, j'acceptai avec hâte la proposition qu'on me fit. Des affiches furent imprimées portant mon nom : Chow Ching Lie. Une fois de plus, Louise Wou n'hésita pas à me décourager et à m'effrayer avec le même argument que pour le concerto de Tchaïkovski : je risquais de tomber en panne. Cette fois, je rapportai le propos au professeur Chen qui sourit :

— Si cela devait arriver, eh bien, tu reprendrais quelques mesures plus haut et tu n'en mourrais pas.

Ses propos me redonnèrent du courage sans parvenir à éteindre mon anxiété.

Le concert devait avoir lieu dans la salle du Conservatoire à huit heures du soir. Quand vint le moment de prendre l'autobus, mon estomac était si noué que je me dis que Mme Wou avait raison et que je prenais de trop grands risques. Ma mère, qui était à la maison, me mit un morceau de ginseng dans la bouche pour me donner force et énergie. Je me mis au piano couverte d'une pellicule de sueur froide sur tout le corps, mais je jouai sans tomber en panne et sans une faute. En m'inclinant devant le public, je me dis que j'étais devenue une soliste et la pensée de Louise Wou me fit sourire. Elle n'avait désormais plus aucune influence sur moi.

Mes succès de pianiste et la stabilité qui me semblait désormais assurée de ma situation devaient avoir des conséquences importantes en me donnant le courage d'entreprendre une démarche qui me hantait depuis longtemps. Comme toute école ou toute université, l'administration du Conservatoire comprenait, à la direction, un certain nombre de cadres politiques représentant le Parti et chargés du contrôle de la ligne révolutionnaire. C'étaient des militants affirmés, voire même des vétérans de la Longue Marche, garants de l'application de la pensée-maotsétoung. Je demandai un entretien à l'un de ces cadres pour lui parler de mon frère Ching Son. L'homme qui me reçut avait une cinquantaine d'années, il s'occupait des problèmes et de la pensée des cadres du Conservatoire, c'est-à-dire surtout des professeurs qu'il réunissait deux ou trois fois par semaine. Au cours de ces réunions, on se critiquait, on discutait de la bonne manière de travailler conformément à la pensée-maotsétoung, on commentait un texte adéquat du Président. En cette année 1955, de telles réunions avaient lieu dans toute la Chine. Ici comme ailleurs, plus qu'ailleurs peut-être, l'entreprise était difficile : il fallait passer d'un monde où l'on avait coutume de travailler pour soi et pour l'argent à un autre monde où l'édification du socialisme effaçait l'individu en exaltant son énergie pour un but commun. La mentalité bourgeoise était profondément enracinée dans la vanité et la jalousie de l'artiste. À présent qu'il pensait travailler pour l'État, il n'agissait pas moins par vanité. Dans un pays nouveau, où l'individualisme était devenu l'ennemi, le responsable politique des artistes ne s'en préoccupait pas moins des problèmes des personnes.

Je lui parlai longuement de mon frère condamné pour conduite contre-révolutionnaire à la suite de son séjour à Hong Kong. Je lui rappelai que, nommé instructeur des cadres du Parti, il subissait à présent une période de redressement dans une coopérative agricole près de Pékin. Je lui expliquai les circonstances de son départ pour Hong Kong et les raisons fraternelles qui seules l'avaient fait agir pour me venir en aide : je n'hésitai pas à dire qu'il méritait en toute justice une prompte réhabilitation. Le cadre m'avait écoutée patiemment et me dit qu'il étudierait le cas de mon frère. Quelques jours plus tard, il me fit appeler à nouveau pour me poser des questions supplémentaires. Il me dit alors qu'il écrirait à Pékin.

Moins de quelques semaines après, je reçus de Ching Son une lettre de la capitale où il m'apprenait qu'il était revenu en ville et qu'il était autorisé à nouveau à enseigner l'anglais. Il était donc réhabilité. De mon intervention, il ne sut jamais rien. Quant à moi, je me gardai bien d'aller remercier le cadre à qui je devais la réhabilitation de mon frère : c'eût été supposer qu'il n'avait pas agi par pure justice, ou qu'il m'avait fait une faveur. Ce n'est que lorsque je le croisai par hasard, que je le remerciai discrètement pour la célérité avec laquelle il avait écrit à Pékin. Pour le reste, je m'efforçai de servir de mon mieux un État pour lequel j'éprouvais pour la première fois de la reconnaissance.

Les journaux publiaient les images d'un monde en transformation : paysans lointains organisés en coopératives agricoles, mise en route du Ier Plan quinquennal, milliers de bras édifiant des barrages, milliers de jeunes gens plantant des forêts d'arbustes. Nous autres citadins nous ne savions pas bien ce qui se passait dans les campagnes de notre immense pays, au-delà des montagnes élevées, le long des fleuves interminables, mais nous pouvions sentir par les journaux, par les mots d'ordre qui traversaient le pays comme une télégraphie permanente, que c'était là que naissait un monde nouveau et que le paysan chinois était le levain de la pâte. C'est pourquoi les capitalistes et les bourgeois dont on voulait changer les racines étaient envoyés dans des brigades de travail au milieu des paysans. Là, ils voyaient des hommes qui travaillaient plus durement que les riches sans avoir leurs angoisses, qui étaient physiquement et moralement plus forts. Aussi, quand ils revenaient de la campagne étaient-ils généralement reconnaissants de ce qu'ils y avaient appris.

Alors que depuis longtemps, commerçants, chefs d'entreprises, fonctionnaires de toute sorte passaient à tour de rôle un mois avec les brigades de travail dans les champs ou les rizières, seuls jusque-là les artistes en avaient été dispensés. Leur tour était venu, aussi bien pour les professeurs que pour les élèves généralement issus de la bourgeoisie, car il fallait avoir des moyens pécuniaires pour apprendre le piano ou la flûte. Cette sorte de stage était particulièrement propice au lavage des cerveaux[1] chez les artistes, si l'on songe que la campagne, encore si pauvre à cette époque, avait des maisons de bois sans le moindre confort et rien d'autre, pour le travail, que les mains ou les outils les plus simples. Là, pour planter le riz, il fallait bien avoir les deux pieds dans l'eau et la tête au soleil. Le travail fini, pas de douche ni de nourriture choisie et toujours les mouches et les moustiques.

Si les artistes furent envoyés plus tard que les autres au travail de la terre, c'est qu'on les considérait comme plus fragiles d'esprit. Mais s'ils finirent par y être envoyés malgré tout, c'est que sous Mao Tsé-toung ils étaient considérés comme importants. Autrefois, on les avait tenus pour des personnages futiles, rien n'était si insignifiant qu'un artiste de cinéma ou de théâtre, alors que

1. Employé couramment, ce terme n'avait rien de péjoratif chez les communistes chinois.

désormais, ils recevaient une éducation sérieuse afin de tenir dans la société une place éminente. Car le cinéma et le théâtre étaient aussi des instruments capables de conduire le peuple dans la voie juste de la pensée-maotsétoung : voilà ce qu'on voulait dire en parlant des « ingénieurs des âmes ».

Au Conservatoire, personne ne partit de force. La direction lança un appel et organisa une réunion au cours de laquelle on demanda qui désirait aller travailler la terre. Il y eut beaucoup de volontaires, dont un grand nombre qui, visiblement, se forçaient. Tous ne furent pas acceptés. Au reste, on ne pouvait partir qu'à tour de rôle.

Je voyais bien que, malgré la Révolution, la réalité restait ici ce qu'elle était partout. Il y avait au Conservatoire deux sortes d'élèves : ceux qui avaient du talent et des capacités, et ceux qui n'en avaient pas mais qu'on ne pouvait pas éliminer. Les derniers compensaient leur médiocrité en devenant plus « politiques » que les premiers, ou plutôt en se servant de la politique comme d'une arme, en vérité, toute personnelle. Je ne dis pas qu'il n'y eut pas des gens de talent politiquement engagés, je dis seulement que, dans l'ensemble, les choses se passaient ainsi et que les moins doués avaient besoin plus que les autres de devenir importants. Une preuve éclatante en fut donnée dans un de nos groupes de travail qui comprenait une trentaine de personnes : il se trouva une seule fille, au cours d'une réunion, pour exalter théâtralement le travail de la terre et c'était une pianiste médiocre qui, par surcroît, s'était toujours fait remarquer par son maquillage et ses manières sophistiquées. Or, non seulement elle parla beaucoup, mais, ayant remarqué que je restais silencieuse, elle s'en aperçut et me prit pour cible :

— Et toi, Chow Ching Lie, demanda-t-elle, pourquoi ne dis-tu rien ?

— Parce que je n'ai pas l'intention d'être volontaire, dis-je simplement.

— Oui ! s'écria-t-elle, nous comprenons pourquoi cette sale bourgeoise ne veut pas partir ! Elle ne veut pas être redressée ! Mais bien jouer du piano sans la pensée-maotsétoung, c'est zéro !

Depuis longtemps elle suait la jalousie à mon égard. Je la soupçonnais d'être un des auteurs des calomnies qui avaient circulé sur la bienveillance de M. Chen à mon égard. À présent elle avait trouvé l'occasion de m'exécuter en public... Me gardant bien de lui répondre, je me tournai vers le responsable du Parti qui surveillait la séance :

— J'accepte sincèrement d'être réformée, lui dis-je, mais pourvu que ce soit doucement. Car j'ai été éduquée, comme vous le savez, dans une famille bourgeoise et si l'on me prend de force pour aller travailler la terre, j'en souffrirais, je verserais des larmes, et cela exercerait une mauvaise influence sur les autres. Je pense donc qu'en ce qui me concerne il vaut mieux que j'attende pour être volontaire, car je ne suis pas mûre.

La fille continua à me critiquer sans ménagement, faisant tout pour dresser contre moi l'opinion du groupe. À la fin, le cadre du Parti prit la parole pour tirer les conclusions de la discussion. En ce qui me concernait, il déclara qu'il estimait que j'avais été franche et sincère et qu'effectivement il convenait de me rééduquer sans brutalité. Je baissai les yeux modestement, mais en moi-même j'étais fière d'avoir eu le courage de m'exprimer.

Quelques jours après cette séance, une grande affiche fut apposée sur un mur du vestibule. Elle portait le nom de la demi-douzaine de cadres et d'assistants désignés pour aller travailler la terre pendant un mois dans la région particulièrement pauvre du An-houei. Le premier nom en haut de la liste était celui de mon accusatrice. Quand elle le vit, elle éclata en sanglots et disparut pour dissimuler ses larmes. Pour l'hypocrisie, elle n'était pas seule. Tous ceux qui avaient demandé à cor et à cri d'être rééduqués avaient joué à la loterie. Ou bien ils étaient désignés pour partir et ils l'encaissaient de leur mieux, ou bien ils n'étaient pas désignés et il leur restait le bénéfice de passer pour très mûrs…

Pour montrer le sérieux désormais attaché à la profession d'artiste, il faut rappeler que non seulement les artistes étaient envoyés à la terre afin de devenir meilleurs, mais que, par la même occasion, les cadres cherchaient des talents sur place : il importait en effet de montrer que les artistes, jusque-là presque toujours issus de la bourgeoisie, pouvaient aussi sortir du peuple et de la paysannerie. C'est ainsi que dans la région du Fou-kien où des musiciens travaillaient la terre, leur attention fut attirée, dans une ferme, par un tout jeune garçon supérieurement doué pour l'accordéon et qui retenait à la perfection les airs de toutes les chansons qu'il entendait. Yin Tsen Tson était un vrai paysan qui n'avait jamais lu une note de musique. On le prit à Shanghaï au Conservatoire pour lui enseigner le piano. En moins de deux ans il exécutait le concerto de Grieg et, après des études en Union soviétique où il remporta le prix Tchaïkovski, il devint un des grands pianistes de la Chine.

Pour en finir avec la rééducation par le travail de la terre, j'ajouterai que si les uns partaient pour un mois, d'autres se rendaient une fois par semaine aux environs de Shanghaï dans un milieu beaucoup moins pénible. J'étais la seule à n'être partie ni avec les uns ni avec les autres.

Mais j'avais moi aussi mon contact avec la terre : une fois par semaine, dans les jardins du Conservatoire, j'arrachais les mauvaises herbes et je plantais des arbustes. De sorte que ma rééducation n'a jamais dépassé le périmètre du Conservatoire de Shanghaï.

L'année 1956 commençait plutôt bien pour nous. Mes deux enfants, Paul et Juliette, grandissaient en force et en beauté, mon mari était affectueux, j'avais mes parents près de moi. Tout le monde avait du travail et l'État invita même la population à faire des dépenses raisonnables pour s'habiller plus joliment afin d'embellir la ville. Les femmes se remirent à porter des jupes et des blouses aux couleurs vives. Pour moi, j'avais tout – y compris l'argent des loyers et des revenus divers de mon beau-père – sans subir le mépris attaché aux capitalistes : j'étais artiste d'État. Cette année-là, le principe de l'égalité dans le logement ayant été décrété, tous ceux qui avaient une maison trop grande pour eux devaient la partager avec d'autres. Comme nous ne voulions pas habiter avec des étrangers, mes parents donnèrent à l'État leur maison et vinrent habiter avec nous la maison de Hong Kiang Road, emmenant avec eux mon petit frère Ching Tsen et ma petite sœur Ching Chin qui étaient tous deux écoliers. En somme, j'avais tout pour être heureuse. Du moins pour encore un peu de temps.

16

Les Cent Fleurs de Ching Son et de Wei Hi / Deux « droitistes » dans la famille / Les années difficiles de la Chine / Multiplication de la volaille à Shanghaï / Mon curieux voyage à Pékin / Situation lamentable de Ching Son / Mort de la poule rousse / Chou En-laï et les musiciens.

Du printemps 1956 à l'été 1957 se déroula la période des Cent Fleurs. « Que cent fleurs s'épanouissent, que cent écoles rivalisent », avait dit le président Mao. Autrement dit, des opinions plus nombreuses pouvaient s'exprimer désormais. Donc, il était permis de critiquer aussi les dirigeants et l'État lui-même dans le but d'améliorer la manière de conduire le pays[1].

Cette soudaine liberté de critiquer était surtout destinée aux intellectuels, à ceux qui avaient pour

---

1. Les « Cent Fleurs », image venue de la période des Royaumes combattants (V^e^ au VIIIe siècle av. J.-C.), visaient d'abord à attirer le concours des intellectuels non communistes. Lu Ting-yi, responsable de la propagande du Parti, déclara le 26 mai 1956 devant une assemblée de savants, d'écrivains et d'artistes : « Nous ne pouvons manquer de constater que si l'art, la littérature et la science ont un rapport étroit avec la lutte des classes, ils ne sont pas, après tout, la même chose que la politique. »

occupation de parler et d'écrire et dont certains avaient déjà protesté, par exemple, contre la limitation des sujets dans la littérature. Mais comme on les connaissait bien, le gouvernement avait recommandé que la campagne de critique soit modérée « comme une pluie douce et une brise légère ». Il en fut ainsi au commencement. Par exemple, à la radio, des comédiens jouèrent de petites pièces satiriques. L'une d'elles racontait l'histoire d'un fonctionnaire maniaque de la « planification » qui faisait un plan le matin pour son travail de l'après-midi, et un autre l'après-midi pour son travail du lendemain, si bien qu'il passait la semaine à planifier sans rien faire. Mais bientôt la presse, et notamment le journal de Shanghaï, *When hui pao*, publia des articles qui dépassaient la simple critique et attaquaient ouvertement le Parti et les dirigeants avec une violence qui frisait la rébellion. Dans les entreprises, les écoles, les administrations, là où longtemps l'on n'avait rien osé dire contre les cadres politiques et les chefs, les vieilles rancunes, les jalousies s'exprimèrent si ouvertement que ce ne furent plus tant des critiques que des règlements de comptes. Mon frère Ching Son se laissa emporter par cette vague. Les conséquences en devaient être funestes pour lui comme pour les siens.

On se souvient que grâce à une intervention d'un cadre politique du Conservatoire de Shanghaï, Ching Son, qui était astreint à une période de redressement par le travail de la terre à la suite de son voyage à Hong Kong, avait retrouvé un poste de professeur d'anglais dans un lycée de Pékin. Quand s'ouvrit la période des Cent Fleurs, le directeur de ce lycée, comme d'autres membres du Parti à cette époque, crut que l'occasion était bonne pour régler ses comptes personnels. Disons, sans entrer dans les détails, que dans son lycée comme ailleurs, il y avait deux clans et qu'il orienta ses critiques de manière à écraser le clan adverse et renforcer ainsi sa propre situation. Malheureusement, il sut entraîner mon frère dans cette manœuvre : Ching Son, communiste sincère, lui était utile. Dans sa naïveté, mon frère crut qu'il était correct d'appuyer son supérieur. Cette erreur lui valut, quelques mois plus tard, d'être classé, avec son directeur, parmi les « droitistes ». Or, devant les critiques transformées en attaques, devant même certains désordres dangereux provoqués ici et là, le gouvernement n'avait pas tardé à réagir, et dans l'été 1957, les Cent Fleurs étaient bien fanées. Après le mouvement de rectification, une réaction sévère suivit, qui se traduisit par la violente campagne « antidroitiste » dont Ching Son fut une des nombreuses victimes.

Quant à Wei Hi, mon père, qui était à présent directeur d'école, il agit avec aussi peu de discernement. Dans son école, il y avait deux groupes assez distincts : les enseignants qui faisaient le travail quotidien, et les membres du Parti, révolutionnaires récents ou vétérans, chargés du travail politique. Désormais libre de s'exprimer, Wei Hi, oubliant son origine bourgeoise, se mit à critiquer les cadres politiques qui étaient des ouvriers et des paysans. Non content de mettre en doute leur compétence, il fit la dernière chose à faire : il leur reprocha la négligence de leur tenue, leurs pieds nus, le fait que certains, qui étaient des paysans, ne se servaient pas des toilettes et urinaient n'importe où. Il n'y avait là aucun mépris, mais seulement l'espoir de les changer. Ce qui était profondément naïf de sa part, car c'était à lui, le bourgeois, de changer, et non aux autres. Il fut lui aussi, au moment de la rectification, étiqueté « droitiste »[1].

Deux droitistes dans une même famille, c'était trop, et le premier à en subir les conséquences fut mon jeune frère Ching Tsen qui avait seize ans. Excellent élève, bachelier, ayant obtenu la note 5 (c'est-à-dire le maximum) dans la plupart des matières, mais surtout doué pour les sciences et les mathématiques, il ne fut pas autorisé, à cause du dossier de sa famille, à s'inscrire à l'université.

Plusieurs mois après, la campagne antidroitiste, accompagnée d'une sérieuse épuration dans tout le pays, priva, pour commencer, de leurs postes mon père et mon frère aîné. Ching Son fut condamné à travailler la terre non loin de Pékin dans des conditions particulièrement dures. Mon père, plus âgé et dont, par chance, les propos ne furent pas considérés comme trop graves, se vit retirer son titre de directeur et contraint de devenir domestique dans son école où il fut désormais préposé aux travaux du ménage. Il n'y avait pas lieu de trop se plaindre. Beaucoup, à cette époque, connurent la prison.

Quant à mon jeune frère Ching Tsen, après le refus de l'université, il fut refusé par toutes les grandes écoles. Elles étaient réservées par priorité aux enfants des ouvriers, des paysans et des soldats, puis ouvertes à la rigueur aux enfants des bourgeois nationaux, mais pas aux « droitistes ». Contraint de rester à la maison, Ching Tsen était

1. Les deux exemples rapportés par la narratrice semblent confirmer ce que certains dirigeants du Parti laissèrent entendre par la suite : à savoir que les Cent Fleurs n'étaient qu'un piège tendu à la réaction et aux ennemis du régime. Durant l'été de 1957, on pourra lire dans *le Quotidien du Peuple* : « Nous avons dit à l'ennemi d'avancer, car pour que monstres et serpents puissent être exterminés, il faut d'abord les laisser sortir de leurs tanières. »

trop courageux et mûr pour ne pas réagir. Après s'être informé, il décida d'aller travailler comme ouvrier dans une petite usine métallurgique non loin de Shanghaï. J'avais les larmes aux yeux quand je le vis partir avec son sac sur le dos. Cela valait pourtant mieux que l'oisiveté. De plus, il était persuadé, par ce moyen, de se blanchir aux yeux des dirigeants : quand il aurait démontré qu'il était capable d'être un bon ouvrier, alors peut-être lui laisserait-on reprendre ses études.

Il était à l'usine depuis quelques mois quand, à Shanghaï, le gouvernement publia un appel aux jeunes gens qui n'avaient pas été autorisés à entrer dans les écoles : il leur était ordonné de se rendre très loin à l'Ouest, à Tsing-haï. Dans cette région misérable et sinistre on avait construit une université destinée aux enfants de bourgeois, en estimant que la vie pénible qu'ils y mèneraient serait excellente pour leur redressement. En fait, on regroupa là tous les « droitistes » même s'ils étaient de famille ouvrière, car dans la punition, il n'y avait pas de distinction entre les communistes qui s'étaient mal conduits et les autres. Ching Tsen avait résolu d'aller à Tsing-haï, même si ce devait être l'enfer, et il était rentré à Shanghaï pour s'inscrire, malgré les larmes de grand-mère qui se trouvait à la maison ce jour-là. Elle le supplia en vain de ne pas partir si loin. Mon père et ma mère, découragés, n'osaient rien dire. Alors, grand-mère se mit à jeûner et passa ses journées à prier Bouddha Kouan Yin.

Le matin du départ, Ching Tsen devait se lever tôt. Quand il urina, il vit que les toilettes étaient pleines de sang. Ma mère appela aussitôt une femme de l'immeuble qui était membre du Parti pour la prendre à témoin que Ching Tsen ne pouvait s'en aller dans cet état. La femme rédigea une note pour en témoigner. Le groupe à destination de Tsing-haï étant donc parti sans mon frère, celui-ci fut emmené à l'hôpital où il continua à uriner du sang pendant plusieurs jours. Les médecins firent des recherches pour découvrir s'il n'avait pas une affection rénale et ne trouvèrent rien. Le lendemain, plus d'hémorragie. Mon frère sortit de l'hôpital en excellente santé. Son hémorragie, pour ma grand-mère, était un miracle de Kouan Yin. Ching Tsen retourna travailler dans son usine comme ouvrier.

Les départs pour Hong Kong furent relativement nombreux en 1956. Les visas, pour des raisons que j'ignore, étaient délivrés sans difficulté. L'apprenant, et sachant mon mari toujours plus malade, ma belle-mère me demanda dans une de ses lettres d'essayer d'envoyer Liu Yu Wang à Hong Kong pour y consulter des spécialistes du cœur. Je fis des démarches : Liu Yu Wang ne fut pas autorisé à quitter la Chine, on me répondit qu'il n'avait pas besoin de vivre auprès de ses parents et qu'il y avait d'excellents médecins chinois. Alors, mes beaux-parents me proposèrent de demander un visa pour moi : une fois que je serais sortie, mon mari aurait un motif valable pour me rejoindre.

Étant désormais cadre d'État, c'est d'abord du Conservatoire que je dois obtenir l'autorisation de sortir. Je me rends donc à la direction politique pour dire que, chargée de deux enfants en bas âge et d'un mari malade, il m'est impossible de me concentrer sur mon travail et que je souhaiterais donc pouvoir me rendre à Hong Kong afin de confier mes deux enfants à mes beaux-parents, pour ensuite pouvoir mieux m'occuper et de mon travail et de mon mari. La direction refuse. J'insiste. On voit que j'ai de la peine. On me conseille de voir quelqu'un au commissariat de mon quartier. Là, les choses semblent s'arranger, mais quelques jours plus tard un policier vient à la maison m'annoncer que le visa m'est refusé. « C'est impossible, dis-je au policier, puisque le Conservatoire est d'accord. » Le policier sourit et me conseille de retourner à mon école pour m'en assurer. Le lendemain je retourne donc à la direction du Conservatoire et je suis reçue par le cadre politique qui m'avait défendue contre les attaques au moment des départs à la campagne :

— Vous n'êtes pas sincère avec moi, lui dis-je. Vous êtes d'accord pour que je m'adresse à la police et la police me dit le contraire...

L'homme secoue la tête et me répond avec douceur :

— Je n'ai pas voulu te contrarier, dit-il. Mais voici ce que nous pensons : tu es une fille propre, nous n'avons pas le droit de te laisser aller dans une société malpropre. Si tu vas à Hong Kong, un jour tes beaux-parents ne te laisseront plus rentrer en Chine. Ce n'est pas pour te nuire, mais parce que nous avons de l'estime pour toi, que nous voulons te protéger. Tu es une pianiste de talent. Nous ne voulons pas voir ton avenir détruit par ta famille.

Je fus touchée par ce discours dont la sincérité ne faisait pas de doute et je renonçai à demander le visa.

1957 apporta un typhon, des récoltes détruites, des inondations impitoyables. En 1958 fut lancé le mot d'ordre du Grand Bond en avant[1]. De l'école à l'usine et de la ville à la campagne, la Chine, en état de mobilisation, voulait rattraper les pays capitalistes. « Égalons et dépassons l'Angleterre en

1. Le Grand Bond en avant se proposait d'atteindre en deux ans les objectifs du Plan de cinq ans. Mais ce mot d'ordre était surtout un état d'esprit.

quinze ans ! » disaient les slogans. Il n'était question, au reste, que d'armées du travail et de batailles pour la production. « Marchons sur deux jambes. » L'une était l'industrie, l'autre l'agriculture. Les paysans, dans les communes populaires[1] allaient aux champs musique en tête, tandis qu'à Shanghaï même on voyait des groupes d'ouvriers et de jeunes travailleuses traverser la ville avec des fusils et des bannières. Au bout d'une année à peine, il fallut freiner cet élan frénétique. Contre la bonne volonté des hommes, le désir de produire et de travailler davantage se dressera le barrage des difficultés, des catastrophes naturelles, aggravées bientôt par le départ des techniciens soviétiques[2]. Il y aura aussi des erreurs commises car ce n'est pas sans erreurs ni sans souffrances qu'on peut changer un pays comme le nôtre. Le Grand Bond en avant n'en reste pas moins, dans l'esprit des dirigeants, une phase importante de l'éducation des masses. Car sous toutes ses formes, la rééducation de la pensée se poursuivait et c'est à cette époque que l'on voyait sur les murs des affiches destinées aux enfants et portant cette légende : « Vos classes terminées, rentrez chez

---

1. Nées de la fusion des petites coopératives agricoles, les communes populaires groupent, à la fin de 1958, la quasi-totalité des paysans. Divisée en brigades de production se décomposant elles-mêmes en équipes de production fortes chacune d'une quarantaine de familles, la commune populaire est l'expression concrète du Grand Bond en avant. C'est dans les communes populaires que sont apparus aussitôt les milliers de petits hauts fourneaux ainsi que la chasse au minerai. Un million de ces hauts fourneaux furent abandonnés en 1959. Enorme gaspillage qui fut aussi le prélude à l'industrialisation des communes.

2. Le retrait des techniciens soviétiques date de 1960. Mais déjà, en juin 1959, l'U.R.S.S. avait répudié son engagement de partager avec la Chine certains de ses secrets atomiques.

vous, mais vous n'y trouverez pas maman : elle est à l'école. »

Nous étions désormais seuls. Autrefois, quand la Chine avait faim, les Américains, les Français ou les Anglais envoyaient quelques bateaux de nourriture au gouvernement de Tchang Kaï-chek et on calmait les affamés pour quelques jours. À présent que nous étions libérés du joug des étrangers, il fallait nous défendre seuls. Autrefois aussi, les riches stockaient la nourriture et mangeaient toujours à leur faim dans les périodes de disette, même quand les pauvres mouraient par milliers. Désormais, plus de stocks pour les riches. Dans les moments de pires restrictions et de pires difficultés, chacun mangera chaque jour, même si c'est frugalement, et les capitalistes comme les autres mais pas davantage.

Quand on institua les cartes de rationnement, comme artiste d'État j'avais droit à quelques tickets supplémentaires, de même que les ingénieurs, les professeurs et d'autres. Avec les restrictions, l'état de santé de mon mari ne fit que s'aggraver. De même pour mon père, déjà affaibli moralement d'être devenu domestique dans son école. Il se répandit une maladie de foie qui fit de grands ravages à Shanghaï. Paul, qui allait à la « maternelle », rentra un jour de l'école tout somnolent et fiévreux et s'endormit aussitôt. Je le réveillai à plusieurs reprises pour le nourrir : chaque fois il se rendormait aussi pesamment. Ses yeux étaient jaunes. « C'est le foie », dit le médecin que j'avais fait venir en hâte. Il ajouta que l'enfant avait, sans doute, attrapé un virus à l'école et que la maladie se signalait par trois jours de somnolence totale. Quarante-huit heures après, Juliette, à son tour, présentait le même symptôme. Je crus devenir folle : on disait en ville que l'épidémie avait déjà fait des morts.

En tenant compte de mon mari qui se portait toujours aussi mal, j'avais donc trois malades à soigner. Je ne dormais plus et je me nourrissais de quelques poignées de riz blanc afin d'augmenter ainsi les rations des autres. Le matin, quand mon père s'apprêtait à partir pour son lycée, je glissais subrepticement de la viande ou des œufs sous le riz et les légumes de la gamelle qu'il emportait pour midi. Le soir, en rentrant, il était mécontent et le lendemain inspectait sa gamelle avant de partir. Un jour nous eûmes une dispute à ce sujet. Ailleurs, peut-être, on se disputait à qui mangerait le plus, chez nous, c'était l'inverse, car nous étions toujours une famille profondément unie et mon mari, comme nous, essayait de se priver pour les autres.

Cette période terrible avec un grand malade et deux enfants alités dura près de trois mois. À la fin, je ne tenais plus debout. Je me traînai jusqu'au Conservatoire où l'on m'avait accordé un congé, et j'y présentai ma démission. Elle ne fut pas acceptée. J'étais décidée à abandonner mon poste avec ou sans autorisation. C'était très grave. Ma sœur Ching Lin, toujours pianiste à Radio-Pékin, et mon frère Ching Son montraient dans leurs lettres la même inquiétude : j'avais fait une grave erreur, cette démission me serait reprochée à jamais et fermerait toutes les portes devant moi. Je n'y pouvais rien : mes enfants et mon mari passaient avant tout le reste.

Avec la pénurie, le marché noir fit son apparition : ici et là, des paysans vendaient des poulets à des prix exorbitants. C'était dangereux pour eux et pour l'acheteur. Pour mes enfants, je pris le risque : j'achetai une poule vivante et fis faire un poulailler où bientôt furent logées une douzaine de poules. Nous avions donc des œufs, de loin en loin nous recevions de Hong Kong un colis avec du beurre et du sucre – ce qui n'était pas interdit. La tendresse de Paul et de Juliette était la seule douceur d'une vie pleine de menaces.

Nous n'étions pas seuls à être préoccupés par l'alimentation. Dans tout Shanghaï, les gens avaient à présent des poulaillers et des clapiers, sur les balcons, dans les arrière-cours et jusque dans les logements. Pour toute la Chine, en 1959 commençaient les trois années noires où le pays fut au bord du désastre. Inondations, sécheresse, échec du Grand Bond en avant, erreurs de calcul dans les communes populaires, il est difficile de donner à chacune des causes sa responsabilité précise. La vieille ingéniosité chinoise, celle des habitués de la misère et des famines, fit des miracles. On cultiva des légumes sur les terrains de sport, dans les jardins publics, on organisa la cueillette des baies et des plantes sauvages, le dévouement joua aussi son rôle. Les collectivités fixaient la ration de chacun, il y eut des campagnes de « réduction des denrées essentielles » et le président Mao fit savoir que les étudiants, qui n'avaient pas terminé leur croissance, devaient manger plus que leurs parents. Débordé par la gravité de la situation, le gouvernement demanda des efforts continuels pour remonter la pente, un travail accru pour tous, y compris les femmes habituées à rester au foyer.

Je vis venir le moment où il me faudrait faire comme les autres femmes, voire même travailler à l'usine. Cette perspective était pour moi catastrophique, je le dis avec la plus totale franchise. Ayant cessé de travailler depuis plus de huit mois, je n'osai plus retourner au Conservatoire d'où j'avais tant insisté pour partir.

Toujours attentive à ma situation, ma jeune sœur Ching Lin m'écrivit pour m'informer que six musiciens européens, venus de pays communistes, tous solistes, étaient arrivés à Pékin pour y donner des concerts. Il y avait là des violons, un violoncelle et une flûte. Or, la capitale comptait fort peu de pianistes, et l'on cherchait désespérément un accompagnateur convenable. Le conservatoire de Pékin avait pressenti Ching Lin qui, trop absorbée par son travail à la radio, ne pouvait pas accepter. Elle m'avait alors proposée : on avait accepté avec enthousiasme, en fermant les yeux sur ma démission de Shanghaï, tant on avait besoin de moi.

S'il y avait une ville où je languissais de me rendre depuis des mois – c'est-à-dire depuis la condamnation de mon frère – c'était bien Pékin. Je savais, par les dernières nouvelles, que Ching Son avait fait une chute en conduisant une charrette, et que malgré un genou abîmé, il n'avait pas voulu s'arrêter de travailler. Le connaissant, je me doutais que, condamné pour la deuxième fois, classé comme « droitiste » bourgeois, l'ancien révolutionnaire clandestin luttait pour sauver la face, et que dans sa coopérative agricole, sa nouvelle affectation, sa vie n'était pas rose. Je sentais douloureusement qu'il avait peut-être besoin de moi, et je me serais depuis longtemps rendue auprès de lui si les maladies de mes enfants ne m'avaient pas retenue. C'est dire comme j'appréciai l'occasion qui, m'obligeant à me rendre à Pékin pour rencontrer les musiciens étrangers, me permettait de voir mon frère. J'avais décidé de prendre Paul avec moi. Mon mari, que je laissais avec Juliette et mes parents, n'approuvait guère ce voyage, mais la perspective de me voir travailler dans une usine étant pire encore, il devait se faire une raison.

Étrange voyage que celui que je fis à Pékin ! Pour commencer, le wagon de première classe ne transportait que des officiels importants, et des gradés de l'Armée rouge dont plusieurs généraux. Telle fut la compagnie de la capitaliste que j'étais et qui avait les moyens de prendre un billet de première classe. Mon petit Paul – à présent un grand garçon de près de sept ans – fit la conquête de tous ces grands personnages. C'était à qui jouerait avec lui, à qui lui offrirait des friandises. Persuadés que Paul était mon petit frère, ils tombèrent de haut en apprenant la vérité : ce ne furent qu'exclamations de surprise et compliments à n'en plus finir. L'ambiance devenant de plus en plus chaleureuse, un dignitaire du Parti parla sérieusement de me faire faire du cinéma à Shanghaï, un autre, de Tien-tsin, quand il apprit que j'étais pianiste, me proposa sur-le-champ un poste de professeur au Conservatoire de sa ville. Bref, j'étais submergée par les offres les plus flatteuses, quand, attablée au wagon-restaurant, j'entendis près de moi éclater une nouvelle salve d'exclamations ; c'était un groupe de professeurs du Conservatoire de Shanghaï que je connaissais tous, en route, eux aussi, pour Pékin, où ils allaient précisément recevoir les six musiciens étrangers que je m'apprêtais à rencontrer ! En apprenant que j'allais chercher du travail à Pékin, ce qu'ils ignoraient puisque je n'étais plus chez eux, ils manifestèrent la plus vive surprise, ce qui ne laissa pas de me surprendre à mon tour :

— Quelle idée d'aller chercher du travail à Pékin ! Rentre plutôt chez nous ! Nous avons besoin de toi !

Je leur rappelai, avec embarras, que je n'étais pas en règle, que je ne pouvais plus prétendre à un poste à Shanghaï. Un cadre politique balaya énergiquement l'objection : cela n'avait pas d'importance, je ne devais pas m'en préoccuper. Était-ce l'ambiance de ce voyage qui donnait à son propos une saveur irréelle ? Il fallait me rendre à l'évidence : on m'affirmait que je retrouverais mon poste. On me demanda de ne prendre surtout aucun contact à Pékin et, sitôt de retour à Shanghaï, de me présenter au Conservatoire où tout serait réglé. Je promis, sans chercher à comprendre, à la fois ébahie et ravie, car ma vie se trouvait d'un coup fort simplifiée.

À la gare de Pékin, ma sœur Ching Lin m'attendait avec tout un groupe de ses collègues de la radio qui voulaient me connaître. Au milieu des Pékinois qui ont généralement la peau foncée, ma peau blanche attirait l'attention comme si j'avais été une étrangère et tout le monde dans la rue me regardait avec curiosité. Ma sœur m'emmena habiter chez elle où je fus accueillie affectueusement par son mari, un architecte, et ses deux enfants. Là, nous attendîmes l'arrivée de mon frère aîné qui, averti de ma visite à Pékin, avait demandé un congé.

Au dire de ma sœur, la situation de Ching Son était pire que tout ce que j'avais imaginé. À ses difficultés avec le Parti s'ajoutait l'hostilité de sa femme. L'étudiante dont il était tombé amoureux naguère était devenue une épouse sans cœur : elle avait laissé ses enfants à Shanghaï chez ses parents et ne voulait plus d'un mari pauvre et criblé d'ennuis. Ma sœur me raconta qu'un samedi, notre frère, arrivé à Pékin tard dans la nuit, avait frappé à la porte de sa femme et que celle-ci, refusant de lui ouvrir, lui avait crié à travers la porte qu'elle ne voulait pas d'un « droitiste » à la maison. Il fit demi-tour. Il était une heure du matin. Plus d'autobus, pas question d'aller chez sa sœur qu'il se refusait de déranger si tard. Le voilà donc obligé de traîner toute la nuit avec son genou blessé, et le matin de reprendre le train pour sa coopérative.

Depuis, il avait renoncé à tout congé à Pékin et ne venait, cette fois, que pour moi.

Ce récit me mit hors de moi. Je le fus bien davantage quand, à minuit, Ching Son arriva chez ma sœur. Il était dans un tel état qu'en le voyant, je ne pus retenir mes sanglots. À vingt-huit ans, Ching Son était vieilli, épuisé, méconnaissable. Des mains noires, des paumes marquées par des callosités énormes, des vêtements rapiécés et misérables. Il était si fatigué qu'on le laissa se coucher aussitôt. Comme il n'y avait qu'un lit supplémentaire pour Paul et moi, il s'allongea sur le parquet au pied de ce lit et s'endormit aussitôt comme une bête en ronflant. Je ne fermai pas l'œil et passai la nuit à le regarder et à pleurer. Voilà ce qu'était devenu l'adolescent plein de vie qui veillait sur moi, le héros qui me racontait l'histoire des héros de la Chine, le compagnon qui me promenait à Jessfield Park et m'avait enseigné la boxe de singe. Où était mon cher Ching Son que j'avais connu et que j'aimais tant ?

Il resta deux jours à Pékin. Le deuxième jour, j'avais décidé d'aller voir avec lui son épouse. Parce que j'étais là, elle ouvrit la porte. Et cette femme qui supportait si mal les « droitistes » fut pleine d'égard pour une « capitaliste ». Est-ce ma richesse qui l'impressionnait malgré tout, ou le fait que j'étais une artiste ? Quoi qu'il en soit, je n'étais pas venue ici pour prendre le thé et dès qu'elle m'invita à m'asseoir, je lui parlai avec la plus grande douceur possible :

— Ma chère belle-sœur, lui dis-je, tu es politiquement très avancée et je suis fière d'avoir une belle-sœur telle que toi. Mais je voudrais te poser une question : le Parti a-t-il jamais demandé aux femmes d'attaquer un mari qui a fait des erreurs ? Leur a-t-il jamais demandé de lui fermer sa porte ? Non. Il faut, au contraire, aider un tel homme à changer ses pensées. Pour ta part, tu n'as fait que pousser ton mari au découragement et au désespoir. J'espère de tout cœur que tu changeras ta manière de traiter mon frère.

Elle eut honte, resta longtemps silencieuse et bredouilla quelque chose. Sur quoi, je partis pour laisser mon frère avec elle.

Je rentrai chez ma sœur. Ching Son avait apporté ici un gros paquet de vêtements sales que j'avais l'intention de laver moi-même. En Chine, il n'y avait pas l'eau chaude courante. Il fallait faire chauffer de l'eau. Mais comme le linge de Ching Son était abondant, je me résolus à faire la lessive dans une eau froide qui me pénétra les os. Ce faisant, je songeais aux slogans de l'éducation communiste qui répétaient fréquemment que travailler pour l'État c'était comme travailler pour sa famille, pour son père, sa mère, ses frères et que cette pensée permet de travailler avec plus d'ardeur. Or, me disais-je, qu'y a-t-il de plus dur pour une fille bourgeoise que de faire la lessive à l'eau froide en plein hiver ? Je le faisais avec joie pour mon frère. Peut-être qu'ainsi je travaillais également pour l'État ? La Chine était si grande et si pauvre encore. Toute pensée est bonne qui aide à vaincre la peine et le découragement pour construire le pays. Voilà ce que je me disais, en lavant le linge de mon malheureux frère.

Ce que l'État avait entrepris, malgré les difficultés actuelles, je m'en rendis compte au cours d'une visite de la capitale. Avec les constructions nouvelles (achevées en moins d'un an au lieu de deux ou trois grâce à la pensée-maotsétoung) les arbres plantés pour protéger des vents de sable, la propreté de la ville et l'immensité de la place Tien An Men, Pékin, malgré le peu de temps que je pus la contempler, me fit une impression inoubliable.

De retour à Shanghaï, je dus reconnaître que je n'avais pas rêvé les promesses qui m'avaient été faites dans le train de Pékin : je pus recommencer à travailler aussitôt au Conservatoire comme si rien ne s'était passé.

C'est à la fin de l'année 1958 que l'aînée de mes belles-sœurs, Liu Yu Ying, rentra de Pékin avec ses deux enfants : elle était veuve, son mari, le fameux Jim, était mort accidentellement. Cette femme qui, de Shanghaï à Hong Kong, m'avait suffisamment persécutée pour une vie, s'installa dans un immeuble voisin du mien à Hong Kiang Road. Mon grand-oncle, le frère de mon beau-père, venait de partir à son tour pour Hong Kong. Il laissait derrière lui un fils et les beaux-parents de celui-ci. L'appartement était assez grand pour accueillir encore Liu Yu Ying et ses deux enfants.

Comme si elle avait retrouvé des forces nouvelles après un long répit, la jalousie de ma belle-sœur répandit à nouveau son poison sur ma vie. Bien que son frère, mon mari, fût très malade, elle ne supportait pas le spectacle de son amour pour moi. De plus, et bien qu'elle fût aidée par Liu Yu Wang, elle savait que j'avais la haute main sur les biens de mon beau-père, ce qui la rendait également malade. Pour essayer de me détruire, elle ne trouva rien de mieux que de faire semblant de croire que j'avais des amants, et tâcher d'en répandre le bruit. Le piquant de la chose, c'est qu'une telle idée, qu'elle était fort capable de concevoir toute seule, lui était venue, en fait, d'une nouvelle campagne des cadres politiques.

À vrai dire, ce n'était pas une campagne proclamée comme les autres, mais plutôt un mouvement général de surveillance des mœurs. Partout, dans les écoles, les entreprises, les hôpitaux, on cherchait à dépister les rapports illégitimes entre les hommes et les femmes. Le but était de protéger les ménages et de veiller au sérieux du mariage dans le pays. Il va sans dire que dans le milieu des artistes au Conservatoire on découvrit plus d'aventures qu'ailleurs : tous ceux qu'on avait démasqués furent condamnés. Quant à moi, il y avait, certes, des hommes qui songeaient à me courtiser. Même si j'avais été assez faible pour succomber à quelques tentations peut-être agréables, l'affection de mon mari et la vigilance de mes parents m'auraient à coup sûr empêchée de faire la moindre bêtise. Ma belle-sœur le savait, et aussi que malgré la présence de musiciens et de chanteurs chez moi, je restais inattaquable. Cela ne l'empêcha pas, avec des mines, des phrases à double sens et des allusions directes devant mon mari, d'empoisonner l'atmosphère d'une maison honnête.

L'époque de la pénurie alimentaire ne faisant que commencer, nous avions en permanence une douzaine de poules à la maison, en remplaçant constamment celles qu'il nous arrivait de manger, de sorte que nous avions toujours des œufs frais. Mais comme il fallait nourrir nos volatiles, bientôt leur part de riz fit une trop grosse brèche dans nos rations, et ma mère fut d'avis de les tuer toutes. L'idée me peinait de sacrifier des bêtes qui nous avaient donné tant de nourriture. Mais puisqu'il fallait s'en séparer, je m'arrangeai pour les donner à des amis à qui je fis promettre de ne pas les tuer et de les garder comme pondeuses.

Les colis de Hong Kong compensaient largement cette perte. De mon côté, je gardai pour moi une poule rousse, la première que nous avions achetée et qui avait survécu aux événements. Je ne partais jamais sans aller la caresser, et le soir, je lui rapportais dans une boîte les insectes que j'avais capturés dans les jardins du Conservatoire. Elle me connaissait bien et nous étions comme deux amies. Déjà vieille, ma poule rousse, qui était restée longtemps une excellente pondeuse, ne pondait plus. Je ne la gardais que par affection.

Une nuit, dans mon sommeil, j'entendis une voix me dire : « Ta poule rousse mourra dans une semaine. » Le lendemain, je demandai à ma domestique de surveiller mon amie. Je craignais, lui dis-je, qu'elle ne fût malade. Une semaine plus tard, dans l'après-midi, mon mari me téléphona au Conservatoire pour me dire que la poule était morte. Je rentrai en hâte. Le lendemain je l'emportai à la campagne où, après l'avoir enterrée, je fis une prière pour l'ascension de son âme. Selon la croyance bouddhiste, une vie humaine coupable nous condamne à être une bête pendant la vie suivante, une culpabilité moins grande, à une vie de misère et de souffrances, une vie ordinaire, à la souffrance ordinaire de chacun. Les bouddhistes évitent de tuer eux-mêmes les poulets, les veaux ou les porcs. Après la mort de ma poule rousse, on ne devait plus jamais tuer une bête chez moi. Même au restaurant, si je savais que la bête servie venait d'être tuée, je ne la consommais pas. Je ne mangeais que si le restaurateur lui-même l'avait reçue morte de son fournisseur. Il eût été plus simple d'être végétarienne. Mais je n'avais pas encore atteint le niveau où l'on est capable de l'être.

Un après-midi que j'étais restée chez moi, n'ayant pas de cours au Conservatoire, j'entendis une femme crier dans la rue : « Grenouilles à vendre ! Grenouilles à vendre ! » C'était une de ces paysannes qui venaient en ville vendre tout ce qui était mangeable dans cette période de restrictions. Comme j'étais passée sur le balcon de ma chambre, je la vis tuer les grenouilles, leur couper la tête et les dépouiller. Je vis aussi les grenouilles sans tête et sans peau continuer à sauter et le spectacle de cette souffrance ne m'étant pas supportable, je descendis en courant dans la rue :

— Comment pouvez-vous être aussi cruelle ? criai-je à la paysanne. Vous ne voyez pas que ces bêtes continuent à souffrir même sans tête ?...

— Il faut que je gagne ma vie, répondit la vieille femme.

— Combien en avez-vous ?

Elle me regarda très étonnée. Ses cinq grands paniers contenaient bien trois cents grenouilles. Lui ayant demandé son prix, je montai chercher de l'argent et redescendis aussitôt la payer. Qu'allais-je faire à présent de ces trois cents grenouilles que j'avais voulu sauver ? Je fis monter la paysanne chez moi, lui demandai de me prêter ses paniers et de m'attendre. Puis je demandai à la nourrice de mes enfants, A Tching, de venir avec moi. Avec nos cinq paniers nous prîmes un vélo-pousse pour Bubbling Well Road.

Il y avait là un temple bouddhiste avec un grand étang dont je m'étais souvenue tout à coup. Pour les bouddhistes, je l'ai dit, ce sont les hommes les plus coupables qui dans leur vie suivante sont condamnés à être des bêtes afin de souffrir. Arrivée au temple, je demandai d'abord à un moine de dire aux grenouilles les paroles sacrées propres à réveiller leur esprit. Puis, avec A Tching, nous emportâmes ces trois cents êtres vivants vers l'étang. Là, j'ouvris les paniers. Aussitôt, à une vitesse qui m'impressionna beaucoup, les grenouilles sautèrent dans l'étang et après quelques instants il n'en resta plus une visible. En même temps, le ciel couvert devint sombre, on entendit rouler le tonnerre et une épaisse pluie d'orage se mit à tomber. Nous reprîmes le vélo-pousse et nos paniers sous des trombes d'eau. La paysanne qui m'avait vendu les grenouilles tremblait quand je revins : elle me dit en pleurant qu'elle jetterait ses paniers et qu'elle ne vendrait plus jamais de grenouilles de sa vie.

Au cours de l'année 1959 qui vit s'aggraver encore la situation alimentaire, le célèbre chef d'orchestre chinois, Lin Ke Tsang, qui avait fait des études musicales à Paris et dirigeait à présent l'orchestre de Pékin, dut constater que le travail de son orchestre devenait de plus en plus médiocre, par suite de l'affaiblissement physique des musiciens et que, notamment, les cuivres et les bois n'avaient plus assez de souffle. Un jour, au milieu d'une répétition, il déposa sa baguette en disant qu'il allait se rendre sur-le-champ chez le Premier ministre, Chou En-laï. Chou En-laï le reçut avec sa courtoisie bien connue et écouta ses doléances : l'essentiel en était que la carence en matières grasses rendait le travail des musiciens impossible, et que dans ce cas, il faudrait arrêter l'activité de l'orchestre de Pékin. Or, bien que les musiciens eussent des rations légèrement supérieures à la normale, Chou En-laï donna l'ordre de leur allouer un supplément de matière grasse. L'histoire ne manqua pas de faire le tour du monde des musiciens chinois...

Cette triste année de 1959 apporta du moins à ma famille une consolation qui nous vint de mon jeune frère Ching Tsen, celui qui à seize ans, à cause des erreurs de son père et de son frère aîné, n'avait pas été autorisé à poursuivre ses études, et dut aller travailler dans une usine de Shanghaï. C'était un caractère fort, et je ne fus pas étonnée d'apprendre que sa résolution de donner l'exemple avait porté ses fruits. Au bout d'un an d'une vie particulièrement dure, on estima qu'il avait mérité de faire les études de son choix. Il fut envoyé à Pékin dans un nouvel institut d'études agronomiques. Après deux ans d'études, on lui donna un poste près de la frontière soviétique, dans la riche province du Si-Kiang où, plus tard, il se maria et où aujourd'hui encore, avec sa femme et ses enfants, il a une vie heureuse.

Mais ce fut là le seul événement favorable de 1959. Le destin nous attendait avec une page sombre. Cette année-là, la brusque aggravation de l'état de santé de mon mari nous conduisit vers la période sans doute la plus tragique de ma vie.

17

La colline de Ning Po / Paul apprend la nouvelle écriture / Ma belle-mère terrassée / Vœu tragique de Liu Yu Wang / La cérémonie de la Terre et de l'Eau / Dernier voyage de mon mari / Mort de Liu Yu Wang.

C'est à la fin de l'année 1959 que le mal qui terrassait mon mari devint irréparable et sans espoir. À la même époque, à Hong Kong, la santé de sa mère déclina brutalement. Alors Liu Pin San, mon beau-père, écrivit à son fils une longue lettre contenant des instructions précises en vue de ce que tout homme doit prévoir. Tout Chinois d'un certain âge se préoccupait, en effet, de sa sépulture avec un soin d'autant plus méticuleux qu'il était plus riche. Ma belle-mère avait déjà préparé sa garde-robe mortuaire. Son cercueil et celui de son mari étaient prêts et d'un bois de qualité. Il restait à fixer le lieu de la mise en terre. C'est pourquoi Liu Pin San, estimant qu'il était raisonnable de prévoir la fin de sa femme et la sienne, demanda à son fils de se mettre sans tarder à la recherche d'un terrain convenable pour la sépulture.

Bien que Liu Yu Wang ne fût pas en état de se charger d'une telle mission, il se mit aussitôt à l'œuvre : personne n'aurait pu l'empêcher de se consacrer, personnellement, à cette tâche sacrée entre toutes. Ses parents étant originaires de Ning Po, c'est à Ning Po, qui se trouve à une journée de bateau de Shanghaï, qu'il fit des recherches. Un terrain au sommet d'une colline lui parut convenable. Avant de l'acheter, il s'y rendit en compagnie du meilleur tireur d'horoscope de la région. Ce *Fong Tseui*, un homme d'un grand âge, trouva l'emplacement tout à fait favorable, et même de nature à attirer la chance sur la descendance de ceux qui y seraient enterrés. Ayant acheté le terrain, Liu Yu Wang recruta des fossoyeurs et des maçons pour préparer un caveau. Quand les hommes se mirent à creuser, il sortit de la terre une grande quantité de serpents. Ce qui confirmait l'excellente qualité du lieu, les serpents indiquant la chaleur, et la chaleur de la terre étant une promesse de richesses pour les descendants du défunt pendant plusieurs générations.

Quand le tombeau fut prêt, Liu Yu Wang en fit faire des photographies qu'il envoya à Hong Kong où ses parents manifestèrent leur satisfaction pour le site de leur sépulture et pour la bonne qualité des signes.

Il ne restait plus à Liu Yu Wang qu'à rentrer à Shanghaï, heureux d'avoir accompli son devoir filial et loin de se douter que sur la colline de Ning Po, bien avant son père et sa mère, il serait le premier à être enseveli.

Après ce voyage, Liu Yu Wang ne quitta plus l'appartement de Hong Kiand Road où il s'enfermait fréquemment dans le salon des bouddhas, une pièce en tout point semblable à celle qu'il avait installée dans la vieille maison de Nanking Road. Paul, notre fils aîné, avait neuf ans et fréquentait l'école primaire. Mais Juliette, qui n'avait que quatre ans, était à la maison et le plus souvent dans les bras de son père avec qui elle jouait, mangeait et dormait. Le père et la fille étaient constamment ensemble et s'adoraient.

Paul était né avec la Chine nouvelle. La construction du socialisme commençait sur les bancs de l'école. Aux enfants de son âge on inculquait déjà « les pensées correctes ». Ils devaient avoir un contact avec le monde ouvrier. Quelques années plus tôt, mon fils aurait, sans aucun doute, étudié dans quelque institution étrangère, une école de riches réservée aux riches. À présent, comme tous ses petits camarades, il se rendait avec sa classe, deux ou trois fois par semaine, dans une usine où les enfants fabriquaient des emballages et des boîtes en carton qu'il fallait découper et coller.

Est-ce parce qu'il était fils de capitaliste que Paul n'était pas très doué pour le travail manuel ? On l'affecta aux livraisons. Sur un vélo-pousse conduit par un garçon plus grand que lui, on entassait les cartons, et sur les cartons on posait mon petit Paul. Lui, assez content de cette position, surveillait la cargaison, et participait à la livraison des cartonnages. En tout cas, il savait déjà ce que c'était que travailler. Il apprit aussi des quantités de chants et de récitations mimées qui évoquaient la lutte pour la productivité et les exploits de l'Armée rouge pendant la Longue Marche. Même ses premières lignes d'écriture furent un sujet d'étonnement pour moi, et quelque chose d'inconnu : c'est à cette époque, en effet, que l'écriture chinoise fut modifiée. La réforme de l'écriture, qui venait seulement de commencer, se traduisait déjà par une simplification des caractères. Pour me mettre au diapason de mon fils, il me fallut étudier le nouveau système[1]. Paul eut droit, plusieurs fois, au foulard rouge attribué aux élèves méritants.

Mon fils vivait donc la plus grande partie de la journée avec des enfants d'ouvriers et parfois des paysans, en tout cas, en majorité d'origine modeste. La première conséquence, assez curieuse, de cette fréquentation, à une époque où l'éducation communiste n'avait pas encore porté ses fruits, fut que les enfants d'ouvriers ayant un langage grossier, Paul apprit un certain nombre de gros mots, parfois orduriers. Bien entendu, quand il en rapportait à la maison, je le rabrouais sévèrement, comme le faisaient, au reste, ses maîtres et ses maîtresses qui avaient fort à faire dans la chasse aux gros mots, car la situation, à cet égard, n'était pas encore mûre.

Un jour, j'appris que Paul s'était sérieusement battu avec un de ses camarades. Celui-ci frappa à notre porte et me montra son pantalon déchiré qui découvrait une partie de ses fesses : c'était Paul, dit-il, qui l'avait mis dans cet état. Pauvre, il ne possédait que ce pantalon-là, et redoutait l'accueil de ses parents. À ce moment, Paul arriva à son tour. Je le grondai, lui reprochant de s'être conduit comme un voyou et une brute. Alors, j'entendis de sa bouche, une autre version de

1. La réforme linguistique commença par l'unification de la langue parlée (alignement des différents dialectes chinois sur le pékinois dont la prononciation fut enseignée dans les écoles et utilisée à la radio), et la simplification de l'écriture. L'expérience porta d'abord sur 500 à 600 caractères simplifiés, alors que les lettrés en employaient 4 000 à 5 000, et que les dictionnaires chinois en contenaient jusqu'à 50 000. Autant les caractères simplifiés se sont imposés, autant [illegible]lphabétisation avec emploi de l'alphabet latin fut un échec, [illegible]e que contraire au génie de la langue chinoise où le mot [illegible]éparable de l'image du mot.

l'affaire. Son camarade, depuis quelque temps, le traitait de « sale capitaliste ». Lui, patient, l'avait laissé dire. Mais, tout à l'heure, l'autre ne s'était pas contenté de traiter Paul de capitaliste, il y avait ajouté une expression ordurière et outrageante pour sa mère, c'est-à-dire pour moi :

— Je n'ai rien dit quand il m'a insulté ! Mais je ne le laisserai pas insulter ma mère ! cria Paul. Alors, je l'ai poussé, il est tombé et son pantalon s'est déchiré. Il l'a vraiment cherché !

Il fallait bien, cette fois, gronder un peu le coupable. Je lui conseillai vivement de renoncer, à l'avenir, à dire des grossièretés : il me le promit, et me fit des excuses. Je lui donnai un pantalon de Paul pour rentrer chez lui, et quelques jours après, la paix revint entre les deux camarades. Comme les mendiants, les prostituées, les pickpockets et les mouches, les enfants mal élevés n'allaient pas tarder à disparaître de la République populaire.

Dans les premiers mois de 1960, une lettre de Hong Kong nous apprit que, terrassée par une attaque, ma belle-mère était hémiplégique. Le côté droit paralysé, elle avait perdu l'usage de la parole.

Le choc fut terrible pour mon mari. Après la lecture de la lettre, je le vis aussitôt entrer dans le salon des bouddhas. Il y demeura enfermé si longtemps que je m'en inquiétai, bien que sachant qu'il ne pouvait rien y faire d'autre que prier.

Au bout d'une heure, quand il en sortit, je lui demandai s'il se sentait bien :

— Très bien, dit-il, mais il faut que je t'avertisse, Ching Lie, que j'ai pris une grande décision…

Il me parla d'abord longuement de ses parents, me rappelant leur vigilance, et leurs soins incessants depuis sa naissance. Il se disait, depuis longtemps, qu'il n'était pas possible de leur rendre ce qu'ils lui avaient donné, et la dette de Liu Yu Wang était trop immense pour pouvoir jamais être payée. L'heure était venue de s'en souvenir.

— À présent, dit-il, je sais que ma mère peut mourir d'un jour à l'autre. C'est pourquoi j'ai prié le Bouddha. Je lui ai demandé dix ans de vie pour ma mère, contre dix ans de ma propre vie.

Chez les croyants, cette forme de vœu n'était pas exceptionnelle. Il arrivait fréquemment qu'on offrît ainsi plusieurs années de sa vie pour ceux que l'on aimait, ce qui revenait, dès lors, à accepter pour soi-même une prompte mort.

La déclaration de mon mari me secoua d'autant plus violemment que je croyais à la force et donc à l'efficacité de sa foi, et que ce qu'il demandait ne saurait qu'être exaucé. Je me récriai. De quel droit donnait-il dix ans de sa vie à sa mère au prix de l'abandon de sa femme et de ses enfants ? Que deviendrions-nous ?

— J'y ai bien réfléchi, dit-il. Tu es très jeune, Ching Lie. Quelle vie est-ce pour toi que de passer tes jours auprès d'un mari toujours malade ? Quel est ton avenir ? Un vieillard de quatre-vingts ans est plus vigoureux que moi. Crois-moi, il est bien préférable que je meure. Ce sera une délivrance pour l'un et l'autre. Quant à toi, il te sera possible de te remarier et d'avoir enfin une existence normale. Et si je pense à nos deux enfants, je me dis : qui peut partir plus tranquillement que moi ? Tu les aimes et tu es une mère excellente. Même remariée, jamais tu ne les négligeras.

Je me sentis incapable de répliquer. Les larmes qui coulaient de mes yeux, et je ne sais quelle autre force, m'empêchaient d'ajouter quoi que ce fût. Je ne pus que pleurer longuement et en silence.

Les bouddhistes très croyants avaient coutume d'organiser une cérémonie solennelle qui durait une semaine entière et qu'ils appelaient le rite « de la Terre et de l'Eau ». Ces grandes prières n'étaient accessibles qu'aux gens riches : elles avaient lieu dans un temple où l'on réunissait un grand nombre de moines, jusqu'à une centaine, à qui il fallait faire une offrande. Le but de ces journées impressionnantes était de prier pour les âmes de tous les êtres, hommes et animaux, qui, à cause de leurs fautes, souffraient sur la terre et dans les eaux.

Liu Yu Wang désirait qu'une telle solennité eût lieu pour venir au secours de sa mère malade, en contribuant à diminuer ses fautes afin d'améliorer sa santé sur la terre. Jadis, sa famille célébrait tous les ans « la Terre et l'Eau ». Depuis la Libération, elle ne l'avait fait que deux ou trois fois. C'était l'aînée de mes belles-sœurs, Liu Yu Ying, qui s'en était occupée. Malade des poumons et crachant le sang, elle ne pouvait plus le faire, et ma deuxième belle-sœur, Liu Yu Chuen, autorisée à sortir de Chine pour s'occuper de ses parents, était désormais installée à Hong Kong, avec mari et enfants. C'était donc à moi à organiser la cérémonie du temple : il me suffisait de demander, au Conservatoire, une semaine de congé.

Liu Yu Ying commença alors une de ces persécutions dont elle avait le secret.

— Confier une telle responsabilité à Ching Lie n'est vraiment pas raisonnable ! disait-elle. Elle est trop jeune ! Elle n'y connaît rien ! Et d'abord, elle n'est pas croyante… Avec elle, la pluie ne tombera jamais…

Ce disant, elle faisait allusion à l'un des moments les plus importants de la cérémonie. Car, si le premier et le deuxième jour on implore tous les dieux du ciel à venir dans le temple, le troisième jour, une fois les dieux rassemblés, on les supplie de sauver les âmes des morts qui ne sont pas encore réincarnées, ces âmes perdues, abandonnées, qui ont tellement besoin que les prières de leurs enfants, de leurs parents, de leurs amis leur fassent entendre le nom de Bouddha, afin que s'ils ne sont pas conduits au ciel, du moins leur nouvelle vie sur terre commence avec un moindre poids de crimes et de fautes. Et c'est pendant ces troisième et quatrième jours, quand les esprits de la terre, du ciel et de l'eau doivent être attirés en grand nombre dans le temple où tous les rideaux sont tirés, parce que les esprits craignent la lumière, c'est pendant ces deux jours essentiels que, si le croyant est profondément sincère, une pluie abondante se met à tomber, favorable au grand rassemblement des esprits. Alors le sixième et le septième jour sont des jours de gloire pour fêter la délivrance des esprits.

Voilà à quoi faisait allusion ma belle-sœur quand elle prédit qu'avec moi la pluie ne tomberait pas, affectant de craindre qu'une cérémonie aussi coûteuse ne risquât de perdre toute son efficacité si elle était conduite par quelqu'un comme moi, qui était moins que rien.

Liu Yu Wang demeura ferme devant les railleries de sa sœur : personne d'autre que moi ne se rendrait au temple. Quant à moi, par respect pour mon mari et ma belle-mère, et profondément désireuse d'agir le mieux possible, je choisis pour temple celui de la montagne de Tian Taï, surnommé le lieu des cinq cents Lou Han, c'est-à-dire, des cinq cents bouddhas, et dont les moines étaient célèbres pour leur pauvreté et leur sainteté. Dans les temples et les monastères bouddhistes, depuis la Libération le gouvernement avait chassé ou emprisonné les moines indignes et laissé en place les autres, les astreignant seulement à faire un travail productif et à ne plus vivre d'aumônes. Rien n'avait changé dans la vie de ceux de Tian Taï : ils étaient trop vieux pour travailler et leur terre trop pauvre pour rien produire.

Comme il n'était plus question pour Liu Yu Wang de se déplacer, et que je ne pouvais voyager seule dans une région aussi reculée, il me fit accompagner par deux cousins et une servante de la maison. Je rassemblai, avant le départ, un abondant bagage composé de pièces de coton, de serviettes, de médicaments usuels avec un stock de tubes d'aspirine, de pommades diverses et de baume de tigre, toutes choses pouvant être utiles à des moines qui vivaient dans un dénuement total et sans personne pour s'occuper d'eux.

Quand nous partîmes tous les quatre, les deux cousins, ma servante et moi, nous avions douze gros paquets à porter et le voyage fut long et pénible. Après deux jours de train, nous prîmes un autocar qui nous conduisit au pied de la montagne de Tian Taï. Averti de notre arrivée, un jeune moine nous attendait avec plusieurs chaises à porteurs. Je laissai avec lui ma servante et nos bagages. Quant à moi, je voulais gravir à pied le sentier ardu qui conduisait au temple. Les cousins me suivirent et nous fûmes rendus, après quelque six heures de marche sur un sentier pierreux et cahotique.

Usé par les siècles et près de tomber en ruine, le vénérable temple de Tian Taï était vaste mais simple et même austère, dépourvu des ornements somptueux qui chargeaient d'autres sanctuaires. Ses grands bouddhas qui avaient perdu leur dorure n'en étaient peut-être que plus imposants. Mais le temps avait détruit des pans de mur, creusé des ouvertures et des fentes où passaient le vent et le froid. Quelques pièces sans confort étaient prévues pour loger les pèlerins. Quant aux moines, ils vivaient, les uns dans des maisonnettes de bois, d'autres dans les excavations des rochers, et se nourrissaient de fruits sauvages, de graines et de feuillages comestibles. Leurs robes noires étaient déchirées, rapiécées, durcies par le soleil. Sur leur crâne rasé, on voyait les cicatrices, au nombre de six, signes qu'ils avaient déraciné en eux, pour toujours, les attachements de la chair, de l'amour et de l'argent. Quand nous arrivâmes à Tian Taï, c'était l'automne, le temps était doux et le ciel particulièrement pur. Le soir, à cause de l'altitude, il faisait déjà froid.

La cérémonie, dont la durée était donc d'une semaine, commença le lendemain. Près d'une centaine de moines, revêtus, cette fois, de leurs robes jaunes, étaient rassemblés. Un de leurs supérieurs m'installa au centre du sanctuaire où tantôt je m'agenouillais, et tantôt me levais, faisant tous les gestes que les moines m'indiquaient, habitée dès les premiers moments par une ferveur si profonde qu'il me semblait qu'en dehors de ces prières, le reste du monde n'avait plus d'existence.

Deux jours se passèrent ainsi. Puis, vint le troisième, celui où les dieux sont présents, où les esprits doivent les rencontrer dans le temple, et où le soleil doit être caché par les nuages afin qu'ils consentent à venir. Or, dehors, il faisait beau et je commençai à m'inquiéter. Étais-je vraiment digne ? Méritais-je d'être ici ?

La nuit, voyant briller la lune, je demandai à un habitant des montagnes que je croisais sur mon chemin s'il pensait qu'il pleuvrait le lendemain.

— Il fera très beau, dit-il. Vois comme la montagne se découpe sur la lumière. Il n'y a pas un nuage.

C'était exact, et bien angoissant. Et si les esprits ne venaient pas ? Et si ma belle-sœur avait dit vrai en prédisant l'échec de ce voyage, en estimant que ma foi était trop faible ? Je me remis à prier avec une ferveur accrue, demandant la pluie ou au moins un ciel nuageux, signe que Dieu m'écoutait.

Un soleil radieux s'était levé sur le troisième jour. Adressées aux dieux sauveurs, les prières se poursuivirent la nuit. Le quatrième jour, celui du rassemblement des esprits, approchait et la lune brillait toujours, et la silhouette des montagnes était toujours pure. Il était évident qu'il ne pleuvrait pas. Le quatrième jour arriva et il faisait toujours beau. Je m'enfermai dans une prière désespérée au Bouddha : je n'étais pas venue ici pour moi, mais pour la mère de mon mari et pour tous les fils souffrant à cause des souffrances de leur mère, pour ceux qui, n'ayant pas la fortune, ne pouvaient pas faire pour leur mère ce que faisait mon mari et qui regardaient, impuissants, mourir ceux qu'ils aimaient. Voilà ce que je disais à Dieu, implorant Bouddha Kouan Yin d'assister les esprits errants, afin qu'ils l'entendent et regrettent leurs fautes, afin que s'ils reviennent sur terre, ce soit pour souffrir un peu moins, puisque cette vie n'est que le prix de nos fautes antérieures.

Dans le temple, le moment était venu du rassemblement des esprits : on tira les rideaux sur les ouvertures, on alluma les cierges. Il était midi, et les moines se mirent à prier ensemble. Au commencement, sont implorés les esprits des prisons de l'enfer, gardés par les dieux secondaires. À ce moment, ma servante entra dans le temple et vint près de moi, pour me dire à l'oreille :

— Dehors, l'orage vient d'éclater.

Alors, mes larmes se mirent à couler.

La pluie tomba sans répit jusqu'au lendemain. Dans ma joie il n'entrait aucune vanité vis-à-vis de ma belle-sœur Liu Yu Ying. Mais seulement la pensée que Dieu pouvait entendre la plus insignifiante des créatures. C'est depuis cet instant que ma foi bouddhiste pénètre entièrement ma vie, que je m'abstiens de chair et de poisson deux semaines par mois, que je comprends surtout que nous ne vivons ici-bas que parce que nous sommes coupables, et que cette connaissance doit dicter notre conduite envers nous-mêmes et les autres.

Les derniers jours, « les jours de gloire », se déroulèrent paisiblement. Quand les prières s'arrêtaient pour quelques heures, je visitais les moines, m'occupant surtout des plus âgés et des plus malades. Ils vivaient pieds nus, plusieurs avaient des plaies infectées aux pieds et aux genoux, et personne pour les soigner. Sans éprouver jamais la moindre répulsion, heureuse, au contraire, de pouvoir les servir, je leur lavais les pieds, j'enduisais leurs plaies des pommades que j'avais apportées. À ceux qui souffraient de rhumatismes, je distribuais du baume de tigre et des aspirines, et je remarquai que sur ces hommes qui ne se soignaient jamais, le moindre cachet d'aspirine avait un effet immédiat et puissant. Plusieurs me dirent qu'ils étaient soulagés sur-le-champ, et c'était une grande joie de les entendre. D'autres, émus par ma vénération, disaient que c'était Bouddha Kouan Yin qui m'avait envoyée. Je leur répondais que je ne méritais pas la moindre louange. J'écoutais ceux qui répandaient les paroles d'enseignement et j'en cueillis les fruits qui me nourrissent encore.

Quand je revins à Shanghaï et lui rapportai par le menu l'histoire de ces grands jours dans la montagne aux moines, Liu Yu Wang m'écouta avec ravissement, je le sentis inondé de joie intérieure. Ma belle-sœur Liu Yu Ying, qui m'avait accablée de ses sarcasmes avant mon départ, ne disait plus rien. Dans l'euphorie de mon expérience, je ne pouvais éprouver à son égard ni la moindre vanité ni l'ombre d'une rancune. Il me sembla que, depuis lors, à mesure que l'état de mon mari s'aggravait, sa soumission à la souffrance allait de pair avec son mal. En 1961, quand on lui administra de la cortisone, son corps, tout entier, se mit à enfler, son cœur devenait de plus en plus gros. Sa peau jaunissait encore et il ne pouvait marcher que la poitrine inclinée vers le sol. Depuis la pénurie de 1958, il n'était plus question de le soutenir avec du ginseng, ni de faire de grandes décoctions aux cent plantes. On ne pouvait donc même pas soulager ses douleurs.

Cette année 1961, il redemanda son visa pour Hong Kong, espérant, disait-il, y être mieux soigné et mieux nourri, mais, sans doute désireux secrètement de mourir auprès de son père et de sa mère. On le lui refusa une fois de plus. À présent, il avait des crises fréquentes, tout à coup il ne pouvait plus respirer, son corps se couvrait de sueur. Alors, on appelait une ambulance qui l'emmenait à l'hôpital pour quelques jours. Ma mère avait si peur de le voir mourir brutalement qu'elle nous poussait à faire demandes sur demandes, à remuer ciel et terre pour son départ. Un visa lui fut accordé en 1962.

Aux plus grandes menaces qu'elle avait connues depuis la Libération, catastrophes naturelles, famine et difficultés intérieures, la Chine survécut, malgré les efforts sans succès, les erreurs, les échecs du Grand Bond en avant. À côté des milliers de petits hauts fourneaux abandonnés dans les campagnes, à côté des canaux d'irrigation creusés à la pioche, il y avait des fonderies, des ponts métalliques sur le Yang-tseu, des fleuves domptés par les barrages. Pourquoi la famine faisait-elle des millions de morts chez nos voisins indiens et pas chez nous ? Le peuple avait tenu bon. Ce n'est pas par hasard qu'on appela Mao Tsé-toung le « grand timonier » : il venait de franchir une forte tempête.

Les dirigeants étaient proches du peuple, ce que la Chine n'avait jamais connu. Il n'y avait plus de travail noble et de travail moins noble, mais une seule construction à laquelle participait chacun. Les généraux ôtaient leurs insignes pour aller vivre avec la troupe. Les députés et jusqu'aux dirigeants les plus importants étaient constamment au milieu du peuple, les journaux les montraient comme, par exemple, sur cette photographie de Chou En-laï travaillant avec les terrassiers sur le chantier du réservoir que j'avais vu commencer à Pékin près du tombeau des Ming. J'entendais des nouvelles, je sentais comme la rumeur d'un grand chantier autour de nous, même si le sort de ma famille, en cette année 1962, ne laissait plus guère de place à d'autres pensées, même si je ne voyais les événements de mon pays qu'à travers un brouillard de larmes.

Le visa que nous avions obtenu au mois de juillet 1962 ne concernait que mon mari et mon fils Paul. Je n'étais pas autorisée à quitter la Chine.

Heureuse, néanmoins, que Liu Yu Wang pût partir, je pris les deux billets pour Hong Kong, quand le bruit courut que des inondations ravageaient le Sud. Elles se trouvaient donc sur le trajet du train de mon mari. Que ferait-il, avec Paul, en cas d'arrêt forcé ? Les trente-six heures du voyage normal n'étaient-elles pas une épreuve suffisante pour Liu Yu Wang ? J'hésitais à le laisser partir. Il ne voulait retarder le voyage à aucun prix.

Quelques heures avant son départ, nous prenions un dernier repas avec lui quand mon mari eut un geste maladroit. Son bol tomba de la table et se brisa en morceaux. Ma mère blêmit : à ses yeux, c'était là un signe fatal pour Liu Yu Wang.

Je passe sur l'atmosphère de la séparation, sur les pleurs de Juliette soudain arrachée à son père. Nous étions tous en larmes depuis le matin et quand le train disparut, chacun de nous se posait la même question : reverrons-nous jamais Liu Yu Wang ?

Sitôt rentrée à la maison, je téléphonai, à plusieurs reprises, à la gare de Canton pour demander si les inondations retarderaient le train. Chaque fois, on me donna la même réponse : on n'en savait rien. Épuisée, je m'étais étendue sur mon lit et je ne sais si j'étais endormie ou éveillée, quand j'entendis une voix me dire : « Après-demain à huit heures et demie, il arrivera à Canton. »

Le lendemain, je racontai à mon père ce que j'avais entendu. Wei Hi hocha la tête :

— Tu finis vraiment par dire n'importe quoi…

C'est peut-être aussi ce que mon lecteur est en train de se dire. Quant à moi, n'écrivant que la vérité, pourquoi faudrait-il que j'en cache une partie ?

Je téléphonai ce matin-là à la gare de Canton, ce qui prouve que je ne croyais pas moi-même à ce que mon père appelait mes « visions ». Aucune nouvelle de la journée. Le lendemain, c'est-à-dire, le surlendemain du départ, je téléphonai au grand hôtel de Canton où les voyageurs pour Hong Kong passent la nuit avant la dernière étape du voyage, et où j'avais retenu une chambre pour mon mari et mon fils. On ne trouvait personne du nom de Liu Yu Wang. Je rappelai régulièrement. À midi, on avait retrouvé mon mari. Ayant loué sa chambre, par erreur, on l'avait logé dans un autre hôtel. J'entendis donc sa voix, et je lui demandai s'il venait d'arriver.

— Nous sommes arrivés ce matin, à huit heures et demie, dit-il.

À l'avenir, me dis-je en moi-même, je dois avoir plus de foi en ce qui m'est donné.

Tandis que je poursuivais mon travail au conservatoire de Shanghaï, les nouvelles de Paul et de mon mari me parvenaient régulièrement de Hong Kong. Liu Yu Wang passait de longues heures auprès de sa mère paralysée. Elle ne pouvait plus parler, mais on voyait que la présence de son fils et de son petit-fils lui étaient une constante consolation. Son mari, Liu Pin San, se trouvait aux États-Unis : inscrit sur les listes d'immigration, il devait y séjourner au moins une fois tous les deux ans. Quant à Liu Yu Wang, malgré une alimentation plus riche et les soins des meilleurs médecins, il continuait à décliner. Je reçus de lui, un jour, un appel téléphonique pressant :

— Je pense trop à Juliette et à toi. Je t'en prie, fais l'impossible pour venir avec elle me rejoindre…

Je recommençai des démarches. Chose curieuse, tout se passa comme si les autorités politiques et la police elle-même avaient compris, mieux que moi, ce qui attendait mon mari, car le visa me fut accordé sans aucune difficulté. Au

Conservatoire, le même responsable politique, qui m'avait expliqué les raisons de son refus, justifia les raisons de son accord :

— C'est à cause de l'état de ton mari que nous te laissons partir. Mais je te répète ce que je t'ai déjà dit une fois. Tu es une femme propre, et tu vas te rendre dans une société corrompue. Nous espérons que tu rentreras dès que possible.

Une fois obtenus mon visa et celui de Juliette, il me restait, avant de partir, un acte religieux à accomplir qui était pour moi de la plus haute importance, la confirmation de ma foi bouddhiste par un acte analogue au baptême des chrétiens, ce que personne n'avait fait dans ma famille.

Je partis, avec Juliette, pour Sou-tcheou, la vénérable ville de la vallée du Yang-tseu, où petite fille, j'avais fait une excursion avec mon école. Là, je rendis visite à Ta Sen, l'ermite de la montagne dont la réputation avait franchi les océans. C'est lui qui me fit bouddhiste, donnant en même temps sa bénédiction à mon mari et à ma famille entière. Quand il me reçut dans son ermitage, je me prosternai à ses pieds et Juliette fit de même. C'était un homme de quelque quatre-vingts ans qui rayonnait de force et de bonté. Après la courte cérémonie, il me fit promettre d'observer, rigoureusement, les commandements du bouddhisme. Quand je pris congé de lui, il avait des larmes aux yeux. C'était la première fois qu'il était ainsi remué en quittant un de ses enfants et il dit que cela n'était pas juste. J'avais le sentiment d'un lien profond et mystérieux entre lui et moi. Tandis qu'il me caressait doucement la tête, ses derniers mots furent pour me recommander d'être forte devant mon destin. Il savait, sans vouloir le dire, que je le quittais pour aller à la rencontre de grandes souffrances.

Après mon départ de Sou-tcheou, je visitai une deuxième montagne sainte aux environs de Hang-tcheou où se trouvait un temple abandonné auquel on accédait par un sentier ardu et désertique sans la moindre habitation aux alentours. Je m'étais pourvue d'une grande somme d'argent destinée à être distribuée aux pauvres, et aussi à la réparation du temple qui tombait en ruine. Avec Juliette et une servante, tandis que nous montions par le sentier, je sentis soudain une odeur d'encens qui embaumait l'air. Elle persista et les autres la sentaient comme moi. D'où pouvait-elle bien venir ? Je regardai partout. Il n'y avait ni maison ni bouquet d'arbres, rien qu'un temple abandonné, vide. Aux moines qui vivaient au sommet de la colline, je remis de l'argent en leur demandant de construire quelques abris et pas seulement pour les moines et les croyants mais pour tous ces pauvres gens qui coupaient du bois sur la montagne et devaient le descendre dans la vallée sans abri contre le soleil ou la neige et menaient des vies de bêtes de somme. Nous ne pûmes nous empêcher de parler aussi de cette odeur d'encens.

— C'est, dit un moine, parce que le Bouddha est touché par la bonté de ton geste que l'odeur d'encens vous accompagne.

Quelques semaines plus tard, j'appris la mort de Ta Sen, l'ermite de Sou-tcheou : j'avais été son dernier enfant spirituel.

Le 1er octobre 1962, je pris le train pour Hong Kong avec Juliette, déchirée une fois de plus de quitter mes parents, mais heureuse de rejoindre mon mari et surtout de revoir mon fils Paul qui n'avait cessé de m'écrire des lettres pleines d'amour.

Ma deuxième belle-sœur, Liu Yu Chen, devait venir me chercher au poste frontière de Sham Chun. Là, j'appris que je ne pourrais pas entrer immédiatement. On venait d'instaurer un contrôle renforcé, par suite du surpeuplement de Hong Kong. Comme Cantonaise il m'était, en principe, plus facile d'entrer, mais à condition qu'un autre Cantonais sortît de Hong Kong. Avec Juliette je m'installai donc dans la salle d'attente au milieu d'un va-et-vient constant de voyageurs et de policiers. C'est alors que je vis arriver ma belle-sœur, surprise de la voir en larmes.

— Il est mort, dit-elle quand elle fut devant moi.

— Qui ?

— Mon frère.

Je ne la crus pas. Puis je restai étonnée, sans verser une larme. Juliette, elle non plus, ne voulait pas la croire, mais elle se mit à crier en sanglotant :

— Ce n'est pas vrai ! Papa m'a dit qu'il voulait être grand-père et attendre que j'aie beaucoup d'enfants !...

Ensuite, je me sentis étourdie, tout disparut comme derrière un rideau de brume et je n'étais qu'à demi consciente de marcher, quand le fonctionnaire du service d'immigration, nous ayant prises en pitié, nous laissa passer Juliette et moi.

Dans l'appartement de mes beaux-parents, à Hong Kong, la première personne que j'aperçus en ouvrant la porte fut ma belle-mère paralysée à demi allongée sur un canapé. Oubliant la famille, les oncles, les tantes et les amis qui remplissaient la pièce, je m'assis près d'elle, et l'une contre l'autre nous pleurâmes en silence longuement. Puis, mon petit Paul arriva et, les joues mouillées de larmes et brûlantes de fièvre, se jeta dans mes bras.

— Il ne faut pas que tu pleures, lui dit doucement une de ses tantes, car tu ferais pleurer davantage ta maman...

Alors, Paul fit un effort surhumain et s'arrêta aussitôt. Faisant semblant d'être malade, il se retira dans une chambre. Quand je le rejoignis, je m'aperçus qu'il était caché sous la couverture pour pleurer et qu'au dos de la photo de son père il avait écrit la date de sa mort : 3 octobre 1962.

Liu Yu Wang avait succombé à l'hôpital où, son état s'étant brusquement aggravé, on l'avait transporté une semaine plus tôt. Paul, qui allait à l'école, se rendait deux fois par jour à son chevet. La dernière fois, il y avait de cela quelques heures, Liu Yu Wang venait de mourir. Alors l'enfant s'était précipité à la maison où il avait fait brûler trois baguettes d'encens, priant désespérément le Bouddha de faire revenir son père à la vie.

Ma deuxième belle-sœur, celle qui était venue me chercher, me rapporta que dans les derniers jours, Liu Yu Wang, alité, prenait spontanément les attitudes des moines, qu'il lui arrivait fréquemment de s'endormir pour de longues heures dans la posture du lotus, les mains unies comme pour la prière et les boules d'ambre de son chapelet entre les doigts. Le matin de mon arrivée, dans l'attente de sa femme et de sa fille il avait d'abord voulu qu'on lui fît sa toilette. Puis, toujours assis en lotus, il s'endormit paisiblement. Vers midi on vit sa tête tomber sur sa poitrine. Il était mort.

Le corps était à la morgue quand je vis Liu Yu Wang pour la dernière fois. Ce que j'aperçus d'abord, en entrant dans la salle, ce fut une grande photographie de lui posée sur une étoffe blanche et entourée de fleurs. Sur le côté, une longue bande d'étoffe blanche présentant, selon la coutume chinoise, un poème au nom de Paul et écrit « avec des larmes de sang ». Puis je vis mon mari. Quand il était parti pour Hong Kong son corps était gonflé par la cortisone. Il avait retrouvé maintenant sa minceur. Sa peau était devenue claire et son visage paisible. En regardant ce corps, en découvrant cette fois l'irrémédiable, je m'évanouis. La plus jeune de mes belles-sœurs, Liu Yu Lan, avait emporté par précaution des sels qu'elle me fit respirer. Je repris à demi conscience sur une chaise. Une main d'homme tenait ma main. Malgré ma faiblesse, je retirai vivement ma main, car j'étais veuve et aucun homme ne devait me toucher. Comprenant mon geste, Liu Yu Lan me dit que c'était son mari.

Peu après, j'étais assise au fond d'une grande voiture, à côté de Liu Yu Lan. Au volant se tenait son mari, Fong Tchoutchai, architecte connu à Hong Kong et d'une famille très riche. Fong et sa femme, comme je l'appris par la suite, s'étaient beaucoup occupés de Liu Yu Wang. Ils me témoignèrent une sollicitude de chaque instant.

Une discussion pénible s'éleva plus tard dans l'appartement de mes beaux-parents, entre mon oncle, le frère de Liu Pin San et mes deux belles-sœurs aînées. Il s'agissait du choix du cercueil, que les deux femmes voulaient assez modeste, tandis que l'oncle exigeait l'achat d'un cercueil de prix et du meilleur bois. Mon beau-frère Fong se rangeait du côté de l'oncle. Mais en l'absence de Liu Pin San – qui séjournait aux États-Unis comme je l'ai dit – c'était Liu Yu Chuen, la deuxième belle-sœur, qui tenait les cordons de la bourse et qui la défendait avec acharnement. Paralysée, ma pauvre belle-mère n'avait plus aucun pouvoir et cette femme sévère et digne qui avait toujours imposé sa volonté à son entourage n'avait plus d'autre ressource, devant une dispute si mesquine, que de pleurer. Heureusement, et grâce à l'insistance de Fong, c'est un cercueil luxueux qui fut commandé.

Au moment de la mise en bière, Paul apporta tous les vêtements dont son père devait être revêtu. En regardant ce petit prince plein de gravité accompagné par sa petite sœur qui s'efforçait d'avoir un maintien aussi digne, je me dis que seuls ces deux enfants me donneraient encore la force de vivre.

Quand on eut achevé de clouer le cercueil de Liu Yu Wang, il fut déposé au fond d'une limousine. Une grande foule stationnait dans la rue. Son père – qui à cette heure ignorait sa mort – avait beaucoup d'amis parmi les riches Shanghaïens repliés à Hong Kong. Tous étaient présents pour l'enterrement de son fils. Si bien qu'un long cortège de voitures traversa lentement Hong Kong, qui n'aurait évidemment pas été autorisé à Shanghaï à la même époque. Liu Yu Wang fut inhumé provisoirement jusqu'au jour où son corps fut transporté à Ning Po pour être enterré sur la colline dont il avait choisi lui-même le site.

Ma belle-mère était restée seule chez elle, gardée par une tante. Dans la voiture où je suivais le cortège, mes deux enfants près de moi, je pensais à l'histoire qu'elle m'avait racontée naguère : la visite du moine le matin de la naissance de mon mari. Il avait dit que Liu Yu Wang connaîtrait une vie de douleurs toujours entouré par l'appareil de la richesse : « né et mort comme un roi ». En effet, dans les rues de Hong Kong, les curieux se retournaient sur l'imposant cortège mortuaire d'un homme désormais délivré aussi bien du faste de sa fortune que de la souffrance de sa vie.

18

Tribulations d'une veuve à Granville Road / Entre une belle-sœur impitoyable et un beau-frère tout dévoué / Partir ou ne pas partir / La promenade de Repulse Bay / La haine et la vengeance / Frénésie de Ting / Où j'entends parler de Marguerite Long / Adieu à la Chine.

Singulier destin que le mien ! À treize ans, écolière, je suis vendue à l'une des plus riches familles de la Chine, contrainte, à l'âge où l'on ne connaît de l'amour que son nom, d'épouser un inconnu que je n'aime pas et qui n'a rien de ce que j'aime. Je résiste. La cupidité familiale et dix mille ans d'obéissance sont les plus forts : sur mon image du Prince charmant il ne me reste plus qu'à faire une croix. Peu à peu les attentions persévérantes d'un homme profondément amoureux me désarment. Je l'accepte comme mari. Les deux enfants qu'il me donne deviennent la raison de ma vie. Ses souffrances me touchent. Son vœu de mourir en faveur de sa mère me révolte. Je suis prête à le veiller inlassablement, car ce qui est promis doit être tenu. Treize ans après mon mariage il meurt et me laisse seule avec mes deux enfants. Je suis veuve à vingt-six ans.

Mon premier devoir est tout tracé : rester auprès de celle qui pleure le plus chéri de ses enfants, ce fils tant désiré et dont elle ignore qu'il a fait le don de sa mort à la vie de sa mère[1]. Mais qu'est-ce à présent que la vie pour elle qui ne peut même pas prononcer les mots de la douleur ?

Oui, ma place est ici. Pour le moment, je n'en vois pas d'autre et puisque mes deux enfants sont avec moi, je dois me rendre à cette supplication muette que je lis dans les yeux de ma belle-mère, à ses gémissements – car rien d'autre ne sort de sa bouche – chaque fois que je m'éloigne d'elle ou qu'elle craint mon départ. Ce qui est clair, en tout cas, c'est qu'elle ne pourrait supporter désormais qu'on la prive de ses petits-enfants. Et comme je ne peux pas davantage me séparer de Paul et de Juliette, je ne vois pas d'autre possibilité que celle de rester à Hong Kong.

Belle-fille, mais femme du fils aîné, j'avais toujours eu droit, de ce fait, à une certaine considération de mes beaux-parents : l'importance de Liu Yu Wang rejaillissait sur sa femme et devait se perpétuer avec sa veuve. J'étais loin d'y penser, mais d'autres y pensaient déjà pour ma perte. Et comme le destin qui s'acharnait sur moi ne manquait pas de fantaisie, ma persécutrice habituelle, l'aînée de mes belles-sœurs, Liu Yu Ying, la veuve à la cicatrice, ne me haïssait plus : la cause de sa jalousie – l'amour que me portait son frère – avait disparu. Ce fut ma deuxième belle-sœur, Liu Yu Chuen, qui prit le relais. Et je ne pouvais soupçonner qu'une femme toujours attentionnée du vivant de mon mari m'infligerait de nouvelles souffrances en découvrant son vrai visage.

Liu Yu Chuen avait épousé un personnage falot qui se croyait un artiste parce qu'il passait son

1. Elle est morte en 1970, dix ans exactement après le vœu de Liu Yu Wang qui lui avait offert dix ans de sa vie.

temps à barbouiller des toiles avec une peinture aussi insipide que lui. Incapable de gagner sa vie, il s'en reposait sur la fortune de ses beaux-parents : son installation avec sa femme et ses deux enfants au foyer de Liu Pin San sous prétexte de veiller sur la mère infirme avait définitivement assuré sa tranquillité. L'argent du beau-père n'assurait-il pas la nourriture et le logement, les études et l'habillement des enfants ? Et voici que mon arrivée dans la maison obligeait ce couple à plier bagage : veuve du fils aîné, c'était à moi désormais à veiller sur mes beaux-parents. Liu Yu Chuen ne le savait que trop. Mais ses griffes étaient prêtes et surtout son poison.

Quelque temps après la mort de mon mari, je reçus de mon père une lettre me relatant les détails d'une mission qu'il avait accomplie pour moi : Wei Hi s'était rendu à ma demande chez les moines de Tian Taï. Dans le sanctuaire vénérable ils avaient célébré, sans accepter la moindre obole, la grande cérémonie de la Terre et de l'Eau pour le salut de l'âme de mon mari. Ils l'avaient fait aussi en souvenir de moi.

À Hong Kong, pendant ce temps, je veillais au bon déroulement des prières rituelles. Car les âmes des morts étant désorientées pendant quarante-neuf jours, la famille, durant cette période, doit prier une fois par semaine : cela dure donc sept semaines. Pour la première prière, Paul et Juliette étant à l'école, je m'étais rendue au temple avec deux de mes belles-sœurs, la seconde et la dernière. Selon l'usage, on nous remit de petites feuilles de papier fin à la peinture de plomb, que nous devions plier pour leur donner la forme de pièces de monnaie. Puis on les brûlait symboliquement afin que le défunt reçût ce qu'on appelait « l'argent des morts ».

Quand nous sortîmes du temple, il faisait un peu frais. Ici, en octobre, le temps se refroidissait vite. Je pensai aux manteaux que je devrais acheter bientôt pour les enfants. Ils n'avaient que des vêtements légers, et portaient comme moi ce costume Mao qui me faisait remarquer dans la rue. Je fis part de mes réflexions à ma belle-sœur Liu Yu Chuen qui savait que j'étais partie de Chine sans emporter d'argent et qui, en l'absence de mon beau-père, était le banquier de la famille. Quelle ne fut pas ma surprise de l'entendre me répondre que la maladie de mon mari avait déjà coûté beaucoup d'argent à son père et que l'enterrement n'était pas sans avoir occasionné de grandes dépenses. Que, par conséquent, elle ne pouvait se permettre de puiser dans l'argent de Liu Pin San pour nous acheter des vêtements, mais qu'elle voulait bien m'en prêter de son compte personnel. J'étais suffoquée, mais ce n'était là qu'une introduction. Avant que j'aie pu ouvrir la bouche, changeant de ton, elle me prit le bras avec un sourire complice :

— Ching Lie, dit-elle, il ne serait pas convenable que tu attendes quoi que ce soit de ton beau-père… N'as-tu pas tout ce qu'il faut pour assurer ton avenir ? Jeune et belle comme tu es, cherche plutôt un homme qui t'épouse ! Alors, tu auras tout ce que tu peux désirer…

L'indignation me fit monter les larmes aux yeux. Le dégoût me rendit la parole :

— Liu Yu Chuen, lui dis-je, ne pouvais-tu pas te contenter de me dire que tu ne veux pas me donner d'argent pour nos vêtements ? Cela n'a vraiment aucune importance et je ne t'en veux pas. Mais que tu oses me parler de remariage une semaine après la mort de ton frère ? Même un chat ou un chien ne tournerait pas la tête aussi vite pour chercher un partenaire. N'as-tu pas honte de tes paroles ? Quand le corps de Liu Yu Wang n'est pas encore froid ?

Appartenant elle-même à une génération pour qui seule la veuve fidèle jusqu'à la mort est honorable, elle ne pouvait être que consciente de l'énormité de son insulte. Et ne savait-elle pas, de plus, que j'étais bouddhiste ? Que je ne songeais présentement qu'à élever mes deux enfants sans qu'une autre pensée pût seulement m'effleurer ? Mais Liu Yu Chuen n'éprouva pas la moindre honte. Elle revint à la charge ce jour-là et les suivants. La raison de sa férocité était claire : éliminer trois bouches à nourrir. Cet argent, je n'en voulais pas. Mais je voulais encore moins entendre les propos de Liu Yu Chuen et, quelques jours après, je la priai de ne plus m'adresser la parole.

Mon veuvage commençait bien ! Mon beau-père, absent, ne pouvait rien pour moi, ma belle-mère ignorait tout et ne pouvait m'être d'aucun secours. Le mois de novembre arriva bientôt et avec lui le froid. Démunie d'argent pour acheter des vêtements, je résolus de donner des leçons de piano afin de ne dépendre de personne. Une semaine de recherches me suffit pour trouver quatre élèves : deux voisines, un cousin de ma mère et une nièce de mon oncle. Il n'y avait qu'un ennui : je ne parlais pas le cantonais, et mes deux voisines ne comprenaient rien au shanghaïen. Le piano fut d'abord notre seul langage commun, les enfants, par la suite, m'apprirent peu à peu le cantonais.

Il me fallut apprendre aussi à me déplacer dans l'agglomération inconnue qui ressemblait tant, avec ses buildings et ses banques, à Shanghaï, mais au Shanghaï d'autrefois avec ses boutiques, ses touristes étrangers et les lieux de plaisir qui pullulaient pour eux. Cette ville je la devinais sans jamais l'avoir pénétrée, je ne sortais que le jour pour des trajets bien limités. Nous habitions la presqu'île de Kowloon. L'appartement de mes beaux-parents, 58 Granville Road, se trouvait à cinq minutes de l'embarcadère du Star Ferry qui dessert l'île de Hong Kong. Mon élève le plus éloigné habitait Victoria, trois fois par semaine je prenais le ferry qui traversait la baie en un quart d'heure et c'était là mon plus grand déplacement.

En attendant la fin du mois, je faisais porter à mes enfants plusieurs vêtements l'un sur l'autre, puis le moment arriva où je fus en mesure de leur acheter le nécessaire et de quitter à mon tour mon costume Mao. Mon oncle, le frère de mon beau-père, nous acheta aussi quelques vêtements. Il avait compris la situation et l'attitude de Liu Yu Chuen l'indignait profondément. Parfois, des amis de mon beau-père, récemment arrivés de Chine, venaient nous rendre visite. Ils me considéraient alors avec étonnement et curiosité : j'étais la pianiste réduite à donner des leçons à des enfants, l'une des femmes les plus riches de Shanghaï tombée dans la pauvreté. Leur condescendance faisait visiblement plaisir à ma belle-sœur Liu Yu Chuen.

Heureusement pour moi, je connus les consolations d'une amitié véritable. Barbara Fei, une cantatrice fameuse à Hong Kong, m'avait d'abord trouvé des élèves, puis m'invita chez elle. Elle ne tarda pas à devenir ma seule confidente et sa fidélité me fut d'un secours constant dans les difficultés de ma nouvelle vie. Elles ne furent pas d'ordre matériel, puisque j'avais fini par gagner assez vite de quoi subvenir aux besoins de mes enfants. Mes leçons me rapportaient quatre mille dollars de Hong Kong par mois (4 000 francs). Paul et Juliette allaient tous deux à l'école et ils y travaillaient bien. À douze ans, Paul était déjà un garçon sérieux et réfléchi. Seule Juliette, qui en avait sept, se plaignait parfois : habituée à notre vie facile de Shanghaï, elle ne pouvait plus me faire acheter tout ce qui lui passait par la tête. Contrariée, elle pleurait aussitôt en criant : « Je veux mon père ! Je veux mon père ! » J'avais alors bien du mal à lui résister.

Chaque semaine nous avions continué à aller prier dans le temple pour l'âme de mon mari. La troisième fois, accompagnée de mes enfants, j'étais en train d'implorer Bouddha Di Tsan de libérer Liu Yu Wang de ses fautes afin qu'il ne souffrît plus dans une prochaine vie, quand tout à coup, je vis Juliette, immobile sur sa chaise, devenir toute pâle. Je lui demandai si elle n'était pas malade. Après une hésitation elle me dit qu'elle était allée dans le grand salon du temple et que là, elle avait vu un moine coiffé d'un grand chapeau et vêtu d'une longue robe brodée de carrés. Un bâton à la main, il était entré dans le temple où Juliette l'avait suivi, et s'était arrêté derrière moi pendant que je priais. Puis il avait soudainement disparu comme une illusion, d'où la peur et la pâleur de Juliette. Je la rassurai, car pour moi il était clair qu'il ne s'agissait pas là d'une imagination mais que ce moine était une forme prise par Bouddha Di Tsan qui voulait m'indiquer ainsi que mon mari était sauvé.

Dans la maison de Granville Road, mes enfants et moi nous ne tenions pas beaucoup de place, disposant en tout et pour tout d'une seule pièce près de la salle de bains commune, mais nous étions déjà de trop, aux yeux de ma belle-sœur Liu Yu Chuen. C'est pourquoi j'étais contente de savoir mes enfants à l'école tandis que je passais les journées dans la ville à courir chez mes élèves pour ne rentrer qu'au coucher du soleil. En dehors des riches Shanghaïens, cousins, cousines et relations que j'évitais, un seul visiteur venait ici pour mes enfants et moi : c'était l'architecte Fong, le mari de ma plus jeune belle-sœur, Liu Yu Lan.

Intelligent et vif, Fong avait fait la conquête de Paul et de Juliette, aimant passer de longs moments à bavarder avec eux ou à les aider à faire leurs devoirs. Quant à ma chère belle-sœur, Liu Yu Chuen, qui me poursuivait de sa haine, je n'avais pas l'impression qu'elle portait à sa mère invalide une affection très sincère. Aussi, le soir, après une heure devant mon piano qui était le dernier cadeau de feu mon mari je m'asseyais pour un moment auprès de ma belle-mère, lui parlant doucement, lui donnant quelques nouvelles. Bien qu'elle fût incapable de répondre, je savais que ces moments lui étaient précieux et plus encore ceux où Paul et Juliette venaient la saluer et où sa main valide leur caressait maladroitement la tête.

Ma belle-sœur aînée Liu Yu Ying ne devait pas tarder à rentrer à Shanghaï pour y retrouver ses enfants. Je restai seule alors à Granville Road avec Liu Yu Chuen, son « artiste » et leurs deux enfants. Malgré nos distances, l'aîné des deux garçons, poussé par sa mère, prenait plaisir à persécuter Paul et à le battre quand j'étais dehors. J'avais dû intervenir plusieurs fois auprès du mari barbouilleur, préférant m'abstenir d'avoir affaire à sa femme.

Il y avait plusieurs jours que je n'avais pas vu ma belle-sœur et j'étais dans la cuisine, occupée à éplucher des légumes pour le déjeuner des enfants, quand elle entra et me demanda une fois de plus si je m'étais mise à la recherche d'un homme, et si je comptais me remarier bientôt.

J'en fus si contrariée que le couteau que je tenais dévia et que la lame entama profondément un doigt. Je perdais mon sang en abondance. Les enfants fouillaient la maison sans trouver de quoi faire un pansement. Ma belle-sœur quitta la pièce et c'est à ce moment même qu'arriva mon beau-frère Fong. En moins de temps qu'il ne faut pour le dire, il découvrit de la gaze et de l'alcool et me fit un pansement solide qui arrêta l'hémorragie.

— Que s'est-il encore passé entre ta belle-sœur et toi ? demanda-t-il.

Je lui dis, sans lui donner d'autres précisions, que la nervosité m'avait fait faire un faux mouvement et que Liu Yu Chuen m'avait tenu des propos désagréables. Il ne s'en étonna pas : sa femme et lui se rendaient bien compte de l'attitude de ma belle-sœur à mon égard et la trouvaient scandaleuse.

— Tu ne devrais pas rester ici, dit-il.

C'était aussi ce que je commençais à penser.

La guerre reprit de plus belle dans la maison quand mon beau-père, Liu Pin San, rentra des États-Unis. La septième semaine de prières était passée, la fin de l'année approchait. J'allai seule à l'aéroport chercher mon beau-père. Il ne savait toujours pas que son fils était mort. Quand je me mis à sangloter en le saluant, il le comprit aussitôt.

Revenu d'Amérique où vivaient quatre de ses enfants et de nombreux parents, mon beau-père trouvait à Hong Kong sa femme paralysée et, avec la mort de son fils, le chagrin le plus cruel de sa vie. L'atmosphère familiale acheva d'en faire un vieillard tassé, faible comme un enfant en qui personne n'aurait pu reconnaître le puissant Liu Pin San, l'homme au crâne brillant comme un miroir et qui en imposait tant à l'époque où petite fille je l'avais vu pour la première fois au Pavillon Vert de Shanghaï.

Avec le retour de son père, ma belle-sœur Liu Yu Chuen voyait venir le moment où il lui faudrait quitter les lieux, elle et sa famille, pour me laisser la place de maîtresse de maison. Ce fut d'abord mon oncle qui vint trouver Liu Pin San pour lui faire un tableau détaillé des persécutions et des mauvais sentiments de Liu Yu Chuen à mon égard, et le prier de mettre fin à ce scandale, lui rapportant comment j'avais dû en toute hâte donner des leçons faute du moindre secours et de quelle ignoble façon on me parlait de remariage. Comme mon beau-père avait toujours vu sa fille me traiter aimablement, il ne voulut pas le croire et me fit venir dans la pièce où il se tenait près de sa femme pour me demander ce qu'il en était. La fatigue et l'ennui que je lisais sur son visage me firent de la peine. Je me contentai de lui dire que je ne désirais pas le pousser à chasser de la maison un couple qui n'était pas capable de gagner sa vie alors que mes leçons me permettaient à présent de gagner la mienne et qu'au reste je comptais prendre bientôt un appartement pour y habiter avec mes enfants.

Pendant que je parlais, ma belle-mère souffrait affreusement de ne pouvoir s'exprimer. Dans ses pleurs et ses gémissements il n'était pas difficile de l'entendre : quand je parlais d'appartement, elle ne voulait pas me voir partir et quand on prononçait le nom de sa fille, elle faisait le geste de la chasser. Au reste, mon instinct me persuadait de plus en plus que Liu Yu Chuen maltraitait sa mère quand elle était seule avec elle – sachant qu'elle ne serait pas dénoncée – et qu'elle ne jouait à la fille dévouée qu'en présence de témoins.

J'avais beau n'avoir rien demandé à personne, l'agitation remplit la maison : tour à tour mon oncle, ma tante et mon beau-frère Fong vinrent plaider ma cause auprès de mon beau-père et accuser ma belle-sœur. À l'issue d'une de ces réunions houleuses, Fong me téléphona de l'extérieur pour me demander de venir le rejoindre en bas de la maison : il avait quelque chose d'important à me communiquer. Je fus d'abord surprise, mais Fong s'étant toujours montré amical et respectueux à mon égard, je n'hésitai pas et le retrouvai dans sa voiture américaine rangée au coin de la rue. Il était tendu, nerveux :

— J'ai une très mauvaise nouvelle, dit-il, il fallait te mettre au courant sans tarder. Voici ce que j'ai appris par ma femme : ton beau-père est entièrement dominé par Liu Yu Chuen. Sous son influence, il a fait un testament d'où tu es complètement exclue. Désormais, tu ne peux donc plus compter que sur toi-même. Le mieux serait que tu envisages de partir pour l'étranger si tu veux préparer ton avenir et celui de tes enfants...

Très touchée par la sollicitude de Fong, je le remerciai et le priai de remercier sa femme. Mais ses révélations ne m'avaient nullement bouleversée. J'étais bouddhiste, je devais accepter mon destin. Que m'importait cet héritage du moment que j'étais assez jeune et forte pour ne jamais laisser mes enfants manquer de rien ? Sans doute, me disais-je, Fong a raison, il faudra que je quitte Hong Kong, que j'envisage même d'aller à l'étranger. Mon premier mouvement avait été de retourner à Shanghaï avec mes enfants et d'y bâtir notre avenir. Mais comment rentrer dans mon pays quand il était certain que je ne pourrais en sortir de sitôt ? Mes beaux-parents exigeraient alors de garder mes deux enfants puisque jamais plus ils ne retourneraient en Chine. Et si je n'étais pas d'accord, comment arracher leurs petits-enfants à deux vieillards qui avaient perdu leur fils aîné ? N'ayant ni le courage de leur donner ce coup de poignard ni l'intention de quitter mes enfants, je ne voyais pas d'issue. Une fois de plus il fallait donc me résoudre à demeurer, attendre que mon destin me montrât la voie à suivre.

Attendre, mais non sans agir. Continuer à donner des leçons, mettre de l'argent de côté en vue d'un départ pour un pays quelconque, commencer peut-être une carrière de pianiste, tels étaient mes plans. Et comme je ne me voyais ici ni avenir véritable ni attache profonde et que vivre avec une belle-sœur qui ne souhaitait que ma disparition n'était pas une vie, j'envisageai d'abord de partir pour les États-Unis. J'écrivis une lettre à mon beau-frère Liu Yu Tsow, l'un des quatre enfants de Liu Pin San qui vivait là-bas. Nous ne nous connaissions pas, mais, ingénieur chez Ford, il était le mieux placé pour me donner cette lettre de garantie que les immigrants devaient présenter et sans laquelle je ne pouvais obtenir de visa. Ce n'était qu'une formalité : je fis clairement comprendre à Liu Yu Tsow que je gagnerais ma vie dès mon arrivée et que des amis de son père s'occuperaient de moi d'autre part. Sans doute mon beau-frère eut-il peur de me voir vivre à ses crochets avec mes deux enfants. Quoi qu'il en soit, il me fit savoir qu'il regrettait de ne pouvoir donner suite à ma demande. Encore un membre de ma famille qui me rejetait. Mon mari mort, leurs sentiments étaient « devenus de l'eau » comme dit le proverbe chinois.

Dans cette solitude, l'amitié de la cantatrice Barbara Fei devenait précieuse. Elle était ma seule confidente et passer de loin en loin une soirée chez elle était mon seul plaisir. Le gratin des émigrés chinois n'aurait pas reçu une femme comme moi, qui avait perdu sa fortune avec la mort de son mari. Barbara était d'une autre espèce. Jolie, distinguée, et simple, elle avait un mari bijoutier et un petit appartement charmant où elle me fit rencontrer tout ce qu'elle comptait d'amis intéressants, journalistes, critiques de musique, musiciens comme Morya Ray qui était première violoniste de l'orchestre symphonique de Hong Kong.

L'arrière-pensée de Barbara, dès cet hiver, était de me faire connaître et de me lancer comme pianiste. Mais il m'aurait fallu avoir les moyens de louer une salle pour faire un premier essai et j'étais très loin de les avoir. Un jour que je m'étais rendue chez son amie Morya Ray, pour jouer avec elle la *Sonate* de César Franck, celle-ci me dit que je devrais tenter de faire une carrière en France. D'autres personnes, par la suite, devaient me faire la même suggestion. Mais j'étais encore perplexe. Un autre jour, au City Hall de Hong Kong, j'assistai à un récital du grand pianiste Arthur Rubinstein et j'en sortis dans un tel état d'émotion que je faillis tomber dans la rue. Entendre un grand artiste m'a toujours à la fois découragée et stimulée.

Hors de la maison de Barbara Fei, j'étais rejetée par les uns, traitée par les autres comme une gamine et jusque dans Hong Kong, les vieux préjugés chinois montaient la garde autour de moi. De mes sorties chez Barbara, qui étaient les seules, mes beaux-parents faisaient toute une histoire. Ma belle-mère manifestait la plus grande inquiétude, et mon beau-père sortait de son état de prostration pour guetter mon retour : entre onze heures et minuit je le voyais seul ou avec sa femme installé au balcon pour m'attendre. Il n'était pas question pour eux de dormir quand je sortais.

Quant à mon père, il m'avait envoyé des nouvelles de ma sœur Ching Lin toujours pianiste à Radio-Pékin. Elle y était heureuse avec son mari et ses enfants. Mon frère aîné Ching Son avait repris son activité normale de cadre et vivait également dans la capitale. Mais les lettres de Wei Hi contenaient aussi, pour ma plus grande peine, d'interminables recommandations sur la conduite réservée que devait avoir une jeune femme comme moi qui était « aussi pure qu'un lotus ». Car c'est ainsi qu'il me parlait et non seulement je trouvais qu'à vingt-six ans je devais savoir ce que je faisais sans avoir besoin de conseils, fût-ce de mon père, mais je ressentis bientôt dans ce harcèlement une véritable cruauté. Il ne suffisait pas à Wei Hi de me mettre en garde contre la fréquentation des hommes, ou de me rappeler qu'il était déshonorant pour une veuve de se remarier, il allait jusqu'à me recommander de m'abstenir soigneusement de rire en public. C'était désespérant. Je lui écrivis à mon tour pour lui demander s'il s'attendait qu'après ma mort on érige en souvenir de moi le monument des veuves fidèles. Perdre mon mari, n'était-ce pas assez ? Devais-je aussi perdre mon sourire et ne plus offrir à mes enfants que le visage du désespoir éternel ? Il me répondit que j'étais belle et que mon rire risquait d'attirer les hommes... Il n'y avait pas de dialogue possible entre nous.

Certes, je ne faisais rien pour attirer les hommes, mais quand, traversant les rues de la ville, je me rendais à pied chez un élève pour économiser encore un taxi en me disant que cet argent grossirait mon pécule pour aller en Amérique ou ailleurs, et que je voyais passer une voiture avec un couple et ses enfants, je les suivais des yeux et je pleurais. D'autres avaient un foyer. Mes deux enfants et moi nous étions seuls et sans personne pour nous protéger. Ainsi passa mon premier hiver à Hong Kong.

Au début de l'été 1963, mon fils Paul qui avait à présent douze ans passés me donna une grande joie, la première depuis la mort de son père. Ayant terminé l'école primaire avec une mention « très bien », il obtint une bourse du gouvernement de la colonie de Hong Kong, ce qui était un exploit pour un enfant ne connaissant ni le cantonais ni l'anglais et qui, de plus, avait, à Shanghaï, appris à écrire selon le système simplifié et devait réapprendre à Hong Kong le chinois traditionnel... Voici qu'il fallait à présent lui faire commencer ses études secondaires. Il se trouvait que Hong Kong était surpeuplé, les lycées en nombre limité et tous complets pour la prochaine rentrée scolaire.

Mon beau-frère Fong, l'architecte, qui ne laissait pas passer un jour sans prendre de nos nouvelles, me suggéra un lycée de banlieue mais qui ne prenait que des pensionnaires. J'avais fait une demande pour inscrire Paul dans un collège baptiste de Kowloon proche de la maison. Pourquoi l'envoyer à l'extrême-sud de Hong Kong ? Surtout, l'idée de pension et que je ne verrais plus mon fils tous les jours me déplut. Fong insista pour qu'au moins j'étudie la question, car l'établissement dont il parlait avait une excellente réputation et, à son avis, c'était l'essentiel. Pourquoi ne pas le visiter ? J'hésitais, ne connaissant pas Hong Kong, ne sachant que décider.

Autre chose encore me faisait hésiter. Avec Fong, depuis quelques jours, je ne me sentais pas à l'aise. Il y avait dans son attitude à mon égard quelque chose de trouble ou peut-être de trop clair. Je lui dis que, pour le moment, je n'avais pas le temps d'aller voir ce lycée et que j'y réfléchirais.

Restée seule je pensais à ce couple mal assorti, me semblait-il, que formaient l'architecte Fong et sa femme Liu Yu Lan, la cadette des filles de Liu Pin San. Elle était plutôt jolie et coquette mais de la beauté vide de quelqu'un qui ne savait jouir que de son argent, et ne s'intéressait qu'aux choses les plus insignifiantes. Lui, au contraire, il était passionné, tendu, autoritaire aussi et peut-être violent. Ce qui me déplaisait le plus en elle, c'était sa façon de crier avec ses enfants. Les scènes étaient fréquentes dans le ménage : après chaque dispute je pouvais être sûre de recevoir deux coups de téléphone, l'un de la femme, l'autre du mari. C'était devenu une habitude chez eux de me prendre comme arbitre. Je devais les réconcilier, rétablir la paix dans le ménage. Pourquoi avais-je accepté ce rôle déplaisant ? Sans doute parce que Fong et sa femme étaient seuls, dans ma famille, à s'occuper de moi. Il n'y avait malheureusement plus de doute quant à l'intérêt que me portait Fong. L'expression de son regard où je n'avais vu qu'affection et amitié m'apparaissait brusquement avec clarté.

Le lendemain de mon refus de visiter le lycée avec lui, il me fit téléphoner de bonne heure par sa femme :

— Je ne te comprends pas, Ching Lie, dit-elle. Nous nous efforçons de t'aider et tu fais des manières avec nous... Est-ce que par hasard tu jouerais à la grande dame ?...

Elle insista si énergiquement au sujet de cette visite que je finis par céder, ne sachant que lui opposer. Je lui promis d'être dans l'heure à l'embarcadère du Star Ferry côté Hong Kong. Je raccrochai, à la fois déprimée de me voir une pauvre veuve soumise à la volonté des autres, et angoissée par l'attitude de Fong.

En descendant du Ferry, j'aperçus Fong. Il n'avait pas pris sa voiture américaine mais une petite Volkswagen. Il était seul.

— Où est ta femme ? lui demandai-je aussitôt, soupçonneuse.

Occupée avec son fils, dit-il, elle n'avait pu venir. Je montai. La voiture, quittant l'agglomération de Victoria, roula vers le sud. Nous étions au mois de juin, la voiture n'avait pas l'air conditionné, il faisait une chaleur moite qui semblait incommoder mon compagnon. Il s'arrêta plusieurs fois au bord d'un trottoir à l'ombre, roula encore un moment et finit par se garer devant un grand hôtel.

— Si nous buvions quelque chose... dit-il. Je meurs de soif.

Je le suivis au bar où il commanda des rafraîchissements.

Nous n'avions pas fini de boire qu'il me demanda si je ne voulais pas qu'il prît une chambre :

— Il fait si chaud... Peut-être aimerais-tu te reposer ? Faire une sieste...

Je lui dis que je n'étais nullement fatiguée et que je ne l'avais pas suivi pour me reposer mais pour visiter un lycée. Sur quoi je me levai aussitôt pour retourner à la voiture et il me suivit.

En route, je n'ai plus la moindre envie de parler, je voudrais en finir au plus vite avec cette promenade. Nous voici enfin au lycée où le directeur nous reçoit. On nous présente des professeurs avec qui nous nous entretenons de l'établissement. Vers midi, quand nous repartons, la chaleur est de plus en plus étouffante. En conduisant, Fong transpire énormément et la chaleur m'incommode aussi.

Il me semble que nous ne prenons pas le même chemin qu'à l'aller puisque nous voici soudain au bord de la mer, le long d'une plage. La voiture s'arrête :

— Voici Repulse Bay, dit Fong.

La plage la plus belle et la plus courue de Hong Kong, paraît-il. Mais moi je voudrais rentrer et mon compagnon descend de voiture :

— Cette fois j'étouffe, dit-il. Tu veux bien que nous nous arrêtions un peu ? Il faut absolument boire quelque chose, je n'y tiens plus...

Comment refuser ? Au reste, j'ai soif comme lui et j'ai même faim : le coup de téléphone de sa femme m'a fait partir de bonne heure et je suis à jeun depuis la veille. Parce que c'est l'heure du déjeuner, la longue plage est déserte. Au bord de l'eau il y a une sorte de buvette avec quelques tables.

Tandis que je m'assois, Fong s'éloigne. Je le vois parler à un serveur et lui donner de l'argent. Probablement pour commander quelque chose, me dis-je. Mais en revenant vers moi, il me fait signe de le suivre. Je me lève. Il me conduit vers une rangée de cabines. Quand il en ouvre une, je commence à m'étonner, mais je n'ai guère le temps de l'être davantage.

Fong m'a attrapée par le bras et dans le temps d'un éclair me tire à l'intérieur. Il tient mes deux bras derrière mon dos, sa figure est contre la mienne, sa respiration affolée. À son regard, je vois, dans la seconde, qu'il a perdu tout contrôle de lui-même. Avec une de mes mains que j'ai dégagée, je repousse sa figure qui veut écraser la mienne, sa bouche qui cherche mes lèvres. J'ai beau lui crier d'arrêter, de prendre garde à ce qu'il fait, il n'entend pas. Nous luttons sauvagement. Par cette chaleur je n'ai pour tout vêtement qu'une robe légère et une petite culotte. Je suis rapidement à moitié déshabillée, la robe lacérée, la peau griffée, les membres rompus. Je me débats toujours et je commence à perdre mon souffle et mes forces. Je pourrais crier : bien que la plage soit déserte, quelqu'un viendrait peut-être. Mais alors ce serait mon nom dans les journaux, le scandale où je perdrais la face. Mieux vaut me défendre seule. Je ne sais depuis combien de temps dure cette lutte quand il parvient à me pousser vers la banquette de bois. Après la rage et la terreur, je l'implore :

— Lâche-moi, Fong !... Ne me touche pas !... Ou je vais mourir.

Est-ce ma détresse ou mes paroles qui agissent ? Il me lâche brusquement :

— Je te laisse... tu vois... Je te jure que je ne te ferai rien...

À ces mots, je poussai un grand soupir et, complètement épuisée, je m'effondrai sur le banc, les yeux fermés, morte d'émotion et d'épuisement. Et c'est profitant de cette minute qu'il se jeta sur moi et que je me sentis souillée par ce chien.

Rien n'avait donc pu me protéger ? Ni ma foi profonde ni mon respect des commandements et de mon mari mort depuis moins d'un an ? Il m'avait fallu connaître cette ignominie...

Insultée et salie je ne souhaitais vraiment plus rien d'autre que mourir. Je me mis à courir vers la mer pour me jeter dans les vagues et engloutir cette vie dont je ne voulais plus.

Il me rattrapa, me tira sur le sable et, à genoux, me supplia de lui pardonner. J'aurais voulu ne plus l'entendre, ne plus le voir, ne pas sentir encore une fois sa main me toucher... Je marchai droit devant moi pour m'éloigner de lui. En me suivant il continua à me parler. Il osa dire qu'il avait pensé qu'à mon âge j'avais besoin qu'un homme me prît dans ses bras, que je ne pouvais pas vivre ainsi et qu'il ne se doutait pas que j'avais des principes...

— Si j'avais compris qui tu étais, je t'assure que je n'aurais pas agi ainsi... Mais je te croyais pareille à toutes les femmes...

— Est-ce que tu ne pouvais pas comprendre dès la première minute ? lui dis-je. Et quand tu m'as vue me défendre jusqu'à mes dernières forces, tu ne comprenais toujours pas ? Un homme aurait compris. Mais pas une bête déchaînée... Et de quel droit à présent veux-tu m'empêcher de mourir ?

Il continuait de parler, comme s'il s'agissait d'un simple incident. Il expliqua même que s'il était parvenu complètement à ses fins, j'aurais cédé parce qu'il aurait été trop tard. Que c'est du moins ce qu'il avait pensé d'abord, ne pouvant pas imaginer un instant que j'étais si rigoureuse. Quant à vouloir mourir, je n'en avais pas le droit. Que deviendraient mes deux enfants ? Il savait, bien sûr, que je le pensais comme lui et qu'ainsi je n'avais même pas le droit de me tuer. Il ajouta enfin que je devais immédiatement oublier ce qui venait de se passer : il voulait m'y aider lui-même, et tout faire désormais pour réparer le mal qu'il m'avait fait.

Oublier ? Voilà précisément ce qui dans ce moment et à cette époque de ma vie me paraissait le plus impossible. J'étais veuve depuis peu, mais surtout je baignais encore dans l'éducation et les principes qu'on m'avait inculqués toute ma vie. Quand sourire à un homme était déjà une faute, comment surmonter un choc comme celui que je venais de subir ? Pour ce Fong, tout était simple : oublier...

Je fis le chemin du retour assise au fond de la voiture. Arrivée devant la maison de mes beaux-parents, j'en sortis sans même un regard pour celui qui conduisait, et je montai les marches en tremblant avec ma robe déchirée que j'avais arrangée tant bien que mal. Mon beau-père venait de rentrer d'une partie de mah-jong. Il me fallait me glisser sans être vue dans ma chambre, puis de là dans la salle de bains. La bonne en m'apercevant ouvrit de grands yeux, se demandant ce qui m'était arrivé : je lui dis que j'étais tombée et me précipitai dans la salle de bains.

Pendant au moins une semaine, je vécus absente, hébétée. Je fis avertir certains de mes élèves que j'étais souffrante, j'en oubliai d'autres. Je restai cloîtrée dans ma chambre. À table, je prenais mes baguettes pour manger et je les regardais soudain sans savoir qu'en faire. Dans la journée, il m'arrivait fréquemment de ne plus savoir où j'étais.

Le choc eut des effets sur l'organisme : mes règles ne venaient pas. Alors, je devins folle de terreur. Ignorante comme je l'étais, je me mis en tête que le seul contact de la semence pouvait m'avoir fécondée puisque c'était là une matière vivante et mobile... Ce cauchemar m'incita à aller voir en cachette des femmes douteuses qui vendaient des drogues interdites destinées à avancer les règles ou à les faire venir. Ces produits étaient dangereux mais mieux valait mourir à cause d'un médicament qu'être enceinte de Fong. Comme je ne l'étais pas, tout redevint normal.

Quant à l'événement lui-même, je n'arrivais pas à m'en remettre. Ce qui est étrange, c'est que la veille de ce jour abominable sur la plage de Repulse Bay, j'avais rêvé que mon mari, couché dans son cercueil ouvert, se levait et voulait m'étreindre. À présent, passé mes premières terreurs, mon chagrin se transformait en haine. Je n'éprouvais plus qu'un profond besoin de vengeance. Je me mis à y réfléchir.

Fong disparut de ma vue, mais pas plus d'une semaine. Je m'attendais à le revoir. Comme j'avais médité ma vengeance, mon attitude était prête pour le recevoir :

— Tu m'as profondément blessée, lui dis-je avec calme. J'espère que tu le regrettes sincèrement.

Vraisemblablement coutumier des succès féminins, l'architecte Fong avait du bagou. Quelle sincérité dans sa voix quand il me dit que c'était l'amour qui lui avait fait perdre la tête... Je le revoyais agenouillé sur le sable – dans cette posture indigne du plus vil des Chinois... Comme s'il sentait mon mépris, il changea de terrain et me raconta sa vie.

Peu après avoir connu sa future femme, Liu Yu Lan, il n'avait pas tardé à la séduire. À Hong Kong les relations entre jeunes gens n'étaient pas souvent platoniques. Quelques mois plus tard il devait se rendre en Allemagne, à Hambourg, pour y terminer ses études d'architecte. Liu Yu Lan, qui lui avait donné sa virginité, exigea des fiançailles officielles avant son départ. Fong s'exécuta. Les deux familles étant shanghaïennes l'une et l'autre et célèbres par leur richesse, l'affaire ne présenta aucune difficulté. Puis le fiancé partit. Son absence s'étant prolongée, Liu Yu Lan fit bientôt la connaissance à Hong Kong d'un étudiant pour qui elle eut des faiblesses et devint enceinte de ses œuvres. Mais comme cet autre était pauvre, donc inexistant, il ne restait plus à Liu Yu Lan qu'à se précipiter dans les bras de Fong dans les plus brefs délais pour brouiller les pistes. Elle courut chez les parents de son fiancé, les supplia de la laisser aller à Hambourg chercher leur fils pour revenir avec lui célébrer le mariage, et fit si bien que les parents sans trop s'interroger sur cette hâte soudaine et la mettant, sans doute, au compte de l'amour, acquiescèrent. Mais les démarches pour le visa n'en finissaient plus : Liu Yu Lan perdit trop de temps. Enfin, réunis à Hambourg, les fiancés s'y marièrent. Un bébé vint au monde cinq mois plus tard. Fong était berné. Il donna à sa femme assez de coups pour lui faire tout avouer et l'enfant fut abandonné dans un institut de religieuses de Hambourg. Fong enrageait de ne pouvoir divorcer : c'était faire perdre la face à deux grandes familles. Il accepta donc la situation et vécut sur un grand pied avec cette femme qu'il méprisait. Le couple eut même deux enfants mais les disputes étaient continuelles. J'en savais quelque chose.

— Liu Yu Lan et moi nous avons des caractères trop différents, conclut Fong. Nous n'avons rien de commun. Alors que toi, dès la minute où je t'ai rencontrée, j'ai su que tu étais faite pour moi. Tu as toutes les qualités que je demande à une femme. À présent, je me rends compte que je me suis conduit comme une brute, un animal stupide. Mais c'est l'amour qui m'a fait perdre la tête… Cet amour que j'ai cru lire aussi dans tes yeux…

— Dans mes yeux ?

Je ne comprenais rien à son discours.

— Oui, dit-il, il y a toujours eu dans tes yeux une tendresse… dont tu ne t'es peut-être pas rendu compte toi-même…

Cette fois, j'avais compris. Ce que je prenais chez lui pour de la générosité m'avait toujours profondément touchée et surtout sa gentillesse à l'égard de mes enfants, d'où ma gratitude : voilà ce qu'il avait « lu dans mes yeux », l'imbécile. Je pensai à mon père me demandant de ne pas sourire. Avait-il donc raison ? Les hommes étaient-ils assez malades et assez fous pour lire un aveu dans un sourire ou un regard ? Avec mon dégoût, ma soif de vengeance grandissait encore.

Je pesai soigneusement mes paroles pour répondre à Fong, car ma tête restait froide et je ne songeais qu'au moyen de lui faire payer le geste de Repulse Bay :

— Fong, lui dis-je, puisque tu affirmes que c'est l'amour qui t'a poussé, je pourrai peut-être te pardonner un jour. Car si je pensais un seul instant que tu as voulu me considérer comme une conquête passagère, je ne te laisserais même pas m'adresser la parole.

C'était presque lui dire que je n'acceptais que d'être aimée, c'était presque le hausser au rang d'amoureux fou. Naïf, peut-être, mon calcul était simple. Il fallait lui faire espérer l'inaccessible, le pousser à bout et alors seulement le rejeter, l'humilier, l'écraser comme un cafard puant. Je ne savais pas encore à quel moment je préviendrais sa femme – car cela aussi faisait partie de mes plans. Il fallait faire comprendre d'abord à Fong que je refusais de devenir une maîtresse clandestine et qu'on ne pouvait m'obtenir qu'en prenant les plus grandes responsabilités : je voulais le voir prendre le risque du scandale et, alors seulement, le traiter par le mépris et le mettre à la porte. Jamais de ma vie je n'avais éprouvé de la haine pour un de mes semblables. Celui-ci éveillait en moi un instinct meurtrier.

Je continuai donc à le recevoir avec des distances et une amabilité soigneusement dosées. Sa femme et lui m'invitaient fréquemment à dîner. Si bien que Fong ne passait plus un jour sans me voir et m'entendre. De plus en plus amoureux, il devenait aussi chaque jour plus sûr de lui. C'est ce que je voulais.

Mais quand il ne lui suffit plus de me voir une fois par jour, quand, devenu frénétique, il se mit à me suivre partout et à m'attendre devant la porte de mes élèves, ma résolution diabolique commença à faiblir. Et s'il allait vraiment quitter sa femme et demander le divorce ? J'aurais fait deux malheureux au lieu d'un seul. Ce couple était boiteux mais Liu Yu Lan une femme mariée.

Cela seul, à mes yeux, m'interdisait de lui nuire. Je n'avais pas oublié l'aventure de mon père quand j'étais petite fille, la jolie femme qu'il avait quittée pour ne pas me perdre et les souffrances de ma mère pendant cette liaison. L'idée de jouer vis-à-vis de Liu Yu Lan le rôle d'une maîtresse, même si je ne l'étais pas, me remplit d'horreur. Et voilà pourquoi c'est au moment même où j'approchais du but, que je souhaitais le moins l'atteindre, incapable de pousser plus loin une vengeance dont une femme mariée risquait d'être la victime. Mais comment fuir désormais un homme attaché à mes pas et qui savait à chaque instant où me trouver ? Assiégée et traquée par ma propre faute, je ne voyais plus de salut que dans la fuite. Mais où aller ? Encore vague jusque-là, l'idée de partir s'imposait définitivement.

Mon amie Barbara Fei était dans la confidence de mon histoire. L'affaire de Repulse Bay l'avait horrifiée. Mais je ne lui avouai mon idée de vengeance qu'au moment où j'y avais renoncé. Elle me fit des reproches sévères et ma conduite lui parut des plus dangereuses à l'égard d'un homme qu'elle connaissait bien. Une jeunesse d'enfant gâté, puis une réussite permanente avec la fortune, le talent, la notoriété, voilà ce qu'était la vie de Fong. À cause de moi il souffrirait pour la première fois de sa vie. Or, il faisait partie de ces hommes qui n'acceptent pas qu'on leur résiste. Barbara redoutait un geste de violence, une tragédie soudaine. J'avais peur à mon tour.

Je décidai de parler à mon beau-père. M'abstenant d'évoquer la promenade de Repulse Bay, je lui dis que Fong était amoureux, qu'il me harcelait et voulait faire de moi sa maîtresse et que seul son beau-père pouvait avoir assez d'autorité pour lui demander de cesser de me nuire. Liu Pin San ne manifesta aucune surprise – peut-être était-il au courant –, aucune indignation, mais seulement un grand embarras. Il finit par m'expliquer que Fong était un homme très susceptible et que le rappeler à l'ordre risquait bien de n'avoir qu'un résultat : le rendre furieux et lui faire abandonner sa femme. Je me rendis compte que ce vieil homme aigri par l'exil et affaibli par le chagrin se souciait peut-être de sa fille mais encore plus d'un scandale qu'il redoutait d'affronter. Je n'avais rien à attendre de lui. Et quand je l'informai que je ne voyais d'issue que dans mon départ, il ne put cette fois que répondre par le silence.

Me confier à la femme de Fong ne me fut pas d'un plus grand secours. Quand je lui rapportai que son mari me poursuivait de ses avances et que je les fuyais, je compris à quel point ce couple était mort. Liu Yu Lan n'éprouvait pour Fong ni amour ni jalousie mais seulement de la crainte. Ce n'est pas son mari qu'elle avait peur de perdre, mais sa situation. Il lui suffirait, me dit-elle, d'ouvrir la bouche et de lui faire le moindre reproche pour que, dans un accès de colère, Fong décidât de divorcer.

Un nouvel hiver était venu et l'affreuse année 1963 avait pris fin, mais 1964 ne présentait pas un meilleur visage. Fong, tout l'hiver, continua à me harceler. On ne le voyait plus chez lui ni à son bureau, il ne vivait que sur mes traces. Il commençait à ressembler à un homme ivre, à un malade rongé par une idée fixe. Un jour, dans la rue il me dit avec un étrange sourire :

— Tu ne m'échapperas pas... Même si tu devais aller très loin... Tu ne m'échapperas jamais...

Un jour, il vint me chercher jusque chez la violoniste Morya Ray qui dut lui interdire d'entrer. Il m'attendit sur le palier. Je devenais folle. Je décidai de ne plus sortir pour donner mes leçons. Un par un tous mes élèves vinrent chez moi, dans l'appartement de Granville Road. Cela me donna quelque répit. Mais je savais que je ne connaîtrais jamais la paix aussi longtemps que je resterais ici.

Je me sentis si perdue, un jour, que je rendis visite à un voyant que j'avais connu à Shanghaï.

— Tu ne vas pas tarder à partir très loin, me dit-il.

Je pensai aussitôt que mon beau-frère des États-Unis à qui j'avais écrit en vain changerait d'avis et m'enverrait la lettre de garantie que je lui avais demandée.

— Est-ce en Amérique que j'irai ? demandai-je au voyant.

— Non, dit-il, pas en Amérique. En Europe.

En Europe ? Cela m'étonnait. Car pour moi l'Europe c'était Paris et à Paris je ne connaissais personne.

Cet hiver-là, pour éviter toute visite inattendue de Fong, j'avais pris l'habitude d'aller avec mes enfants chez un oncle et une tante qui étaient des parents de ma mère. C'était un couple très uni et d'une vie exemplaire, que j'aimais beaucoup et qui me traitait comme leur fille. Ils avaient un fils de quelques années plus jeune que moi qui rentra du Canada cet hiver-là pour exercer à Hong Kong le métier de comptable comme son père. C'était un grand garçon naïf et pur, et cette famille un îlot de fraîcheur dans l'enfer de Hong Kong. Il m'était arrivé de penser aux paroles du commissaire politique du conservatoire de Shanghaï, celui qui, avant mon départ, m'avait mise en garde contre « le monde malpropre » que je trouverais ici.

Un jour que je m'étais rendue au cinéma avec ma tante et mon jeune cousin, je vis, à la sortie, Fong et sa femme qui m'attendaient. Comment avaient-ils su que j'étais ici ? Je leur dis assez froidement que je rentrais avec ma tante et mon cousin. Quand Fong aperçut le jeune homme – qui était beau garçon – je vis qu'il perdait la tête. Sans se préoccuper de personne, il me prit par le bras et me tira jusqu'à sa voiture, me poussa à l'intérieur et ferma la porte. Sa femme nous rejoignit en courant et entra à son tour. Je ne voulus pas faire un esclandre ni ameuter les passants, mais je n'en pouvais plus. Je ne parlai même pas à Fong. Ne lui avais-je pas dit plusieurs fois que je ne voulais plus le voir et que je ne supportais plus d'être suivie et harcelée ? Mais tandis que Fong me reconduisait chez moi comme un objet qu'on déplace à volonté, je fis une scène violente à Liu Yu Lan, sa femme :

— Ton mari se conduit comme un fou et un malade. Mais toi es-tu folle aussi pour le laisser faire ? Tu n'as donc pas la moindre fierté ? Pas la moindre dignité ?

Elle savait que son mari était fou de moi, qu'elle n'était rien pour lui et qu'il ne lui avait jamais pardonné le passé, bref, qu'elle ne pouvait désormais que se taire. À tout ce que je lui dis, elle ne répondit pas un mot.

Il me fallut vivre encore un printemps et un été de terreur et de malaise. Fong cessait pendant quelques semaines de me téléphoner ou de me guetter, puis tout recommençait. Tantôt je le voyais me suivre dans la rue et tantôt je croyais le voir. Il était devenu mon hallucination. Au mois de mai, je me rendis un après-midi chez mon amie Barbara Fei. J'étais à peine assise qu'elle me regarda avec un sourire mystérieux en me montrant une enveloppe. Je regardai le nom : c'était le sien. Elle me dit de regarder le timbre et le cachet. C'était un timbre français. La lettre venait de Paris.

Sans m'avoir rien dit, Barbara, qui connaissait mon cauchemar quotidien, avait écrit à son amie Diana Wang qui habitait Paris et dont le mari était violoniste. Elle était persuadée, et elle m'avait presque convaincue que, dans un premier temps, je ne pouvais partir que seule pour mieux tenter ma chance à l'étranger. Après un échange de lettres, Barbara avait donc envisagé toutes les possibilités de mes études et de ma vie à Paris. Elle m'expliqua que j'avais dépassé la limite d'âge de dix-huit ans pour entrer au Conservatoire et que les écoles privées de musique étaient coûteuses pour la plupart et de valeur inégale. Son amie Diana Wang, qui connaissait la vie musicale de Paris, avait finalement suggéré le meilleur maître possible : la grande pianiste Marguerite Long. Elle avait un nombre limité d'élèves, mais pourquoi ne pas poser ma candidature ? Il me suffirait d'enregistrer plusieurs morceaux sur une bande magnétique, de les envoyer à Diana Wang qui les transmettrait à l'Académie Marguerite Long. Il ne resterait plus qu'à attendre la réponse.

Être acceptée par la grande pianiste me parut un rêve trop beau pour moi. Mais malgré mon scepticisme, pour la première fois depuis deux ans je voyais luire l'espoir d'une autre vie et je remerciai Barbara avec des larmes de reconnaissance. En sortant de chez elle je déposai une demande de visa de sortie.

Mon amie me procura un magnétophone. J'avais l'intention d'enregistrer une chaconne pour piano de J.-S. Bach arrangée par Liszt et le *Sospiro* de Liszt que je répétai avec acharnement, m'efforçant de sortir le moins possible car j'avais l'impression, dès que je mettais les pieds dehors, que Fong me suivait et je vivais depuis des mois dans la crainte d'un malheur.

Sortant un après-midi de chez mon amie la violoniste Morya Ray, je le vis sur le trottoir d'en face : je me mis à courir et réussis, en attrapant un taxi, à le semer.

Deux semaines après les nouvelles que m'avait données Barbara, je lui apportai la bande magnétique qu'elle m'avait demandée. Elle me promit de l'expédier sans tarder à Paris à son amie Diana Wang.

À peu de temps de là, un dimanche qu'il faisait très beau, nous décidâmes d'aller nous baigner avec ma tante et mes deux enfants. Mon jeune cousin vint avec nous ainsi que trois ou quatre cousins et cousines.

Peu après notre départ de la maison, Fong était venu me chercher avec l'intention de nous emmener en promenade les enfants et moi, ce que je refusais de lui accorder depuis longtemps. La domestique lui dit que nous étions partis nous baigner. Il voulut savoir où, mais on ne put rien lui dire sinon que nous étions allés vers le sud de Hong Kong. Sa recherche prit du temps, mais Fong y mit son acharnement habituel et il parvint à nous trouver vers trois heures de l'après-midi sur la plage Stanley.

À ce moment-là, je me baignais avec mes cousines. Comme je n'étais pas très bonne nageuse, mon cousin me surveillait tout en se baignant avec nous. Ma tante, qui avait organisé le pique-nique, préparait du thé avec Paul et Juliette à ses côtés. Soudain, à deux mètres de moi, car j'étais tout au bord de l'eau, je vis mon beau-frère

Fong, en short comme beaucoup de gens en cette saison, quitter ses sandales : il se précipita vers moi et me saisit par le bras pour me tirer sur la plage. Mon cousin, qui l'avait déjà vu faire et le croyait capable de me tuer, me tira par l'autre bras, quand soudain, mon petit Paul poussa un cri. On me laissa pour courir du côté du cri : ma tante, en voyant la scène au bord de l'eau, avait lâché la théière et l'eau avait ébouillanté la jambe de Juliette. Fong se précipita, la prit dans ses bras et courut vers sa voiture en disant qu'il fallait l'emmener immédiatement chez le médecin.

— Ne va pas avec lui ! criait mon cousin me voyant courir à mon tour. Fais attention !...

Juliette hurlait et appelait son père. Le cousin courait vers sa propre voiture. Il me fallait bien suivre Fong puisqu'il emportait Juliette. Pour ce fou obsédé, c'était encore une façon de m'emporter. Il lançait en direction de mon cousin des regards meurtriers. Ce dernier avait peur pour moi, Juliette hurlait de douleur et ma tante criait pour rassembler le reste des enfants. Les deux hommes ne voyaient rien que la route vers laquelle ils couraient. Qu'allait-il encore arriver ? Qu'avais-je fait pour mériter cette frénésie, cette démence au moment où mon enfant était en danger ?

Les deux voitures démarrèrent presque ensemble dans un bruit infernal. Celle de mon cousin prit les devants et se rabattit sur nous. Voulait-il tuer Fong ? Je suppliai mon beau-frère de l'éviter. Il réussit à dépasser l'autre voiture et à la distancer. Puis il tourna brusquement et s'arrêta sur une petite route transversale. La voiture du cousin passa en trombe sans nous voir... Fong attendit quelques minutes, reprit la route, et après plusieurs crochets, traversa Victoria à grande vitesse et en brûlant des feux rouges pour nous déposer à son domicile. Pendant que sa femme faisait allonger Juliette, il téléphona au médecin. Ma fille continuait à gémir et ne cessa que lorsque le médecin lui eut fait un pansement. Fong nous reconduisit chez mes beaux-parents. Là je le remerciai et le priai aussitôt de partir. Heureusement, il s'exécuta : dix minutes après son départ, mon jeune cousin arrivait chez nous, fou d'inquiétude…

Barbara Fei, son mari Jimmy et moi sommes debout tous les trois dans leur salon. Dans quelques minutes je vais les quitter. Barbara me donne un petit sac et l'ouvre pour me montrer ce qu'il contient : cinq petites feuilles de papier pliées en quatre. Elles portent cinq adresses amicales de Paris. Je ne dois les déplier que si j'ai besoin d'aide.

— Je te souhaite de n'avoir pas à les déplier, dit Barbara.

Elle me donne enfin la photo de l'ami qui doit m'attendre à Orly.

Nous sommes à la fin du mois de septembre : depuis quatre semaines j'ai mon visa pour la France.

Il y a deux semaines, Barbara a reçu de Paris la réponse de son amie Diana Wang : l'Académie Marguerite Long a écouté mes enregistrements et m'accepte comme élève. Le lendemain j'ai commandé mon billet d'avion pour Paris.

J'ai économisé assez d'argent pendant ces deux ans pour acheter un billet d'avion et vivre quelques mois. Il me faut laisser mes enfants à Hong Kong, pour un an, peut-être deux. Ce sera très dur. Mais je suis bien décidée à préparer le terrain de leur vie, de leur avenir. Ils n'ont plus que moi. Paul et Juliette vivront chez mes beaux-parents. Mon oncle, ma tante et leur fils viendront souvent les voir. C'est une famille qui les aime et ne leur donnera que de bons exemples.

Je quitte ma chère Barbara à qui je dois tant et qui m'aura tracé le chemin de cette ville dont je rêvais déjà à Shanghaï et qui s'appelle Paris.

Je passe prendre Juliette et Paul qui veulent m'accompagner à l'aéroport et que la domestique reconduira. Un taxi s'est arrêté devant le n° 58 de Granville Road. Sur le balcon, mon beau-père soutient ma pauvre belle-mère qui veut, jusqu'au bout, me voir partir. Je leur fais les derniers signes. Dans le taxi Juliette sanglote. Elle est si jolie dans cette petite robe que je lui ai faite moi-même. Ma fille a huit ans, mon fils en a treize.

Nous voici à l'aéroport. Mon cauchemar apparaît une dernière fois : Fong à quelques mètres devant moi et qui me fait un signe. Je détourne la tête. Cette fois il n'osera pas m'approcher. Je ne le vois plus quand j'arrive au poste d'embarquement. Je m'efforce de l'oublier comme je voudrais oublier ces deux années.

Elles s'éloignent déjà et ce sont des images plus anciennes qui m'assaillent. Wei Hi, mon père, et Tsong Haï, ma mère, qui savent le jour et l'heure de mon départ et qui pleurent en ce moment même. Et je retourne plus loin encore dans le passé vers l'école Mac Intyre, à Shanghaï, où chantait une chorale de jeunes filles, vers Jessfield Park où mon père me promenait, où mon frère bien-aimé m'enseignait la boxe de singe. Comme s'ils étaient rassemblés dans la maison au temps où je partais à bicyclette pour l'école, je compte mes frères et mes sœurs et à chacun d'eux j'adresse une pensée.

Embrasser Paul et Juliette sera les deux derniers coups de couteau dans mon cœur.

Me voilà seule avec des voyageurs inconnus. L'avion prend de l'altitude et soudain, devant moi, pour quelques minutes apparaît la terre de Chine où tout le bonheur de ma vie est resté comme le petit jardin d'un pauvre paysan. Je ne pleure pas. Je n'ai plus de larmes.

Dix ans après

PAR GEORGES WALTER

Sur la scène du théâtre des Champs-Élysées à Paris, dix ans après les événements qu'on vient de lire, une pianiste exécutait « le Concerto pour piano et orchestre » de Shi Shin Haï dit « Fleuve Jaune ». On ne pouvait manquer de remarquer dans une loge centrale, entouré de compatriotes, son Excellence Tseng Tao, ambassadeur de Chine Populaire en France.

La pianiste était Chow Ching Lie (ses amis, ici, l'appellent Julie) et sa longue robe vaporeuse lui donnait la silhouette d'une adolescente romantique. On l'imaginait jouant Liszt ou Schumann et non pas seulement une œuvre aussi virile que le Concerto du Fleuve Jaune.

Importé d'Europe au temps des « concessions », le piano, en Chine, n'avait jamais eu de répertoire national. Plus tard, la Révolution Culturelle vit d'un mauvais œil cet instrument à la fois bourgeois et étranger. Double tare qui incita les Gardes rouges à en casser quelques-uns. Mais l'apparition d'œuvres chinoises pour piano a réhabilité le clavier. (Le final du Concerto du Fleuve Jaune contient même des réminiscences de l'Internationale.) Au reste, et même si Beethoven vient d'être cloué au pilori en même temps que Confucius, les œuvres occidentales n'en demeurent pas moins le fond du répertoire pia-

nistique des conservatoires chinois où depuis longtemps les oreilles des musiciens sont faites à Mozart, Beethoven et Brahms, à César Franck, Tchaïkovski et Debussy. Sans compter que le piano demeure un utile instrument d'accompagnement.

Si Julie était donc venue à Paris en 1965 pour travailler avec Marguerite Long, qui l'avait acceptée comme élève, la collaboration fut malheureusement brève : la grande pianiste devait mourir en 1966. Dès lors, Julie poursuivit seule et avec acharnement les buts qu'elle s'était promis d'atteindre. Et, la vie n'étant pas faite seulement de musique, son destin, loin de Shanghaï, lui réservait d'autres tourmentes qu'elle racontera peut-être un jour. Pourtant, en 1968, elle avait pu aller chercher à Hong Kong, pour les emmener à Paris, ses deux enfants, Paul qui a aujourd'hui vingt-quatre ans et Juliette qui en a dix-neuf.

J'ai rencontré Julie pour la première fois en décembre 1973 dans un studio de télévision de la rue Cognacq-Jay. Elle était l'une des invitées, avec sa fille, de l'émission littéraire « Italiques » consacrée ce soir-là aux livres relatifs à la Chine, particulièrement nombreux cette année-là. Quiconque avait pu faire un séjour, ne fût-ce que de quelques semaines, dans un pays encore parcimonieusement ouvert et où les étrangers sont guidés avec la plus grande sollicitude, revenait avec un livre. Beaucoup de ces glaneurs se sont pris pour des moissonneurs. Mais il y avait aussi la riche moisson des grands sinologues européens.

Quand Chow Ching Lie me raconta des morceaux de sa vie, je me rendis compte que sa biographie pouvait donner lieu à un livre ne ressemblant à aucun de ceux-là. L'histoire de la Chine à travers la sienne devenait d'autant plus authentique qu'elle n'était pas historienne. C'étaient les limites mêmes de la narratrice qui donnaient à sa confession sa valeur.

Aux premiers récits de Julie, j'éprouvai une impression singulière : celle d'entendre, non pas tant une Chinoise d'aujourd'hui que l'héroïne d'un roman du XVIII*e siècle. Elle me faisait penser à la Moll Flanders de Daniel de Foe, mais plus encore à la Marianne de Marivaux, cette jeune provinciale d'origine mystérieuse, seule à Paris, et qui versera tant de larmes. Des larmes, Julie en versa plus d'une au récit de sa propre vie. Voyant un jour son épreuve devenir trop pénible, je lui proposai de l'arrêter en renonçant à ce livre. Mais elle était trop résolue à aller jusqu'au bout, comprenant qu'une telle confession est impitoyable ou ne peut pas être. Et comme, pour ma part, je ne laissais rien passer qui ne fût précisé et élucidé, souvent elle me disait que je forçais ses souvenirs et qu'elle aurait oublié à jamais bien des épisodes de sa vie si je n'avais pas été là pour l'écouter. Et en somme, je n'ai rien fait d'autre. L'idée ne m'est jamais venue de romancer quoi que ce fût, je ne me serais jamais permis d'appuyer sur un trait, encore moins de broder. Pour quoi faire ? Toute addition à la vérité n'est-elle pas une soustraction ? Le récit de Julie se suffit à lui-même. Elle n'aurait, au reste, accepté aucune fantaisie. Un exemple le montrera. Lorsque Julie petite fille raconte à sa mère une histoire que celle-ci ne croit pas, j'écrivis :* « Tsong Haï, ma mère, haussa les épaules. » *Comme l'ensemble du texte fut maintes fois récrit, Julie n'avait d'abord pas pris garde à cette phrase. Puis elle l'aperçut et me fit aussitôt observer que la désapprobation de sa mère ne pouvait en aucun cas se traduire par un haussement d'épaules, parce que, tout simplement, cette expression corporelle n'existe pas chez les Chinois. Quand chez nous, ajouta-t-elle, un*

Chinois hausse les épaules, c'est qu'il a séjourné en Europe…

Mais il ne faudrait pas croire que le récit de sa vie ait représenté pour Julie une épreuve exclusivement douloureuse. Ce fut d'abord, pour elle et pour moi, l'occasion de ressentir à quel point ce pays qu'elle a quitté – mais où elle se rend fréquemment –, elle y est attachée par toutes ses fibres. Sans mépris aucun des étrangers, on sent chez elle une sorte de fierté à parler de ce qui ne se fait pas en Chine, *qui est accepté ailleurs mais n'est pas convenable ici. Non seulement cet attachement est commun à tous les Chinois qui vivent à l'extérieur – et chacun d'eux porte en soi son pays –, mais il semble qu'il ait joué un rôle capital au début de ce siècle dans l'éveil du nationalisme chinois. Et si un révolutionnaire comme Sun Yat-sen (qui disait : « Nous sommes du sable dispersé, nous n'avons pas vraiment d'union nationale. ») a pu affermir son action au début du siècle, c'est d'abord grâce au soutien des Chinois de l'extérieur. L'étranger a exploité la Chine, mais bien souvent le contact de l'étranger dans l'exil a donné à la Chine sa conscience d'elle-même.*

Cet amour de sa patrie n'a jamais terni la lucidité de Julie. Elle a parfois hésité à étaler les tares de son pays au temps de son enfance, à révéler les défauts de ses proches : l'obéissance à la vérité a toujours fini par l'emporter. Elle était devenue écrivain par procuration.

Je crois qu'il faut la remercier d'avoir ouvert pour nous cet album de famille où sont reliés avec un fil de soie et de mélancolie les portraits si vivants d'un monde à jamais disparu. Car on ne reverra ni les concessions étrangères de Shanghaï, ni ses gangs, ni les enfants jetés à la voirie, ni le servage des campagnes, ni surtout le servage de la femme. L'adolescence de Julie n'illustre-t-elle pas cette phrase du sinologue Marcel Granet qui écrit à propos de la Chinoise : « Dès qu'elle sait parler, on l'oriente vers une destinée de soumission en lui apprenant à dire oui sur le ton humble qui convient aux femmes. » *? C'est là précisément la destinée que Mao Tsé-toung est venu renverser :* « Les femmes, *dit-il,* portent sur les épaules la moitié du ciel et elles doivent la conquérir. »

L'histoire de Julie – qui embrasse deux mondes – nous est familière et lointaine. Mais n'est-ce pas ce qu'ils ont de plus différent qui nous rend les autres plus proches ?

G.W.

1973.12.4.

简明新闻

巴黎演奏中国钢琴协奏曲《黄河》

新华社巴黎一九七三年十二月三日电 十二月一日晚在巴黎爱丽舍田园剧场举行的音乐会上，演奏了中国钢琴协奏曲《黄河》，受到一千多名听众的热烈欢迎。

钢琴协奏曲《黄河》的演奏是由法国帕德卢音乐演奏协会乐队组织的，钢琴演奏者是法籍华人周勤丽女士。

演奏结束时，剧场里响起了一阵阵热烈的掌声。在听众的要求下，乐队再次演奏了《保卫黄河》中的一段曲子。许多听众还到后台向演奏者祝贺演奏成功。

Le Quotidien du Peuple (de Pékin) mentionne le 12 avril 1973, dans les nouvelles de l'étranger, le concert donné à Paris au théâtre des Champs-Élysées par la pianiste Ching Lic.

859

Composition
PCA à Rezé

Achevé d'imprimer en France
par CPI - BRODARD ET TAUPIN
le 3 mai 2009. 52788

Dépôt légal mai 2009.
EAN 9782290017364

ÉDITIONS J'AI LU
87, quai Panhard-et-Levassor, 75013 Paris

Diffusion France et étranger : Flammarion